CHONGWENGUAN

读古人书　友天下士

百余年前，崇文书局于武昌正觉寺开馆刻书，成晚清四大书局之一。所刻经籍，镌工精雅，数量众多，流布甚广，影响巨大。为赓续前贤，昌明国学，弘扬文化，本社现致力于传统典籍的出版。既专事文献整理，效力学术，亦重文化普及，面向大众。或经学，或史论，或诸子，或诗词，各成系列，统一标识，名之为"崇文馆"。

崇文馆

中国古典诗词校注评丛书

欧阳修词全集【汇校汇注汇评】

谭新红　编著

长江出版传媒　崇文书局

前　言

　　欧阳修(1007—1072)，字永叔，庐陵(今江西吉安)人。自号醉翁、六一居士。天圣八年(1030)进士，官至参知政事。他支持范仲淹改革，为人刚毅正直，为士林树立了正直敢言的典范。他还善于培养人才，苏轼、苏辙、曾巩以及理学家程颢、张载、朱光庭等人都出自于他门下。欧阳修是北宋诗文革新运动的领袖，反对浮靡空泛，主张"明道""致用"，为有宋以来第一个在诗、词、文各领域都成就卓著的大家，是当时公认的文坛领袖。苏轼《六一居士集叙》说他"论大道似韩愈，论事似陆贽，纪事似司马迁，诗赋似李白"。著有《欧阳文忠集》。他的词现存《六一词》《醉翁琴趣外编》，共有240多首。其词清丽委婉，内容主要是写相思恋情、离愁别恨。

　　宋初词坛经过了半个世纪的沉寂局面，从柳永开始，步入了发展的快车道。在苏轼之前的北宋词四大家中，柳永、张先是改革派，晏殊、欧阳修是传统派。晏、欧主要是学习南唐冯延巳的词风。刘熙载《艺概》卷四即云："冯延巳词，晏同叔得其俊，欧阳永叔得其深。"所谓"得其深"，是说他的恋情词脱去了脂粉味，情感深刻真挚，如《踏莎行》(候馆梅残)：

　　　　候馆梅残，溪桥柳细。草薰风暖摇征辔。离愁渐远渐无穷，迢迢不断如春水。　　寸寸柔肠，盈盈粉泪。楼高莫近危阑倚。平芜尽处是春山,行人更在春山外。

词写离情。上片从远行人着笔,写他在旅途中面对一派恼人的春色,愈走愈抑制不住强烈的愁思;下片写闺中人登楼望远,遥念离人,哀怨满怀。全词用淡语写浓情,词情婉约而真挚。

欧阳修词的风格多种多样,他既有继承南唐词风的深婉之作,有些词也写得疏朗明快,歌咏颍州西湖的十首《采桑子》就集中体现出这种风格特征,如其中的第一首:

轻舟短棹西湖好,绿水逶迤。芳草长堤。隐隐笙歌处处随。 无风水面琉璃滑,不觉船移。微动涟漪。惊起沙禽掠岸飞。

这首词的语言清新晓畅,写景优美如画,富有生活气息,显现出与五代华丽词风迥异的新的审美趣味。再如第三首:

画船载酒西湖好,急管繁弦。玉盏催传。稳泛平波任醉眠。 行云却在行舟下,空水澄鲜。俯仰留连。疑是湖中别有天。

词的下片将水天之景描写得醉人心脾。船在水中的浮云影里划行,犹如在天上的白云之间游走,水的清澈,天的碧蓝,融为一体,美丽异常。

此外,他的《朝中措》(平山阑槛倚晴空)更是疏朗中见豪放之气:

平山阑槛倚晴空,山色有无中。手种堂前垂柳,别来几度春风。　　文章太守，挥毫万字，一饮千钟。行乐直须年少，尊前看取衰翁。

　　词中的"文章太守"，与范仲淹《渔家傲》中的"白发将军"、晏殊《破阵子》中的"东邻女伴"，共同突破了传统的歌姬舞伎形象，为词走进更广阔的天地奠定了基础。其疏朗飞扬的气概对苏轼的词风也有直接的影响，也就是冯煦《〈宋六十一家词选〉例言》所说的"疏隽开子瞻"。

　　欧阳修还有一类词值得注意，那就是艳词。在他的《醉翁琴趣外编》中有不少作品写得很艳丽，有的甚至鄙亵。为了替这位忠正大臣开脱，从南宋开始就有人说这是他的政敌为了打击他而伪作的。到底是政敌的栽赃还是他自己所写，现在已无从判断。不过以今天的眼光看，其中有些词具有独特的认识价值，如《南歌子》（凤髻金泥带）：

　　凤髻金泥带，龙纹玉掌梳。走来窗下笑相扶，爱道画眉深浅入时无。　　弄笔偎人久，描花试手初。等闲妨了绣功夫。笑问双鸳鸯字怎生书。

　　从《诗经》开始，中国文学作品中就多怨妇弃妇和愁眉泪眼，这首词写的却是一位娇羞可爱并过着幸福生活的女性形象，这不能不说是对传统的突破。

　　现在比较通行的欧阳修词集笺注本有黄畬的《欧阳修词笺注》（中华书局 1986 年版）、邱少华的《欧阳修词新释辑评》（中国书店2001 年版），前者有开创之功，后者则后出转精。然二书的注释均较为简略，有的注释还有不尽如人意之处。清代词学家李调元在《雨村词话》卷一中曾说："欧阳永叔词，无一字无来处。"有鉴于此，本人不揣浅陋,在黄、邱二著的基础上,对欧词中的用典、名物进行详细的注释,希望能给读者提供一部较为详细、准确的欧阳修词全集笺注本。本书的"题解"部分,对每首词的内容给予简单的解析,亦间有参考邱著之处,并此致谢!

本编以唐圭璋编纂、王仲闻参订、孔凡礼补辑《全宋词》(中华书局1999年版)本《欧阳修词》为底本而略有增删,共收词240首。《全宋词》收欧阳修词241首,其中《玉楼春》(池塘水绿春微暖)一词,《全宋词》在词后注云:"按此首别又见晏殊《珠玉词》。刘攽《中山诗话》引'从头歌韵'二句作晏殊词。刘与欧同时,所言当可信。此首殆非欧作。"既然《全宋词》已经肯定非欧阳修作,本书去而不收。《蝶恋花》(庭院深深深几许)一词,《全宋词》、曾昭岷等编《全唐五代词》均作冯延巳词,然李清照已断为欧阳修词。李清照的话虽不可尽信,但也不能完全不信。在没有确凿证据的情况下,还是以两存为妥,今故仍收此词于欧阳修词集中。另外,《全宋词》两收《渔家傲》(十月小春梅蕊绽),两首词中只有第四句"羞起晚"作"梳洗懒",第九句"红日短"作"红日晚",仅四个字不同,余五十八字全同。今删一存一,并在校注中予以说明。

《全宋词》据《东轩笔录》卷十收有《渔家傲》断句"战胜归来飞捷奏。倾贺酒,玉阶遥献南山寿"。孔凡礼《全宋词补辑》据《诗渊》二十五册收录全词,然以作者为庞籍。庞籍(988—1063)比欧阳修年长近二十岁,且早于欧阳修十年去世,不可能把欧阳修所作且在社会上有很大影响的三句词全盘挪进自己的词里,因此《诗渊》所收这首完整的《渔家傲》应该就是欧阳修送别王素时所作之《渔家傲》。今即依《全宋词补辑》录入全首。

谭新红 2012年6月写于泰国曼谷花园

目　录

西湖念语①

　　昔者王子猷之爱竹，造门不问于主人②；陶渊明之卧舆，遇酒便留于道上③。况西湖之胜概，擅东颍之佳名④。虽美景良辰，固多于高会⑤；而清风明月，幸属于闲人⑥。并游或结于良朋，乘兴有时而独往⑦。鸣蛙暂听，安问属官而属私⑧；曲水临流，自可一觞而一咏⑨。至欢然而会意，亦傍若于无人⑩。乃知偶来常胜于特来，前言可信；所有虽非于己有，其得已多。因翻旧阕之辞，写以新声之调⑪，敢陈薄伎，聊佐清欢⑫。

【题解】

　　施元之等《注东坡先生诗》卷三《陪欧阳公燕西湖》注云："欧阳文忠公，庐陵人，仁宗擢为参知政事，事英宗、神宗，坚求退，除观文殿学士，出典亳、青二州，擢宣徽使，判太原，遣内侍赐告，谕赴阙，欲留共政，力辞，乞守蔡。在亳六请致仕，至蔡复请，乃许。公年未及谢，天下高之，旧号醉翁，晚又号六一居士。昔守颍上，乐其风土，因卜居焉。郡有西湖，公尤爱之，作《念语》及十词歌之。"宋仁宗皇祐元年(1049)二月，欧阳修43岁时自扬州移知颍州(按，颍州治所汝阴在今安徽阜阳)，觉得扬州之美不如颍州西湖，又"爱其民淳讼简而物产美，土厚水甘而风气和"，于是"慨然已有终焉之意也"(《思颍诗后序》)。宋神宗熙宁四年(1071)六月，欧阳修65岁时以观文殿学士、太子少师致仕，退居颍州，终偿所愿。在生命的最后两年里，欧阳修一次次地或是荡舟西湖，或是漫步堤岸；或是结伴而游，或是乘兴独往。远离官场的纷争，不管人世的困扰。词人将所见所闻所感，化为一首首精美的短歌小调，并配上新颖美妙的曲调，在盛大的宴会上令官妓歌唱以佐清欢。词人将这十首词放置在一起，并加上一段按语，这就是今天我们所看到的《西湖念语》和组词《采桑子》。这十首《采桑子》都以"西湖好"起句，为连章体。作者以轻快活泼的笔调,多角度地歌咏颍州西湖美景,抒发自己流连光景的愉悦心情。

【注释】

①西湖:指颍州西湖,在今安徽阜阳西北,是颍河会诸水汇流之处。《正德颍州志》卷一《山川》:"西湖,在州西北二里,外湖长十里,广三里,相传古时水深莫测,广袤相齐。胡金之后,黄河冲荡,湮湖之半,然而四时佳景尚在。前代名贤达士往往泛舟游玩于是。湖南有欧阳文忠公书院基。"苏诗查注引《名胜志》:"颍州西二里有湖,袤十里,广二里,翳然林木,为一邦之胜。"念语:又称"致语""乐语"。明·徐师曾《文体明辨序说》:"按乐语者,优伶献伎之词,亦名'致语'。……诸节皆设大宴,仍用声伎,于是命词臣撰致语以畀教坊,习而诵之,而吏民宴会,虽无杂戏,亦有首章,皆谓之乐语。"

②《晋书·王徽之传》:"时吴中有一士大夫家,有好竹,欲观之,便出坐舆造竹下,讽啸良久。主人洒扫请坐,徽之不顾。将出,主人乃闭门。徽之每以此赏之,尽欢而去。"南朝·宋·刘义庆《世说新语·任诞》:"王子猷尝暂寄人空宅住,便令种竹。或问:'暂住,何烦尔?'王啸咏良久,直指竹曰:'何可一日无此君?'"

③《晋书·陶渊明传》:"江州刺史王弘欲识之,不能致也。渊明尝往庐山,弘命渊明故人庞通之赍酒具,于半道栗里之间邀之。渊明有脚疾,使一门生二儿舁篮舆,既至,欣然便共饮酌。俄顷弘至,亦无忤也。"

④胜概:美景,美好的境界。唐·李白《夏日陪司马武公与群贤宴姑熟亭序》:"此亭跨姑熟之水,可称为姑熟亭焉。嘉名胜概,自我作也。"擅:独揽。《逸周书·史记》:"昔者有巢氏有乱臣而贵,任之以国,假之以权,擅国而主断。"

⑤美景良辰:美好的景物和时光。《北齐书·段荣传》:"孝言虽黩货无厌,恣情酒色,然举止风流,招致名士,美景良辰,未尝虚弃。"宋·王安石《寄张襄州》:"故家遗俗应多在,美景良辰定不空。"宋·辛弃疾《满江红》:"美景良辰,算只是、可人风月。"高会:盛大的宴会。《战国策·秦策三》:"于是使唐雎载音乐,予之五千金,居武安,高会相与饮。"鲍彪注:"《高纪》注,大会也。"《新五代史·杂传八·王晏球》:"悉以俸禄所入具牛酒,日与诸将高会。"

⑥清风明月:清凉的风,明亮的月。《南史·谢譓传》:"有时独醉,曰:'入吾室者,但有清风,对吾饮者,唯有明月。'"宋·黄庭坚《鄂州南楼书事》诗之一:"清风明月无人管,并作南楼一味凉。"闲人:清闲无事的人。北齐·颜之推《颜氏家训·勉学》:"如此诸贤,故为上品,以外率多田野闲人,音辞鄙陋,风操蚩拙,相与专固,无所堪能。"唐·牟融《春日山亭》:"正是圣朝全盛日,讵知林下有闲人。"宋·陆游《春雨》:"闭门非为老,半世是闲人。"

⑦良朋:好友。《诗经·小雅·棠棣》:"每有良朋,况也永叹。"唐·李商隐《漫成》诗之一:"沈宋裁辞矜变律,王杨落笔得良朋。"乘兴:趁一时高兴,兴会所至。南朝·宋·刘义庆《世说新语·任诞》:"王子猷居山阴,夜大雪……忽忆戴安道。时戴在剡,即便夜乘小船就之,经宿方至,造门不前而返。人问其故,王曰:'吾本乘兴而行,兴尽而返,何必见戴?'"宋·苏轼《题永叔会老堂》:"乘兴不辞千里远,放怀还喜一樽同。"独往:一人前往。宋·苏轼《书李世南所画秋景》诗之二:"不是溪山曾独往,何人解作挂猿枝。"

⑧《晋书·惠帝纪》:"帝又尝在华林园,闻虾蟆声,谓左右曰:'此鸣者,为官乎?私乎?'侍臣贾胤对曰:'在官地为官虾蟆,在私地为私虾蟆。'令曰:'若官虾蟆,可给廪。'"唐·杨收《咏蛙》:"会当同鼓吹,不复问官私。"

⑨曲水:古代风俗,于农历三月上巳日(上旬的巳日,魏晋以后始固定为三月三日)就水滨宴饮,认为可祓除不祥,后人因引水环曲成渠,流觞取饮,相与为乐,称为曲水。晋·王羲之《兰亭集序》:"又有清流激湍,映带左右,引以为流觞曲水,列坐其次。虽无丝竹管弦之盛,一觞一咏,亦足以畅叙幽情。"唐·元稹《代曲江老人百韵》:"曲水流觞日,倡优醉度旬。"宋·欧阳修《三日赴宴口占》:"共喜流觞修故事,自怜霜鬓惜年华。"宋·苏轼《和王胜之》之二:"流觞曲水无多日,更作新诗继永和。"

⑩欢然:欢乐貌。《列子·黄帝》:"使天下丈夫女子,莫不欢然皆欲爱利之。"唐·元稹《才识兼茂明于体用策一道》:"上获其益,下输其情,君臣之间,欢然相与。"会意:会心,领悟。晋·陶潜《五柳先生传》:"好读书,不求甚解。每有会意,便欣然忘食。"宋·杨万里《归途轿中读参寥诗》:"会意贪看三五句,回头悔失数重山。"傍若无人:好像旁边没有人在。形容神情态度高傲自如。《后汉书·延笃传》:"虽渐离击筑,傍若无人;高凤读书,不

3

知暴雨。"《晋书·王猛传》："桓温入关,猛被褐而诣之,一面谈当世之事,扪虱而言,旁若无人。"南朝·宋·刘义庆《世说新语·简傲》："(王子敬)自会稽经吴,闻顾辟疆有名园,先不识主人,径往其家。值顾方集宾友酣燕,而王游历既毕,指麾好恶,傍若无人。"

⑪翻:编写。刘禹锡《杨柳枝词》："请君莫奏前朝曲,听唱新翻《杨柳枝》。"新声:新作的乐曲,新颖美妙的乐音。《国语·晋语八》："平公说新声。"晋·陶潜《诸人共游周家墓柏下》："清歌散新声,绿酒开芳颜。"唐·孟郊《楚竹吟酬卢虔端公见和湘弦怨》："握中有新声,楚竹人未闻。"

⑫薄伎:汉·司马迁《报任少卿书》："主上幸以先人之故,使得奏薄伎,出入周卫之中。"北齐·颜之推《颜氏家训·勉学》："谚曰:'积财千万,不如薄伎在身。'"清欢:清雅恬适之乐。唐·冯贽《云仙杂记·少延清欢》："陶渊明得太守送酒,多以春秫水杂投之,曰:'少延清欢数日。'"

采桑子

轻舟短棹西湖好①,绿水逶迤②。芳草长堤③。隐隐笙歌处处随④。　　无风水面琉璃滑⑤,不觉船移。微动涟漪⑥。惊起沙禽掠岸飞⑦。

【题解】

第一首写作者春日泛舟游湖,描写颍州西湖的澄澈幽静之美,抒发了作者致仕后退居颍州时轻松愉快的心情。起句用一"好"字统摄全篇,而"轻舟短棹"则给人以悠然自在的愉快感觉。接下来具体描写西湖之美:碧绿的湖水荡漾开去,青翠的芳草铺满堤岸,展现在词人眼前的是一幅淡远的画面;随着船的滑行,美妙的音乐声隐隐相随,既不喧嚣,也不过分的寂静。下片写湖面风平浪静,词人在航行的船中竟然丝毫感觉不到船在移动,可见湖面之水波不兴。而船桨荡起的涟漪惊起水鸟掠岸而飞,使这宁静优美的画面如电影镜头般跃动起来,平添一份生命的律动之美。全词以写景取胜,而又景中见情,"无风水面琉璃滑"的描写未尝不是词人无官一身轻时宁静悠闲心情的形象写照。

【注释】

①轻舟:轻快的小船。《国语·越语下》:"(范蠡)遂乘轻舟以浮于五湖,莫知其所终极。"唐·李白《早发白帝城》:"两岸猿声啼不住,轻舟已过万重山。"短棹:划船用的小桨。后蜀·阎选《定风波》:"扁舟短棹归兰浦,人去,萧萧竹径透青莎。"宋·朱敦儒《好事近·渔父》:"短棹钓船轻,江上晚烟笼碧。"

②绿水:碧绿的水。汉·应璩《与满炳书》:"高树翳朝云,文禽蔽绿水。"晋·潘岳《秋兴赋》:"龟祀骨于宗祧兮,思反身于绿水。"唐·杜甫《陪郑广文游何将军山林》诗之一:"名园依绿水,野竹上青霄。"逶迤:曲折绵延貌。同"逶蛇""逶迆"。《淮南子·泰族训》:"河以逶蛇故能远,山以陵迟故能高。"《文选·扬雄〈甘泉赋〉》:"梁弱水之潚瀁兮,蹑不周之逶迆。"李善注:"迆,音移。"吕向注:"逶迆,长曲貌。"唐·卢纶《与从弟瑾同下第后出关言别》:"杂花飞尽柳阴阴,官路逶迤绿草深。"

③芳草:香草。汉·班固《西都赋》:"竹林果园,芳草甘木。郊野之富,号为近蜀。"后蜀·毛熙震《浣溪沙》:"花榭香红烟景迷,满庭芳草绿萋萋。"

④隐隐:隐约不分明貌。南朝·宋·鲍照《还都道中》诗之二:"隐隐日没岫,瑟瑟风发谷。"宋·欧阳修《蝶恋花》:"隐隐歌声归棹远,离愁引着江南岸。"笙歌:合笙之歌。亦谓吹笙唱歌。《礼记·檀弓上》:"孔子既祥,五日弹琴而不成声,十日而成笙歌。"唐·王维《奉和圣制十五夜然灯继以酺宴应制》:"上路笙歌满,春城漏刻长。"唐·白居易《宴散》:"笙歌归院落,灯火下楼台。"宋·张先《南歌子》:"相逢休惜醉颜酡,赖有西园明月照笙歌。"处处:各处。宋·苏轼《残腊独出》诗之一:"处处野梅开,家家腊酒香。"

⑤无风:没有风。唐·韩愈《南山诗》:"无风自飘簸,融液煦柔茂。"水面:水的表面,水上。唐·杜甫《渼陂行》:"船舷暝戛云际寺,水面月出蓝田关。"琉璃:喻流水清澈透明。唐·杜甫《渼陂行》:"琉璃汗漫泛舟入,事殊兴极忧思集。"唐·白居易《泛太湖书事寄微之》:"黄夹缬林寒有叶,碧琉璃水净无风。"

⑥涟漪:水面波纹,微波。《诗经·魏风·伐檀》:"坎坎伐檀兮,寘之河之干兮,河水清且涟漪。"晋·左思《吴都赋》:"剖巨蚌于回渊,濯明月于涟漪。"向注:"涟漪,细波文。"

⑦沙禽：沙洲或沙滩上的水鸟。南朝·陈·阴铿《和傅郎岁暮还湘州》："戍人寒不望，沙禽迥未惊。"唐·刘长卿《却归睦州至七里滩下作》："江树临洲晚，沙禽对水寒。"宋·姜夔《一萼红》："翠藤共、闲穿径竹，渐笑语、惊起卧沙禽。"

【汇评】

许昂霄《词综偶评》：闲雅处自不可及。

俞陛云《唐五代两宋词选释》：下阕四句，极肖湖上行舟，波平如镜之状。"不觉船移"四字，下语尤妙。

龙榆生《唐宋名家词选》引夏敬观语：此颍州西湖词。公昔知颍，此晚居颍州所作也，十词无一重复之意。

采桑子

春深雨过西湖好①，百卉争妍②。蝶乱蜂喧③。晴日催花暖欲然④。　　兰桡画舸悠悠去⑤，疑是神仙。返照波间⑥。水阔风高扬管弦⑦。

【题解】

第二首写暮春雨后的西湖风光。上片写雨过天晴，百花竞放，鲜艳夺目的各式花色犹如一团团燃烧的火焰。蜂蝶在花丛中穿梭采蜜，为这美丽的大自然更添一份热闹。下片由景及人。词人乘坐着华贵的游船，在开阔的湖面上缓缓行驶。湖风送来美妙的音乐声，宛如置身仙界。相较于第一首而言，此首色彩更为绚烂，情景更为热闹。

【注释】

①春深：春意浓郁。唐·储光羲《钓鱼湾》："垂钓绿湾春，春深杏花乱。"宋·秦观《次韵裴仲谟和何先辈》："支枕星河横醉后，入帘飞絮报春深。"

②百卉：百草。后亦指百花。《诗经·小雅·四月》："秋日凄凄，百卉

具腓。"汉·张衡《西京赋》:"冰霜惨烈,百卉具零。"唐·罗隐《春居》:"春风百卉摇,旧国路迢迢。"宋·张元干《青玉案·生朝》:"花王独占春风远。看百卉、芳菲遍。"争妍:竞相逞美。唐·韩愈《送李愿归盘谷序》:"妒宠而负恃,争妍而取怜。"宋·苏轼《涵虚亭》:"水轩花榭两争妍,秋月春风各自偏。"

③唐·韩愈《花岛》:"蜂蝶去纷纷,香风隔岸闻。"唐·温庭筠《惜春词》:"蜂争粉蕊蝶分香,不似垂杨惜金缕。"宋·梅尧臣《和杨直讲夹竹花图》:"花留蜂蝶竹有禽,三月江南看不足。"宋·陶谷《清异录·花贼》:"温庭筠尝得一句云:'蜜官金翼使',偏于知识,无人可属。久之,自联其下,曰:'花贼玉腰奴',予以谓道尽蜂蝶。"

④晴日:晴天。唐·苏颋《奉和春日幸望春宫应制》:"东望望春春可怜,更逢晴日柳含烟。"催花:宋·陆游《社日小饮》:"催花初过社公雨,对酒喜烹溪友鱼。"欲:如,像。然:通燃。南朝·梁元帝《宫殿名诗》:"林间花欲燃。"梁·庾信《奉和赵王隐士诗》:"山花焰火燃。"唐·杜甫《绝句》:"山青花欲燃。"

⑤兰桡:小舟的美称。南朝·梁简文帝《采莲曲》:"桂楫兰桡浮碧水,江花玉面两相似。"唐太宗《帝京篇》之六:"飞盖去芳园,兰桡游翠渚。"画舸:画船。装饰华美的游船。梁元帝《赴荆州泊三江口》:"莲舟夹羽氅,画舸覆缇油。"唐·岑参《早春陪崔中丞泛浣花溪宴》:"红亭移酒席,画舸逗江村。"唐·许浑《春早郡楼书事寄呈府中群公》:"画舸欲行春水急,翠帘初卷暮山长。"

⑥返照:夕阳,落日。唐·骆宾王《夏日游山家同夏少府》:"返照下层岑,物外狎招寻。"宋·林逋《孤山后写望》:"返照未沉僧独往,长烟如淡鸟横飞。"

⑦风高:风大。唐·杜甫《湖中送敬十使君适广陵》:"秋晚岳增翠,风高湖涌波。"唐·柳宗元《田家》诗之三:"风高榆柳疏,霜重梨枣熟。"管弦:管乐器与弦乐器。亦泛指乐器。《淮南子·原道训》:"夫建钟鼓,列管弦。"晋·张华《情诗》之一:"终晨抚管弦,日夕不成音。"

采桑子

画船载酒西湖好,急管繁弦①。玉盏催传②。稳泛平波任醉眠③。　　行云却在行舟下④，空水澄鲜⑤。俯仰留连⑥。疑是湖中别有天。

【题解】

欧阳修《六一诗话》载梅尧臣语云："诗家虽率意，而造语亦难。若意新语工，得前人所未道者，斯为善也。必能状难写之景，如在目前，含不尽之意，见于言外，然后为至矣。"欧阳修写景词得之。此词写画船载酒游西湖。上片写词人乘坐着彩绘的游船，听着欢快的音乐，饮着甘醇的美酒。下片接写词人以醉眼观湖景，别有一番情趣：水天一色，澄澈明净。词人俯视湖底，但见白云朵朵，画船竟然是滑行于白云之上；仰望天空，却也分明是蓝天白云。醉酒的词人醉心于此，怀疑湖中是别有天宇。写景至此，传其形而得其神，真所谓"状难写之景，如在目前"矣！

【注释】

①急管繁弦：形容节拍急促，演奏热闹的乐曲。唐·白居易《忆旧游》："修娥慢脸灯下醉，急管繁弦头上催。"唐·钱起《送孙十尉温县》："急管繁弦催一醉，颓阳不驻引征镳。"

②玉盏：玉饰的酒杯。《礼记·明堂位》："爵用玉盏乃彫。"孔颖达疏："盏，夏后氏之爵名也。以玉饰之，故曰玉盏。"唐·元稹《饮致用神曲酒三十韵》："雕镌荆玉盏，烘透内丘缾。"宋·晏殊《玉楼春》："画堂元是降生辰，玉盏更斟长命酒。"宋·晏几道《采桑子》："三弄临风，送得当筵玉盏空。"唐·韩愈《奉酬振武胡十二丈大夫》："横飞玉盏家山晓，远蹋金珂塞草春。"催传：《历代诗馀》作"停传"。

③醉眠：《宋书》卷九十三《隐逸列传·陶潜》："潜不解音声，而畜素琴一张，无弦，每有酒适，辄抚弄以寄其意。贵贱造之者，有酒辄设，潜若先醉，便语客：'我醉欲眠，卿可去。'其真率如此。"

④行云：流动的云。三国·魏·曹植《王仲宣诔》："哀风兴感，行云徘徊，游鱼失浪，归鸟忘栖。"行舟：航行中的船。三国·魏·曹丕《善哉行》："汤汤川流，中有行舟。"南朝·梁简文帝《咏疏枫》："落叶洒行舟，仍持送远客。"

⑤空水：天空和水色。南朝·宋·谢灵运《登江中孤屿》："云日相辉

8

映，空水共澄鲜。"宋·范成大《大波林》："湖路荒寒又险艰，大千空水我居间。"澄鲜：清新。金·元好问《丙辰九月十六日挈家游龙泉》："风色澄鲜称野情，居僧闻客喜相迎。"

⑥俯仰：低头和抬头。《墨子·鲁问》："大王俯仰而思之。"唐·韩愈《岳阳楼别窦司直》："星河尽涵泳，俯仰迷下上。"流连：留恋不舍，同留连。三国·魏·曹丕《燕歌行》之二："飞鸟晨鸣声可怜，留连顾怀不自存。"唐·李白《友人会宿》："涤荡千古愁，留连百壶饮。"

【汇评】

俞陛云《唐五代两宋词选释》：湖水澄澈时，如在镜中，云影天光，上下一色，"行云"数语，能道出之。

采桑子①

群芳过后西湖好②，狼籍残红③。飞絮濛濛④。垂柳阑干尽日风⑤。　　笙歌散尽游人去，始觉春空。垂下帘栊⑥。双燕归来细雨中⑦。

【题解】

此首写词人暮春凭栏观赏湖景，赞扬残春之美，抒发旷达之情。上片写落花遍地，飞絮满天，春风骀荡，游人自乐。下片写歌尽人散，四周一片空寂，只有那翩翩双燕在微风细雨中归来。词所写之景虽为暮春残景，却不给人以衰飒之感；所抒之情朦胧隐约，如轻纱薄梦，唯有于下片推敲得之。"笙歌散尽游人去，始觉春空"，繁华尽处是寂寞，万事到头皆为空。"垂下帘栊"，词人此时的官场生涯已经谢幕，人生也即将走到尽头，向外探求的心灵窗户已然关闭，遂归诸内心反省。结句在一片迷蒙细雨中，双燕翩然归来，空寂中透露出希望，消逝变化中见出留存与不变来。阅读这首词，让我想起苏轼《前赤壁赋》中的几句话："自其变者而观之，则天地曾不能已一瞬；自其不变者而观之，则物与我皆无尽也。"也让我想起他的《定风波》："回首向来萧瑟处，归去，也无风雨也无晴。"苏轼超旷的心胸，欧阳修有以启之也。

【注释】

①《花庵词选》有词题"颍州西湖"。

②群芳:喻诸贤士或美人。南朝·齐·谢朓《酬德赋》:"览斯物之用舍,相群芳之动植。"

③狼籍:同"狼藉",纵横散乱貌。《史记·滑稽列传》:"日暮酒阑,合尊促坐,男女同席,履舃交错,杯盘狼藉。"唐·元稹《夜坐》:"孩提万里何时见?狼藉家书卧满床。"宋·陆游《江村初夏》:"紫葚狼藉山林下,石榴一枝红可把。"残红:凋残的花,落花。唐·王建《宫词》之九十:"树头树底觅残红,一片西飞一片东。"宋·李清照《怨王孙》:"门外谁扫残红?夜来风。"

④飞絮:飘飞的柳絮。北周·庾信《杨柳歌》:"独忆飞絮鹅毛下,非复青丝马尾垂。"宋·辛弃疾《摸鱼儿》:"算只有殷勤,画檐蛛网,尽日惹飞絮。"濛濛:今作"蒙蒙",纷杂貌。汉·枚乘《梁王菟园赋》:"羽盖繇起,被以红沫,濛濛若雨委雪。"唐·贾岛《送神邈法师》:"柳絮落濛濛,西州道路中。"宋·晏殊《踏莎行》:"春风不解禁杨花,濛濛乱扑行人面。"

⑤垂柳:柳树。因枝条下垂,故称。南朝·梁简文帝《长安道》:"落花依度幰,垂柳拂行轮。"阑干:横斜貌。三国·魏·曹植《善哉行》:"月没参横,北斗阑干。"尽日:《花庵词选》作"尽是"。终日,整天。《淮南子·氾论训》:"尽日极虑而无益于治,劳形竭智而无补于主。"唐·郑璧《奉和陆鲁望白菊》:"终朝疑笑梁王雪,尽日慵飞蜀帝魂。"

⑥帘栊:窗帘和窗牖。也泛指门窗的帘子。南朝·梁·江淹《杂体诗·效张华〈离情〉》:"秋月映帘笼,悬光入丹墀。"南朝·宋·谢惠连《七月七日夜咏牛女》:"落日隐檐楹,升月照帘栊。"唐·钱起《画鹤篇》:"点素凝姿任画工,霜毛玉羽照帘栊。"宋·史达祖《惜黄花·定兴道中》:"独自卷帘栊,谁为开尊俎。恨不得御风归去。"

⑦唐·陆龟蒙《病中秋怀寄袭美》:"双燕归来始下帘。"南唐·冯延巳《采桑子》:"双燕归栖画阁中。"

【汇评】

先著、程洪《词洁》卷一:"始觉春空",语拙,宋人每以"春"字替人与事,用极不妥。

谭献《谭评词辨》：("群芳过后"二句)埽处即生。("笙歌散尽"二句)悟语是恋语。

陈廷焯《别调集》卷一：("始觉春空")四字猛省。

俞陛云《唐五代两宋词选释》：西湖在宋时，堤上香车，湖中画舸，极游观之盛。此词独写静境，别有意味。

唐圭璋《唐宋词简释》：此首，上片言游冶之盛，下片言人去之静。通篇于景中见情，文字极疏隽。风光之好，太守之适，并可想象而知也。

刘永济《唐五代两宋词简析》：此词虽意在写暮春景物，而作者胸怀恬适之趣，同时表达出之。作者此词，皆从世俗繁华生活之中，渗透一层着眼。盖世俗之人，多在群芳正盛之时游观西湖；作者却于飞花、飞絮之外，得出寂静之境。世俗之游人皆随笙歌散去；作者却于人散、春空之后，领略自然之趣。其后苏轼作词，皆直写胸怀，因而将词体提升与诗同等。此种风气，欧阳修已开其端。特至东坡方大加发展，遂令词风为一变。盖风气之成，必有其渐，非可突然而至也。

钱钟书《管锥编》：诗人写景赋物，虽每如钟嵘《诗品》所谓本诸"即目"，然复往往踪文而非践实，阳若目击今事而阴若乃心摹前构。匹似欧阳修《采桑子》"垂下帘栊，双燕归来细雨中"，名句传诵，其为真景直寻耶？抑以谢朓《和王主簿怨情》有"风帘入双燕"，陆龟蒙《病中秋怀寄袭美》有"双燕归来始下帘"，冯延巳《采桑子》有"日暮疏钟，双燕归栖画阁中"，而遂华词补假，以与古为新也？修之词中洵有燕归，修之目中殆不保实见燕归乎？史传载笔，尚有准古饰今，因模拟而成捏造，况词章哉？不特此也。

采桑子

何人解赏西湖好，佳景无时[①]。飞盖相追[②]。贪向花间醉玉卮[③]。　　谁知闲凭阑干处[④]，芳草斜晖[⑤]。水远烟微。一点沧洲白鹭飞[⑥]。

【题解】

这首词的上、下片之间形成一种强烈的对比：上片言他，下片言己；上片是热闹繁华中的西湖之美，下片是寂寞宁静中的西湖之美。在这种对比中，作者对自己现在这种倚栏闲眺自然美景的闲适退隐生活表达了由衷的喜悦之情。一"闲"字正可见往昔官场生活的繁忙劳碌，而"白鹭飞"则可想词人现在身心之自由。

【注释】

①佳景：美景，胜景。唐·元稹《寄乐天》："老逢佳景惟惆怅，两地各伤何限神。"宋·柳永《法曲献仙音》："遇佳景，临风对月，事须时恁相忆。"无时：不定时，随时。《仪礼·既夕礼》："哭昼夜无时。"郑玄注："哀至则哭，非必朝夕。"唐·杜甫《三川观水涨二十韵》："火云无时出，飞电常在目。"

②飞盖：驱车，驰车。曹植《公宴》："清夜游西园，飞盖相追随。"

③玉卮：玉制的酒杯。《韩非子·外储说右上》："堂谿公谓昭侯曰：'今有千金之玉卮，通而无当，可以盛水乎？'"《史记·高祖本纪》："高祖奉玉卮，起为太上皇寿。"宋·范成大《冬至日天庆观朝拜作欢喜口号》："丰年四海皆温饱，愿把欢心寿玉卮。"

④阑干：栏杆。唐·李白《清平调》之三："解释春风无限恨，沉香亭北倚阑干。"

⑤芳草：香草。汉·班固《西都赋》："竹林果园，芳草甘木。郊野之富，号为近蜀。"后蜀·毛熙震《浣溪沙》："花榭香红烟景迷，满庭芳草绿萋萋。"斜晖：指傍晚西斜的阳光，同"斜辉"。南朝·梁·简文帝《序愁赋》："玩飞花之入户，看斜晖之度寮。"唐·杜牧《怀钟灵旧游》诗之三："斜辉更落西山影，千步虹桥气象兼。"

⑥沧洲：滨水的地方。古时常用以称隐士的居处。三国·魏·阮籍《为郑冲劝晋王笺》："然后临沧洲而谢支伯，登箕山以揖许由。"南朝·齐·谢朓《之宣城郡出新林浦向板桥》："既欢怀禄情，复协沧洲趣。"唐·王维《送崔三往密州觐省》："鲁连功未报，且莫蹈沧洲。"唐·杜甫《曲江对酒》："吏情更觉沧洲远，老大悲伤未拂衣。"

采桑子

清明上巳西湖好①,满目繁华②。争道谁家。绿柳朱轮
走钿车③。　　游人日暮相将去④,醒醉喧哗。路转堤斜。
直到城头总是花⑤。

【题解】

清明、寒食、上巳是我国传统文化中的三个重大节日。在传统社会中,清明不仅是扫墓祭奠、怀念离世亲人的节日,而且是踏青嬉游、亲近大自然的假日。这首词写的就是上巳节时人们在西湖游赏的热闹场景。在绿柳掩映中,西湖边游人如织,不时还有豪贵人家坐着香车宝马在堤岸上驶过。游人们尽情玩乐,不知不觉天色已暮,于是成群结队,在喧哗声中结伴而归。从西湖一直到颍州城,游人们头上簪的鲜花形成了一片花的海洋,更是一片欢乐的海洋!

【注释】

①清明:节气名。公历4月4、5或6日。我国有清明节踏青、扫墓的习俗。《逸周书·周月》:"春三月中气,惊蛰,春分,清明。"朱右曾校释引孔颖达曰:"清明,谓物生清净明洁。"南朝·宋·谢灵运《入东道路诗》:"属值清明节,荣华历和韶。"唐·薛逢《君不见》:"清明纵便天使来,一把纸钱风树杪。"上巳:节日名。汉以前以农历三月上旬巳日为"上巳",魏晋以后,定为三月三日,不必取巳日。人们于此日至水滨洗濯以被除不祥,又引水环曲成渠,流觞取饮,称为曲水流觞。《后汉书·礼仪志上》:"是月上巳,官民皆絜于东流水上,曰洗濯被除去宿垢疢为大絜。"《宋书·礼志二》引《韩诗》:"郑国之俗,三月上巳,之溱洧两水之上,招魂续魄,秉兰草,拂不祥。"唐·席元明《三月三日宴王明府山亭》:"日惟上巳,时亨有巢。"宋·吴自牧《梦粱录·三月》:"三月三日上巳之辰,曲水流觞故事,起于晋时。唐朝赐宴曲江,倾都禊饮踏青,亦是此意。"

②满目:满眼。宋·秦观《如梦令》词之五:"池上春归何处,满目落花

飞絮。"繁华:繁荣美盛。南朝·宋·鲍照《拟古》诗之四:"繁华悉何在,宫阙久崩填。"唐·韦应物《拟古》诗之三:"京城繁华地,轩盖凌晨出。"宋·贺铸《采桑子·罗敷歌》:"东南自古繁华地,歌吹扬州,十二青楼,最数秦娘第一流。"

③朱轮:古代王侯显贵所乘的车子。因用朱红漆轮,故称。《文选·杨恽〈报孙会宗书〉》:"恽家方隆盛时,乘朱轮者十人。位在列卿,爵为通侯。"李善注:"二千石皆得乘朱轮。"南朝·梁·丘迟《与陈伯之书》:"朱轮华毂,拥旄万里,何其壮也。"唐·罗隐《送雪川郑员外》:"明时塞诏列分麾,东拥朱轮出帝畿。"钿车:用金宝嵌饰的车子。唐·白居易《浔阳春·春来》:"金谷蹋花香骑入,曲江碾草钿车行。"唐·杜牧《街西长句》:"银鞦䯀裹嘶宛马,绣鞅璁珑走钿车。"

④相将:相偕,相共。宋·王安石《次韵答平甫》:"物物此时皆可赋,悔予千里不相将。"

⑤城头:城墙上。唐·王昌龄《出塞》诗之二:"城头铁鼓声犹振,匣里金刀血未干。"

采桑子①

荷花开后西湖好,载酒来时。不用旌旗②。前后红幢绿盖随③。　　画船撑入花深处,香泛金卮④。烟雨微微⑤。一片笙歌醉里归。

【题解】

此首写词人在夏天游赏荷花盛开后的西湖。过去"我"做颍州知州来游西湖时,坐着高贵的绿盖车,车后跟随着手举红旗的仪仗队。现在"我"退隐于此,再也没有了往昔的排场,可那有什么关系呢。这碧绿的荷叶不就是车盖吗? 这红色的荷花不就是红旗仪仗队? 词人醉心于此,将画船撑入花丛深处,痛饮一番,在笙歌声中带醉而归。

【注释】

①《花庵词选》有词题"西湖"。

②旌旗:旗帜。唐·刘禹锡《酬令狐相公春日言怀见寄》:"今想临戎地,旌旗出汶阳。"

③红幢:红色旌幢。唐·韩愈《送郑尚书赴南海》:"盖海旂幢出,连天观阁开。"此喻指红色的荷花。绿盖:绿色的车盖。汉·贾谊《新书·匈奴》:"匈奴之来者,家长已上固必衣绣,家少者必衣文锦,将为银车五乘,大雕画之,驾四马、载绿盖、从数骑、御骖乘,且虽单于之出入也,不轻都此矣。"《晋书·舆服志》:"王青盖车,皇孙绿盖车,并驾三,左右骓。"唐·李贺《神弦别曲》:"绿盖独穿香径归,白马花竿前子子。"此喻指荷叶。

④金卮:金制酒器。亦为酒器之美称。南朝·齐·陆厥《京兆歌》:"寿陵之街走狐兔,金卮玉盌会销铄。"《敦煌曲子词·长相思》:"频频满酌醉如泥。轻轻更换金卮。"

⑤烟雨:蒙蒙细雨。南朝·宋·鲍照《观漏赋》:"聊弭志以高歌,顺烟雨而沉逸。"唐·杜牧《江南春绝句》:"南朝四百八十寺,多少楼台烟雨中。"微微:蒙蒙。三国·魏·曹植《诰咎文》:"遂乃沉阴块圠,甘泽微微,雨我公田,爰暨于私。"

采桑子

天容水色西湖好①,云物俱鲜②。鸥鹭闲眠③。应惯寻常听管弦④。　　风清月白偏宜夜⑤,一片琼田⑥。谁羡骖鸾⑦。人在舟中便是仙⑧。

【题解】

词人在这首词中以雅致的语言描写泛舟夜游西湖。浩渺澄澈的西湖,与广袤无垠的天空浑然一体,大自然的一切都显得是那么的清新鲜美,就连鸥鹭等水鸟也月夜归巢,眯缝着双眼,倾听那熟悉的丝竹管弦之声呢!一个"闲"字,逗弄出词人闲适愉快的心情。词的下片接着写月夜中的西湖之美。清凉的微风吹拂着脸庞,湖水在皎洁的月光照耀下,莹碧如玉。词人乘着一叶扁舟,犹如步入仙界。后来张孝祥在《念奴娇》中写道:"玉鉴琼田三万顷,着我扁舟一叶。素月分辉,明河共影,表里俱澄澈。"与此词所写之景、所抒之情同得个中妙味,情与景浑然一体,情韵悠长,澄澈秀美。

【注释】

①天容:天空的景象,天色。南朝·齐·张融《海赋》:"照天容于鲕渚,镜河色于鲂浔。"水色:水面呈现的色泽。南朝·梁简文帝《饯别》:"窗阴随影度,水色带风移。"唐·元稹《和乐天早春见寄》:"湖添水色消残雪,江送潮头涌漫波。"

②云物:云彩,景物。南朝·齐·谢朓《高松赋》:"尔乃青春受谢,云物含明,江皋绿草,暖然已平。"唐·杜甫《敬赠郑谏议十韵》:"思飘云物外,律中鬼神惊。"唐·赵嘏《长安秋望》:"云物凄清拂曙流,汉家宫阙动高秋。"

③鸥鹭:一种水鸟。《列子·黄帝篇》:"海上之人有好沤(鸥)鸟者,每旦之海,从沤鸟游,沤鸟之至者百住而不止。其父曰:'吾闻沤鸟皆从汝游,汝取来,吾玩之。'明日之海上,沤鸟舞而不下也。"

④寻常:经常,平时。唐·杜甫《江南逢李龟年》:"岐王宅里寻常见,崔九堂前几度闻。"《敦煌曲子词·十二月相思》:"无端嫁得长征婿,教妾寻常独自眠。"

⑤风清月白:微风清凉,月色皎洁。形容夜景幽美宜人。同"风清月皎"。唐·裴铏《传奇·薛昭》:"及夜,风清月皎,见阶前有三美女,笑语而至。"偏宜:最宜,特别合适。前蜀·李珣《浣溪沙》:"入夏偏宜澹薄妆,越罗衣褪郁金黄。"金·董解元《西厢记诸宫调》卷一:"低矮矮的冠儿偏宜戴,笑吟吟地喜满香腮。"

⑥琼田:形容莹洁如玉的江湖、田野。南朝·陈·张正见《咏雪应衡阳王教》:"九冬飘远雪,六出表丰年。睢阳生玉树,云梦起琼田。"宋·欧阳修《沧浪亭》:"风高月白最宜夜,一片莹净铺琼田。"

⑦骖鸾:谓仙人驾驭鸾鸟云游。《文选·江淹〈别赋〉》:"驾鹤上汉,骖鸾腾天。"吕向注:"御鸾鹤而升天汉。"唐·薛逢《汉武宫词》:"绛节几时还入梦,碧桃何处更骖鸾。"唐·元稹《冬夜怀李侍御王太祝段丞》:"飘飘魂神举,若骖鸾鹤舆。"

⑧《后汉书·郭太传》:"郭太,字林宗……始见河南尹李膺,膺大奇之,

遂相友善,于是名震京师。后归乡里,衣冠诸儒送至河上,车数千两。林宗唯与李膺同舟而济,众宾望之,以为神仙焉。"

采桑子

　　残霞夕照西湖好①,花坞蘋汀②。十顷波平。野岸无人舟自横③。　　　　西南月上浮云散,轩槛凉生。莲芰香清④。水面风来酒面醒⑤。

【题解】

　　第九首写黄昏至入夜以后的西湖。上片写黄昏时分的西湖,残霞满天,夕照遍地,浩渺的湖面水波不兴。在荷花蘋草的环绕中,一叶扁舟横泊湖岸。"野岸无人舟自横",仅改韦应物《滁州西涧》中"野渡无人舟自横"的"渡"为"岸",却能见出词人晚年退隐西湖后无所用心、任性自适的心情。下片写天黑后的西湖。天空中月亮上升,浮云飘散;阳台上凉风渐起,芰荷送香,吹醒了微醺后的词人。整首词前七句写景,结句时作者始现身,其中一"醒"字耐人寻味。

【注释】

　　①残霞:残余的晚霞。南朝・梁・何逊《夕望江桥》:"夕鸟已西度,残霞亦半销。"宋・沈与求《石壁寺山房即事》诗之二:"画桥依约垂柳外,映带残霞一抹红。"夕照:傍晚的阳光。唐太宗《望雪》:"萦空惭夕照,破彩谢晨霞。"宋・陆游《野饮》:"平堤渐放春无绿,细浪遥翻夕照红。"

　　②花坞:四周高中间低的花圃。南朝・梁武帝《子夜四时歌・春歌之四》:"花坞蝶双飞,柳堤鸟百音。"唐・严维《酬刘员外见寄》:"柳塘春水漫,花坞夕阳迟。"宋・杨万里《望雨》:"须臾水平阶,花坞湿半角。"蘋汀:长着蘋草的汀洲。

　　③唐・韦应物《滁州西涧》:"春潮带雨晚来急,野渡无人舟自横。"

　　④莲芰:《历代诗馀》作"荷芰"。芰:菱。《国语・吴语上》:"屈到嗜芰。有疾,召其宗老而属之曰:'祭我必以芰。'"

⑤酒面:饮酒后的面色。宋·梅尧臣《牡丹》:"时结游朋去寻玩,香吹酒面生红波。"金·元好问《杏花》诗之二:"帽檐分去家家喜,酒面飞来片片春。"

采桑子

平生为爱西湖好,来拥朱轮①。富贵浮云②。俯仰流年二十春③。　　归来恰似辽东鹤④,城郭人民。触目皆新。谁识当年旧主人。

【题解】

十首《采桑子》前九首以写景为主,第十首以抒情为主,有对组词进行总结之意。宋仁宗皇祐元年(1049)二月,欧阳修从扬州移知颖州,翌年秋离任。治平四年(1067年)五月,他在《思颖诗后序》中写道:"宋皇祐元年(1049年)春,予自广陵得请来颖,爱其民淳讼简而物产美,土厚水甘而风气和,于时慨然已有终焉之意也。迩来俯仰二十年,历事三朝,窃位二府,宠荣已极,而忧患随之,心志索然而筋骸惫矣。其思颖之念,未尝一日少忘于心,而意之所存,亦时时见于文字也。"四年后,也就是神宗熙宁四年(1071),词人退休归颖,实现了他在颖州"终焉之意"的理想。词的上片追述了知颖州时的经历,感叹二十年时间转瞬即逝,功名富贵犹如浮云,既变幻多端又难以保存长久,历经仕途风波的词人此时已不再萦系心怀了。下片借丁令威化鹤归辽的典故,慨叹沧海桑田,物是人非。

【注释】

①朱轮:见《采桑子》(清明上巳西湖好)注③。

②富贵:有财有势,富裕而显贵。《论语·颜渊》:"商闻之矣:死生有命,富贵在天。"唐·韩愈《省试颜子不贰过论》:"不以富贵妨其道,不以隐约易其心。"浮云:即天上飘浮的云彩,用于代指瞬息即逝的事物,也引申为不易实现或不愿去实现的事物。《论语·述而》:"子曰:'饭疏食,饮水,曲肱而枕之,乐亦在其中矣。不义而富且贵,于我如浮云。'"宋·邢昺疏:"疏

食，菜食也。肱，臂也。言己饭菜食、饮水、寝则曲肱而枕之，以此为乐。不义而富且贵，于我如浮云者，富与贵虽人之所欲，若富贵而以不义者，于我如浮云，言非己之有也。"

③俯仰：比喻时间短暂。晋·王羲之《兰亭集序》："夫人之相与，俯仰一世，或取诸怀抱，悟言一室之内；或因寄所托，放浪形骸之外……向之所欣，俯仰之间，已为陈迹。"三国·魏·阮籍《咏怀》诗之三二："去此若俯仰，如何似九秋。"宋·王安石《送李屯田守桂阳》诗之一："追思少时事，俯仰如一夕。"流年：如水般流逝的光阴、年华。南朝·宋·鲍照《登云阳九里埭》："宿心不复归，流年抱衰疾。"唐·黄滔《寓言》："流年五十前，朝朝倚少年。流年五十后，日日侵皓首。"

④辽东鹤：指传说中的辽东人丁令威修道升仙，化鹤归飞之事。晋·陶潜《搜神后记》卷一："丁令威，本辽东人，学道于灵虚山。后化鹤归辽，集城门华表柱。时有少年，举弓欲射之。鹤乃飞，徘徊空中而言曰：'有鸟有鸟丁令威，去家千年今始归。城郭如故人民非，何不学仙冢垒垒。'遂高上冲天。"隋·卢思道《神仙篇》："时见辽东鹤，屡听淮南鸡。"唐·张说《赠工部尚书冯公挽歌》："谁言辽东鹤，千年往复回。"

【汇评】

叶梦得《江城子》：碧潭浮影蘸红旗，日初迟，漾晴漪。我欲寻芳，先遣报春知。尽放百花连夜发，休更待，晓风吹。　　满携尊酒弄繁枝，与佳期，伴群嬉。犹有邦人，争唱醉翁词。应笑今年狂太守，能痛饮，似当时。

夏敬观《映庵词评》：此颍州西湖词。公昔知颍，此晚居颍州所作也。十词无一重复之意。

王国维《宋元戏曲史·宋之乐曲》：宋人宴集，无不歌以侑觞，然大率徒歌而不舞，其歌亦以一阕为率。其有连续歌此一曲者，为欧阳公之《采桑子》凡十首；赵德麟《商调蝶恋花》，凡十首，一述西湖之胜，一述会真之事，皆徒歌而不舞，其所以异于普通之词者，不过重叠此曲，以咏一事而已。

采桑子

画楼钟动君休唱①，往事无踪②。聚散匆匆③。今日欢娱

19

几客同④。　　去年绿鬓今年白⑤，不觉衰容。明月清风⑥。
把酒何人忆谢公⑦。

【题解】

　　吴熊和先生主编《唐宋词汇评》云："月西斜，画楼钟动"，乃谢绛《夜行船》词。首章乃忆谢绛作，故末云"把酒何人忆谢公"。第三首云"旧曲重听"亦指谢绛《夜行船》。谢绛卒于宝元二年(1039)，欧阳修有《谢公挽词》三首。二人在洛阳时过从甚密。庆历四年(1044)欧阳修再过洛阳，赋诗云："却到谢公题壁处，向风清泪独潺潺。"三词即作于庆历四年。距明道、景祐间洛阳盛会，已逾十年矣。

　　这首词为忆旧感念之作。词的上片写在歌舞酒宴上，环境优美，音乐动听，可是词人却怎么也高兴不起来。他感叹往事如烟，无处追寻，和朋友也是聚散匆匆，今日的宴会竟然没有几个自己的朋友。下片说去年还是满头乌丝，今年却是头发尽白，不知不觉间自己竟然衰容满面，已经是一位衰老的老头儿了。在这月白风清之夜，叫"我"如何不思念那些或逝或散的老朋友呢？

【注释】

　　①画楼：《乐府雅词》作"画船"。雕饰华丽的楼房。唐·李峤《晚秋喜雨》："聚霭笼仙阁，连霏绕画楼。"宋·李清照《浪淘沙·闺情》："帘外五更风，吹梦无踪。画楼重上与谁同。"钟动：指奏乐。南朝·梁·刘勰《文心雕龙·总术》："调钟未易，张琴实难。"

　　②往事：过去的事情。《荀子·成相》："观往事，以自戒，治乱是非亦可识。"唐·刘长卿《南楚怀古》："往事那堪问，此心徒自劳。"无踪：没有踪迹或踪影。唐·张乔《送僧雅觉归东海》："鸟行来有路，帆影去无踪。"宋·惠洪《效李白湘中体》："雁字初成春有信，烟鬟空好雨无踪。"

　　③聚散：会聚与分散。《庄子·则阳》："安危相易，祸福相生，缓急相摩，聚散以成。"唐·杜甫《送重表侄王砅评事使南海》："乱离又聚散，宿昔恨滔滔。"宋·沈瀛《念奴娇》："须臾聚散，人生真信如客。"

　　④欢娱：欢乐。汉·班固《东都赋》："于是圣上亲睹万方之欢娱，久沐浴乎膏泽。"唐·高适《别韦参军》："欢娱未尽分散去，使我惆怅惊心神。"

⑤绿鬓:乌黑而有光泽的鬓发。形容年轻美貌。南朝乐府民歌《子夜四时歌·冬歌》之十七:"感时为欢叹,白发绿鬓生。"南朝·梁·吴均《和萧洗马子显古意诗》之三:"绿鬓愁中改,红颜啼里灭。"唐·崔颢《虞姬篇》:"虞姬少小魏王家,绿鬓红唇桃李花。"

⑥明月清风:同风清月白,见《采桑子》(天容水色西湖好)注⑤。

⑦把酒:手执酒杯。谓饮酒。唐·孟浩然《过故人庄》:"开轩面场圃,把酒话桑麻。"宋·苏轼《水调歌头》:"明月几时有?把酒问青天。"谢公:谢朓。曾任宣城(郡治在今安徽宣州)太守。筑楼城北,称北楼,又称谢公楼、谢楼。唐·李白《秋登宣城谢朓北楼》:"谁念北楼上,临风怀谢公。"

采桑子

十年一别流光速①,白首相逢②。莫话衰翁③。但斗尊前语笑同④。　劝君满酌君须醉,尽日从容⑤。画鹢牵风⑥。即去朝天沃舜聪⑦。

【题解】

这是一首送朋友赴朝廷做官的送别词。词人和这位朋友分别后,时光流逝,十年时间眨眼间就过去了,再见时已是满头白发。词人劝朋友不要伤感衰老,希望他能够饮醉尽欢,然后乘着大船出发,一帆风顺地去朝见天子,尽心地辅佐皇帝,成就一番事业。

【注释】

①流光:指如流水般逝去的时光。唐·鲍防《人日陪宣州范中丞传正与范侍御传真宴东峰亭》:"流光易去欢难得,莫厌频频上此台。"宋·宋祁《浪淘沙·别刘原父》:"少年不管,流光如箭,因循不觉韶华换。"

②白首:犹白发。表示年老。《史记·范雎蔡泽列传论》:"范雎、蔡泽世所谓一切辩士,然游说诸侯至白首无所遇者,非计策之拙,所为说力少也。"前蜀·韦庄《与东吴生相遇》:"十年身事各如萍,白首相逢泪满缨。"相逢:彼此遇见,会见。汉·张衡《西京赋》:"跳丸剑之挥霍,走索上而相逢。"

唐·韩愈《答张彻》:"及去事戎辔,相逢宴军伶。"宋·王易简《水龙吟》:"看明珰素袜,相逢憔悴,当应被,薰风误。"

③衰翁:老翁。宋·欧阳修《朝中措》:"行乐直须年少,樽前看取衰翁。"宋·陆游《晓出东城马上作》:"晓出东城数帜红,蒙茸狐貉拥衰翁。"

④斗:享受。张相《诗词曲语辞汇释》卷二:"斗,喜乐戏耍之辞。唐·牛僧孺《席上赠刘梦得》诗:'休论世上升沉事,且斗樽前见在身。'"

⑤尽日:终日,整天。《淮南子·氾论训》:"尽日极虑而无益于治,劳形竭智而无补于主。唐·郑璧《奉和陆鲁望白菊》:"终朝疑笑梁王雪,尽日慵飞蜀帝魂。"从容:盘桓逗留。《楚辞·九章·悲回风》:"寤从容以周流兮,聊逍遥以自恃。"唐·白行简《三梦记》:"夜已久,恐不得从容,即当睽索。"

⑥画鹢:船的别称。《淮南子·本经训》:"龙舟鹢首,浮吹以娱。"高诱注:"鹢,大鸟也。画其像着船头,故曰鹢首。"南朝·陈·张正见《泛舟横大江》:"波中画鹢涌,帆上锦花飞。"唐·温庭筠《昆明治水战词》:"滇池海浦俱喧阗,青翰画鹢相次来。"牵风:被风带动。唐·杜甫《曲江对雨》:"林花著雨胭脂湿,水荇牵风翠带长。"

⑦朝天:朝见天子。唐·王维《闻逆贼凝碧池作乐》:"万户伤心生野烟,百僚何日再朝天。"前蜀·王建《贺东平功成》:"唐史上头功第一,春风双节好朝天。"宋·张孝祥《蝶恋花》:"待得政成民按堵,朝天衣袂翩翩举。"沃:启沃,竭诚忠告。舜:指像尧舜一样伟大的皇上。聪:表示耳朵灵敏,指察觉到。沃舜聪:向君主进言。《尚书》卷三《虞书·舜典》:"月正元日,舜格于文祖,询于四岳,辟四门,明四目,达四聪。"唐·孔颖达疏:"明四方之目,使为已远视四方也;达四方之聪,使为已远听闻四方也。"《尚书·说命上》:"启乃心,沃朕心。"

采桑子

十年前是尊前客①,月白风清②。忧患凋零③。老去光阴速可惊④。　　鬓华虽改心无改⑤,试把金觥⑥。旧曲重听⑦。犹似当年醉里声。

【题解】

词感慨人生。上片忆旧,说十年前自己是樽前常客,经常在月白风清之夜和朋友们饮酒赋诗,豪情满怀。其后呢? 自己遭逢了许多忧患,当年一起饮酒的朋友也凋零殆尽。光阴似箭,时间流逝的速度真是快得让人心惊! 下片词人从伤感的情绪中精神振起,说自己虽然两鬓斑白,然而年轻之心没有改变,不信让我们端起酒杯,重弹旧曲,看是否还是当年酒酣耳热时发出的慷慨激昂的声音?

【注释】

①尊前:在酒樽之前。指酒筵上。唐·马戴《赠友人边游回》:"尊前语尽北风起,秋色萧条胡雁来。"南唐·李煜《虞美人》:"笙歌未散尊前在,池面冰初解。"宋·晏几道《满庭芳》:"漫留得尊前,淡月西风。"

②月白风清:形容月夜明朗幽静。宋·苏轼《后赤壁赋》:"有客无酒,有酒无肴,月白风清,如此良夜何!"

③忧患:困苦患难。《周易·系辞下》:"作《易》者,其有忧患乎?"《孟子·告子下》:"入则无法家拂士,出则无敌国外患者,国恒亡。然后知生于忧患而死于安乐也。"三国·魏·嵇康《养生论》:"旷然无忧患,寂然无思虑。"宋·王安石《离北山寄平甫》:"少年忧患伤豪气,老去经纶误半生。"凋零:草木零落。比喻人事衰败或人之死亡。唐·白居易《代梦得吟》:"后来变化三分贵,同辈凋零太半无。"

④老去:谓人渐趋衰老。唐·杜甫《往在》:"归号故松柏,老去苦飘蓬。"宋·欧阳修《赠王介甫》:"老去自怜心尚在,后来谁与子争先。"光阴:时间,岁月。北齐·颜之推《颜氏家训·勉学》:"光阴可惜,譬诸流水。"唐·韩偓《青春》:"光阴负我难相偶,情绪牵人不自由。"

⑤鬓华:两鬓华发。唐·高适《重阳》:"节物惊心两鬓华,东篱空绕未开花。"

⑥金觥:酒杯的美称。《诗经·周南·卷耳》:"我姑酌彼兕觥。"唐·刘禹锡《牛相公见示新什谨依本韵次用以抒下情》:"玉柱琤琤韵,金觥瀲瀲棱。"南唐·冯延巳《抛球乐》:"款举金觥劝,谁是当筵最有情。"

⑦旧曲:古曲,针对"新曲"而言。《晋书·乐志下》:"按魏晋之世,有孙氏善弘旧曲……朱生善琵琶,尤发新声。"南朝·陈·徐陵《折杨柳》:"江陵

有旧曲,洛下作新声。"

朝中措①

送刘仲原甫出守维扬②

平山阑槛倚晴空③,山色有无中④。手种堂前垂柳⑤,别来几度春风。　　文章太守⑥,挥毫万字⑦,一饮千钟⑧。行乐直须年少⑨,尊前看取衰翁⑩。

【题解】

傅干《注坡词》卷一云:"(欧阳修)后守扬州,于僧寺建平山堂,甚得观览之胜。堂下手植柳数株。后数年,公在翰林,金华刘原父出守维扬,公出家乐饮饯,亲作《朝中措》词。议者谓非刘之才,不能当公之词,可谓双美矣。"吴熊和先生主编《唐宋词汇评》云:"欧阳修于庆历八年(1048)闰正月至十二月知扬州,建平山堂。刘敞(原甫)于至和三年(1056)出知扬州,词即作于至和三年。欧阳修时在开封,为刘敞饯行。"刘德清《欧阳修年谱》系于是年闰三月九日,云"刘敞避亲嫌出知扬州,欧有赠词《朝中措》"。

此词对唐五代词风多有突破:多偶字句,返璞归真,使得作品的语言在传统的绮丽风格之外别具一种清疏朗畅之美;"文章太守"的人物形象豪俊多才,突破了传统歌姬舞伎的红粉佳人形象;"行乐直须年少,尊前看取衰翁"富有人生的启发意义,凡事应趁年少,莫待头白空嗟。

【注释】

①宋本《醉翁琴趣外编》作《醉偎香》,《花草醉编》调下注:"即《照江梅》。"

②《花庵词选》作"送刘原父守扬州"。刘仲原甫:刘敞(1019－1068),字原父(甫),临江军新喻(今江西新余)人。宋仁宗庆历六年(1046)进士。历官知制诰、集贤院学士等。宋至和二年(1055),奉使契丹(见陈邦瞻《宋史纪事本末》卷二十一)。归后,出知扬州。维扬:扬州的别称。《书·禹

贡》：“淮海惟扬州。”惟，通"维"。后因截取二字以为名。北周·庾信《哀江南赋》：“淮海维扬，三千馀里。”唐·刘希夷《江南曲》之五：“潮平见楚甸，天际望维扬。”

③平山：即平山堂，在今江苏扬州，为庆历八年(1048)欧阳修知扬州时所建。阑槛：栏杆。《说文·木部》："楯，阑槛也。"段玉裁注："阑槛者，谓凡遮阑之槛，今之阑干是也。"晴空：晴朗的天空。唐·李白《秋登宣城谢朓北楼》："江城如画里，山晚望晴空。"

④山色：《花庵词选》作“楼阁”。山的景色。唐·岑参《宿岐州北郭严给事别业》："郭外山色溟，主人林馆秋。"唐·王维《汉江临泛》："江流天地外，山色有无中。"唐·权德舆《晚渡扬子江却寄江南亲故》："远岫有无中，片帆烟水上。"

⑤垂柳：《乐府雅词》作“杨柳”。宋本《近体乐府》卷后校云："一作杨柳"。张邦基《墨庄漫录》卷二："扬州蜀冈上大明寺平山堂前，欧阳文忠公手植柳一株，谓之'欧公柳'，公词所谓'手种堂前杨柳，别来几度春风'者。薛嗣昌作守，相对亦种一株，自榜曰'薛公柳'，人莫不嗤之。嗣昌既去，为人伐之。不度德有如此者！"

⑥太守：官名。秦置郡守，汉景帝时改名太守，为一郡最高的行政长官。隋初以州刺史为郡长官。宋以后改郡为府或州，太守已非正式官名，只用作知府、知州的别称。明清时专指知府。

⑦挥毫：运笔。谓书写或绘画。唐·杜甫《饮中八仙歌》："张旭三杯草圣传，脱帽露顶王公前，挥毫落纸如云烟。"宋·王安石《和王微之登高斋》之三："挥毫更想能一战，数窘乃见诗人才。"

⑧千钟：千盅，千杯。极言酒多或酒量大。《孔丛子·儒服》："尧舜千钟，孔子百觚。"

⑨行乐：消遣娱乐，游戏取乐。汉·杨恽《报孙会宗书》："人生行乐耳，须富贵何时？"唐·杜甫《宿昔》："宫中行乐秘，少有外人知。"直须：应当。唐·杜秋娘《金缕衣》："有花堪折直须折，莫待无花空折枝。"宋·王安石《和王司封会同年》："直须倾倒樽中酒，休惜淋浪座上衣。"

⑩看取：看。取，作助词，无义。唐·孟浩然《题大禹寺义公禅房》："看取莲花净，应知不染心。"宋·张孝祥《水调歌头·为方务德侍郎寿》："看取连宵雪，借与万家春。"

【汇评】

叶梦得《避暑录话》卷一：欧阳文忠公在扬州作平山堂，壮丽为淮南第一，上据蜀冈，下临江南数百里，真、润、金陵三州，隐隐若可见。公每暑时，辄凌晨携客往游，遣人走邵伯，取荷花千馀朵，插百许盆，与客相间。遇酒行，即遣妓取一花传客，以次摘其叶尽处以饮酒，往往侵夜，戴月而归。余绍圣初始登第，尝以六七月之间馆于此堂。是岁大暑，环堂左右，老木参天，后有竹千馀竿，大如椽，不复见日色。寺有一僧，年八十馀，及见公，犹能道公时事甚详。

胡仔《苕溪渔隐丛话》后集卷二十三引《艺苑雌黄》：欧阳永叔送刘贡父守维扬，作长短句云："平山阑槛倚晴空，山色有无中。"平山堂望江左诸山甚近，或以为永叔短视，故云"山色有无中"。东坡笑之，因赋快哉亭道其事云："长记平山堂上，倚枕江南烟雨，杳杳没孤鸿。认取醉翁语，山色有无中。"盖山色有无中，非烟雨不能然也。

陈岩肖《庚溪诗话》卷上：王摩诘《汉江临泛》诗曰："江流天地外，山色有无中。"六一居士平山堂长短句云："平山栏槛倚晴空，山色有无中。"岂用摩诘语耶？然诗人意所到而语偶相同亦多矣，其后东坡作长短句曰："记取醉翁语，山色有无中。"则专以六一语也。

陆游《老学庵笔记》卷六："水流天地外，山色有无中"，王维诗也。权德舆《晚渡扬子江》诗云："远岫有无中，片帆烟水上。"已是用维语。欧阳公长短句云："平山阑槛倚晴空，山色有无中。"诗人至是，盖三用矣。然公但以此句施于平山堂为宜，初不自谓工也。东坡先生乃云："记取醉翁语，山色有无中。"则似谓欧阳公创为此句，何哉？

方勺《泊宅编》卷六："山色有无中"，王维诗也。欧公《平山堂》词用此一句。东坡爱之，作《水调歌头》乃云："认取醉翁语，山色有无中。"

楼钥《欧公与刘原甫帖》（《攻媿集》卷七十六《跋汪季路所藏书帖》）：公是先生望隆一时，而不容于朝，出知扬州。欧阳公所为赋平山堂之词也，移知青州。公是作《董仲舒》诗云："江都才子又膠西，扰扰诸侯等弃之。为问公孙丞相道，不知东阁欲宾谁。"后又帅长安，久之，作《班超》诗云："班超投笔起行间，傅郑甘陈不足攀。何事眼昏头发白，却思生入玉门关。"二诗不无少望矣。欧公与之至厚，西斋，盖平时群贤聚会之地，欧氏至今有《西斋帖》，然终不能挽之还朝，岂非命耶？

袁说友《和张季长少卿尘外亭韵》(《东塘集》卷二,《四库全书》本):平山醉翁何以重,一词一记垂千年。

晁说之《嵩山文集》卷六《席上有唱欧公送刘原父辞者,次日又有唱东坡"三过平山堂"词者,今联续唱之,感怀作绝句》:龙门不见鬓垂丝,莫唱平山杨柳辞。纵使前声君忍听,后声恼杀木肠儿。

祝穆《方舆胜览》卷四十四"扬州·堂舍":平山堂,在州城西北大明寺侧,庆历八年二月,欧阳公来牧是邦,为堂于大明寺庭之坤隅,江南诸山拱列檐下,若可攀取,因目之曰平山堂,沈括为记……刘原父诗:"芜城此地远人寰,尽借江南万叠山。"后欧公在翰林,原父出守,公作《朝中措》词饯之,有曰:"平山栏槛倚晴空。山色有无中。手种堂前杨柳,别来几度春风。

文章太守,挥毫万字,一饮千钟。行乐直须年少,樽前看取衰翁。"苏子瞻《西江月》:"三过平山堂下,半生弹指声中。十年不见老仙翁,壁上龙蛇飞动。　欲吊文章太守,仍歌杨柳春风。休言万事转头空,未转头时已梦。"

王象之《舆地纪胜》卷三十七"官吏下":欧公守扬日,建平山堂。其后金华刘原父守扬,公饯之词曰:"文章太守,挥毫万字,一饮千钟。"

卓人月《古今词统》卷八:然永叔起句是"平山栏槛倚晴空",安得烟雨?恐苏终不能为欧解矣。

潘游龙《古今诗余醉》:只"山色"一句,此堂已足千古。

《新刻注释草堂诗余评林》引李廷机:"山色有无中",写景绝。

王士禛《花草蒙拾》:平山堂一抔土耳,亦无片石可语,然以欧、苏词,遂令地重。因念此地稚圭、永叔、原父、子瞻诸公,皆曾作守,令人惶汗。仆向与诸子游宴红桥,酒间小有酬唱,江南北颇流传之,过扬州者,多问红桥矣。

沈雄《古今词话·词品下卷》引《艺苑雌黄》:欧阳公"平山阑槛俯晴空,山色有无中"。东坡赋水调歌头记其事:"长记平山堂上,欹枕江南烟雨。"盖以山色有无,非烟雨不能然也。然以"平山阑槛俯晴空"为起句,已成语病,恐苏公不能为之讳也。则是以欧阳公为短视者近是。俯一作倚。

曹尔堪《汪懋麟锦瑟词序》:戊申(1668)重九,偶滞广陵,策杖过红桥,登法海寺,遥望平山堂,可二里许。欲造而观焉,而小雨微茫,路湿秋草,辄兴尽而返,因窃叹曰:欧、苏二公,千古之伟人也,其文章事业,炳耀天壤,而此地独以两公之词传,至今读《朝中措》《西江月》诸什,如见两公之须眉生动,偕游于千载之上也。世乃目词为雕虫小技者,抑独何欤?以词学为小技,谓欧、苏非伟人乎?

王弈清《历代词话》卷四引《词苑》:"山色有无中",欧阳公咏平山堂句也。或谓平山堂望江南诸山甚近,公短视故耳。东坡为公解嘲,乃赋快哉亭词云:"记得平山堂上,欹枕江南烟雨,杳杳没孤鸿。认得醉翁语,山色有无中。"盖山色有无,非烟雨不能也。然公词起句是"平山阑槛倚晴空",安得烟雨?恐东坡终不能为公解矣。

黄苏《蓼园词选》:欧阳文忠公守维扬日,于西城北大明寺侧建平山堂,颇得游观之胜。金华刘原父出守扬州,文忠公作《朝中措》以饯之。后东坡亦守是邦,登平山堂,有感而赋《西江月》一阕云:"三过平山堂下,半生弹指声中。十年不见老仙翁,壁上龙蛇飞动。 欲吊文章太守,仍歌杨柳春风。休言万事转头空,未转头时皆梦。"末句感慨之意,见于言外。

黄苏《蓼园词选》:按君子进德修业,欲及时也。无事不须在少年努力者,现身说法,神采奕奕动人。

刘熙载《艺概》卷四:词有尚风,有尚骨,欧公《朝中措》云:"手种堂前杨柳,别来几度春风。"东坡《雨中花慢》云:"高会聊追短景,清商不假余妍。"孰风孰骨可辨。

张德瀛《词徵》卷五:欧阳文忠在维扬时,建平山堂,叶少蕴谓其壮丽,为淮南第一。文忠于堂前植柳一株,因谓之欧公柳,故公词有手种堂前杨柳之句。苏文忠词云:"欲吊文章太守,仍歌杨柳春风。"张方叔词云:"平山老柳,寄多少胜游,春愁诗瘦。"盖指此也。

沈祥龙《论词随笔》:用成语,贵浑成,脱化如出诸己。……欧阳永叔"平山阑槛倚晴空。山色有无中",用王摩诘句,均妙。

况周颐《蕙风词话续编》卷一:叶梦得《避暑录话》:"欧阳文忠公在扬州,作平山堂。每暑时,辄凌晨携客往游。遣人走邵伯,取荷花千余朵,以画盆分插百许盆,与客相间。遇酒行,即遣妓取花一枝传客,以次摘其叶,尽处则饮酒,往往侵夜戴月而归。"郭遁斋《卜算子序》云:"客有惠牡丹者。其六深红,其六浅红,贮以铜瓶,置之席间,约五客以赏之。仍呼侑尊者六辈。酒半,人簪其一,恰恰无欠余,因赋。""谁把洛阳花,翦送河阳县。魏紫姚黄此地无,随分红深浅。小插向铜瓶,一段真堪羡。十二人簪十二枝,面面交相看。"遁斋词事,与欧公风趣略同。玉溪生以"送钩""射覆"入诗,得毋愧此雅故。

长相思

蘋满溪,柳绕堤,相送行人溪水西。回时陇月低①。
烟霏霏②,风凄凄③,重倚朱门听马嘶④。寒鸥相对飞⑤。

【题解】

《全宋词》注云:"按此首别又见张先子野词卷一。别又作黄庭坚词,见明刊山谷先生文集卷十一。"

这是一首抒写离情的词。上片写送别时的场景。春天里蘋草满溪,柳树绕堤,即将离别的人依依不舍,送了一程又一程,直到月亮西沉。下片写别后。时节已经到了深秋,但见烟雨霏霏,霜风凄凄。居者仍然倚门而立,倾听着马的嘶鸣声,等待着心上人归来,可除了成双而飞的鸥鸟外,并没有心上人一点音讯。这首词句句写景,而实句句言情。

【注释】

①回:鲍廷博刻知不足斋本《张子野词》"回"字后注:"一作'归'。"

②霏霏:泛指浓密盛多。《楚辞·九章·涉江》:"霰雪纷其无垠兮,云霏霏而承宇。"《晋书·胡毋辅之传》:"(王)澄尝与人曰:'彦国吐佳言如锯木屑,霏霏不绝,诚为后进领袖也。'"唐·欧阳詹《回鸾赋》:"郁霏霏以葳蕤,辉煜煜以严颢。"

③风凄凄:《张子野词》"风"字后注:"一作'雨'。"凄凄:寒凉貌。《诗经·郑风·风雨》:"风雨凄凄,鸡鸣喈喈。"晋·潘岳《寡妇赋》:"夜漫漫以悠悠兮,寒凄凄以凛凛。"唐·韩偓《寄远》:"孤灯亭亭公署寒,微霜凄凄客衣单。"

④朱门:红漆大门。指贵族豪富之家。晋·葛洪《抱朴子·嘉遁》:"背朝华于朱门,保恬寂乎蓬户。"唐·杜甫《自京赴奉先县咏怀五百字》:"朱门酒肉臭,路有冻死骨。"

⑤飞:《张子野词》"飞"字后注:"一云'寒鸦相对啼'。"寒鸥:唐·陆龟

蒙《冬柳》:"正是霜风飘断处,寒鸥惊起一双双。"

长相思

　　花似伊,柳似伊①,花柳青春人别离②。低头双泪垂。
长江东,长江西,两岸鸳鸯两处飞③。相逢知几时④。

【题解】

　　这是一首抒写离别之情的作品。上片写别时,正是花繁柳茂的时节,伊人面若桃花眉似柳,正楚楚可怜地低头泣下,原来是因心上人即将离别而黯然神伤。下片写别后,一个住长江头,一个在长江尾,也不知何时能够再相逢。词风清新明畅,具有民歌风味。

【注释】

　　①唐·白居易《长恨歌》:"太液芙蓉未央柳,芙蓉如面柳如眉。"

　　②花柳:花和柳。唐·杜甫《遭田父泥饮美严中丞》:"步屧随春风,村村自花柳。"宋·许月卿《多谢》:"园林富贵何千万,花柳功勋已十成。"青春:春天。春季草木茂盛,其色青绿,故称。《楚辞·大招》:"青春受谢,白日昭只。"王逸注云:"青,东方春位,其色青也。"唐·杜甫《闻官军收河南河北》:"白日放歌须纵酒,青春作伴好还乡。"别离:离别。《楚辞·九歌·少司命》:"悲莫悲兮生别离,乐莫乐兮新相知。"唐·聂夷中《劝酒》诗之二:"人间荣乐少,四海别离多。"

　　③鸳鸯:本鸟名,此比喻恩爱夫妻。汉·司马相如《琴歌》之一:"室迩人遐独我肠,何缘交颈为鸳鸯。"唐·温庭筠《南歌子》:"不如从嫁与,作鸳鸯。"

　　④几时:什么时候。唐·杜甫《天末怀李白》:"鸿雁几时到,江湖秋水多。"宋·苏轼《儋州》诗之二:"荔枝几时熟,花头今已繁。"

长相思

　　深花枝①,浅花枝,深浅花枝相并时②。花枝难似伊。

玉如肌③,柳如眉④,爱着鹅黄金缕衣⑤。啼妆更为谁⑥。

【题解】

词咏美人。上片用对比的手法突出美人之美:无论是浓艳的花还是淡雅的花,还是浓淡相并的花,都比不上她的美丽。下片则用比喻的手法表现美人之美:她白润的肌肤光滑如玉,细长的眉毛如新绽柳叶,她穿着用金丝编织而成的淡黄色衣服。至此,一个年轻美丽而又高贵的女性形象展现在我们面前。整首词九成笔墨都在写外貌,结句"啼妆更为谁"则画龙点睛,遂使一个平面的人物形象鲜活起来,变得富有生命、富有情感。

【注释】

①花枝:比喻美女。前蜀·韦庄《菩萨蛮》:"此度见花枝,白头誓不归。"宋·张景修《虞美人》:"旁人应笑髯公老,独爱花枝好。"

②相并:并排,并列。唐·朱庆馀《宫词》:"寂寂花时闭院门,美人相并立琼轩。"宋·范成大《偶题》:"蕉心榴萼俱无赖,要与春衫相并红。"

③玉肌:白润的肌肤。晋·葛洪《抱朴子·擢才》:"乃有播埃尘于白珪,生疮痏于玉肌;汕疵雷同,攻伐独立。"唐·白居易《小岁日喜谈氏外孙女满月》:"桂燎熏花果,兰汤洗玉肌。"前蜀·韦庄《伤灼灼》:"桃脸曼长横绿水,玉肌香腻透红纱。"

④柳如眉:新绽柳叶细长如眉。唐·白居易《长恨歌》:"太液芙蓉未央柳,芙蓉如面柳如眉。"

⑤鹅黄:淡黄,像小鹅绒毛的颜色。唐·李涉《黄葵花》:"此花莫遣俗人看,新染鹅黄色未干。"金缕衣:以金丝编织的衣服。南朝·梁·刘孝威《拟古应教》:"青铺绿琐琉璃扉,琼筵玉笥金缕衣。"唐·杜秋娘《金缕衣》:"劝君莫惜金缕衣。"

⑥啼妆:东汉时,妇女以粉薄拭目下,有似啼痕,故名。《汉书·五行志》:"桓帝元嘉中,妇女作愁眉啼妆。"《后汉书·五行志一》:"啼妆者,薄拭目下若啼处……始自大将军梁冀家所为,京都歙然,诸夏皆仿效。"

【汇评】

金圣叹《唱经堂批欧阳永叔词十二首》:只看前半阕,不用一字,只是一笔写去,却成异样绝调。后半阕,偏有许多玉肌、柳眉、鹅黄、金缕、啼妆等字,偏觉丑拙不可耐,然则作词之法,固可得而悟也。"深花枝。浅花枝。深浅花枝相并时。花枝难似伊。"四句十八字一气注下,中间更读不下,真是妙手!

陈廷焯《闲情集》卷一:连用四"花枝",二"深浅"字,姿态甚足。后半殊逊。

陈廷焯《白雨斋词话》卷五:"深花枝。浅花枝。深浅花枝相并时。花枝难似伊。　玉如肌。柳如眉。爱着鹅黄金缕衣。啼妆更为谁。"欧阳公《长相思》词也,可谓鄙俚极矣。而圣叹以前半连用四"花枝"两"深浅"字,叹为绝技。真乡里小儿之见。

诉衷情

眉　意

清晨帘幕卷轻霜①,呵手试梅妆②。都缘自有离恨③,故画作远山长④。　　思往事,惜流芳,易成伤⑤。拟歌先敛⑥,欲笑还颦⑦,最断人肠⑧。

【题解】

《全宋词》注云:"按此首别又作黄庭坚词,见豫章黄先生词。"汲古阁刻《山谷词》于此调下注云:"旧刻四首,考'珠帘绣幕卷轻霜'是六一词,删去。"

这首闺怨词,围绕眉色,描写了一位歌女清晨起床梳妆时的离愁别绪。上片写歌女清晨梳妆,因思念远方的意中人,故意把双眉画成远山的模样。下片写她抚今忆昔,叹息年华流逝,连唱歌欢笑也感到心绪烦乱。结句写出感情的曲折变化,含蓄蕴藉,极有分寸。

【注释】

①《花草粹编》在"帘幕"后注云:"山谷作'珠帘绣幕'。"清晨:早晨。指

日出前后的一段时间。汉·贾谊《新书·官人》："清晨听治，罢朝而议论。"三国·魏·曹植《赠白马王彪》："清晨发皇邑，日夕过首阳。"唐·杜甫《白水崔少府十九翁高斋三十韵》："清晨陪跻攀，傲睨俯峭壁。"帘幕：用于门窗处的帘子与帷幕。唐·杜牧《题宣州开元寺水阁》："深秋帘幕千家雨，落日楼台一笛风。"宋·刘过《满江红·高帅席上》："楼阁万家帘幕卷，江郊十里旌旗驻。"

②呵手：向手嘘气使暖。宋·苏轼《四时词》之四："起来呵手画双鸦，醉脸轻匀衬眼霞。"梅妆："梅花妆"的省称。古时女子妆式，描梅花状于额上为饰。相传始于南朝宋寿阳公主。李昉等《太平御览》卷三十"时序部"引《杂五行书》："宋武帝女寿阳公主人日卧于含章殿檐下，梅花落公主额上成五出花，拂之不去，皇后留之，看得几时。经三日，洗之乃落。宫女奇其异，竞效之，今梅花妆是也。"唐·李商隐《对雪》诗之二："侵夜可能争桂魄，忍寒应欲试梅妆。"前蜀·牛峤《红蔷薇》："若缀寿阳公主额，六宫争肯学梅妆。"

③离恨：因别离而产生的愁苦。南朝·梁·吴均《陌上桑》："故人宁知此，离恨煎人肠。"南唐·李煜《清平乐》："离恨恰如春草，更行更远还生。"

④远山：形容女子秀丽之眉。西汉·刘歆《西京杂记》："文君姣好，眉色如望远山，脸际常若芙蓉。"唐·崔仲容《赠歌姬》："皓齿乍分寒玉细，黛眉轻蹙远山微。"宋·范成大《次韵陈季陵寺丞求歙石眉子砚》："宝玩何曾抹枵腹，但爱文君远山蹙。"

⑤易成伤：《花草粹编》作"恨难忘"。

⑥拟歌：《花草粹编》作"未歌"。敛：《花庵词选》作"咽"。皱眉。《宋书·后废帝纪》："尝以铁椎椎人阴破，左右人见之有敛眉者，昱大怒，令此人袒胛正立，以矛刺胛洞过。"北周·庾信《伤往》诗之一："见月长垂泪，花开定敛眉。"唐·王绩《在京思故园见乡人问》："敛眉俱握手，破涕共衔杯。"

⑦颦：皱眉。宋·晏殊《更漏子》："才送目，又颦眉，此情谁得知。"

⑧断人肠：形容极度思念或悲痛。三国·魏·曹丕《燕歌行》："念君客游思断肠，慊慊思归恋故乡。"唐·李白《清平调》词之二："一枝红艳露凝香，云雨巫山枉断肠。"宋·苏轼《次韵回文》之二："红笺短写空深恨，锦句新翻欲断肠。"

金圣叹《唱经堂批欧阳永叔词十二首》:(上片)即有恨,亦何与画眉事。以画眉作使事,真是儿女性格也。

陈廷焯《闲情集》卷一:纵画长眉,能解离恨否?笔妙,能于无理中传出痴女子心肠。

胡云翼《宋词选》:"欲歌先敛,欲笑还颦",透露了歌女的生活苦闷。

踏莎行①

候馆梅残②,溪桥柳细③。草薰风暖摇征辔④。离愁渐远渐无穷,迢迢不断如春水⑤。　　寸寸柔肠⑥,盈盈粉泪⑦。楼高莫近危阑倚⑧。平芜尽处是春山⑨,行人更在春山外。

【题解】

此词写离情。上片从远行人着笔,写他在途中面对一派恼人的春色,愈走愈抑制不住强烈的愁思。下片写闺中人登楼望远,遥念离人,哀怨满怀。词的前后两结兼有对偶和比喻,前结以春水喻愁,写离愁不断,犹如迢迢不尽的春水;后结用春山况远,写望眼无涯——平芜已远,春山犹在平芜之外,更远;行人又在春山之外,则又加倍遥远。一层远似一层,令人不能目睹,仅留下邈远绵长的想象空间。全词用淡语写浓情,词情婉约,音律谐畅。

【注释】

①《花庵词选》有词题"相别",《花草粹编》有词题"离别"。

②候馆:泛指接待过往官员或外国使者的驿馆。《周礼·地官·遗人》:"凡宾客、会同、师役,掌其道路之委积。凡国野之道,十里有庐,庐有饮食;三十里有宿,宿有路室,路室有委;五十里有市,市有候馆,候馆有积。"唐·钱起《青泥驿迎献王侍御》:"候馆扫清昼,使车出明光。"

③唐·杜甫《西郊》:"市桥官柳细,江路野梅香。"

④草薰:宋本《醉翁琴趣外篇》作"草芳"。南朝·梁·江淹《别赋》:"闺

中风暖,陌上草薰。"征辔:远行之马的缰绳,亦指远行的马。宋·柳永《满江红》:"匹马驱驱,摇征辔,溪边谷旁。"

⑤迢迢:形容水流绵长。宋·姜夔《除夜自石湖归苕溪》:"细草穿沙雪半销,吴宫烟冷水迢迢。"春水:春天的河水。唐·杜甫《遣意》诗之一:"一径野花落,孤村春水生。"宋·寇准《夜度娘》:"日暮汀洲一望时,柔情不断如春水。"

⑥柔肠:柔曲的心肠。喻指缠绵的情意。宋·柳永《清平乐》:"翠减红稀莺似懒,特地柔肠欲断。"

⑦盈盈:清澈貌,晶莹貌。《古诗十九首·迢迢牵牛星》:"盈盈一水间,脉脉不得语。"唐·白居易《除官赴阙留赠微之》:"两乡默默心相别,一水盈盈路不通。"粉泪:女子之泪。后蜀·毛熙震《木兰花》:"匀粉泪,恨檀郎,一去不归花又落。"宋·张先《临江仙》:"况与佳人分凤侣,盈盈粉泪难收。"

⑧危阑:高栏。唐·李商隐《北楼》:"此楼堪北望,轻命倚危栏。"

⑨平芜:草木丛生的平旷原野。南朝·梁·江淹《去故乡赋》:"穷阴匝海,平芜带天。"唐·高适《田家春望》:"出门何所见,春色满平芜。"春山:春日的山。唐·王维《鸟鸣涧》:"人闲桂花落,夜静春山空。"

【汇评】

俞文豹《吹剑录》:杜子美流离兵革中,其咏内子云:"香雾云鬟湿,清辉玉臂寒。何时倚虚幌,双照泪痕干。"欧阳文忠、范文正,矫饰风节,而欧公词云:"寸寸柔肠,盈盈粉泪。楼高莫近危阑倚。"又:"薄倖辜人终不愤,何时枕上分明问。"文正词云:"都来此事,眉间心上,无计相回避。"又:"明月楼高休独倚,酒入愁肠,化作相思泪。"林和靖《梅》诗有"春水净于僧眼碧,晚山浓似佛头青"之句,可想见其清雅,而《长相思》词云:"君泪盈,妾泪盈,罗带同心结未成。江头潮已平。"情之所钟,虽贤者不能免,岂少年所作耶?惟荆公诗词未尝作脂粉语。

黄昇《唐宋诸贤绝妙词选》卷二:句意最工。

陈霆《渚山堂词话》卷一:欧公有句云:"平芜尽处是春山,行人更在春山外。"陈大声体之,作《蝶恋花》,落句云:"千里青山劳望眼,行人更比青山远。"虽面目稍更,而意句仍昔。然则偷句之钝,何可避也。予向作《踏莎行》,末云:"欲将归信问行人,青山尽处行人少。"或者谓其袭欧公。要之字语虽近,而用意则别。此与大声之钝,自谓不侔。

杨慎《词品》卷一：欧阳公词"草薰风暖摇征辔"，乃用江淹别赋"闺中风暖，陌上草薰"之语也……填词虽于文为末，而非自选诗乐府来，亦不能入妙。

杨慎《词品》卷一：佛经云："奇草芳花，能逆风闻薰。"江淹《别赋》："闺中风暖，陌上草薰。"正用佛经语。六一词云"草薰风暖摇征辔"，又用江淹语。今《草堂词》改"薰"作"芳"，盖未见《文选》者也。《弘明集》："地芝候月，天华逆风。"

杨慎《词品》卷一：欧阳公词："平芜尽处是春山，行人更在春山外。"石曼卿诗："水尽天不尽，人在天尽头。"欧与石同时，且为文字友，其偶同乎，抑相取乎。

董其昌《便读草堂诗馀》："便做一江春水都是泪，流不尽许多情。"意同。

卓人月《古今词统》卷九："芳草更在斜阳外""行人更在春山外"两句，不厌百回读。

沈际飞《草堂诗馀正集》：春水春山走对妙。望断江南山色，远人不见草连空，一望无际矣。尽处是春山，更在春山外，转望转远矣。当取以合看。

李攀龙《草堂诗馀隽》：春水写愁，春山骋望，极切极婉。不着一愁语，而寂寂景色，洵一幅秋光图。

王世贞《艺苑卮言》："平芜尽处是春山，行人更在春山外。"又"郴江幸自绕郴山，为谁流下潇湘去"。此淡语之有情者也。

陈霆《渚山堂词话》卷一：欧公有句云："平芜尽处是春山，行人更在春山外。"陈大声体之，作《蝶恋花》。落句云："千里青山劳望远，行人更比青山远。"虽面稍更，而意句仍昔。然则偷句之钝，何可避也。

茅暎《词的》卷三：结语韵致更远。

王士禛《花草蒙拾》："平芜尽处是春山，行人更在春山外。"升庵以拟石曼卿"水尽天不尽，人在天尽头"，未免何汉。盖意近而工拙悬殊，不啻霄壤。且此等入词为本色，入诗即失古雅，可与知者道耳。

金圣叹《唱经堂批欧阳永叔词十二首》：（"候馆梅残，溪桥柳细。草薰风暖摇征辔"）："残"字"细"字写早春如画。"摇"字不知是草，不知是风，不知是征辔，却便觉有离愁在内。（"离愁渐远渐无穷，迢迢不断如春水"）：此

36

二句只是叙愁，却已叙出路程。上三句只是叙路程，却都叙出愁，其法妙不可言。（"楼高莫近危阑倚"）：此七字，从容中忽然说到家里。（"楼高莫近危阑倚。平芜尽处是春山"）：此十四字，又反从家里忽然说到客中，抽思胜阳羡书生矣。前半是自叙，后半是代家里叙，章法极奇。杜诗"今夜鄜州月，闺中只独看"，此便脱化出楼高句；"遥怜小儿女，未解忆长安"，此便脱化出平芜二句。从一个人心里，想出两个人相思，幻绝妙绝。

许昂宵《词综偶评》："春山"疑当作"青山"。否则，既用"春水"，又用两"春山"字，未免稍复矣。

陈廷焯《大雅集》卷二：（离愁二句）后主"离恨恰如芳草"二语，更绵远有致。

黄苏《蓼园词选》：按此词特为赠别作耳。首阕，言时物暄妍，征辔之去，自是得意。其如我之离愁不断何？次阕，言不敢远望，愈望愈远也。语语倩丽，韶光情文斐？

吴梅《词学通论》：余按公词以此为最婉转，以《少年游》咏草为最工切超脱。当亦百世之公论也。

俞陛云《唐五代两宋词选释》：唐宋人诗词中，送别怀人者，或从居者着想，或从行者着想，能言情婉挚，便称佳构。此词则两面兼写。前半首言征人驻马回头，愈行愈远，如春水迢迢，却望长亭，已隔万重云树。后半首为送行者设想，倚栏凝睇，心倒肠回，望春山无际，遥想斜日鞭丝，当已出青山之外，如鸳鸯之烟岛分飞，互相回首也。以章法论，"候馆""溪桥"言行人所经历；"柔肠""粉泪"言思妇之伤怀，情同而境判，前后阕之章法井然。

唐圭璋《唐宋词简释》：此首，上片写行人忆家，下片写闺人忆外。起三句，写郊景如画，于梅残柳细、草薰风暖之时，信马徐行，一何自在。"离愁"两句，因见春水之不断，遂忆及离愁之无穷。下片，言闺人之怅望。"楼高"一句唤起，"平芜"两句拍合。平芜已远，春山则更远矣，而行人又在春山之外，则人去之远，不能目睹，惟存想象而已。写来极柔极厚。

刘永济《唐五代两宋词简析》：此亦托为闺人别情，实乃自抒己情也，与晏殊《踏莎行》二词同。上半阕行者自道离情，下半阕则居者怀念行者。此词之行者，当即作者本人。欧阳修因作书责高若讷不谏吕夷简排斥孔道辅、范仲淹诸人，被高将其书呈之政府，因而被贬为夷陵令。

踏莎行

　　雨霁风光①,春分天气②,千花百卉争明媚。画梁新燕一双双③,玉笼鹦鹉愁孤睡④。　　薜荔依墙⑤,莓苔满地⑥,青楼几处歌声丽⑦。蓦然旧事上心来,无言敛皱眉山翠⑧。

【题解】

《全宋词》注云:"按此首别又见杜安世《杜寿域词》。"

　　词写青楼女子。上片写在一派大好的春光中,画梁新燕成双成对,而鸟笼中的鹦鹉却愁闷不堪地孤栖独宿。字面上是在说新燕鹦鹉,实际上是在比喻自己孤独的命运。下片从居住环境进一步渲染这种孤独:屋舍藤蔓缠绕,青苔遍地,分明是一个孤寂冷清的场景。几声柔曼清丽的歌声传来,不禁勾引起对过去美好生活的回忆。今昔对比,悲从中来,又无以诉说,只有双眉紧锁,独自体味这深沉的痛苦。

【注释】

　　①雨霁:雨过天晴。战国·宋玉《高唐赋》:"风止雨霁,云无所处。"唐·阎济美《天津桥望洛城残雪》:"新霁洛城端,千家积雪寒。"风光:风景,景色。唐·张渭《湖上对酒行》:"风光若此人不醉,参差辜负东园花。"宋·苏轼《追和子由去岁试举人洛下所寄·暴雨初晴楼上晚景之一》:"秋后风光雨后山,满城流水碧潺潺。"

　　②春分:二十四节气之一。每年在公历3月20或21日。此日,太阳直射赤道,南北半球昼夜长短平分,故称。《逸周书·周月》:"春三月中气:惊蛰,春分,清明。"汉·董仲舒《春秋繁露·阴阳出入上下》:"至于仲春之月,阳在正东,阴在正西,谓之春分。春分者,阴阳相半也,故昼夜均而寒暑平。"宋·苏轼《癸丑春分后雪》:"雪入春分省见稀,半开桃杏不胜威。"

　　③画梁:有彩绘装饰的屋梁。南朝·陈·阴铿《和樊晋侯伤妾》:"画梁朝日尽,芳树落花辞。"唐·卢照邻《长安古意》:"双燕双飞绕画梁,罗帏翠被郁金香。"新燕:春时初来的燕子。唐·白居易《钱塘湖春行》:"几处早莺

争暖树,谁家新燕啄春泥。"唐·杜牧《夏州崔常侍自少常亚列出领麾幢十韵》:"野水差新燕,芳郊哢夏莺。"

④玉笼:玉饰的鸟笼。亦用为鸟笼的美称。宋·陈师道《木兰花》:"谁教言语似黄鹂,深闭玉笼千万怨。"鹦鹉:《礼记·曲礼上》:"鹦鹉能言,不离飞鸟。"唐·段成式《酉阳杂俎·羽篇》:"鹦鹉,能飞,众鸟趾前三后一,唯鹦鹉四趾齐分。凡鸟下睑眨上,独此鸟两睑俱动,如人目。"

⑤薜荔:常绿藤本植物。又称木莲。《楚辞·离骚》:"擥木根以结茝兮,贯薜荔之落蕊。"王逸注:"薜荔,香草也,缘木而生蕊实也。"唐·宋之问《早发始兴江口至虚氏村作》:"薜荔摇青气,桄榔翳碧苔。"

⑥莓苔:青苔。晋·孙绰《游天台山赋》:"践莓苔之滑石,搏壁立之翠屏。"宋·苏舜钦《寄守坚觉初二僧》:"松下莓苔石,何年重访寻。"

⑦青楼:妓院。南朝·梁·刘邈《万山见采桑人》:"倡妾不胜愁,结束下青楼。"唐·杜牧《遣怀》:"十年一觉扬州梦,赢得青楼薄幸名。"

⑧眉山:形容女子秀丽的双眉。《西京杂记》卷二:"(卓)文君姣好,眉色如望远山。"唐·韩偓《生查子》:"绣被拥轻寒,眉山正愁绝。"宋·陈师道《菩萨蛮》:"髻钗初上朝云卷,眼波翻动眉山远。"

望江南

江南蝶①,斜日一双双②。身似何郎全傅粉③,心如韩寿爱偷香④。天赋与轻狂⑤。　　微雨后,薄翅腻烟光⑥。才伴游蜂来小院⑦,又随飞絮过东墙⑧。长是为花忙。

【题解】

这是一首咏蝴蝶的咏物词。起两句写在太阳西斜之时,成双成对的蝴蝶翩翩起舞。次两句则用何晏傅粉的典故描绘蝴蝶的外形美,用韩寿偷香的典故喻指蝴蝶采蜜后香味扑鼻。下片写一场小雨后,蝴蝶的翅膀在烟光中显得更加光滑细腻,飞起来也更加轻盈。它们一会儿伴着游蜂飞进小院,一会儿又随着飞絮来到东墙,在花丛中翻飞奔忙。此词妙于用典,形神兼备。

【注释】

①江南:汉以前一般指今湖北省长江以南部分和湖南省、江西省一带;后来多指今江苏、安徽两省的南部和浙江省一带。唐·张九龄《感遇》:"江南有丹橘,经冬犹绿林。"

②斜日:傍晚时西斜的太阳。南朝·梁简文帝《纳凉》:"斜日晚骎骎,池塘生半阴。"宋·王安石《杏花》:"独有杏花如唤客,倚墙斜日数枝红。"双双:一对对。南朝·梁简文帝《咏蝶》:"复此从风蝶,双双花上飞。"宋·柳永《安公子》:"拾翠汀洲人寂静,立双双鸥鹭。"

③何郎:三国魏驸马何晏仪容俊美,平日喜修饰,粉白不去手,行步顾影,人称"傅粉何郎"。后即以"何郎"称喜欢修饰或面目姣好的青年男子。南朝·宋·刘义庆《世说新语·容止》:"何平叔(晏)美姿仪,面至白。魏明帝疑其傅粉,正夏月,与热汤饼。既啖,大汗出,以朱衣自拭,色转皎然。"《三国志·魏志·曹爽传》裴松之注引《魏略》:"晏性自喜,动静粉白不去手,行步顾影。"唐·宋璟《梅花赋》:"俨如傅粉,是谓何郎。"唐·许浑《夏日戏题郭别驾东堂》:"犹恐何郎热,冰生白玉盘。"

④韩寿:借称美男子,多指出入歌楼舞榭的风流子弟。南朝·宋·刘义庆《世说新语·惑溺》:"韩寿美姿容,贾充辟以为掾。充每聚会,贾女于青琐中看,见寿,说之,恒怀存想,发于吟咏。后婢往寿家,具述如此,并言女光丽。寿闻之心动,遂请婢潜修音问。及期往宿,寿矫捷绝人,逾墙而入,家中莫知。自是充觉女盛自拂拭,说畅有异于常。后会诸吏,闻寿有奇香之气,是外国所贡,一着人,则历月不歇。充计武帝唯赐己及陈骞,馀家无此香,疑寿与女通,而垣墙重密,门阁急峻,何由得尔!乃托言有盗,令人修墙。使反曰:'其馀无异,唯东北角如有人迹,而墙高,非人所逾。'充乃取女左右婢考问,即以状对。充秘之,以女妻寿。"《晋书·贾充传》:"韩寿美姿貌,贾充女见而悦之,潜通音好。时西域贡奇香,一著人则经月不歇,魏明帝惟赐充,充女密盗以遗寿。"唐·乔知之《倡女行》:"昨宵绮帐迎韩寿,今朝罗袖引潘郎。"唐·罗虬《比红儿诗》之十七:"当时若是逢韩寿,未必埋踪在贾家。"

⑤天赋:禀受于天,生来具有。轻狂:放浪轻浮。宋·苏轼《定风波·感旧》:"薄幸只贪游冶去,何处?垂杨系马恣轻狂。"

⑥腻:光滑,细腻。此用为动词。烟光:宋本《醉翁琴趣外篇》作"韶光"。云霭雾气。唐·元稹《饮致用神麹酒三十韵》:"雪映烟光薄,霜涵霁色冷。"宋·黄庭坚《题宗室大年画》诗之一:"水色烟光上下寒,忘机鸥鸟恣飞还。"

⑦游蜂:飞来飞去的蜜蜂。唐·韩愈《戏题牡丹》:"双燕无机还拂掠,游蜂多思正经营。"宋·梅尧臣《刑部厅海棠见赠依韵答永叔》之二:"不为游蜂挠,即为狂蝶过。"

⑧飞絮:飘飞的柳絮。北周·庾信《杨柳歌》:"独忆飞絮鹅毛下,非复青丝马尾垂。"宋·辛弃疾《摸鱼儿》:"算只有殷勤,画檐蛛网,尽日惹飞絮。"

减字木兰花

留春不住,燕老莺慵无觅处。说似残春①,一老应无却少人②。　　风和月好,办得黄金须买笑③。爱惜芳时④,莫待无花空折枝⑤。

【题解】

此词上片伤春叹老,美好的春光是留不住的,人一旦老去就再也回不到年轻时的模样。于是,自然而然引出下片的内容:不要吝惜钱财,不要在乎功名,珍惜现在,好好珍重当下的生活。不然,一旦美好的人、美好的事、美好的生活离你而远去,就再也不可能追寻回来。

【注释】

①残春:指春天将尽的时节。唐·贾岛《寄胡遇》:"一自残春别,经炎复到凉。"宋·李清照《庆清朝慢》:"禁幄低张,彤阑巧护,就中独占残春。"

②一老:一旦老去。却:再。唐·李白《送贺监归四明应制》:"借问欲栖珠树鹤,何年却向帝城飞。"

③买笑:谓狎妓游冶。《贾氏说林》:"汉武与丽娟看花,蔷薇始开,态若含笑。帝曰:'此花绝胜佳人笑也。'丽娟戏曰:'笑可买乎?'帝曰:'可。'丽

娟遂取黄金百斤，作买笑钱，奉帝为一日之欢。蔷薇名买笑，自丽娟始。"唐·刘禹锡《泰娘歌》："自言买笑掷黄金，月堕云中从此始。"唐·刘禹锡《怀妓》："情知点污投泥玉，犹自经营买笑金。"唐·李商隐《和人题真娘墓》："柳眉空吐效颦叶，榆荚还飞买笑钱。"

④爱惜：爱护珍惜。唐·杜甫《古柏行》："君臣已与时际会，树木犹为人爱惜。"芳时：良辰，花开时节。南朝·宋·颜延之《北使洛》："游役去芳时，归来屡徂暑。"

⑤唐·杜秋娘《金缕衣》："劝君莫惜金缕衣，劝君惜取少年时。花开堪折直须折，莫待无花空折枝。"

减字木兰花

伤怀离抱①，天若有情天亦老②。此意如何，细似轻丝渺似波。　　扁舟岸侧③，枫叶荻花秋索索④。细想前欢，须着人间比梦间。

【题解】

此词感伤离别。上片以类比和明喻的手法描绘泛泛性的离愁别绪：老天倘若有感情，也会因离别而衰老；它有时如轻丝般纤细却缠绵悠远，有时又如波涛般一浪高过一浪地涌上心头。下片则写一次具体的离别。起句绾合上片结句，并点明离别的地点是湖边一叶扁舟。"枫叶荻花秋索索"语出白居易《琵琶行》，枫叶、荻花在秋风里瑟瑟发抖，衬托出秋天的萧瑟与孤寂，也为别离增添一层悲凉之感。结句将前欢与现实形成对照，相聚时的欢乐是一去不复返了，除非相逢于梦中。

【注释】

①伤怀：伤心。《诗经·小雅·白华》："啸歌伤怀，念彼硕人。"《史记·高祖本纪》："高祖乃起舞，慷慨伤怀，泣数行下。"三国·魏·曹丕《与朝歌令吴质书》："清风夜起，悲笳微吟，乐往哀来，怆然伤怀。"宋·秦观《满庭芳》："伤怀，增怅望，新欢易失，往事难猜。"离抱：离人的怀抱。唐·韦应物

《寄中书刘舍人》："晨露方怆怆，离抱更忡忡。"唐·杜荀鹤《秋日泊浦江》："照云烽火惊离抱，蓻叶风霜逼暑衣。"唐·李商隐《酬令狐郎中》："万里悬离抱，危于讼阁铃。"

②唐·李贺《金铜仙人辞汉歌》："衰兰送客咸阳道，天若有情天亦老。"

③扁舟：小船。汉·司马迁《史记·货殖列传》："范蠡既雪会稽之耻，乃喟然而叹曰：'计然之策七，越用其五而得意。既已施于国，吾欲用之家。'乃乘扁舟浮于江湖。"唐·王昌龄《卢溪主人》："武陵溪口驻扁舟，溪水随君向北流。"宋·苏轼《前赤壁赋》："驾一叶之扁舟，举匏尊以相属。"

④枫叶：枫树叶。亦泛指秋令变红的其他植物的叶子。诗文中常用以形容秋色。南朝·宋·谢灵运《晚出西射堂》："晓霜枫叶丹，夕曛岚气阴。"唐·白居易《琵琶行》："浔阳江头夜送客，枫叶荻花秋瑟瑟。"索索：犹瑟瑟。形容细碎之声。《汉书·天文志》："永始二年二月癸未夜，东方有赤色，大三四围，长二三丈，索索如树。"王先谦补注："索索犹瑟瑟也……此云索索如树，盖不独以状言，且兼声言矣。"南朝·陈·江总《贞女峡赋》："山苍苍而坠叶，树索索而摇枝。"唐·白居易《五弦弹》："第一第二弦索索，秋风拂松疏韵落。"

减字木兰花

楼台向晓①，淡月低云天气好。翠幕风微②，宛转梁州入破时③。　　香生舞袂，楚女腰肢天与细④。汗粉重匀，酒后轻寒不着人。

【题解】

词写歌舞酒宴。起句点明地点、时间，暗示宴会持续时间之长、与宴者之欢快。次两句点明节候之美好、环境之高贵雅致。上片结句由自然而人声，突出音乐旋律之婉转动听。下片重点写舞女。舞袖翩翩，一阵阵暗香随风而来，这是舞女给人的感官享受；她们有着楚女般纤细的腰肢，这是写舞女形体之动人及舞姿之婀娜；"汗粉重匀，酒后轻寒不着人"，是写舞女跳舞之投入及带给人们的美的享受。

【注释】

①楼台:高大建筑物的泛称。《左传·哀公八年》:"邾子又无道,吴子使大宰子馀讨之,囚诸楼台。"唐·杜甫《院中晚晴怀西郭茅舍》:"复有楼台衔暮景,不劳钟鼓报新晴。"向晓:拂晓。《晋书·陆云传》:"(云)至一家,便寄宿,见一年少,美风姿,共谈《老子》,辞致深远。向晓辞去。"唐·王昌龄《宿裴氏山庄》:"西峰下微雨,向晓白云收。"宋·柳永《受恩深》:"助秀色堪餐,向晓自有真珠露。"

②翠幕:翠色的帷幕。晋·潘岳《藉田赋》:"青坛蔚其岳立兮,翠幕默以云布。"宋·柳永《望海潮》:"烟柳画桥,风帘翠幕,参差十万人家。"

③宛转:形容声音抑扬动听。宋·陈恕可《齐天乐·蝉》:"琴丝宛转,弄几曲新声,几番凄惋。"唐·白居易《卧听法曲霓裳》:"朦胧闲梦初成后,宛转柔声入破时。"梁州:唐教坊曲名,后改编为小令。唐·顾况《李湖州孺人弹筝歌》:"独把《梁州》凡几拍,风沙对面胡秦隔。"宋·梅尧臣《莫登楼》:"腰鼓百面红臂䪇,先打《六幺》后《梁州》。"入破:唐宋大曲的专用语。大曲每套都有十余遍,分散序、中序、破三大段。入破即为破这一段的第一遍。《新唐书·五行志二》:"至其曲遍繁声,皆谓之'入破'……破者,盖破碎云。"宋·张端义《贵耳集》卷上:"天宝后,曲遍繁声,皆名入破。破者,破碎之义也。"吴熊和《唐宋词通论·词调》:"中序多慢拍,入破以后则节奏加快,转为快拍。"

④楚女腰肢:女子纤细的腰肢。《韩非子·二柄》:"楚灵王好细腰,而国中多饿人。"唐·杜甫《清明》诗之一:"胡童结束还难有,楚女腰肢亦可怜。"唐·杨炎《赠薛瑶英》:"玉山翘翠步无尘,楚腰如柳不胜春。"唐·李商隐《又效江南曲》:"扫黛开宫额,裁裙约楚腰。"唐·杜牧《遣怀》:"落魄江南载酒行,楚腰纤细掌中轻。"

【汇评】

金圣叹《唱经堂批欧阳永叔词十二首》:上片:先说楼台,渐说到翠幕,渐说到人。下片:先说舞袂,渐说到腰肢,渐说到汗粉,说到轻寒,说到轻寒不妨,则妖淫之极,不可言矣。　看他前半阕,从楼台翠幕说到人,后半阕从衣袂腰肢汗粉说到说不得处,有步步生莲之妙。　衣袂腰肢汗粉还说得,至末句真不好说得矣。今骤读之,乃反觉衣袂腰肢汗粉等句之尚嫌唐突,而末句如只在若远若近之间也者,此法固非俗士之所能也。　　前半之末句,只说梁州入破,便暗藏一妙人后半之末句,只说春寒无妨,便暗藏一妙事,真是镜花水月之文。

减字木兰花

　　画堂雅宴①,一抹朱弦初入遍②。慢捻轻笼③,玉指纤纤嫩剥葱④。　　拨头憁利⑤,怨月愁花无限意。红粉轻盈⑥,倚暖香檀曲未成⑦。

【题解】

　　词咏琵琶妓,是一篇浓缩的《琵琶行》。上片写琵琶女容貌之美丽及弹奏技艺之高超:她的手指纤细白嫩,轻拢慢捻之际,优美的音乐即从指间流出。下片进一步渲染她弹奏技艺之高超及所达到的演奏效果。当她弹奏拨头舞曲的时候,连花月都似含愁带怨。"别有幽愁暗恨生,此时无声胜有声",悲哀的曲调令她粉泪轻弹,情不能已,竟然只能偎依着琵琶,再也难以弹奏终曲。一个哀怨的琵琶女形象跃然纸上。

【注释】

　　①画堂:泛指华丽的堂舍。南朝·梁简文帝《饯庐陵内史王修应令》:"回池泻飞栋,浓云垂画堂。"唐·崔颢《王家少妇》:"十五嫁王昌,盈盈入画堂。"雅宴:亦作"雅燕"。高雅的宴饮。宋·秦观《满庭芳·咏茶》:"雅燕飞觞,清谈挥麈,使君高会群贤。"

　　②一抹:一弹,一奏。抹,指弹奏弦乐的一种指法,谓轻轻一按。唐·杜牧《隋苑》:"红霞一抹《广陵》春,定子当筵睡脸新。"唐·王仁裕《荆南席上咏胡琴妓》:"红妆齐抱紫檀槽,一抹朱弦四十条。"宋·辛弃疾《贺新郎·赋琵琶》:"推手含情还却手,一抹《梁州》哀彻。"朱弦:用熟丝制的琴弦。《荀子·礼论》:"《清庙》之歌,一唱而三叹也。县一钟,尚拊之膈,朱弦而通越也。"《礼记·乐记》:"《清庙》之瑟,朱弦而疏越。"郑玄注:"朱弦,练朱弦。

练则声浊。"孔颖达疏："案《虞书》传云：古者帝王升歌《清庙》之乐，大瑟练弦。此云朱弦者，明练之可知也。云练则声浊者，不练则体劲而声清，练则丝熟而弦浊。"唐太宗《春日玄武门宴群臣》："清尊浮绿醑，雅曲韵朱弦。"宋·陆游《千峰榭宴坐》："朱弦静按新传谱，黄卷闲披累译书。"遍：唐宋大曲系按一定顺序连接若干小曲而成，又称大遍。其中各小曲亦有称"遍"的。宋·王灼《碧鸡漫志》卷三："凡大曲有散序、靸、排遍、攧、正攧、入破、虚催、实催、衮遍、歇拍、杀衮，始成一曲，谓之大遍。而《凉州》排遍，予曾见一本，有二十四段。"唐·白居易《霓裳羽衣曲》："繁音急节十二遍，跳珠撼玉何铿铮。"

③笼：通"拢"。捻和拢是弹琵琶的两种指法。唐·白居易《琵琶行》："轻拢慢捻抹复挑，初为《霓裳》后《六幺》。"

④玉指：称美人的手指。《乐府诗集·清商曲辞一·子夜歌之四十一》："朱口发艳歌，玉指弄娇弦。"唐·孟浩然《宴张记室宅》："玉指调筝柱，金泥饰舞罗。"纤纤：女子之手细嫩柔美貌。《古诗十九首·青青河畔草》："娥娥红粉妆，纤纤出素手。"唐·罗邺《题笙》："最宜轻动纤纤玉，醉送当观滟滟金。"剥葱：喻女子手指纤细白嫩。唐·白居易《何处难忘酒》诗之五："玉柱剥葱手，金章烂椹袍。"唐·方干《采莲》："指剥春葱腕似雪，画桡轻拨蒲根月。"

⑤拨头：唐代一种戴假面具的乐舞，来自西域。又名拔头、钵头。马端临《文献通考·乐二十》："拨头，出西域，胡人为猛兽所噬，其子求兽杀之，为此舞以象也。"愒利：犹愒恫。不得志貌。《玉篇·心部》："愒恫，不得志。"

⑥红粉：形容美女。轻盈：形容女子姿态纤柔，行动轻快。唐·李白《相逢行》："下车何轻盈，飘然似落梅。"宋·周邦彦《柳梢青》："有个人人，海棠标韵，飞燕轻盈。"

⑦香檀：乐器名。檀木制作的拍板。南唐·李煜《书琵琶背》："天香留凤尾，余暖在檀槽。"宋·张先《凤栖梧》："红翠斗为长袖舞，香檀拍过惊鸿翥。"宋·柳永《木兰花》："香檀敲缓玉纤迟，画鼓声催莲步紧。"

减字木兰花

歌檀敛袂①，缭绕雕梁尘暗起②。柔润清圆③，百啭明珠一线穿④。　　樱唇玉齿⑤,天上仙音心下事⑥。留往行云⑦,满坐迷魂酒半醺⑧。

【题解】

词咏歌女。上片起句写歌女举止从容,落落大方。接着写她的歌声有时高亢嘹亮,经久不息;有时又轻柔圆润,如百琲明珠缠绵不绝。上片写歌女嗓音好、演唱技法纯熟,下片则写她的演唱由技而进于道时所达到的演唱效果。她美妙的嗓子发出的仙音,将内心情感淋漓尽致地表达出来,以至于天上的行云都停留下来,就更不用说宴会中满座的如痴如醉的与宴者了。

【注释】

①歌檀:拍着檀板歌唱。敛袂:整饬衣袖。《史记·货殖列传》:"故齐冠带衣履天下,海岱之间敛袂而往朝焉。"后蜀·欧阳炯《巫山一段云》:"碧虚风雨佩光寒,敛袂下云端。"

②绕梁:形容歌声高亢回旋,久久不息。《列子·汤问》:"昔韩娥东之齐,匮粮,过雍门,鬻歌假食。既去,而馀音绕梁欐,三日不绝。"晋·陆机《演连珠》之十:"绕梁之音,实萦弦所思。"南朝·梁·沈约《咏筝》:"徒闻音绕梁,宁知颜如玉。"梁尘暗起:形容歌曲高妙动人。西汉·刘向《别录》:"善歌者鲁人虞公发声清越,歌动梁尘。"晋·陆机《拟古诗·拟东城一何高》:"长歌赴促节,哀响逐高徽。一唱万夫叹,再唱梁尘飞。"宋·梅尧臣《夜听邻家唱》:"想象朱唇动,仿佛梁尘飞。"

③柔润:柔和润泽,轻柔圆润。清圆:谓声音清亮圆润。宋·苏辙《赠杭僧道潜》:"赋形已孤洁,发响仍清圆。"

④百琲:极言珍珠之多。晋·王嘉《拾遗记·晋时事》:"(石崇)屑沉水之香,如尘末,布象席上,使所爱者践之,无迹者赐以真珠百琲。"琲:宋本《醉翁琴趣外篇》作"斛"。珍珠五百枚或十贯为琲。

⑤樱唇:形容女子小而红润的嘴唇。宋·张先《菩萨蛮》:"髻摇金钿落,惜恐樱唇薄。"玉齿:形容洁白美丽的牙齿。南朝·梁简文帝《七励》:"玉齿笑容,红妆绰约。"

⑥仙音:仙人所奏美妙的音乐。宋·洪迈《夷坚乙志·九华天仙》:"恒

娥奏乐《箫韶》,有仙音异品,自然清脆。"

　　⑦使云停止不前。形容歌声响亮动听。《列子·汤问》:"薛谭学讴于秦青,未穷青之技,自谓尽之,遂辞归。秦青弗止,饯于郊衢,抚节悲歌,声振林木,响遏行云。薛谭乃谢求反,终身不敢言归。"唐·许浑《陪王尚书泛舟莲池》:"舞疑回雪态,歌转遏云声。"

　　⑧迷魂:形容令人极度陶醉或迷惑。唐·韩愈《李花赠张十一署》:"迷魂乱眼看不得,照耀万树繇如堆。"

【汇评】

　　金圣叹《唱经堂批欧阳永叔词十二首》:(上片1、2句)起平平,又"尘暗起"字,殊碍下"留住行云"字。(3、4句)用累累贯珠,又用"百琲明珠"字,谓之半借法。(下片1、2句)天上心下,斗成七字,不知是千槌百琢语,不知是天成语。更妙于心下事,定当私暖秽亵,却用天上仙音四字冠之,便妙不容言。(3句)此只用遏云事,又用行云字,盖用字略涉影借,便可化陈为新也。(末句)只七个字,便隐括淳于髡臣饮一石一段奇文,而反觉妖艳过之。

生查子

　　去年元夜时①,花市灯如昼②。月到柳梢头③,人约黄昏后④。　　　今年元夜时,月与灯依旧⑤。不见去年人,泪满春衫袖⑥。

【题解】

　　《全宋词》于此词后注云:"按此首别又误作朱淑真词,见《词品》卷二。又误作秦观词,见《续选草堂诗馀》卷上。方回《瀛奎律髓》卷十六又引'月上柳梢头'句以为李清照作,亦误。"此词南宋初曾慥《乐府雅词》已录作欧阳修词,故应属欧词。

　　宋时元宵节是青年男女幽会的好时节。本篇元宵忆旧欢,以去年的欢会衬托今年的离愁。词的上片回忆一年前与情人约会,用灯好、月明、人团圆,反映了少女初恋的喜悦。下片写今年灯节,灯月依旧,人去无踪,触景伤情，表现出失恋的痛苦。上下片两两对应，更易数字，而悲欢悬殊。作者用通俗的语言，对比的手法，抒写真挚的恋情，风格清新，节奏明快。

【注释】

①元夜：农历正月十五日叫上元节，亦称"元宵""元夕"。唐以来于是夜有观灯的风俗，所以又叫"灯节"。唐·韩偓《元夜即席》："元宵清景亚元正，丝雨霏霏向晚倾。"

②花市：卖花的集市。宋·王观《扬州芍药谱》："扬之人与西洛不异，无贵贱皆喜戴花，故开明桥之间，方春之月，拂旦有花市焉。"宋·周密《南宋市肆记》："花市在官巷口。"前蜀·韦庄《奉和左司郎中春物暗度感而成章》："锦江风散霏霏雨，花市香飘漠漠尘。"

③月到：宋本《近体乐府》卷末校云："一作'月在'。"朱淑真《断肠词》作"月上"，后注云："别作'在'，又作'到'。"《花草粹编》作"月在"。柳梢：柳树的末端。唐·李商隐《和友人戏赠》之一："迢递青门有几关？柳梢楼角见南山。"

④黄昏：昏黄，光色较暗。宋·林逋《山园小梅》诗之一："疏影横斜水清浅，暗香浮动月黄昏。"

⑤宋本《近体乐府》卷末校云："一作'灯月仍依旧'。"

⑥泪满：汲古阁《六一词》作"泪湿"。

【汇评】

方回《瀛奎律髓》卷十六白居易《正月十五夜月》评：三四句（按指"春风来海上，明月在江头"）佳句也，如李易安"月上柳梢头"，则词意邪僻矣。纪昀曰："月上柳梢头"一阕，乃欧公小词。后人窜入朱淑真，已为冤抑。此更移之李易安，尤非。此词邪僻，在下句"人约黄昏后"五字。若"月上柳梢头"，乃是常景，有何邪僻？此论未是。

《词苑萃编》卷九引《词品》：钱唐朱淑真所从非偶，诗多嗟怨，名《断肠集》。尝元夜赋《生查子》词云："去年元夜时（词略）。"升庵曰："词则佳矣，岂良人妇所宜耶？"

卓人月《古今词统》：元曲之称绝者，不过得此法。

王士祯《池北偶谈》卷十四：今世所传女郎朱淑真"去年元夜时，花市灯如昼"《生查子》词，见《欧阳文忠公集》一百三十一卷，不知何以讹为朱氏之作。世遂因此词，疑淑真失妇德，记载不可不慎也。

《四库总目提要·断肠词》：杨慎升庵《词品》载其《生查子》一阕，有"月上柳梢头，人约黄昏后"语，(毛)晋跋遂称为"白璧微瑕"。然此词今载欧阳修《庐陵集》第一百三十一卷中，不知何以窜入淑真集内，诬以桑濮之行。慎收入《词品》，既为不考，而晋刻《宋名家词》六十一种，《六一词》即在其内，乃于《六一词》漏注，互见《断肠词》，已自乱其例，此集更不置辨，且证实为"白璧微瑕"，益卤莽之甚。

金圣叹《唱经堂批欧阳永叔词十二首》：前后两提头只换一字，章法绝奇。第二句灯，第三句月，第四句人。四句写得目骇心荡。(下片1、2句)月与灯只三字，便将前第二第三句缴过，依旧只二字，便将前花市如昼到柳梢头八字重描，真奇绝之笔。(3、4句)只为此句，生出一章来，其法可想。又妙在仍用去年二字。看他又说去年，又说今年，又追述旧欢，又告诉新怨，中间凡叙两番元夜，两番灯，两番月，又衬许多花市字，如昼字、柳梢字、黄昏字、泪字、衫袖字，而读之者，只谓其清空一气如活，盖其笔法高妙，非人之所及也。

《本事词》卷上："去年元夜时(词略)。"此六一居士词，世有传为朱秋娘作，遂疑朱为失德女子，亟为辩之。秋娘名希真，与朱敦儒之字正同。

陈廷焯《词坛丛话》：陈云伯(按指陈文述)大令云：宋人小说，往往污蔑贤者。如四朝闻见录之于朱子，东轩笔录之于欧阳公，比比皆是。又谓去年元夜一词，本欧公作，后人误编入《断肠集》，遂疑朱淑真为泆女，皆不可不辨。案去年元夜一词，当是永叔少年笔墨。渔洋辨之于前，云伯辨之于后，俱有挽扶风教之心。余谓古人托兴言情，无端寄慨，非必实有其事。此词即为朱淑真作，亦不见是泆女，辨不辨皆可也。

张德瀛《词徵》卷五：辛稼轩"去年燕子来"词，仿欧阳永叔"去年元夜时"词格。

况周颐《断肠词跋》：淑真《生查子》词，《钦定四库全书提要》辨之甚详，宋曾慥《乐府雅词》、明陈耀文《花草粹编》并作永叔。慥录欧词特慎，《雅词》序云："当时或作艳曲，谬为公词，今悉删除。"此阕适在选中，其为欧词明甚。毛刻《断肠词》校雠不精，跋尾又袭升庵臆说，青蝇玷璧，不足以传贤媛。

生查子

含羞整翠鬟①，得意频相顾②。雁柱十三弦③，一一春莺语④。　　娇云容易飞⑤，梦断知何处。深院锁黄昏，阵阵芭蕉雨⑥。

【题解】

此词《类编草堂诗馀》卷一、《草堂诗馀隽》、《蓼园词选》均误作张先词。词咏歌女弹筝，写出她由得意尽欢到失意销魂的情感变化过程。上片写歌女不但神态娇羞可爱，容颜美丽动人，而且弹筝的技艺高超，筝弦在她轻拢慢捻之下，发出悦耳的声音，犹如春莺啼鸣。当她弹到高潮时，情不自禁地顾盼，看是否知音见赏。如果说上片传达出得意时的旖旎情怀，下片则是体现离别后的凄苦心情。美景不长，好梦易醒，徒留下黄昏凄凉景，深院寂寞人。此词表面是写弹筝女，然其丰富的意蕴又会让读者生发无穷的联想，即黄苏《蓼园词选》所云："遇合无常，思妇中年，英雄末路，读之皆堪下泪。"

【注释】

①含羞：面带害羞的神情。汉·班婕妤《捣素赋》："弱态含羞，妖风靡丽。"唐·温庭筠《女冠子》："遮语回轻扇，含羞下绣帏。"翠鬟：妇女环形的发式。唐·高蟾《华清宫》："何事金舆不再游，翠鬟丹脸岂胜愁。"五代·牛峤《酒泉子》："凤钗低袅翠鬟上，落梅妆。"

②相顾：相视，互看。唐·白居易《长恨歌》："君臣相顾尽沾衣，东望都门信马归。"

③雁柱：乐器筝上整齐排列的弦柱。唐·路德延《小儿诗》："帘拂鱼钩动，筝推雁柱偏。"十三弦：唐宋时教坊用的筝均为十三根弦，亦代指筝。唐·白居易《夜闻筝中弹潇湘送神曲感旧》："殷勤湘水曲，留在十三弦。"宋·张先《菩萨蛮·咏筝》："纤指十三弦，细将幽恨传。"

④春莺语：形容悦耳的语音或歌声。宋·张先《醉桃源》："歌停莺语舞

51

停鸾,高阳人更闲。"前蜀·韦庄《菩萨蛮》:"琵琶金翠羽,弦上黄莺语。"

⑤娇云:彩云,云的美称。唐·杜牧《茶山下作》:"娇云光占岫,健水鸣分溪。"

⑥芭蕉:多年生草本植物。唐·韦应物《闲居寄诸弟》:"尽日高斋无一事,芭蕉叶上独题诗。"宋·李清照《添字丑奴儿》:"窗前谁种芭蕉树,阴满中庭。"

【汇评】

卓人月《古今词统》卷三:"雁柱"二语,摹弹筝之神。

金圣叹《唱经堂批欧阳永叔词十二首》:(3、4句)此二句之妙,人未必知,予不得不说,盖从十三字,生出一一字,从雁柱字,生出莺语字也。(下片1、2句)如此用梦云事,便如曾未经用。(3句)黄昏如何锁得,且锁黄昏与人何与,只说锁黄昏,更不说怨,而怨无穷矣。 迩来填词家,亦贪得好句,而苦无其法,遂终成呕哕,殊不知好句初不在风雨珠玉等字锢钉而成,只将目前本色言语,只要结撰熰耀得好,便觉此借彼衬,都成妙艳,如此词,第三、四句,只从十三字注沥而出,莺语字,只从雁柱字影射而成也,苟若不得此法,即髻枯血竭,政复何益。

黄苏《蓼园词选》:"一一"字从"频"字生来,"春莺语"从"得意"字生来。前一阕写得意时情怀,无限旖旎;次一阕写别后情怀,无限凄苦,胥于筝寓之。凡遇合无常,思妇中年,英雄末路,读之皆堪下泪。

清商怨

关河愁思望处满①,渐素秋向晚②。雁过南云③,行人回泪眼。 双鸾衾裯悔展④,夜又永、枕孤人远。梦未成归,梅花闻塞管⑤。

【题解】

《全宋词》云:"按此首别误作晏殊词,见《词品》卷一。"

吴熊和先生《唐宋词汇评》云:仁宗至和二年(1055)八月,辽兴宗卒。

欧阳修以翰林学士吏部郎中知制诰为贺契丹登宝信使,途中有《奉使契丹道中答刘原父桑乾问见寄之作》《书素屏》诸诗。此词云"雁过南云,行人回泪眼""梦未成归,梅花闻塞管。"亦使辽途中所作。其《奉使契丹初至雄州》诗云:"古关衰柳聚寒鸦,驻马城头日欲斜。犹去西楼二千里,行人到此莫思家。"又《奉使契丹回京马上作》诗云:"紫貂裘暖朔风惊,潢水冰光射日月。笑语同来向公子,马头今日向南行。"

据《唐宋词汇评》所云,则此词为词人使辽途中的自述之语。在一个秋天的傍晚时分,词人置身边塞,放眼望去,但见大雁南翔,满目萧瑟,不禁愁从中来,泪眼顿启。下片进一步地写夜深时的情景。主人公展开被子,被面上绣的成双成对的鸳鸟不合时宜地映入眼帘,更衬托出自己身处异地的孤独。词人一夜未眠,归梦难寻,只听见羌管吹起《梅花落》的呜咽伤感之声。

【注释】

①关河:关山河川。《后汉书·荀彧传》:"此实天下之要地,而将军之关河也。"宋·陈师道《送内》:"关河万里道,子去何当归。"愁思:忧愁的思绪。唐·柳宗元《登柳州城楼寄漳汀封连四州刺史》:"城上高楼接大荒,海天愁思正茫茫。"宋·陈策《摸鱼儿·仲宣楼赋》:"江城望极多愁思,前事恼人方寸。"

②素秋:秋季。古代五行之说,秋属金,其色白,故称素秋。唐·杜甫《秋兴》诗之六:"瞿唐峡口曲江头,万里风烟接素秋。"向晚:傍晚。唐·李颀《送魏万之京》:"关城曙色催寒近,御苑砧声向晚多。"宋·张元干《兰陵王》:"绮霞散,空碧留晴向晚。"

③南云:南飞之云。常以寄托思亲、怀乡之情。晋·陆机《思亲赋》:"指南云以寄欸,望归风而效诚。"晋·陆云《感逝》:"眷南云以兴悲,蒙东雨而涕零。"南朝·陈·江总《于长安归还扬州九月九日行薇山亭赋韵》:"心逐南云逝,形随北雁来。"唐·李白《大堤曲》:"佳期大堤下,泪向南云满。"

④衾裯:指被褥床帐等卧具。《诗经·召南·小星》:"抱衾与裯,寔命不犹。"传:"衾,被也。裯,禅(单)被也。"笺:"裯,床帐也。"

⑤梅花:《梅花落》的省称。唐·李白《观胡人吹笛》:"十月吴山晓,《梅花》落敬亭。"唐·李白《从军行》:"笛奏《梅花曲》,刀开明白环。"宋徽宗《眼儿媚》:"家山何处,忍听羌笛,吹彻《梅花》!"塞管:塞外胡乐器。以芦为首,

竹为管,声悲切。唐·杜牧《张好好诗》:"繁弦迸关纽,塞管裂圆芦。"冯集梧注:"北人吹角以惊马,一名筚管,以芦为首,竹为管。"南唐·冯延巳《鹊踏枝》:"孤雁来时,塞管声呜咽。"南唐·冯延巳《虞美人》:"高楼何处连宵宴,塞管吹幽怨。"

【汇评】

陈岩肖《庚溪诗话》卷下:绍兴庚午岁,余为临安秋赋考试官,同舍有举欧阳公长短句词曰:"雁过南云,行人回泪眼。"因问曰:"'南云'其义安在。"余答曰:尝见江总诗云:"心逐南云去,身随北雁来。故园篱下菊,今日几花开。"恐出于此耳。

卓人月《古今词统》卷四:音节之间,如有所咽而不得舒。陆云赋:"眷南云以兴悲,蒙东雨而涕零。"江总诗:"心逐南云去,身随北雁来。"

阮郎归

刘郎何日是来时①,无心云胜伊②。行云犹解傍山飞③,郎行去不归。　　强匀画④,又芳菲⑤,春深轻薄衣⑥。桃花无语伴相思⑦,阴阴月上时⑧。

【题解】

《全宋词》云:"按此首别又见吴讷《唐宋名贤百家词》本,及侯文灿《十名家词》本《张子野词》。"

词写闺怨。上片言他。女主人公将久出不归的心上人比拟为飘忽不定的行云,连行云都懂得依山而飞,可他却一去不归,是连行云都不如了。下片言己。又到了花草芬芳、春意浓郁的季节了,她勉强匀粉画眉,倍感无聊,只有那无语的桃花慰人相思。

【注释】

①刘郎:指东汉刘晨。相传刘晨和阮肇入天台山采药,为仙女所邀,留半年,求归,抵家子孙已七世。南朝·宋·刘义庆《幽明录》:"汉明帝永平

五年,剡县刘晨、阮肇共入天台山取谷皮,迷不得返,经十三日,粮食乏尽,饥馁殆死。遥望山上有一桃树,大有子实,而绝岩邃涧,永无登路。攀援藤葛,乃得至上。各啖数枚,而饥止体充。复下山,持杯取水,欲盥漱,见芜菁叶从山腹流出,甚鲜新,复一杯流出,有胡麻饭掺,相谓曰:'此知去人径不远。'便共没水,逆流二三里,得度山,出一大溪,溪边有二女子,姿质妙绝,见二人持杯出,便笑曰:'刘、阮二郎,捉向所失流杯来。'晨、肇既不识之,缘二女便呼其姓,如似有旧,乃相见忻喜。问:'来何晚邪?'因邀还家。其家铜瓦屋。南壁及东壁下各有一大床,皆施绛罗帐,帐角悬铃,金银交错,床头各有十侍婢,敕云:'刘、阮二郎,经涉山岨,向虽得琼实,犹尚虚弊,可速作食。'食胡麻饭、山羊脯、牛肉,甚甘美。食毕行酒,有一群女来,各持三五桃子,笑而言:'贺汝婿来。'酒酣作乐,刘阮欣怖交并。至暮,令各就一帐宿,女往就之,言声清婉,令人忘忧。十日后,欲求还去,女云:'君已来是,宿福所牵,何复欲还邪?'遂停半年。气候草木是春时,百鸟啼鸣,更怀悲思,求归甚苦。女曰:'罪牵君,当可如何?'遂呼前来女子,有三四十人,集会奏乐,共送刘、阮,指示还路。既出,亲旧零落,邑屋改异,无复相识。问讯得七世孙,传闻上世入山,迷不得归。至晋太元八年,忽复去,不知何所。唐·司空图《游仙》诗之二:"刘郎相约事难谐,雨散云飞自此乖。"后蜀·顾夐《虞美人》:"此时恨不驾鸾皇,访刘郎。"时:《醉翁琴趣外篇》作"期"。

②无心云:浮云、行云。晋·陶潜《归去来辞》:"云无心以出岫,鸟倦飞而知还。"唐·杜甫《白水崔少府十九翁高斋三十韵》:"上有无心云,下有欲落石。泉声闻复息,动静随所激。"宋·辛弃疾《玉楼春》:"无心云自来还去,元共青山相尔汝。"

③行云:流动的云。三国·魏·曹植《王仲宣诔》:"哀风兴感,行云徘徊,游鱼失浪,归鸟忘栖。"

④匀画:擦粉和画眉。匀:调匀,涂抹。

⑤芳菲:芳香。南朝·宋·谢灵运《江妃赋》:"留眄光溢,动袂芳菲。"

⑥春深:春意浓郁。唐·储光羲《钓鱼湾》:"垂钓绿湾春,春深杏花乱。"宋·秦观《次韵裴仲谟和何先辈》:"支枕星河横醉后,入帘飞絮报春深。"

⑦桃花:桃树所开之花。南朝·梁·刘勰《文心雕龙·物色》:"'灼灼'

状桃花之鲜，'依依'尽杨柳之貌。"唐·张志和《渔父》词之一："西塞山前白鹭飞，桃花流水鳜鱼肥。"无语：没有话语。唐·任翻《惜花》："无语与花别，细看枝上红。"宋·王禹偁《村行》："万壑有声含晚籁，数峰无语立黄昏。"

⑧阴阴：幽暗貌。唐·李端《送马尊师》："南入商山松路深，石床溪水昼阴阴。"宋·苏轼《李氏园》："阴阴日光淡，黯黯秋气蓄。"

【汇评】

沈际飞《草堂诗馀续集》：云无定踪，犹胜伊人，不得比之陌上尘矣。

阮郎归

落花浮水树临池①，年前心眼期②。见来无事去还思，而今花又飞③。　　浅螺黛④，淡燕脂⑤，闲妆取次宜⑥。隔帘风雨闭门时⑦，此情风月知⑧。

【题解】

《全宋词》注云："又见张先《张子野词》卷一。"在《张子野词》中，调作《醉桃源》。

词写闺怨。上片写去年的暮春时节，在落花浮水、春树临池的美好环境里，女主人公终于盼来了心上人。他们在一起时并没有感觉到有什么特别之处，可一旦分别之后却是刻骨的相思之情，特别是如今又到了落花时节，情更难堪。下片接着写她浅画眉，淡匀脸，随意地梳妆打扮，可悦己者不在身边，妆化得再漂亮又有什么用呢？她关上门窗，拉下窗帘，好让无情风雨不再撩拨纷乱的心弦。在这封闭的闺阁里，除却天边月，又有谁知道自己此时的情感呢？

【注释】

①落花：形容残春景象。唐·李群玉《奉和张舍人送秦炼师归岑公山》："兰浦苍苍春欲暮，落花流水思离襟。"宋·欧阳修《夜行船》："催行色、短亭暮春，落花流水草连云，看看是、断肠南浦。"

②心眼：心意，心思。南朝·梁·王僧孺《夜愁示诸宾》："谁知心眼乱，看朱忽成碧。"宋·张先《武陵春》："菱蔓虽多不上船，心眼在郎边。"

③而今：《张子野词》作"如今"。如今，现在。唐·张安世《苦别》："向前不信别离苦，而今自到别离处。"花又飞：唐·杜甫《曲江》二首之一："一片花飞减却春，风飘万点正愁人。"

④螺黛：古代妇女用来画眉的一种青黑色矿物颜料。《说郛》卷七八引唐·颜师古《隋遗录》："（吴）绛仙善画长蛾眉……由是殿脚女争效为长蛾眉，司宫吏日给螺子黛五斛，号为蛾绿。螺子黛出波斯国，每颗直十金。"

⑤燕脂：即胭脂。一种红色颜料。燕，亦作"臙"。五代·马缟《中华古今注·燕脂》："盖起自纣，以红蓝花汁凝作燕脂。以燕国所生，故曰燕脂。涂之作桃花妆。"南朝·梁·萧统《美人晨妆》："散黛随眉广，燕脂逐脸生。"唐·元稹《离思》诗之一："须臾日射燕脂颊，一朵红苏旋欲融。"宋·陆游《新津小宴之明日欲游修觉寺以雨不果呈范舍人》："风雨长亭话别离，忍看清泪湿燕脂。"

⑥闲妆：《张子野词》作"开花"。取次：随便，任意。唐·杜甫《送元二适江左》："经过自爱惜，取次莫论兵。"

⑦风雨：《张子野词》作"灯影"。

⑧风月：清风明月。泛指美好的景色。《宋书·始平孝敬王子鸾传》："上痛爱不已，拟汉武《李夫人赋》，其词曰：'……徙倚云日，裴回风月。'"唐·吕岩《酹江月》："倚天长啸，洞中无限风月。"

【汇评】

沈际飞《草堂诗馀续集》：波折婉约。

蝶恋花①

帘幕东风寒料峭②，雪里香梅③，先报春来早④。红蜡枝头双燕小⑤，金刀剪彩呈纤巧⑥。　　旋暖金炉薰蕙藻⑦，酒入横波⑧，困不禁烦恼⑨。绣被五更春睡好⑩，罗帏不觉纱窗晓⑪。

【题解】

词咏春闺女孩。上片写春寒料峭，但腊梅送香，率先告诉人们春天已经到来。女孩子心灵手巧，剪彩争胜，用金刀在红纸上剪出含苞待放的花枝，上面还点缀着两只轻灵活泼的小春燕呢！下片接着写她煨着了香炉，在袅袅香烟中喝了点小酒，一丝淡淡的哀愁漫上心头。她不知不觉地睡着了，这一睡竟睡到天放亮也不知晓，该是做了一个美好的春梦吧！

【注释】

①宋本《近体乐府》调后注："一名《凤栖梧》，又名《鹊踏枝》。"

②帘幕：亦作"帘幙"。用于门窗处的帘子与帷幕。唐·杜牧《题宣州开元寺水阁》："深秋帘幕千家雨，落日楼台一笛风。"宋·刘过《满江红·高帅席上》："楼阁万家帘幕卷，江郊十里旌旗驻。"东风：指春风。《礼记·月令》："(孟春之月)东风解冻，蛰虫始振，鱼上冰。"唐·李白《春日独酌》诗之一："东风扇淑气，水木荣春晖。"料峭：形容微寒，亦形容风力寒冷、尖利。唐·陆龟蒙《京口》："东风料峭客帆远，落叶夕阳天际明。"宋·楼采《二郎神》："正倦立银屏，新宽衣带，生怕轻寒料峭。"

③香梅：《乐府雅词》作"梅花"，毛刻汲古阁《六一词》作"梅香"。腊梅的一种。宋·范成大《范村梅谱》："(蜡梅)凡三种……最先开，色深黄，如紫檀，花密香浓，名檀香梅，此品最佳。"

④报春：报告春天的到来。唐·杜甫《百舌》："百舌来何处？重重只报春。"宋·陈师道《谢王立之送花》："城南居士风流在，时送名花与报春。"

⑤枝头：树梢，树枝上。唐·元稹《元和五年予官不了罚俸西归》："渐到柳枝头，川光始明媚。"宋·翁森《四时读书乐》："好鸟枝头亦朋友，落花水面皆文章。"

⑥金刀：剪子。唐·白居易《题令狐家木兰花》："腻如玉指涂朱粉，光似金刀剪紫霞。"唐·李远《剪彩》："叶逐金刀出，花随玉指新。"剪彩：剪裁花纸或彩绸，制成虫鱼花草之类的装饰品。南朝·梁·宗懔《荆楚岁时记》："立春之日，悉剪彩为燕，戴之。"宋·王安石《次韵次道忆太平州宅早梅》："今日盘中看剪彩，当时花下就传杯。"纤巧：细巧。汉·贾谊《新书·瑰玮》："民弃完坚而务雕镂纤巧，以相竞高。"《三国志·魏志·夏侯玄传》："车舆服章，皆从质朴……无兼采之服，纤巧之物。"

⑦金炉：香炉的美称。南朝·梁·江淹《别赋》："同琼珮之晨照，共金炉之夕香。"唐·刘禹锡《秋萤引》："纷纶晖映平明灭，金炉星喷灯花发。"宋·王安石《夜直》："金炉香尽漏声残，翦翦轻风阵阵寒。"蕙藻：蕙草，香草名。又名熏草、零陵香。战国·楚·宋玉《风赋》："故其清凉雄风，则飘举升降……猎蕙草，离秦衡。"《太平御览》卷九八二引三国·魏·曹操《内诫令》："房室不洁，听得烧枫胶及蕙草。"晋·嵇含《南方草木状·蕙》："蕙草一名薰草，叶如麻，两两相对，气如蘼芜，可以止疠。"宋·赵师秀《送徐玑赴永州掾》："入署梅花落，过汀蕙草生。"

⑧横波：比喻女子眼神流动，如水横流。《文选·傅毅〈舞赋〉》："眉连娟以增绕兮，目流睇而横波。"唐·李善注："横波，言目邪视，如水之横流也。"宋·欧阳修《蝶恋花》："酒力融融香汗透，春娇入眼横波溜。"

⑨不禁：经受不住。唐·杜甫《舍弟观赴蓝田取妻子到江陵喜寄》："巡檐索共梅花笑，冷蕊疏枝半不禁。"宋·辛弃疾《蝶恋花·送人行》："蜂蝶不禁花引调，西园人去春风少。"烦恼：忧愁苦闷。唐·孟浩然《宿天台桐柏观》："愿言解缨绂，从此去烦恼。"

⑩五更：旧时自黄昏至拂晓一夜间，分为甲、乙、丙、丁、戊五段，谓之"五更"。又称五鼓、五夜。北齐·颜之推《颜氏家训·书证》："或问：'一夜何故五更？更何所训？'答曰：'汉魏以来，谓为甲夜、乙夜、丙夜、丁夜、戊夜；又云鼓，一鼓、二鼓、三鼓、四鼓、五鼓；亦云一更、二更、三更、四更、五更；皆以五为节……更，历也，经也，故曰五更尔。'此特指第五更的时候，即天将明时。南朝·陈·伏知道《从军五更转》诗之五："五更催送筹，晓色映山头。"

⑪罗帏：罗帐。唐·卢照邻《长安古意》："双燕双飞绕画梁，罗帏翠被郁金香。"

蝶恋花①

南雁依稀回侧阵②，雪霁墙阴③，遍觉兰芽嫩④。中夜梦馀消酒困⑤，炉香卷穗灯生晕⑥。　　急景流年都一瞬⑦，往事前欢，未免萦方寸⑧。腊后花期知渐近⑨。东风已作寒梅信⑩。

【题解】

《全宋词》注云："此首别又见晏殊《珠玉词》。"

词咏春情。大雁北飞，墙角背阴处的积雪已经开始融化，兰草的嫩芽破土而出，春天的脚步悄然而至；半夜梦醒，醉酒已除，香炉燃烧的烟雾正袅袅上升，灯光发出一圈圈的光晕，营造出一种朦胧幽渺的氛围。下片紧承上片，由景而情。美好的时光如流水般逝去了，往事前欢，徒自萦绕心头、乱人心绪。词人在此并没有一味悲哀绝望地写下去，而是接着说冬天已经过去，花期已经到来，美好的时光也即将到来。

【注释】

①宋本《醉翁琴趣外篇》作《凤栖梧》。《草堂诗馀续集》有题"初春"。

②南雁：大雁自南方飞回北方。侧阵：指雁阵斜行。唐太宗《秋日翠微宫》："侧阵移鸿影，圆花钉菊丛。"唐·王勃《滕王阁序》："雁阵惊寒，声断衡阳之浦。"宋·陆游《幽居》："雨霁鸡栖早，风高雁阵斜。"

③雪霁：雪后放晴。墙阴：墙的阴影处，墙的阴暗处。唐·岑参《题山寺僧房》："窗影摇群木，墙阴载一峰。"宋·陆游《枕上偶赋》："孤萤入窗罅，斜月下墙阴。"

④兰芽：兰的嫩芽。南朝·梁·刘孝绰《答何记室》："兰芽隐陈叶，荻苗抽故丛。"

⑤中夜：半夜。《书·冏命》："怵惕惟厉，中夜以兴，思免厥愆。"孔传："言常悚惧惟危，夜半以起。"三国·魏·曹植《美女行》："盛年处房室，中夜起长叹。"酒困：饮酒过多，神志迷乱。《论语·子罕》："不为酒困，何有于我哉！"刘宝楠正义："困，乱也……未尝为酒乱其性也。"《晋书·庾纯传》："《易》戒崇饮，《论》诲酒困。"宋·苏轼《浣溪沙·徐门石潭谢雨道上作》："酒困路长惟欲睡，日高人渴漫思茶。"

⑥炉香：香炉里的香。唐·马戴《宿阳台观》："玉洞仙何在，炉香客自焚。"南唐·李璟《望远行》："夜寒不去寝难成，炉香烟冷自亭亭。"穗：香穗，指焚香的烟凝聚聚未散之状。《释氏通鉴》："摩挐罗至西印度，焚香，月氏国

王忽睹异香成穗。"宋·苏舜钦《和彦猷晚晏明月楼》之二："香穗萦斜凝画栋，酒鳞环合起金罍。"宋·司马光《和子华应天院行香归过洛川》："香穗徘徊凝广殿，花篮繁会满通阛。"灯晕：灯焰外围的光圈。唐·韩愈《宿龙宫滩》："梦觉灯生晕，宵残雨送凉。"宋·刘过《贺新郎》："一枕新凉眠客舍，听梧桐、疏雨秋声颤。灯晕冷，记初见。"

⑦急景：急驰的日光。亦指急促的时光。南朝·宋·鲍照《舞鹤赋》："急景凋年。"唐·曹邺《金井怨》："西风吹急景，美人照金井。"流年：如水般流逝的光阴、年华。南朝·宋·鲍照《登云阳九里埭》："宿心不复归，流年抱衰疾。"唐·黄滔《寓言》："流年五十前，朝朝倚少年。流年五十后，日日侵皓首。"一瞬：一眨眼。喻指极短的时间。《法苑珠林》卷三引《僧祇律》："二十念为一瞬，二十瞬名一弹指，二十弹指名一罗预，二十罗预名一须臾，一日一夜有三十须臾。"晋·陆机《文赋》："观古今于须臾，抚四海于一瞬。"宋·苏轼《赤壁赋》："盖将自其变者而观之，则天地曾不能以一瞬。"

⑧萦方寸：宋本《醉翁琴趣外篇》作"成方寸"。方寸：心。晋·葛洪《抱朴子·嘉遁》："方寸之心，制之在我，不可放之于流遁也。"唐·贾岛《易水怀古》："我叹方寸心，谁论一时事。"

⑨花期：植物开花的时期。五代·和凝《小重山》："管弦分响亮，探花期。"

⑩本句《珠玉词》作"寒梅已作东风信"。梅信：梅花开放所报春天将到的信息。宋·贺铸《江夏寓兴》："朋从正相远，梅信为谁开。"宋·唐庚《次韵行父冬日旅舍》："异乡梅信远，谁寄一枝春。"

【汇评】

沈际飞《草堂诗馀续集》：境、趣、情皆在内，而皆指不出，妙！

蝶恋花

腊雪初销梅蕊绽①，梅雪相和②，喜鹊穿花转③。睡起夕阳迷醉眼④，新愁长向东风乱。　　瘦觉玉肌罗带缓⑤，红杏梢头，二月春犹浅。望极不来芳信断⑥，音书纵有争如见⑦。

【题解】

词咏离愁。腊雪已经开始消融，梅蕊正在慢慢绽放，红梅白雪，交相辉映，迎春报喜的喜鹊在花枝间来回穿梭。词人为我们营造的是一个冰莹浪漫、生气盎然的艺术境界，正可反衬出主人公的新愁。下片接着写她的"愁"，在二月初春里，她容肌瘦损，衣带渐宽，原来是她望眼欲穿，可心上人音信全无。其实，即使有音信又如何呢？又怎能比得上见面时的幸福快乐呢？

【注释】

①腊雪：冬至后立春前下的雪。唐·刘禹锡《送陆侍御归淮南使府》："泰山呈腊雪，隋柳布新年。"宋·欧阳修《蝶恋花》："尝爱西湖春色早，腊雪方销，已见桃开小。"梅蕊：梅花蓓蕾。宋·朱熹《和李伯玉用东坡韵赋梅花》："忽闻梅蕊腊前破，楚客不爱兰佩昏。"宋·韩淲《贺新郎·十三日小园梅枝微红点缀便觉可句》："梅蕊依稀矣。岁华深、翛然但把，杖藜闲倚。"

②相和：相互谐调。南朝·宋·鲍照《代堂上歌行》："筝笛更弹吹，高唱好相和。"宋·苏轼《和黄鲁直烧香》之一："且复歌呼相和，隔墙知是曹参。"

③转：汲古阁本《六一词》作"啭"。

④醉眼：醉后迷糊的眼睛。唐·杜甫《九日登梓州城》："弟妹悲歌里，乾坤醉眼中。"

⑤罗带缓：谓人消瘦，腰带日显宽松。《古诗十九首》："相去日已远，衣带日已缓。"

⑥芳信：《乐府雅词》作"乡信"。指书信。唐·白居易《祇役骆口驿喜萧侍御书至》："忽惊芳信至，复与新诗并。"宋·史达祖《双双燕·咏燕》："应自栖香正稳，便忘了天涯芳信。"

⑦音书：音讯，书信。唐·宋之问《渡汉江》："岭外音书断，经冬复历春。"争如：怎么比得上。前蜀·韦庄《夏口行》："双双得伴争如雁，一一归巢却羡鸦。"

蝶恋花

海燕双来归画栋①，帘影无风，花影频移动。半醉腾腾春睡重②，绿鬟堆枕香云拥③。　　翠被双盘金缕凤④，忆得前春，有个人人共⑤。花里黄莺时一弄⑥，日斜惊起相思梦。

【题解】

《全宋词》注云："按此首《类编草堂诗馀》卷二误作俞克成词。"《花庵词选》有题"春情"，《花草粹编》有题"怀旧"，后注云："一作俞克成。"

词写相思。上片写女子之孤独无聊。燕子双飞双栖，反衬出女子形单影只；无风而花影移动，则可见出女子坐立不安。于是她借酒浇愁，酒醉而卧。下片接写翠被上的绣凤是成双成对的，进一步反衬自己的孤单。原本已经和心上人在梦中相见，没想到黄莺的啼叫声又惊醒了自己的美梦，情更难堪。

【注释】

①海燕：燕子的别称。古人认为燕子产于南方，须渡海而至，故名。唐·沈佺期《独不见》："卢家少妇郁金堂，海燕双栖玳瑁梁。"宋·陆游《春晚泛湖归偶成》："分泥海燕穿花径，带犊吴牛傍柳阴。"双来：《花庵词选》作"双飞"。画栋：有彩绘装饰的栋梁。唐·王勃《滕王阁》："画栋朝飞南浦云，珠帘暮卷西山雨。"

②腾腾：《花草粹编》作"海棠"。朦胧、迷糊貌。唐·韩偓《三忆》："忆眠时，春梦困腾腾。"醉腾腾：形容人喝醉了酒的样子。宋·晏几道《玉楼春》："临风一曲醉腾腾。"宋·杨万里《迓使客夜归》："净洗红尘烦碧酒，倦来不觉睡腾腾。"

③绿鬟：乌黑发亮的发髻。泛指妇女美丽的头发。唐·白居易《闺妇》："斜凭绣床愁不动，红绡带缓绿鬟低。"宋·苏轼《浣溪沙·春情》："道字娇讹苦未成，未应春阁梦多情。朝来何事绿鬟倾？"香云：比喻青年妇女的头发。宋·柳永《尾犯》："记得当初，翦香云为约。"

④翠被：绣有翡翠纹饰的被子。南朝·梁简文帝《绍古歌》："网户珠缀曲琼钩，芳茵翠被香气流。"宋·陆游《夜游宫·宫词》："独夜寒侵翠被，奈幽梦、不成还起。"金缕：金丝。唐·白居易《秦中吟·议婚》："红楼富家女，金缕绣罗襦。"

⑤人人：用以称亲昵者。

⑥黄莺:《花庵词选》作"莺声"。黄莺:黄鹂。三国·吴·陆玑《毛诗草木鸟兽虫鱼疏·黄鸟于飞》:"黄鸟,黄鹂留也,或谓之黄栗留,幽州人谓之黄鹦。"唐·王维《左掖梨花》:"黄莺弄不足,衔入未央宫。"一弄:奏曲一次。唐·顾况《李供奉弹箜篌歌》:"巧声一日一回变,实可重,不惜千金买一弄。"此指禽鸟鸣叫。欧阳修《雨中独酌二首》之一:"鸣禽时一弄,如与古人言。"

【汇评】

潘游龙《古今诗馀醉》卷四:前以惊梦起,以伤春转。后以伤春起,惊梦转,大概一机局,而笔性远过之。

金圣叹《唱经堂批欧阳永叔词十二首》:(上片1、2、3句)轻轻斗出帘影、花影,妙妙!说无风,又说移动,说移动,又偏说无风,深闺独坐,活画出来。(下片1、2、3句)前春人共,何日忘之,却偏说盘被双凤,因而忆得,蕴藉之极,又映衬之极。(4、5句)通篇说睡,结只轻轻一掉转。　余尝言写景是填词家一半本事,然却必须写得又清真,又灵幻乃妙。只如六一词,帘影无风,花影频移九个字,看他何等清真,却何等灵幻,盖人徒知帘影无风是静,花影频移是动,而殊不知花影移动,只是无情,正为极静,而帘影无风四字,却从女儿芳心中仔细看出,乃是极动也。呜呼!善填词者,必皆深于佛事者也。只一帘影花影,皆细细分别不差,谁言慧业文人,不生天上哉!

《新刻注释草堂诗馀评林》引李廷机曰:此亦有感而言,辞气流利,足爽人口。

蝶恋花

面旋落花风荡漾①,柳重烟深②,雪絮飞来往③。雨后轻寒犹未放,春愁酒病成惆怅④。　枕畔屏山围碧浪⑤,翠被华灯⑥,夜夜空相向⑦。寂寞起来褰绣幌⑧,月明正在梨花上⑨。

【题解】

词咏春愁。上片写在春风的吹拂下,落花柳絮徘徊飞旋,一阵春雨后,轻寒袭人,无边的愁绪袭上心头,本拟借酒浇愁,未曾想愁上添愁。下片接着写她惆怅的缘由,原来是空闺独守,寂寞难耐。结句以景结情,含蓄蕴藉,意味悠长。

【注释】

①面旋:谓落花、飞雪等徘徊飞旋貌。唐宋时常用语。宋·苏轼《临江仙》:"面旋落英飞玉蕊,人间春日初斜。"宋·曾巩《戏呈休文屯田》:"佳时苦雨已萧索,落蕊随风还面旋。"宋·周邦彦《解蹀躞》:"候馆丹枫吹尽,面旋随风舞。"宋·赵以夫《念奴娇》:"好唤蕊珠供彩笔,莫待随风面旋。"荡漾:吹拂。

②烟深:宋本《近体乐府》卷末校注云:"一作'烟轻'。"

③雪絮:柳絮。南朝·宋·刘义庆《世说新语·言语》:"谢太傅寒雪日内集,与儿女讲论文义。俄而雪骤,公欣然曰:'白雪纷纷何所似?'兄子胡儿曰:'撒盐空中差可拟。'兄女曰:'未若柳絮因风起。'公大笑乐。"唐·元稹《春馀遣兴》:"馀英间初实,雪絮萦蛛网。"宋·苏轼《闻捷》:"故知无定河边柳,得共中原雪絮春。"宋·晁补之《诉衷情·送春》:"惊雪絮,满天涯。送春赊。"

④春愁:春日的愁绪。南朝·梁元帝《春日》:"春愁春自结,春结讵能申。"唐·李白《愁阳春赋》:"春心荡兮如波,春愁乱兮如云。"唐·张祜《折杨柳枝》诗之一:"伤心日暮烟霞起,无限春愁生翠眉。"宋·陆游《行武担西南村落有感》:"骑马悠然欲断魂,春愁满眼与谁论。"酒病:病酒,因饮酒过量而生病。唐·姚合《寄华州李中丞》:"养生非酒病,难隐题诗名。"惆怅:因失意或失望而伤感、懊恼。《楚辞·九辩》:"廓落兮,羁旅而无友生;惆怅兮,而私自怜。"晋·陶潜《归去来兮辞》:"既自以心为形役,奚惆怅而独悲。"唐·韦瓘《周秦行纪》:"共道人间惆怅事,不知今夕是何年。"宋·苏轼《梦中绝句》:"落英满地君不见,惆怅春光又一年。"

⑤屏山:屏风。唐·温庭筠《南歌子》:"扑蕊添黄子,呵花满翠鬟,鸳枕映屏山。"

⑥翠被:《乐府雅词》作"翠袂"。见《蝶恋花》(海燕双来归画栋)注④。

华灯：亦作"华镫"。雕饰精美的灯，彩灯。《楚辞·招魂》："兰膏明烛，华镫错些。"朱熹集注引徐铉曰："镫中置烛，故谓之镫。华谓其刻饰华好，或为禽兽之形也。"《乐府诗集·相和歌辞九·相逢行》："中庭生桂树，华灯何煌煌。"宋·柳永《迎新春》："庆嘉节，当五三，列华灯，千门万户。"

⑦相向：相对，面对面。《孟子·滕文公上》："昔者孔子没，三年之外，门人治任将归，入揖于子贡，相向而哭，皆失声，然后归。"《晋书·阮咸传》："咸至，宗人间共集，不复用杯觞斟酌，以大盆盛酒，圆坐相向，大酌更饮。"唐·孟郊《古怨别》："含情两相向，欲语气先咽。"

⑧绣幌：绣花的帷幔，窗帘。南朝·齐·孔稚珪《北山移文》："披绣幌，俯雕甍。"

⑨梨花：南朝·梁·萧子显《燕歌行》："洛阳梨花落如雪，河边细草细如茵。"唐·岑参《白雪歌送武判官归京》："北风卷地白草折，胡天八月即飞雪。忽如一夜春风来，千树万树梨花开。"

【汇评】

王国维《人间词话》附录一：欧公《蝶恋花》"面旋落花"云云，字字沉响，殊不可及。

蝶恋花

帘幕风轻双语燕，午后醒来①，柳絮飞撩乱②。心事一春犹未见，红英落尽青苔院③。　　百尺朱楼闲倚遍④，薄雨浓云，抵死遮人面。羌管不须吹别怨⑤，无肠更为新声断⑥。

【题解】

《全宋词》注云："此首别又见晏殊《珠玉词》。"

词咏别恨。上片写午睡的女子被梁间双燕的啁啾声唤醒，但见长满青苔的庭院中，柳絮飘飞，红花落地，一直暗藏着的心事在这花谢花飞飞满天的暮春时节被撩拨醒来。下片先宕开一笔，写女主人公倚楼远眺，却发现目力所及，尽被浓云细雨所遮挡；耳朵所听到的则是羌笛吹奏的离别之曲。

她不禁心下暗自祈祷：羌笛啊，请不要再吹奏出这样令人肝肠寸断的哀怨之曲了，因为我已无肠可断了。全词抒情层递转深，哀婉迫人。

【注释】

①午后：下午。《珠玉词》作"醉后"。唐·白居易《慵不能》："午后恣情寝，午时随事餐。"

②撩乱：缤纷，即纷乱貌。宋·王安石《渔家傲》词之一："灯火已收正月半，山南山北花撩乱。"

③红英：《珠玉词》作"馀花"，《草堂诗馀》作"馀红"。红花。南唐·李煜《采桑子》："亭前春逐红英尽。"宋·秦观《满庭芳》："古台芳榭，飞燕蹴红英。"青苔：苔藓。《淮南子·泰族训》："穷谷之污，生以青苔。"高诱注："青苔，水垢也。"南朝·梁·江淹《青苔赋》："嗟青苔之依依兮，无色类而可方。"宋·赵师秀《大慈道》："青苔生满路，人迹至应稀。"

④百尺楼：高楼。《三国志·魏志·陈登传》："（许）汜曰：'昔遭乱过下邳，见元龙（陈登）。元龙无客主之意，久不相与语，自上大床卧，使客卧下床。'（刘）备曰：'……君求田问舍，言无可采，是元龙所讳也。何缘当与君语？如小人，欲卧百尺楼上，卧君于地，何但上下床之间邪？'"唐·王昌龄《从军行》之一："烽火城西百尺楼，黄昏独上海风秋。"宋·苏轼《次韵答邦直子由》之四："恨无扬子一区宅，懒卧元龙百尺楼。"朱楼：富丽华美的楼阁。《后汉书·冯衍传下》："伏朱楼而四望兮，采三秀之华英。"唐·白居易《骊宫高》："高高骊山上有宫，朱楼紫殿三四重。"

⑤羌管：羌笛。唐·李商隐《和郑愚赠汝阳王孙家筝妓二十韵》："羌管促蛮柱，从醉吴宫耳。"宋·范仲淹《渔家傲》："羌管悠悠霜满地，人不寐，将军白发征夫泪。"别怨：离别的忧愁。唐·杜审言《奉和七夕侍宴两仪殿应制》："一年衔别怨，七夕始言归。"宋·张先《芳草渡》："歌时泪，和别怨，作秋悲。"

⑥无肠：犹言没有心肠或心思。后喻伤痛之至。唐·白居易《山游示小妓》："莫唱《杨柳枝》，无肠与君断。"宋·苏轼《张子野买妾》："柱下相君犹有齿，江南刺史已无肠。"宋·史达祖《寿楼春·寻春服感念》："谁念我，今无肠。"

蝶恋花①

庭院深深深几许②?杨柳堆烟③,帘幕无重数④。玉勒雕鞍游冶处⑤。楼高不见章台路⑥。　　雨横风狂三月暮,门掩黄昏,无计留春住⑦。泪眼问花花不语,乱红飞过秋千去⑧。

【题解】

此词亦见冯延巳《阳春集》。李清照词序云:"欧阳公作《蝶恋花》有'深深深几许'之句,余酷爱之,用其语作'庭院深深'数阕,其声即旧《临江仙》也。"(《草堂诗馀》前集卷上欧阳永叔《蝶恋花》词注引)断为欧阳修词。李清照的话虽不可确信,但也不能完全不信。在没有确凿证据的情况下,还是以两存为妥。今故仍收此词于欧阳修词集中。

词写深闺佳人伤春的苦闷。上片写其居室的幽深封闭。起句三叠"深"字,把佳人之禁锢高楼、闺房寂寞的境况尽力显出。上三句写境寂苦,接两句写人孤独。心上人不在身边,而去章台游冶。下片由望所欢不见而生发开去,感青春难留。感花摇落而有泪,含泪而问花,花乱落而不语。伤花实则自伤,表现了佳人与落花一样不能掌握自身命运的悲哀。物我合一,情景交融,含蕴深沉。

【注释】

①《阳春集》作《鹊踏枝》。

②深几许:萧本、旧抄本、星凤阁本《阳春集》《乐府雅词》作"知几许"。几许:多少。《古诗十九首·迢迢牵牛星》:"河汉清且浅,相去复几许。"宋·杨万里《题兴宁县东文岭瀑泉在夜明场驿之东》:"不知落处深几许,但闻井底碎玉声。"

③杨柳:泛指柳树。《诗经·小雅·鹿鸣》:"昔我往矣,杨柳依依。"唐·温庭筠《题柳》:"杨柳千条拂面丝,绿烟金穗不胜收。"

④重:《历代诗馀》作"量"。

⑤玉:旧抄本《阳春集》《古今词统》作"金"。雕:吴本、侯本、萧本、金本、星凤阁本《阳春集》作"金"。玉勒:玉饰的马衔。北周·庾信《三月三日华林园马射赋》:"控玉勒而摇星,跨金鞍而动月。"唐·高适《送浑将军出塞》:"银鞍玉勒绣蝥弧,每逐嫖姚破骨都。"雕鞍:刻饰花纹的马鞍,华美的马鞍。唐·骆宾王《帝京篇》:"宝盖雕鞍金络马,兰窗绣柱玉盘龙。"游冶:指留连妓馆,追逐声色。宋·贺铸《南乡子》:"二十四桥游冶处,留连,携手娇饶步步莲。"

⑥章台:汉代长安城有章台街。《汉书·张敞传》:"时罢朝会,走马章台街。"此指妓院聚集之地。宋·晏几道《鹧鸪天》:"新掷果,旧分钗。冶游音信隔章台。"

⑦唐·薛能《惜春》:"无计延春日,何能留少年。"

⑧去:《阳春集》作"入"。唐·严恽《落花》:"尽日问花花不语,为谁零落为谁开。"

【汇评】

沈际飞《草堂诗馀正集》:末句参之"点点飞红雨"句,一若关情,一若不关情,而情思俱荡漾无边。

杨慎《词品》:一句中连三字者,如"夜夜夜深闻子规",又"日日日斜空醉归",又"更更更漏月明中",又"树树树梢啼晓莺",皆用叠字也。

茅暎《词的》:凄如送别。

《新刻注释草堂诗馀评林》引李廷机云:首句叠用三个"深"字最新奇,后段形容春暮光景殆尽。

王又华《古今词论》引毛先舒语:词家意欲层深,语欲浑成,作词者大抵意层深者,语便刻画;语浑成者,意便肤浅,两难兼也。或欲举其似,偶拈永叔词云:"泪眼问花花不语。乱红飞过秋千去。"此可谓层深而浑成,何也?因花而有泪,此一层意也;因泪而问花,此一层意也;花竟不语,此一层意也;不但不语,飞过秋千,此一层意也。人愈伤心,花愈恼人。语愈浅而意愈入,又绝无刻画费力之迹。谓非层深而浑成耶?然作者初非措意。直如化工生物,笋未出而苞节已具,非寸寸为之也。若先措意,便刻画愈深,愈堕恶境矣。此等一经拈出后，便当扫去。"

沈雄《古今词话·词辨上卷》：《乐府纪闻》曰：李清照每爱欧阳公《蝶恋花》词"庭院深深深几许"，作庭院深深曲，即《临江仙》也。

王弈清《历代词话》卷四引《词苑》："庭院深深深几许。杨柳堆烟，帘幕无重数。金勒雕鞍游冶处。楼高不见章台路。　　雨横风狂三月暮。门掩梨花，无计留春往。泪眼问花花不语。乱红飞过秋千去。"欧阳修《蝶恋花》词也。李易安酷爱其语，遂用作庭院深深数阕。杨升庵云："一句中连三字者，如'夜夜夜深闻子规'，又'日日日斜空醉归'，又'更更更漏月明中'，又'树树树梢啼晓莺'，皆善用叠字也。"

金圣叹《唱经堂批欧阳永叔词十二首》：（第1句）问得无端。三个深字奇绝，唐人诗每以此为能。（2句）写出深深。（3句）写出深深。（4、5句），只为此五字，便衬到庭院。衬入楼高字妙，犹言如此尚然也。文家有加染法，即此。（下片1、2、3句）留得无端。（4句）：问得无端。问花待得花有情，花不语，怨得花无谓。（5句）人自去远，与庭院何与。人自不归，与春何与。人自无音耗，与花何与，亦可谓林木池鱼之殃矣。通篇不出正意，只是怨庭院怨春怨花草，章法奇甚。杨柳堆烟句，是衬庭院句，雨横风狂句，是衬留春句，乱红飞过句，是衬问花句，凡作三段文字，须要分疏读之，不得混帐过去。

张惠言《词选》："庭院深深"，闺中既以邃远也。"楼高不见"，哲王又不寤也。"章台""游冶"，小人之径。"雨横风狂"，政令暴急也。"乱红飞去"，斥逐者一人而已，殆为韩、范作乎。此词亦见冯延巳集中。李易安词序云："欧阳公作《蝶恋花》，有'庭院深深深几许'之句，余酷爱之，用其语作'庭院深深'数阕，其声即旧《临江仙》也。"易安去欧公未远，其言必非无据。

周济《宋四家词选》：数词缠绵忠笃，其文甚明，非欧公不能作。延巳小人，纵欲，伪为君子，以惑其主，岂能有此至性语乎。

孙麟趾《词径》：如"泪眼问花花不语，乱红飞过秋千去。""江上柳如烟，雁飞残月天。""西风残照，汉家陵阙。"皆以浑厚见长者也。词至浑，功候十分矣。

黄苏《蓼园词选》：沈际飞曰：诗中有一句连三字者，刘驾"树树树梢啼晓莺""夜夜夜深闻子规"。复有一句叠三字者，吴融"一声南雁已先红""械械凄凄叶同"。欧公"深深深"字，方驾刘吴。

黄苏《蓼园词选》：首阕因杨柳烟多，若帘幕之重重者，庭院之深以此。即下句章台不见亦以此。总以见柳絮之迷人。加之雨横风狂，即拟闭门，而春已去矣。不见乱红之尽飞乎，语意如此。通首诋斥，看来必有所指。第词旨浓丽，即不明所指，自是一首好词。

陈廷焯《白雨斋词话》卷一：冯正中词，极浓郁之致，穷顿挫之妙，缠绵忠厚，与温、韦相伯仲也。《蝶恋花》四章，古今绝构。词选本李易安词序，指"庭院深深"一章为欧公作，他本亦多作永叔词。惟《词综》独云冯延巳作。竹垞博极群书，必有所据。且细味此阕，与上三章笔墨，的是一色，欧公无此手笔。

谭献《词辨》：或曰："非欧公不能为。"或曰："冯敢为大言如上。"读者审之。又云："宋刻玉玩，双层浮起，笔墨至此，能事几近。"

王国维《人间词话》：固哉，皋文之为词也。飞卿《菩萨蛮》、永叔《蝶恋花》、子瞻《卜算子》，皆兴到之作，有何命意。皆被皋文深文罗织。

俞陛云《唐五代两宋词选释》：此词庭深楼迥，及乱红飞过等句，殆有寄托，不仅送春也。或见《阳春集》。李易安定为六一词，易安云此词余极爱之，作"庭院深深"数首，其声即旧《临江仙》也。

蝶恋花

永日环堤乘彩舫①，烟草萧疏②，恰似晴江上。水浸碧天风皱浪③，菱花荇蔓随双桨④。　　红粉佳人翻丽唱⑤，惊起鸳鸯⑥，两两飞相向⑦。且把金尊倾美酿⑧，休思往事成惆怅。

【题解】

词写夏日乘船游湖。上片写词人乘着彩舫作环湖之游，映入眼帘的全是自然美景：在太阳光的照射下，浓密的水草发出清丽的光，菱花荇蔓随双桨的摆动而摇曳。碧蓝的天倒映在湖面上，恰似一匹蓝绸缎，在微风的吹拂下，涌动曼舞起来。下片由景而人，写画船中美丽歌女的美妙歌声，惊起了湖中的鸳鸯，双双飞起，两两相对。此情此景，不免会挑起游湖之人的感

叹。歌女赶快劝酒说:请斟满酒杯痛饮吧,不要思量往事,以免徒增忧伤
惆怅。

【注释】

①永日:从早到晚,整天。汉·刘桢《公谦》:"永日行游戏,欢乐犹未
央。"前蜀·韦庄《丙辰郾州遇寒食》诗之五:"永日迢迢无一事,隔街闻筑气
毬声。"彩舫:即画舫,装饰华美的游船。五代·李珣《南乡子》:"乘彩舫,过
莲塘。"

②烟草:烟雾笼罩的草丛。亦泛指蔓草。唐·黄滔《景阳井赋》:"台城
破兮烟草春,旧井湛兮苔藓新。"宋·谢逸《蝶恋花》:"独倚阑干凝望远,一
川烟草平如翦。"萧疏:清丽。同萧疏。唐·吴融《书怀》:"傍岩依树结檐
楹,夏物萧疏景更清。"宋·司马光《夏日过陈秀才园林》:"槿花篱落围丛
竹,风日萧疏满园绿。"

③碧天:青天,蓝色的天空。晋·王羲之《兰亭》:"仰视碧天际,俯瞰绿
水滨。"前蜀·毛文锡《巫山一段云》:"雨霁巫山上,云轻映碧天。""水浸碧
天"谓蓝天倒影在碧波中,如水浸一般。皱浪:指风吹水面荡起微波。宋·
宋祁《玉楼春·春景》:"东城渐觉风光好,縠皱波纹迎远棹。"宋·贺铸《夜
游宫》:"江面波纹皱縠,江南岸、草和烟绿。"

④菱花:菱的花。南朝·梁简文帝《采菱曲》:"菱花落复含,桑女罢新
蚕。"荇蔓:荇草,生于水中,长条如藤蔓。

⑤红粉:妇女化妆用的胭脂和铅粉。《古诗十九首·青青河畔草》:"娥
娥红粉妆,纤纤出素手。"宋·欧阳修《浣溪沙》:"红粉佳人白玉杯,木兰船
稳棹歌催。"佳人:美女。战国·宋玉《登徒子好色赋》:"天下之佳人,莫若
楚国;楚国之丽者,莫若臣里;臣里之美者,莫若臣东家之子。"汉·司马相
如《长门赋》:"夫何一佳人兮,步逍遥以自虞;魂逾佚而不反兮,形枯槁而独
居?"宋·苏轼《虢国夫人夜游图》:"佳人自鞚玉花骢,翩如惊燕踏飞龙。"丽
唱:清丽的演唱。

⑥鸳鸯:鸟名。旧传雌雄偶居不离,故称"匹鸟"。《诗经·小雅·鸳
鸯》:"鸳鸯于飞,毕之罗之。"毛传:"鸳鸯,匹鸟也。"晋·崔豹《古今注·鸟
兽》:"鸳鸯,水鸟,凫类也。雌雄未尝相离,人得其一,则一思而死,故曰
疋鸟。"

⑦两两:成双成对。《史记·天官书》:"魁下六星,两两相比者,名曰三

能。"南朝·陈·徐陵《为陈武帝作相时与北齐广陵城主书》:"既通宫闱,无容静默,两两相对,俱有损伤。"宋·梅尧臣《送石昌言舍人还蜀拜扫》:"舍人亦与泰阶近,两两联裾如雁行。"相向:相对,面对面。唐·孟郊《古怨别》:"含情两相向,欲语气先咽。"

⑧金尊:同"金樽"。酒樽的美称。南朝·宋·谢灵运《石门新营所住》:"芳尘凝瑶席,清醑满金樽。"唐·陈子昂《春夜别友人》诗之一:"银烛吐青烟,金尊对绮筵。"美酿:美酒。元·伊世珍《琅嬛记》:"试莺家多美酿。"

【汇评】

金圣叹《唱经堂批欧阳永叔词十二首》:(1、2、3句)天成妙景,天成妙句。(下片):从丽唱生出鸳鸯,从鸳鸯生出往事,文字只是一片。从来词家,多以前半不堪,生出后半不堪之情,此独前半写得萧然天放,后半陡然因丽唱转出鸳鸯,因鸳鸯转出往事,又是一样身分也。

蝶恋花

越女采莲秋水畔①,窄袖轻罗②,暗露双金钏③。照影摘花花似面,芳心只共丝争乱④。　　鹭鹚滩头风浪晚⑤,雾重烟轻⑥,不见来时伴。隐隐歌声归棹远⑦,离愁引着江南岸。

【题解】

词写采莲越女。既是越地之女,则其美貌自是非同一般;即是采莲,则此越女迥异于传统词作中的歌姬舞伎形象,其健康纯洁令人神往。这就是起句给我们的丰富联想。次二句紧承第一句中的"采",突出她劳动时的手臂:为了方便采莲,她穿着用轻罗制成的窄小衣袖,玉腕上的金制手镯时隐时露。词人牵一发而动全身,借衣袖手镯的描写活画出越女全身,表现手法高超。纤手采莲蓬,玉颜照荷花,第四句写越女美丽的容颜,与荷花交相辉映,分不清何者为花,何者为人。词人始终将莲与人紧扣在一起,手臂采莲蓬,花面交相映,而"芳心只共丝争乱",就是进一步写人之芳心与藕丝的联系了：少女的情怀不正如纷乱的藕丝吗？上片写人，下片头两句写景，天色渐晚，风浪渐起，湖面上烟雾笼罩，竟然看不见采莲的伙伴了，只听到隐隐的歌声渐行渐远，徒留下一片离愁之情，弥漫于江南岸边。全词语言婉雅，情意缠绵。

【注释】

①越女：古代越国多出美女，西施其尤著者。后因以泛指越地美女。《文选·枚乘〈七发〉》："越女侍前，齐姬奉后。"刘良注："齐越二国，美人所出。"唐·王维《西施咏》："朝为越溪女，暮作吴宫妃。"金·元好问《后平湖曲》："越女颜如花，吴儿洁于玉。"秋水：秋天的江湖水，雨水。《庄子·秋水》："秋水时至，百川灌河。"南朝·齐·陆厥《中山王孺子妾歌》："岁暮寒飚及，秋水落芙蕖。"唐·王勃《滕王阁序》："落霞与孤鹜齐飞，秋水共长天一色。"宋·王安石《散发一扁舟》："秋水泻明河，迢迢藕花底。"

②轻罗：一种质地很薄的丝织品。晋·葛洪《抱朴子·博喻》："故轻罗雾縠，冶服之丽也，而不可以御流镝。"宋·曾巩《南湖行》之一："著红少年里中出，百金市上裁轻罗。"

③金钏：金制的手镯。《北史·林邑传》："每有婚媾，令媒者赍金银钏、酒二壶、鱼数头至女家。"唐·刘禹锡《贾客词》："妻约雕金钏，女垂贯珠缨。"

④芳心：女子的情怀。唐·李白《古风》之四九："美人出南国，灼灼芙蓉姿。皓齿终不发，芳心空自持。"

⑤鸂鶒：水鸟名。形大于鸳鸯，而多紫色，好并游。俗称紫鸳鸯。唐·温庭筠《开成五年秋以抱疾郊野一百韵》："溟渚藏鸂鶒，幽屏卧鹧鸪。"滩头：江、河、湖、海边水涨淹没、水退显露的淤积平地。唐·刘禹锡《送景玄师东归》："滩头蹑屐挑沙菜，路上停舟读古碑。"宋·苏轼《八月七日初入赣过惶恐滩》："七千里外二毛人，十八滩头一叶身。"

⑥《全芳备祖》作"雾暝烟昏"。

⑦隐隐：隐约不分明貌。南朝·宋·鲍照《还都道中》诗之二："隐隐日没岫，瑟瑟风发谷。"归棹：归舟。唐·王勃《临江》诗之二："去骖嘶别路，归棹隐寒洲。"唐·徐彦伯《采莲曲》："春歌弄明月，归棹落花前。"

沈际飞《草堂诗馀续集》：美人是花真身。又，如丝争乱，吾恐为荡妇矣。

金圣叹《唱经堂批欧阳永叔词十二首》：(第3句)九个字只写得上句中一个"采"字耳，却亦只须写一"采"字，便活画出越女全身，此顾虎头所谓须向阿堵中落笔也。(第4句)上"影"是水中面，下"花"是水中花，造语灵幻之极。(第5句)花似面，即知面似花也，便趁势写出他芳心来，却又以藕丝贴之，细妙之极也。(下片1、2句)上句之下，下句之上，合以七字写景，谓之两让法。(3句)妙妙！不因此五字，便是采莲，不足咏矣。以采莲上，却想出此五字，岂非天才。(4句)风浪七字，是写此，隐隐七字，是写彼，又一是写见，一是写闻。(5句)因其着岸而知其心愁也，却反云愁心引之着岸，此则练句之妙也。画出小心怯胆，令人读之犹怜，何况亲见其人。

陈廷焯《闲情集》卷一：与元献作，同一缠绵，语更婉雅。

谭献《词辨》：("窄袖"句)言小人常态。("雾重"句)言君子道消。

蝶恋花

水浸秋天风皱浪①，缥缈仙舟②，只似秋天上。和露采莲愁一饷③，看花却是啼妆样④。　　折得莲茎丝未放，莲断丝牵，特地成惆怅。归棹莫随花荡漾⑤，江头有个人相望⑥。

【题解】

词写采莲女。上片写景并引出采莲女。在秋高气爽的季节里，天空倒映在湖面上，水天一色；微风吹皱起一层层波浪，犹如绸缎般微微涌起。采莲船在广阔的湖面上移动，就像仙舟漂浮在天空中。如此美景中，船中的采莲女却没来由地愁绪顿起，原来是当她采莲时，竟然发现带露荷花与女性啼妆一模一样。下片接着写她愁闷的缘由——莲(怜)断丝(思)牵，虽与心上人恩爱中绝，内心却还牵挂着他。她愁绪一起，心意渐迷，竟然无理地要求归棹不要随花荡漾，即不要摇动归家的双桨，因为"江头有个人相望"，实际上是正话反说,江边没有人守望。

【注释】

①见《蝶恋花》(永日环堤乘彩舫)注③。

②缥缈:高远隐约貌。《文选·木华〈海赋〉》:"群仙缥眇,餐玉清涯。"李善注:"缥眇,远视之貌。"唐·杜甫《白帝城最高楼》:"城尖径仄旌旆愁,独立缥缈之飞楼。"宋·苏轼《卜算子·黄州定慧院寓居作》:"缺月挂疏桐,漏断人初静。惟见幽人独往来,缥缈孤鸿影。"仙舟:舟船的美称。隋·江总《洛阳道》诗之一:"仙舟李膺棹,小马王戎镳。"唐·李峤《送光禄刘主簿之洛》:"仙舟窅将隔,芳甸暂云同。"宋·无名氏《梅妃传》:"奏舞鸾之妙曲,乘画鹢之仙舟。"宋·梁明夫《贺新郎·寿吕道山四十九岁》:"万里朝天去,见浔阳江上,风引仙舟淮浦。"

③一饷:片刻。唐·白居易《对酒》:"无如饮此销愁物,一饷愁消直万金。"《敦煌变文集·王昭君变文》:"若道一时一饷,犹可安排;岁久月深,如何可度。"蒋礼鸿通释:"一饷,就是吃一餐饭的时间。"南唐·李煜《浪淘沙》:"梦里不知身是客,一晌贪欢。"

④啼妆:见《长相思》(深花枝)注⑥。

⑤归棹:见《蝶恋花》(越女采莲秋水畔)注⑦。莫随:汲古阁《六一词》作"莫愁"。荡漾:指物体在水中起伏波动。宋·邹登龙《采莲曲》:"兰桡荡漾谁家女,云妥鬌鬌黛眉妩。"

⑥江头:江边,江岸。隋炀帝《凤舸歌》:"三月三日向江头,正见鲤鱼波上游。"唐·姚合《送林使君赴邵州》:"江头斑竹寻应遍,洞里丹砂自采还。"

蝶恋花

梨叶初红蝉韵歇①,银汉风高②,玉管声凄切③。枕簟乍凉铜漏彻④,谁教社燕轻离别⑤。　　草际虫吟秋露结⑥,宿酒醒来⑦,不记归时节。多少衷肠犹未说⑧,珠帘夜夜朦胧月⑨。

【题解】

《全宋词》注云："按此首别又见晏殊《珠玉词》。"宋本《醉翁琴趣外编》调作《凤栖梧》。

词咏别情。上片以深秋之景衬托离别之情。梨叶开始变红，蝉鸣渐渐消歇，天高风急，送来阵阵凄切的笛管之声。这是写室外，所见所闻都渲染出一种凄凉况味。接着词人将笔触移向室内，主人公感到枕席的丝丝凉意，听着铜漏发出的滴滴响声，彻夜难眠，原来是心上人如社燕般，说走就走了。下片写在草际虫吟秋露凝结之时，她从宿醉中醒来，却不记得心上人什么时候会归来，也不知道当时说过多少心里话，还有多少衷肠没有诉说，一切都如这秋月般朦胧难识。

【注释】

①初红：《花草粹编》作"疏红"。蝉韵：喻指蝉声。唐·段文昌《晚夏登张仪楼呈院中诸公》："乍疑蝉韵促，稍觉雪风来。"唐·刘禹锡《始闻蝉有怀白宾客》："蝉韵极清切，始闻何处悲。"

②银汉：天河，银河。南朝·宋·鲍照《夜听妓》："夜来坐几时，银汉倾露落。"宋·苏轼《阳关词·中秋月》："暮云收尽溢清寒，银汉无声转玉盘。"风高：风大。唐·杜甫《湖中送敬十使君适广陵》："秋晚岳增翠，风高湖涌波。"唐·柳宗元《田家》诗之三："风高榆柳疏，霜重梨枣熟。"

③玉管：泛指管乐器，同"玉琯"。北周·庾信《赋得鸾台》："九成吹玉琯，百尺上瑶台。"唐·令狐楚《游春》："风前调玉管，花下簇金羁。"宋·杨亿《宣曲二十二韵》："雷响金车度，梅残玉管清。"宋·辛弃疾《菩萨蛮·和夏中玉》："临风横玉管，声散江天满。"凄切：凄凉悲切。南朝·梁·何逊《日夕望江山赠鱼司马》："管声已流悦，弦声复凄切。"宋·柳永《雨霖铃》："寒蝉凄切，对长亭晚，骤雨初歇。"

④枕簟：枕席。泛指卧具。《礼记·内则》："敛枕簟，洒扫室堂及庭，布席，各从其事。"唐·韩愈《新亭》："水文浮枕簟，瓦影荫龟鱼。"宋·黄庭坚《次韵曾子开舍人游籍田载荷花归》："扫堂延枕簟，公子气翩翩。"铜漏：铜壶。古代一种计时器。后蜀·顾敻《献衷心》："银釭背，铜漏永，阻佳期。"宋·司马光《和子华招潞公暑饮》："蔫烛添香欢未极，但惊铜漏太匆匆。"

⑤社燕：燕子春社时来，秋社时去，故称。清·陈元龙《格致镜原》卷七

十八鸟类燕引《格物总论》："燕，玄鸟也，齐曰燕，梁曰乙。大如雀而长，布翅歧尾，巢于屋梁间。春社来，秋社去，故谓之社燕。"唐·羊士谔《郡楼晴望》："地远秦人望，天晴社燕飞。"宋·苏轼《送陈睦知潭州》："有如社燕与秋鸿，相逢未稳还相送。"

⑥秋露：秋日的露水。南朝·宋·颜延之《祭屈原文》："秋露未凝，归神太素。"隋·薛道衡《老氏碑》："春泉如醴，出自京师，秋露凝甘，遍于竹苇。"唐·杜甫《移居公安敬赠卫大郎》："水烟通径草，秋露接园葵。"

⑦宿酒：宿醉。唐·白居易《早春即事》："眼重朝眠足，头轻宿酒醒。"

⑧衷肠：衷情。内心的感情。唐·韩偓《天鉴》："神依正道终潜卫，天鉴衷肠竟不违。"

⑨夜夜：宋本《醉翁琴趣外编》作"一夜"。朦胧：月色不明。唐·徐昌图《临江仙》："今夜画船何处，潮平淮月朦胧。"宋·张先《少年游》："碎霞浮动晓朦胧，春意与花浓。"宋·李世英《蝶恋花》："朦胧淡月云来去。"

【汇评】

陈霆《渚山堂词话》卷二：李世英《蝶恋花》句云："朦胧淡月云来去。"欧公《蝶恋花》句云："珠帘夜夜朦胧月。"二语一律，不知者疑欧出李下。予细较之，状夜景则李为高妙，道幽怨则欧为酝藉。盖各适其趣，各擅其极，殆未易优劣也。

蝶恋花

独倚危楼风细细①，望极离愁②，黯黯生天际③。草色山光残照里④，无人会得凭阑意⑤。　　也拟疏狂图一醉⑥，对酒当歌⑦，强饮还无味⑧。衣带渐宽都不悔⑨，况伊销得人憔悴⑩。

【题解】

此词又见柳永《乐章集》，词牌作《凤栖梧》。《全宋词》两收之。

主人公登高念远，在词中抒发了一种莫名的愁绪，体现出坚毅执著的高远境界。上片写登高望远，离愁顿生。"草色山光残照里"既是主人公远望所见之冷落实景，也是美好事物即将逝去的心境的描写。"无人会得凭阑意"写出了深沉的孤独之感。下片写主人公为消解离愁，决意借酒浇愁，一醉方休。没想到，对酒高歌却毫无兴味，可见其愁之深重难解。结句精神陡起，为全篇结了一个光明的尾，词境也因此得以升华。

【注释】

①独倚：《乐章集》作"伫倚"。危楼：高楼。北魏·郦道元《水经注·沮水》："危楼倾崖，恒有落势。"南朝·梁·徐悱《古意酬到长史溉登琅邪城》："修篁壮下属，危楼峻上干。"唐·张九龄《登临沮楼》："危楼入水倒，飞槛向空摩。"唐·李端《度关山》："危楼缘广漠，古窦傍长城。"细细：轻微。唐·杜甫《宣政殿退朝晚出左掖》："宫草微微承委珮，炉烟细细驻游丝。"宋·晏殊《清平乐》："金风细细，叶叶梧桐坠。"

②离愁：《乐章集》作"春愁"。离别的愁思。

③黯黯：光线昏暗。汉·陈琳《游览》诗之一："萧萧山谷风，黯黯天路阴。"南朝·梁·江淹《哀千里赋》："水黯黯兮莲叶动，山苍苍兮树色红。"宋·王安石《望淮口》："白烟弥漫接天涯，黯黯长空一道斜。"天际：天边。《易·丰》："丰其屋，天际翔也。"南朝·齐·谢朓《之宣城出新林浦向板桥》："天际识归舟，云中辨江树。"唐·李白《黄鹤楼送孟浩然之广陵》："孤帆远影碧空尽，惟见长江天际流。"

④山光：《乐章集》作"烟花"。山的景色。南朝·梁·沈约《泛永康江》："山光浮水至，春色犯寒来。"唐·岑参《郡斋平望江山》："山光围一郡，江月照千家。"残照：落日余晖。唐·李白《忆秦娥》："西风残照，汉家陵阙。"

⑤无人会得：《乐章集》作"无言谁会"。会得：理会，懂得。唐·元稹《嘉陵驿》诗之二："无人会得此时意，一夜独眠西畔廊。"凭栏：身倚栏杆。唐·崔涂《上巳日永崇里言怀》："游人过尽衡门掩，独自凭栏到日斜。"南唐·李煜《浪淘沙令》："独自莫凭阑，无限江山，别时容易见时难。"

⑥也拟：《乐章集》作"拟把"。疏狂：豪放，不受拘束。唐·白居易《代书诗百韵寄微之》："疏狂属年少，闲散为官卑。"宋·朱敦儒《鹧鸪天·西都作》："我是清都山水郎，天教懒慢带疏狂。"

⑦对酒当歌：谓生命短促，应及时有所作为。后亦指及时行乐。三国·魏·曹操《短歌行》："对酒当歌，人生几何？譬如朝露，去日苦多。"

⑧强饮：《乐章集》作"强乐"。无味：没有滋味，没有兴味。《淮南子·原道训》："无味而五味形焉。"

⑨都：《乐章集》作"终"。

⑩况：《乐章集》作"为"。《古诗十九首》："相去日已远，衣带日已缓。"

【汇评】

王国维《人间词话》：古今之成大事业、大学问者，必经过三种之境界。"昨夜西风凋碧树，独上高楼，望尽天涯路。"此第一境也。"衣带渐宽终不悔，为伊消得人憔悴。"此第二境也。"众里寻他千百度，回头蓦见，那人正在、灯火阑珊处。"此第三境也。此等语皆非大词人不能道。然遽以此意解释诸词，恐为晏、欧诸公所不许也。

王国维《人间词话删稿》：词家多以景寓情。其专作情语而绝妙者，如牛峤之"须作一生拚，尽君今日欢"。顾敻之"换我心为你心，始知相忆深"。欧阳修之"衣带渐宽终不悔，为伊消得人憔悴"。美成之"许多烦恼，只为当时，一饷留情"。此等词，求之古今人词中，曾不多见。

王国维《人间词话删稿》：《蝶恋花》"独倚危楼"一阕，见六一词，亦见《乐章集》。余谓屯田轻薄子，只能道"奶奶兰心蕙性"耳。原注：此等语非欧公不能道也。

俞陛云《唐五代两宋词选释》：长守尾生抱柱之信，拼减沈郎腰带之围，真情至语。此词或作六一词，汲古阁本则列入《乐章集》。

唐圭璋《唐宋词简释》：此首，上片写境，下片抒情。"独倚"三句，写远望愁生。"草色"两句，实写所见冷落景象与伤高念远之意。换头深婉。"拟把"句，与"对酒"两句呼应。"强乐无味"，语极沉痛。"衣带"两句，更柔厚。与"不辞镜里朱颜瘦"语，同合风人之旨。

蝶恋花

帘下清歌帘外宴①，虽爱新声②，不见如花面③。牙板数敲珠一串④,梁尘暗落琉璃盏⑤。　桐树花深孤凤怨⑥,渐遏遥天⑦,不放行云散。坐上少年听未惯⑧,玉山未倒肠先断⑨。

【题解】

此词别又见柳永《乐章集》,词牌作《凤栖梧》。《全宋词》列入欧阳修词。

词写歌女高超的演唱艺术。上片写在一场酒宴中,从帘内传出美妙的歌声。在牙板的伴奏下,这歌声有时清脆圆润如串珠,有时高亢响亮惊梁尘。下片多层次地从侧面烘托歌女演唱的效果:歌声哀婉时能感动桐花凤,唤起它的哀怨;歌声嘹亮时能响遏行云,使行云都停留下来不飞散;座中风流潇洒的听歌少年更是从未听过如此凄婉动人的歌,以至于酒未醉、肠先断!

【注释】

①帘下:《乐章集》作"帘内"。清歌:清亮的歌声。晋·葛洪《抱朴子·知止》:"轻体柔声,清歌妙舞。"南朝·宋·谢灵运《拟魏太子邺中集诗》:"急弦动飞听,清歌拂梁尘。"唐·王勃《三月上巳祓禊序》:"清歌绕梁,白云将红尘并落。"

②新声:新颖美妙的乐音。《国语·晋语八》:"平公说新声。"晋·陶潜《诸人共游周家墓柏下》:"清歌散新声,绿酒开芳颜。"唐·孟郊《楚竹吟酬卢虔端公见和湘弦怨》:"握中有新声,楚竹人未闻。"

③花面:如花的脸。形容女子貌美。唐·李端《春游乐》诗之一:"褰裳踏露草,理鬓回花面。"唐·刘禹锡《寄赠小樊》:"花面丫头十三四,春来绰约向人时。"

④牙板:亦作"牙版"。象牙或木制的拍板,歌唱时击之为节拍。宋·刘克庄《满江红·寿汤侍郎》:"牙板唱,花裀舞。"珠一串:比喻歌声清脆圆润如串珠。唐·白居易《寄明州于驸马使君三绝句》之三:"何郎小妓歌喉好,严老呼为一串珠。"

⑤梁尘:见《减字木兰花》(歌檀敛袂)注②。

⑥桐花凤:鸟名,亦称"桐凤"。以暮春时栖集于桐花而得名。唐·李

德裕《画桐花凤扇赋序》："成都夹岷江矶岸,多植紫桐。每至暮春,有灵禽,五色,小于玄鸟,来集桐花,以饮朝露。及华落则烟飞雨散,不知所往。"宋·梅尧臣《送余中舍知汉州德阳》:"桐花凤何似?归日为将行。"

　　⑦遏:阻止。《列子·汤问》:"抚节悲歌,声振林木,响遏行云。"遥天:长空。三国·魏·阮籍《咏怀》之三二:"遥天耀四海,倏忽潜濛汜。"唐太宗《望终南山》:"重峦俯渭水,碧嶂插遥天。"

　　⑧未惯:《乐章集》作"不惯"。

　　⑨玉山:喻人俊美的仪容。南朝·宋·刘义庆《世说新语·容止》:"嵇康身长七尺八寸,风姿特秀……见者叹曰:'萧萧肃肃,爽朗清举。'或云:'肃肃如松下风,高而徐引。'山公曰:'嵇叔夜之为人也,岩岩若孤松之独立;其醉也,傀俄若玉山之将崩。'"《晋书·裴楷传》:"楷风神高迈,容仪俊爽,博涉群书,特精理义,时人谓之'玉人',又称'见裴叔则如近玉山,映照人也。'"北周·庾信《周柱国长孙俭神道碑》:"公状貌邱墟,风神磊落,玉山秀立,乔松直上。"唐·贾岛《上杜驸马》:"玉山突兀压乾坤,出得朱门入戟门。"

蝶恋花

　　翠苑红芳晴满目,绮席流莺①,上下长相逐。紫陌闲随金轙辘②,马蹄踏遍春郊绿。　　　一觉年华春梦促③,往事悠悠④,百种寻思足⑤。烟雨满楼山断续⑥,人闲倚遍阑干曲。

【题解】

　　词的上片回忆年少轻狂。起三句写野外的一次宴会上,晴日当空,花红叶绿,流莺上下翻飞,鸣声婉转。次二句写宴会中的轻狂少年被美丽女性所吸引,骑着骏马跟随着她的车子一路走去,不知不觉踏遍芳郊。下片猛然惊醒,美好的往事犹如春梦般短促,只有在回忆中细细品味了。"烟雨"句与上片的"晴满目"形成强烈对照,象征人生的失意。结句一"闲"字暗示此词有可能写作于词人贬官或退隐之后。

【注释】

①绮席:盛美的筵席。唐太宗《帝京篇》之八:"玉酒泛云罍,兰肴陈绮席。"流莺:即莺。流,谓其鸣声婉转。南朝·梁·沈约《八咏诗·会圃临东风》:"舞春雪,杂流莺。"宋·晏殊《酒泉子》:"春色初来,遍拆红芳千万树,流莺粉蝶斗翻飞。"

②紫陌:指京师郊野的道路。汉·王粲《羽猎赋》:"济漳浦而横陈,倚紫陌而并征。"唐·刘禹锡《元和十年自朗州召至京戏赠看花诸君子》:"紫陌红尘拂面来,无人不道看花回。"轱辘:形容车轮或辘轳的转动声,此借指车子。唐·韩愈《游城南十六首·嘲少年》:"只知闲信马,不觉误随车。"

③一觉:睡醒。后亦称一次睡眠为一觉。唐·韩愈《祭柳子厚文》:"人之身世,如梦一觉,其间利害,竟亦何校。"年华:岁月,时光。唐·许稷《闰月定四时》:"乍觉年华改,翻怜物候迟。"宋·周邦彦《过秦楼》:"叹年华一瞬,人今千里,梦沉书远。"春梦:春天的梦。唐·沈佺期《杂诗》之二:"妾家临渭北,春梦著辽西。"宋·王安石《与微之同赋梅花》:"好借月魂来映烛,恐随春梦去飞扬。"

④悠悠:众多貌。《史记·孔子世家》:"桀溺曰:'悠悠者天下皆是也。'"《后汉书·朱穆传》:"然而时俗或异,风化不敦,而尚相诽谤,谓之臧否。记短则兼折其长,贬恶则伐其善。悠悠者皆是,其可称乎!"李贤注:"悠悠,多也。称,举也。"晋·傅玄《两仪诗》:"日月西流景东征,悠悠万物殊品名。"唐·欧阳詹《怀忠赋》:"欲悠悠而罔极,毒浩浩其无涯。"宋·曾巩《雪后》:"风光苒苒流双毂,人事悠悠寄一枰。"

⑤寻思:思索,考虑。唐·白居易《南池早春有怀》:"倚棹忽寻思,去年池上伴。"

⑥烟雨:蒙蒙细雨。南朝·宋·鲍照《观漏赋》:"聊弭志以高歌,顺烟雨而沉逸。"唐·杜牧《江南春绝句》:"南朝四百八十寺,多少楼台烟雨中。"

蝶恋花

小院深深门掩亚,寂寞珠帘,画阁重重下①。欲近禁烟微雨罢②,绿杨深处秋千挂。　　傅粉狂游犹未舍③。不念芳时④,眉黛无人画⑤。薄幸未归春去也⑥。杏花零落香红谢⑦。

【题解】

词写闺怨。上片起三句正面描写居住环境的封闭隔绝,突出主人公的寂寞孤独。"欲近"句点明时间是寒食节,一场小雨后,更显凄清萧索。"绿杨"句更显环境之深邃寂寞。下片写薄情郎傅粉狂游,不知在美好年华时陪伴自己,白白地让青春消逝,容颜凋残。

【注释】

①画阁:彩绘华丽的楼阁。南朝·梁·庾肩吾《咏舞曲应令》:"歌声临画阁,舞袖出芳林。"唐·王建《宫词》之九:"少年天子重边功,亲到凌烟画阁中。"重重:层层。唐·张说《同赵侍御望归舟》:"山庭迥迥面长川,江树重重极远烟。"

②禁烟:犹禁火。亦指寒食节。南朝·梁·宗懔《荆楚岁时记》:"去冬节一百五日即有疾风甚雨,谓之寒食禁火。"《全唐诗》卷八六六载《汉州崇圣寺题壁》:"禁烟佳节同游此,正值醺醲夹岸香。"宋·王禹偁《寒食》:"郊原晓绿初经雨,巷陌春阴乍禁烟。"宋·周邦彦《还京乐·大石》:"禁烟近,触处浮香秀色相料理。"

③傅粉:搽粉。南朝·梁简文帝《独处愁》:"弹棋镜奁上,傅粉高楼中。"狂游:纵情游逛。唐·薛能《牡丹》诗之二:"万朵照初筵,狂游忆少年。"

④芳时:良辰,花开时节。南朝·宋·颜延之《北使洛》:"游役去芳时,归来屡徂謇。"宋·欧阳修《减字木兰花》:"爱惜芳时,莫待无花空折枝。"

⑤眉黛:古代女子用黛画眉,因称眉为眉黛。唐·白居易《喜小楼西新柳抽条》:"须教碧玉羞眉黛,莫与红桃作麹尘。"

⑥薄幸:薄情,负心。唐·杜牧《遣怀》:"十年一觉扬州梦,赢得青楼薄幸名。"

⑦零落:凋谢。《楚辞·离骚》:"惟草木之零落兮,恐美人之迟暮。"王逸注:"零、落,皆堕也。草曰零,木曰落。"香红:指花。唐·顾况《春怀》:

"园莺啼已倦,树树陨香红。"唐·温庭筠《菩萨蛮》:"双鬓隔香红,玉钗头上风。"

【汇评】

陈廷焯《词则·大雅集》卷二:清雅芊丽,正中之匹也。

蝶恋花

欲过清明烟雨细,小槛临窗,点点残花坠①。梁燕语多惊晓睡,银屏一半堆香被②。　　新岁风光如旧岁③,所恨征轮④,渐渐程迢递⑤。纵有远情难写寄⑥,何妨解有相思泪。

【题解】

词写闺怨。细雨纷纷的清明时节,窗外的栏杆内,片片残花正不断飘飞坠落。屋梁间的双燕细语啁啾,惊醒了睡梦中的主人公。燕子的出双入对反衬出主人公的孤单寂寞,于是自然过渡到下片的怨极恨极之语。风光犹如去年,心上人乘坐的车子却渐行渐远。结两句说满腹深情虽因路途遥远而难以写寄,却不妨碍互相的牵挂相思,将爱情的坚贞用真情至性语直白写出。

【注释】

①残花:将谢的花,未落尽的花。北周·庾信《和宇文内史入重阳阁》:"旧兰憔悴长,残花烂漫舒。"唐·刘长卿《感怀》:"秋风落叶正堪悲,黄菊残花欲待谁?"

②银屏:镶银的屏风。唐·白居易《长恨歌》:"揽衣推枕起徘徊,珠箔银屏逦迤开。"宋·柳永《引驾行》:"消凝,花朝月夕,最苦冷落银屏。"香被:熏香的被子。唐·上官昭容《彩书怨》:"露浓香被冷,月落锦屏虚。"唐·王初《自和书秋》:"湘女怨弦愁不禁,鄂君香被梦难穷。"

③新岁:新年。汉·董仲舒《春秋繁露·郊义》:"郊因于新岁之初。"前蜀·韦庄《岁除对王秀才作》:"岂知新岁酒,犹作异乡身。"旧岁:过去的一

年,去年。宋·苏轼《次韵刘景文路分上元》:"新年消暗雪,旧岁添丝缕。"

④征轮:远行人乘的车。唐·王维《观别者》:"挥泪逐前侣,含凄动征轮。"宋·韩缜《芳草》:"绣帏人念远,暗垂珠露,泣送征轮。"

⑤迢递:遥远貌。三国·魏·嵇康《琴赋》:"指苍梧之迢递,临回江之威夷。"唐·杜甫《送樊二十三侍御赴汉中判官》:"居人莽牢落,游子方迢递。"唐·欧阳詹《蜀中将回留辞韦相公》:"明晨首乡路,迢递孤飞翼。"

⑥远情:深情。南朝·齐·谢朓《奉和随王殿下》之二:"星回夜未艾,洞房凝远情。"唐·杜甫《西阁雨望》:"菊蕊凄疏放,松林驻远情。"

蝶恋花

画阁归来春又晚,燕子双飞,柳软桃花浅。细雨满天风满院①,愁眉敛尽无人见②。　　独倚阑干心绪乱③,芳草芊绵④,尚忆江南岸。风月无情人暗换⑤,旧游如梦空肠断⑥。

【题解】

词感伤离情。在春天的画阁庭院里,柳条披拂,桃花初绽,燕子披风顶雨,双飞双宿,大自然一片欣欣向荣的景象。然而愁眉敛泪人却独倚栏杆,远望着绵绵芳草,无限情思涌上心头。她回忆起江南岸边的旧日情事,感叹岁月无情,朱颜暗换,昔日的美好情事如今是如梦如幻,空自断肠!

【注释】

①细雨:小雨。南朝·梁简文帝《和湘东王首夏诗》:"冷风杂细雨,垂云助麦凉。"唐·刘长卿《别严士元》:"细雨湿衣看不见,闲花落地听无声。"宋·陆游《小园》:"点点水纹迎细雨,疏疏篱影界斜阳。"

②愁眉:发愁时皱着的眉头。唐·白居易《晚春沽酒》:"不如贫贱日,随分开愁眉。"宋·苏轼《送牛尾狸与徐使君》:"风卷飞花自入帷,一樽遥想破愁眉。"

③阑干:见《采桑子》(群芳过后西湖好)注⑤。心绪:心思,心情。隋·孙万寿《远戍江南寄京邑亲友》:"心绪乱如麻,空怀畴昔时。"

④芊绵:草木茂盛貌。南朝·梁元帝《郢州晋安寺碑铭》:"凤凰之岭,芊绵映色。"

⑤风月:见《阮郎归》(落花浮水树临池)注⑧。暗换:不知不觉地更换。唐·白居易《答尉迟少监水阁重宴》:"鸡黍重回千里驾,林园暗换四年春。"宋·王安石《杂咏绝句》之三:"歌舞可怜人暗换,花开花落几春风。"

⑥旧游:昔日的游览。唐·白居易《忆旧游》:"忆旧游,旧游安在哉?旧游之人半白首,旧游之地多苍苔。"

蝶恋花

尝爱西湖春色早①,腊雪方销②,已见桃开小。顷刻光阴都过了,如今绿暗红英少③。　　且趁馀花谋一笑,况有笙歌,艳态相萦绕④。老去风情应不到⑤,凭君剩把芳尊倒⑥。

【题解】

《唐宋词汇评》云:"据词中'老去风情应不到'语,当为熙宁四年(1071)致仕后归颍作。熙宁四年,欧阳修六十五岁。次年五月病逝于颍州汝阴。"《欧阳修苏轼颍州诗词详注辑评》也说:"熙宁五年(1072)春末在颍州时作。欧阳修写过多首咏赞颍州西湖的诗词,从这首词内容看,当为晚年之作。"

词写人应该抓住幸福的尾巴,对人生有一种深沉的体悟。西湖的春天来得好像总比别的地方要早,腊雪刚刚消融,桃花就初展笑颜。只是来得早去得也快,眨眼间春天的脚步渐行渐远,大自然现在是绿叶成荫、红英稀少了。词人并没有因此而消沉,他劝人们趁树上还有残余的花尽情欢乐吧,何况还有音乐萦绕美女相伴呢!即使因为年老而风情顿减,也要倾尽杯中酒,享受人生最后的幸福时光。

【注释】

①春色:春天的景色。南朝·齐·谢朓《和徐都曹》:"宛洛佳遨游,春色满皇州。"宋·叶绍翁《游园不值》:"春色满园关不住,一枝红杏出墙来。"

②腊雪:见《蝶恋花》(腊雪初销梅蕊绽)注①。

③绿暗红英少：形容暮春时绿荫幽暗、红花凋谢的景象。唐·韩琮《暮春浐水送别》："绿暗红稀出凤城，暮云楼阁古今情。"宋·寇准《踏莎行》："红英落尽青梅小。"

④艳态：艳美的姿态。唐·杨衡《白纻辞》："轻身起舞红烛前，芳姿艳态妖且妍。"宋·王诜《撼庭竹》："绰略青梅弄春色，真艳态堪惜。"萦绕：萦回。《西京杂记》卷一："橡桷皆刻作龙蛇萦绕其间。"晋·郭璞《江赋》："触曲厓以萦绕，骇崩浪而相礌。"唐·牛僧孺《玄怪录·张佐》："草堂三间，户外骈植花竹，泉石萦绕。"宋·苏轼《次韵正辅同游白水山》："此身如线自萦绕，左回右转随缫车。"

⑤风情：指风雅的情趣、韵味。南唐·李煜《赐宫人庆奴》："风情渐老见春羞，到处销魂感旧游。"宋·陆游《雪晴》："老来莫道风情减，忆向烟芜信马行。"

⑥芳尊：精致的酒器。亦借指美酒。同"芳樽""芳罇"。《晋书·阮籍等传论》："嵇阮竹林之会，刘毕芳樽之友。"唐·李颀《夏宴张兵曹东堂》："云峰峨峨自冰雪，坐对芳樽不知热。"唐·杜甫《赠虞十五司马》："过逢连客位，日夜倒芳樽。"宋·刘敞《独行》："却谢芳尊酒，悠悠谁与欢。"

渔家傲

　　一派潺湲流碧涨①，新亭四面山相向。翠竹岭头明月上②。迷俯仰③，月轮正在泉中漾④。　　更待高秋天气爽⑤，菊花香里开新酿⑥。酒美宾嘉真胜赏⑦。红粉唱，山深分外歌声响⑧。

【题解】

　　吴熊和先生《唐宋词汇评》云：庆历六年（1046），欧阳修知滁州，于丰山建丰乐亭，于琅琊山建醉翁亭，有《丰乐亭记》《醉翁亭记》。此词所言"新亭"，即此二亭也。则词为六年后作。又词有"更待秋高天气爽，菊花香里开新酿"句，则为秋前所作。或为庆历六年丰乐亭或醉翁亭新落成所作，即六月后不久。

　　词咏山水美景及山居之乐。群山环抱，绿水环绕，一座刚刚落成的亭子中，词人一会儿仰观明月于翠竹岭头，一会儿俯视清泉中荡漾的月轮，完全沉浸在这无边的自然美景中。上片写自然之美，下片写人事之美。在秋高气爽的天气里，宾主欢聚一堂，打开新酿的菊花酒，开怀畅饮。为助酒兴，红粉佳人引吭高歌。歌声在山谷间飞翔回荡，嘹亮悠扬。

【注释】

　　①一派：一条支流，一条水流。唐·刘威《黄河赋》："惟天河之一派，独殊类于百川。"潺湲：水流不断貌。《楚辞·九歌·湘夫人》："慌忽兮远望，观流水兮潺湲。"唐·王涣《惆怅》诗之十："仙山目断无寻处，流水潺湲日渐西。"

　　②翠竹：绿竹。南朝·齐·谢朓《游后园赋》："积芳兮选木，幽兰兮翠竹。"唐·鲍溶《云溪竹园翁》："硙硙云溪里，翠竹和云生。"岭头：山顶。唐·杜甫《南楚》："无名江上草，随意岭头云。"唐·李益《扬州送客》："闻道望乡闻不得，梅花暗落岭头云。"宋·柳永《临江仙》："荆王魂梦，应认岭头云。"

　　③俯仰：低头和抬头。《墨子·鲁问》："大王俯仰而思之。"唐·韩愈《岳阳楼别窦司直》："星河尽涵泳，俯仰迷上下。"

　　④月轮：宋本《醉翁琴趣外篇》作"月明"。圆月。亦泛指月亮。北周·庾信《象戏赋》："月轮新满，日晕重圆。"唐·皮日休《天竺寺八月十五日夜桂子》："玉颗珊珊下月轮，殿前拾得露华新。"宋·陆游《冬夜月下作》："煌煌斗柄插天北，焰焰月轮生海东。"

　　⑤高秋：天高气爽的秋天。南朝·梁·沈约《休沐寄怀》："临池清溽暑，开幌望高秋。"唐·钱起《江行无题》之四一："见底高秋水，开怀万里天。"

　　⑥新酿：新酿造的酒。前蜀·韦庄《对雨独酌》："榴花新酿绿于苔，对雨闲倾满满杯。"

　　⑦酒美：酒美味。宋·黄庭坚《登快阁》："朱弦已为佳人绝，青眼聊因美酒横。"宾嘉：贵客。《诗经·小雅·鹿鸣》："我有嘉宾，鼓瑟吹笙。"宋·王安石《和舍弟舟上示沈道源》："还装欲尽喜舟轻，更喜嘉宾伴此行。"胜赏：盛美快意的游赏。《陈书·孙瑒传》："良辰美景，宾僚并集，泛长江而置

酒，亦一时之胜赏也。"韩愈《城南联句》："韶曙迟胜赏，贤朋戒先庚。"

⑧分外：格外，特别。唐·高蟾《晚思》："虞泉冬恨由来短，杨叶春期分外长。"宋·杨万里《秋雨叹十解》："湿侵团扇不能轻，冷逼孤灯分外明。"

渔家傲

与赵康靖公①

四纪才名天下重②，三朝构厦为梁栋③。定册功成身退勇④。辞荣宠⑤，归来白首笙歌拥⑥。　　顾我薄才无可用⑦，君恩近许归田垅。今日一觞难得共⑧。聊对捧，官奴为我高歌送⑨。

【题解】

《唐宋词汇评》云：赵康靖公即赵概。《宋史》卷三一八有传。赵概官至参知政事，熙宁初，以太子少师致仕。归睢阳。欧阳修有《会老堂致语》云："熙宁壬子，赵康靖公自南京访公于颍，时吕正献公为守。"熙宁壬子即熙宁五年(1072)。词即本年作。《欧阳修年谱》上亦系于是年春。《欧阳修苏轼颍州诗词详注辑评》云："熙宁五年(1072)四月在颍州作。""四纪四十八年。此词上阕写赵概。赵概天圣二年中进士，至此时为四十八年。"

【注释】

①宋本《醉翁琴趣外篇》、《乐府雅词》无词题。赵康靖公：赵概，字叔平，南京虞城(今河南虞城)人。仁宗天圣间进士。累官枢密使、参知政事，以太子少师致仕。卒谥康靖。《蔡宽夫诗话》载："欧公与赵靖公同在政府，相得欢甚，康靖先告老归睢阳。文忠相继谢事归汝阴。康靖一日单车特往过之，时年已八十矣。留饮逾月，纵游汝阴而后返。"

②才名：才华与名望。《三国志·魏志·贾诩传》："是时，文帝为五官将，而临淄侯植才名方盛，各有党与，有夺宗之议。"宋·陆游《读李杜诗》：

"才名塞天地，身世老风尘。"

③构：《乐府雅词》作"建"。构厦：营造大厦。比喻治理国事或建立大业。唐·元稹《酬郑从事宴望海亭》："忆年十五学构厦，有意盖覆天下穷。"唐·杜甫《自奉先县咏怀五百字》："当今廊庙具，构厦岂云缺。"梁栋：比喻担负国家重任的人才。汉·赵晔《吴越春秋·勾践入臣外传》："大夫文种者，国之梁栋，君之爪牙。"

④定册：即定策。古时尊立天子，书其事于简策，以告宗庙，因称大臣等谋立天子为"定策"。《汉书·韩王信传》："（韩增）与大将军霍光定策立宣帝，益封千户。"功成身退：谓大功告成之后，自身隐退，不再做官。《老子》："功成、名遂、身退、天之道。"宋·苏轼《赐韩绛上表乞致仕不允诏》："功成身退，人臣之常。寿考康强，有不得谢。天下受其福。"

⑤荣宠：指君王的恩宠。《后汉书·来历传》："耿宝托元舅之亲，荣宠过厚，不念报国恩，而倾侧奸臣。"

⑥白首：犹白发。表示年老。《史记·范雎蔡泽列传论》："范雎、蔡泽世所谓一切辩士，然游说诸侯至白首无所遇者，非计策之拙，所为说力少也。"前蜀·韦庄《与东吴生相遇》："十年身事各如萍，白首相逢泪满缨。"

⑦薄才：不才，微薄的才能。常用为自谦之辞。唐·杜甫《奉赠鲜于京兆二十韵》："献纳纡皇眷，中间谒紫宸。且随诸彦集，方觊薄才伸。"宋·陆游《农家》诗之一："薄才施畎亩，朴学教儿童。"

⑧一觞：指饮酒。晋·王羲之《兰亭集序》："虽无丝竹管弦之盛，一觞一咏，亦足以畅叙幽情。"宋·辛弃疾《水龙吟·盘园》："一花一草，一觞一咏，风流杖履，野马尘埃，扶摇下视，苍然如许。"

⑨官奴：官妓。高歌：高声歌吟。汉·枚乘《七发》："高歌陈唱，万岁无斁。"汉·傅毅《舞赋》："亢音高歌，为乐一方。"唐·许浑《秋思》："高歌一曲掩明镜，昨日少年今白头。"唐·杜牧《自宣州赴官入京路遇裴坦判官归宣州因题赠》："今日为君话前事，高歌引剑还一倾。"

【汇评】

王辟之《渑水燕谈录》卷四：初，欧阳文忠公与赵少师概，同在中书，尝约还政后再相会。及告老，赵自南京访文忠公于颍上，文忠公所居之西堂曰"会老"。仍赋诗以志一时盛事。时翰林吕学士公著方牧颍，职兼侍读及龙图，特置酒于堂，宴二公。文忠公亲作口号，有"金马玉堂三学士，清风明月两闲人"之句,天下传之。

吴处厚《青箱杂记》卷八:少师赵公概,字叔平,天圣初王尧臣下第三人及第。为人宽厚长者,留滞内相十余年,晚始大用,参贰大政。治平中,退之,文忠喜公之来,特为展宴,而颍守翰林吕公亦预会。文忠乃自为口号一联云:"金马玉堂三学士,清风明月两闲人。"两闲人,谓公与文忠也。

胡仔《苕溪渔隐丛话·后集》卷二十三引《蔡宽夫诗话》:文忠与赵康靖公同在政府,相得欢甚,康靖先告老归睢阳,文忠相继谢事归汝阴。康靖一日单车特往过之,时年几八十矣。留剧饮逾月日,于汝阴纵游而后返。前辈挂冠后能从容自适,未有若此者。文忠尝赋诗云"古来交道愧难终,此会今时岂易逢。出处三相皆白首,凋零万木见青松。公能不远来千里,我病犹堪醉一钟。已胜山阴空兴尽,且留归驾为从容。"因榜其游从之地为"会老堂"。明年文忠欲往睢阳招之,未果行而薨。两公名节固师表天下,而风流襟义又如此,诚可以激薄俗也。

渔家傲

暖日迟迟花袅袅①,人将红粉争花好②。花不能言惟解笑。金壶倒③,花开未老人年少。　　车马九门来扰扰④,行人莫羡长安道。丹禁漏声衢鼓报⑤。催昏晓⑥,长安城里人先老。

【题解】

词咏宦情。上片写年少时无忧无虑的生活。阳光明媚,花香四溢。青春逼人的年轻人,与盛开的鲜花争美斗艳。词人乘着这花好人美的大好时节,开怀畅饮。下片写为官之后的纷扰生活。都城中,车马纷乱,人们为了仕途经济而奔走当道。词人不禁发出感慨:人们不必羡慕这种生活,美好的生命就在这种奔竞途中被消磨,功名利禄让人早衰。从内容看,这首词当写于欧阳修在朝做参知政事(1060—1067)的数年间。

【注释】

①迟迟:阳光温暖、光线充足的样子。《诗经·豳风·七月》:"春日迟迟,采蘩祁祁。"朱熹集传:"迟迟,日长而暄也。"《西京杂记》卷四引汉·枚乘《柳赋》:"阶草漠漠,白日迟迟。"宋·柳永《林钟商·古倾杯》:"迟迟淑景,烟和露润,偏绕长堤芳草。"袅袅:形容香气散发。宋·苏轼《赠杜介》:"松风吹茵露,翠湿香袅袅。"

②红粉:见《蝶恋花》(永日环堤乘彩舫)注⑤。

③金壶:为酒壶之美称。唐·韩翃《田仓曹东亭夏夜饮得春字》:"玉佩迎初夜,金壶醉老春。"宋·曾巩《降龙》:"凝寒堕指热侵骨,一宴百盏倾金壶。"

④车马:车和马,古代陆上的主要交通工具。《诗经·小雅·十月之交》:"择有车马,以居徂向。"南朝·梁·刘勰《文心雕龙·指瑕》:"夫车马小义,而历代莫悟。"九门:禁城中的九种门。古宫室制度,天子设九门。《礼记·月令》:"毋出九门。"郑玄注:"天子九门者,路门也,应门也,雉门也,库门也,皋门也,城门也,近郊门也,远郊门也,关门也。"扰扰:纷乱貌。《国语·晋语六》:"唯有诸侯,故扰扰焉。凡诸侯,难之本也。"《列子·周穆王》:"今顿识既往,数十年来存亡、得失、哀乐、好恶,扰扰万绪起矣。"唐·武元衡《南徐别业早春有怀》:"生涯扰扰竟何成,自爱深居隐姓名。"宋·苏轼《荆州》诗之四:"百年豪杰尽,扰扰见鱼虾。"

⑤丹禁:指帝王所住的紫禁城。《隋书·百官志上》:"殿中将军、武骑之职,皆以分司丹禁,侍卫左右。"唐·李白《江夏使君叔席上赠史郎中》:"凤凰丹禁里,衔出紫泥书。"王琦注引《潜确居类书》:"天子所居曰禁,以丹涂壁,故曰丹禁。亦曰紫禁。"宋·欧阳修《夜宿中书东阁》:"今夜静听丹禁漏,尚疑身在玉堂中。"漏声:铜壶滴漏之声。唐·杜甫《奉和贾至舍人早朝大明宫》:"五夜漏声催晓箭,九重春色醉仙桃。"宋·苏轼《寒食夜》:"漏声透入碧窗纱,人静秋千影半斜。"衢鼓:同街鼓。设置在京城街道的警夜鼓,宵禁开始和终止时击鼓通报。始于唐,宋以后亦泛指"更鼓"。唐·刘肃《大唐新语·厘革》:"旧制,京城内金吾晓暝传呼,以戒行者。马周献封章,始置街鼓,俗号鼕鼕,公私便焉。"唐·李益《汉宫少年行》:"君不见上宫警夜行八屯,鼕鼕街鼓朝朱轩。"

⑥昏晓:犹晨昏,早晚。《晋书·文苑传·曹毗》:"故大人达观,任化昏

晓,出不极劳,处不巢皓。"宋·宋敏求《春明退朝录》:"京师街衢置鼓于小楼之上,以警昏晓。"

渔家傲

红粉墙头花几树[①],落花片片和惊絮。墙外有楼花有主。寻花去,隔墙遥见秋千侣[②]。　　绿索红旗双彩柱,行人只得偷回顾。肠断楼南金锁户[③]。天欲暮,流莺飞到秋千处[④]。

【题解】

词写怀春少女、钟情少男。上片写少男。在花谢絮飞的暮春时节,年轻小伙来到一处围墙外,他看到了围墙内的楼房,楼房周围的成排花树,在花树的最深处,他看到了那熟悉的秋千架,看到了那让人怦然心动的身影。下片写少女。她慵懒地在秋千上荡来荡去,其实早已发现了于墙外偷看的梦中情人。唉!虽然只有一墙之隔,可我们却不能相见。天黑时,我将回到深锁的南楼,独自断肠。到时只有流莺飞到秋千处,你也再看不到我的身影。

【注释】

①红粉:桃花。北周·庾信《奉和赵王途中五韵诗》:"村桃拂红粉,岸柳被青丝。"墙头:围墙的上端。唐·于鹄《题美人》:"秦女窥人不解羞,攀花趁蝶出墙头。"宋·欧阳修《斋宫感事寄原甫学士》:"曾向斋宫咏麦秋,绿阴佳树覆墙头。"

②遥见:远远望见。《楚辞·远游》:"时仿佛以遥见兮,精皎皎以往来。"汉·刘向《新序·杂事五》:"使之遥见而指属,则虽韩卢不及众兔之尘。"唐·薛能《升平词》之二:"辛勤自不到,遥见似前程。"

③金锁户:指豪华门第。唐·杜牧《宫词二首》之二:"银钥却收金锁合,月明花落又黄昏。"

④流莺:见《蝶恋花》(翠苑红芳晴满目)①。

94

【汇评】

杨慎《词品》卷二：陆放翁诗云："秋千旗下一春忙。"欧阳公《渔家傲》云："隔墙遥见秋千侣。绿索红旗双彩柱。"李元膺《鹧鸪天》云："寂寞秋千两绣旗。"予尝命画工作寒食仕女图，秋千架作两绣旗，人多骇之。盖未见三公之诗词也。

渔家傲

妾本钱塘苏小妹①，芙蓉花共门相对②。昨日为逢青伞盖。慵不采，今朝斗觉凋零煞③。　　愁倚画楼无计奈④，乱红飘过秋塘外。料得明年秋色在⑤。香可爱，其如镜里花颜改⑥。

【题解】

词咏钱塘名妓苏小小，感叹青春易逝。首句以一种对自己的容貌和才华非常自信的口吻作自我介绍，次句写典雅的居住环境。荷花出污泥而不染，是高洁品质的象征，所以次句也暗指自己品格高尚。次三句即"花须堪折直须折，莫待无花空折枝"之意，写自己昨天因为荷塘里荷叶田田，就慵懒地没有采折荷花，没想到今天早晨竟然就凋零殆尽。下片接着写女主人公因此而愁绪顿起，她望着漫天飘零的花瓣，无可奈何地斜倚画楼，想到凋谢了的花朵明年还会再次盛开，仍然会发出可人的芬芳，哪里像人呢，容颜老去、青春逝去后就不会再回来。

【注释】

①苏小妹：此处指南朝齐时钱塘名妓苏小小。宋·郭茂倩《乐府诗集·杂歌谣辞三·苏小小歌序》："《乐府广题》曰：苏小小，钱塘名倡也。盖南齐时人。"《苏小小歌》："我乘油壁车，郎乘青骢马。何处结同心，西陵松柏下。"唐·白居易《和春深》："杭州苏小小，人道最夭斜。"

②芙蓉：荷花的别名。《楚辞·离骚》："制芰荷以为衣兮，集芙蓉以为

裳。"洪兴祖补注："《本草》云：其叶名荷，其华未发为菡萏，已发为芙蓉。"唐·王维《临湖亭》："当轩对樽酒，四面芙蓉开。"

③凋零：多指草木花叶零落。《素问·五常政大论》："秋气劲切，甚则肃杀，清气大至，草木凋零，邪乃伤肝。"南朝·梁·范缜《神灭论》："若枯即是荣，荣即是枯，应荣时凋零，枯时结实也。"宋·王易简《齐天乐·蝉》："怕寒叶凋零，蜕痕尘土。"煞：助词，用在动词后表示程度深。唐·白居易《醉题沈子明壁》："我有《阳关》君未闻，若闻亦应愁煞君。"

④无计奈：无法可施。宋·柳永《迎春乐》："良夜永，牵情无计奈。"

⑤秋色：秋日的景色、气象。北周·庾信《周骠骑大将军柴烈李夫人墓志铭》："秋色凄怆，松声断绝，百年几何，归于此别。"唐·李贺《雁门太守行》："角声满天秋色里，塞上燕脂凝夜紫。"

⑥花颜：美丽如花的容貌。唐·李白《怨歌行》："十五入汉宫，花颜笑春红。"

渔家傲

　　花底忽闻敲两桨①，逡巡女伴来寻访②。酒盏旋将荷叶当③。莲舟荡④，时时盏里生红浪。　　花气酒香清厮酿⑤，花腮酒面红相向⑥。醉倚绿阴眠一饷⑦。惊起望，船头阁在沙滩上。

【题解】

《欧阳修苏轼颍州诗词详注》云："皇祐元年（1049）知颍州后作。"

这是一首富有民歌风味的作品，词人描写了一群采莲小姑娘劳动之余的休憩、玩耍情景，赞扬了采莲女美好的形象及其幸福惬意的生活。上片起二句未见其人先闻其声，在茂密荷花的遮掩下，采莲女难见同伴的身影，她们敲打着船帮呼朋引伴。待聚在一起后，采莲女们采摘下荷叶制成酒杯，斟上美酒。莲舟轻荡之间，荷叶杯中的酒微微摇动起来，倒映在酒面上的荷花犹如红浪生起。下片接写采莲女饮酒及饮酒后的神态。花香酒香混合缭绕,花晕脸晕交相辉映。如此美景美酒,采莲女禁不住多饮了几杯,于是驾船找到一片绿荫之地,打起盹来。待她醒来时,惊讶地发现船已搁浅在沙滩上。这一洋溢着青春活力的少女,大大超越了传统词作中多愁善感的贵妇形象。整首词风格清新,语言含蓄典雅。欧阳修此类词以日常生活为对象,描写普通人的普通生活,抒发他们的喜怒哀乐之情,超越了唐五代词多超乎一切的具象性而只写一种纯粹的感情世界的情感表达方式。

【注释】

①宋·欧阳修《游龙门分题十五首·鸳鸯》:"画舫鸣两桨,日暮芳洲路。"

②逡巡:顷刻,极短时间。唐·张祜《偶作》:"遍识青霄路上人,相逢只是语逡巡。"唐·李商隐《七月二十八日夜与王郑二秀才听雨后梦作》:"逡巡又过潇湘雨,雨打湘灵五十弦。"寻:宋本《近体乐府》注:"一作'相'。"

③酒盏:小酒杯。唐·杜甫《酬孟云卿》:"但恐银河落,宁辞酒盏空。"宋·柳永《看花回》:"画堂歌管深深处,难忘酒盏花枝。"宋·苏轼《题子明诗后》:"吾少年望见酒盏而醉,今亦能三蕉叶矣。"当:当作。荷叶杯:隋·殷英童《采莲曲》:"荷叶捧成杯。"唐·戴叔伦《南野》:"酒吸荷杯绿。"唐·白居易《酒熟忆皇甫十》:"寂寥荷叶杯。"

④莲舟:采莲的船。南朝·梁·萧子范《东亭极望》:"水鸟衔鱼上,莲舟拂芰归。"唐·王昌龄《采莲曲》:"吴姬越艳楚王妃,争弄莲舟水湿衣。"

⑤花气:花的香气。唐·贾至《对酒曲》之一:"曲水浮花气,流风散舞衣。"宋·王安石《见远亭》:"圃畦花气合,田径烧痕斑。"厮酿:互相融合。

⑥花腮:形容美丽的面颊。唐·白居易《简简吟》:"苏家小女名简简,芙蓉花腮柳叶眼。"酒面:饮酒后的面色。宋·梅尧臣《牡丹》:"时结游朋去寻玩,香吹酒面生红波。"

⑦绿阴:绿色的荷荫。唐·来鹄《病起》:"春初一卧到秋深,不见红芳与绿阴。"一饷:见《蝶恋花》(水浸秋天风皱浪)注③。

【汇评】

沈曾植《菌阁琐谈》:欧公词好用厮字,渔家傲之"花气酒香皆厮酿"、"莲子与人长厮类"、"谁厮惹",皆是也。山谷亦好用此字。

渔家傲

叶有清风花有露①,叶笼花罩鸳鸯侣。白锦顶丝红锦羽②。莲女妒③,惊飞不许长相聚。　　日脚沉红天色暮④,青凉伞上微微雨。早是水寒无宿处⑤。须回步,枉教雨里分飞去。

【题解】

　　词咏采莲女。上片写荷叶在清风中摇曳,荷花上的露珠晶莹剔透,如点缀着的一颗颗小明珠。在繁花茂叶下,鸳鸯交颈细语,恩爱有加。采莲女看到这番景象,妒意顿生,她敲响双桨,惊飞鸳鸯:哼,也让你们尝尝我的孤单!好一个娇痴嗔怒的采莲女!下片写天晚雨降,采莲女又生悔意:鸳鸯鸟啊,外面天寒日暮,你们赶快回来吧,我真不该威吓惊扰你们啊。好一个善良心细的采莲女!全词人物形象鲜明,语言清晰明畅,抒情和叙事完美地结合在一起。

【注释】

　　①清风:清微的风,清凉的风。《诗·大雅·烝民》:"吉甫作诵,穆如清风。"毛传:"清微之风,化养万物者也。"唐·杜甫《四松》:"清风为我起,洒面若微霜。"花露:花上的露水。五代·王仁裕《开元天宝遗事·花露》:"贵妃每宿,酒初消,多苦肺热,尝凌晨独游后苑,傍花树,以手攀枝,口吸花露,藉其露液,润于肺也。"前蜀·韦庄《酒泉子》:"柳烟轻,花露重。"宋·欧阳修《阮郎归》:"花露重,草烟低,人家帘幕垂。"

　　②顶丝:禽鸟头顶上的细长羽毛。唐·雍陶《咏双白鹭》:"双鹭应怜水满地,风飘不动顶丝垂。"唐·刘象《鹭鸶》:"洁白孤高生不同,顶丝清软冷摇风。"

　　③莲女:采莲女子。唐·钱起《送任先生任唐山丞》:"衣催莲女织,颂听海人词。"

④日脚：太阳穿过云隙射下来的光线。唐·岑参《送李司谏归京》："雨过风头黑，云开日脚黄。"唐·杜甫《羌村》："峥嵘赤云西，日脚下平地。"宋·范成大《眼儿媚·萍乡道中乍晴卧舆中困甚小憩柳塘》："酣酣日脚紫烟浮，妍暖试轻裘。"天色：天空的颜色。《书·禹贡》"禹锡玄圭，告厥成功。"孔传："玄，天色。"唐·岑参《与鄠县群官泛渼陂》："万顷浸天色，千寻穷地根。"宋·苏轼《过莱州雪后望三山》："云光与天色，直到三山回。"

⑤早是：已是。唐·王勃《秋江送别》诗之一："早是他乡值早秋，江亭明月带江流。"宋·孙光宪《浣溪沙》："早是销魂残烛影，更愁闻着品弦声。"

渔家傲

荷叶田田青照水①，孤舟挽在花阴底。昨夜萧萧疏雨坠②。愁不寐，朝来又觉西风起③。　　雨摆风摇金蕊碎④，合欢枝上香房翠⑤。莲子与人长厮类⑥。无好意，年年苦在中心里。

【题解】

词咏采莲女的爱情烦恼。上片写茂密的荷叶倒映在清澈的湖水中，采莲女的船孤零零地停泊在荷花下面，突出了采莲女内心的孤独。由于昨夜声声疏雨滴心头，她愁得彻夜未眠，今朝秋风又起，更是愁上加愁，情何以堪！下片接着写在雨打风催之下，荷花的花蕊破碎飘零，莲蓬散发出阵阵清香。结尾三句用南朝乐府民歌中常采用的谐音双关的手法，曲折地表达自己的内心犹如莲心一样，年年苦涩在心头，写出了采莲女的孤独寂寞和对爱情的极度渴望之情。

【注释】

①田田：莲叶盛密貌。《乐府诗集·相和歌辞一·江南》："江南可采莲，莲叶何田田。"南朝·齐·谢朓《江上曲》："莲叶尚田田，淇水不可渡。"

②萧萧：此形容风雨声。宋·王安石《试院中五绝句》之五："萧萧疏雨

吹檐角，喤喤暝蛩啼草根。"

③西风：秋风。唐·李白《长干行》："八月西风起，想君发扬子。"

④金蕊：金色花蕊。唐·元稹《红芍药》："繁丝蹙金蕊，高焰当炉火。"唐·秦韬玉《牡丹》："压枝金蕊香如扑，逐朵檀心巧胜裁。"前蜀·毛文锡《月宫春》："水晶宫里桂花开，神仙探几回。红芳金蕊，绣垂台。低倾玛瑙杯。"宋·晏殊《浣溪沙》："绿叶红花媚晓烟，黄蜂金蕊欲披莲。"

⑤合欢：植物名。一名马缨花。落叶乔木，羽状复叶，小叶对生，夜间成对相合，故俗称"夜合花"。古人以其花赠人，谓能去嫌合好。三国·魏·嵇康《养生论》："合欢蠲忿，萱草忘忧。"晋·崔豹《古今注·草木》："合欢，树似梧桐，枝叶繁互相交结，每风来，辄身相解，了不相牵缀，树之阶庭，使人不忿，嵇康种之舍前。"晋·崔豹《古今注·问答释义》："欲蠲人之忿，则赠之青堂，青堂一名合欢，合欢则忘忿。"南朝·梁简文帝《听夜妓》："合欢蠲忿叶，萱草忘忧条。"此指并蒂莲。香房：有清香的莲蓬。

⑥莲子：莲的种子。椭圆形，肉呈乳白色，当中有绿色的莲心。《乐府诗集·清商曲词一·子夜夏歌之八》："乘月采芙蓉，夜夜得莲子。"厮类：相似。

渔家傲

叶重如将青玉亚①，花轻疑是红绡挂②。颜色清新香脱洒。堪长价③，牡丹怎得称王者④。　　雨笔露笺匀彩画，日炉风炭薰兰麝⑤。天与多情丝一把。谁厮惹，千条万缕萦心下⑥。

【题解】

词咏荷花。上片起三句赞荷叶荷花，荷叶翠绿厚重赛过碧玉，颜色清新爽目；荷花鲜艳轻盈犹如红绡挂枝头，发出来的香味清雅脱俗。荷花才堪称花中之王，牡丹又怎能配得上这一称呼呢！下片进一步地描写荷花不仅颜色秀美、异香扑鼻，而且老天也像恩赐人类一样，恩赐给荷花"多情丝"

一把。这样,就把荷花写得富有人的情感,从香、形、色、味、意等多角度地写出了荷花的精、气、神。

【注释】

①青玉:碧玉。《吕氏春秋·孟春》:"(天子)载青旂,衣青衣,服青玉。"南朝·梁元帝《言志赋》:"柱何用于黄金,案宁劳于青玉。"明·李时珍《本草纲目·石二·青玉》:"按《格古论》云:'古玉以青玉为上,其色淡青,而带黄色。'"亚:通"压"。唐·杜甫《上巳日徐司录林园宴集》:"鬓毛垂领白,花蕊亚枝红。"唐·白居易《题遗爱寺前溪松》:"偃亚长松树,侵临小石溪。"

②红绡:红色薄绸。唐·白居易《琵琶行》:"五陵年少争缠头,一曲红绡不知数。"南唐·冯延巳《应天长》:"枕上夜长只如岁,红绡三尺泪。"

③长价:提高声价。唐·李白《与韩荆州书》:"庶青萍、结绿,长价于薛卞之门。"唐·李白《赠从弟南平太守之遥》诗之一:"梦得池塘生春草,使我长价《登楼诗》。"

④唐·皮日休《牡丹》:"落锦残红始吐芳,佳名唤作百花王。"宋·欧阳修《牡丹记》:"姚黄者千叶黄花,出于民姚氏家……钱思公赏曰:人谓牡丹花王,今姚黄真可为王。"

⑤兰麝:兰与麝香。指名贵的香料。《晋书·石崇传》:"崇尽出其婢妾数十人以示之,皆蕴兰麝,被罗縠。"宋·黄庭坚《寄陈适用》:"歌梁韵金石,舞地委兰麝。"

⑥萦心:牵挂心间。唐·段成式《闲中好》:"闲中好,尘务不萦心。"

【汇评】

杨慎《词品》卷二:欧阳公咏莲花《渔家傲》云:"叶重如将青玉亚。花轻疑是红绡挂。颜色清新香脱洒。堪长价。牡丹怎得称王者。雨笔露笺吟彩画。日炉风炭薰兰麝。天与多情丝一把。谁厮惹。千条万缕萦心下。"又云:"楚国纤腰元自瘦。文君腻脸谁描就。日夜鼓声催箭漏。昏复昼。红颜岂得长如旧。醉折嫩房红蕊嗅。天丝不断清香透。却倚小阑凝望久。风满袖。西池月上人归后。"前首工致,后首情思两极,古今莲词第一也。

卓人月《古今词统》卷九:此首工致,次首情思两极,古今莲词第一手。

沈际飞《草堂诗馀别集》:奇丽谛详,莲词久推永叔。同叔词:"莲叶层层张丝伞,莲房个个垂金盏,一把藕丝牵不断。"略相当。

渔家傲

粉蕊丹青描不得①，金针线线功难敌②。谁傍暗香轻采摘③？风淅淅④，船头触散双鸂鶒。　　夜雨染成天水碧⑤，朝阳借出胭脂色。欲落又开人共惜。秋气逼，盘中已见新荷的⑥。

【题解】

按此首别又见晏殊《珠玉词》。另又误作晏几道词，见《全芳备祖》后集卷二"莲门"。

词咏荷花。起二句是说无论是丹青妙手还是彩绣高手，都描不出也绣不出荷花的神采意态来，突出荷花的自然神韵非人工可以比拟。次三句由荷花而写到采莲女，在淅淅的风声中，采莲女乘舟采莲，船头惊散了水中的双鸂鶒。下片用拟人的手法进一步突出荷花之美：夜雨将荷叶的颜色染成水天的碧蓝色，朝阳则借给荷花鲜明亮丽的胭脂红。经过夜雨和朝阳的沐浴，荷花欲落又开，惹人爱怜。秋气逼人之时，莲子也盛放在盘中供人享受了。词人从视觉、嗅觉和味觉等角度写出荷花的形、神、味来。

【注释】

①粉蕊：《珠玉词》作"粉笔"。

②金针：针的美称，用以刺绣。《敦煌曲子词·倾杯乐》："时招金针，拟貌舞凤飞鸾。"唐·罗隐《七夕》："香帐簇成排窈窕，金针穿罢拜婵娟。"线线：《珠玉词》作"彩线"。

③暗香：犹幽香。唐·羊士谔《郡中即事》诗之二："红衣落尽暗香残，叶上秋光白露寒。"宋·李清照《醉花阴》："东篱把酒黄昏后，有暗香盈袖。"

④淅淅：风声。南朝·宋·谢惠连《咏牛女》："团团满叶露，淅淅振条风。"唐·李咸用《闻泉》："淅淅梦初惊，幽窗枕簟清。"

⑤天水碧：浅青色。相传南唐后主李煜的宫女染衣作浅碧色，经露水

湿染,颜色更好,故名。五代·无名氏《五国故事》卷上:"天水碧,因煜之内人染碧,夕露于中庭,为露所染,其色特好,遂名之。"《宋史·南唐李煜世家》:"煜之妓妾尝染碧,经夕未收,会露下,其色愈鲜明,煜爱之。自是宫中竞收露水,染碧以衣之,谓之天水碧。及江南灭,方悟赵国姓也。天水,赵之望也。"

⑥荷的:宋本《醉翁琴趣外篇》作"莲的"。即莲子。《尔雅·释草》:"荷,其实莲,其中的。"

渔家傲

幽鹭谩来窥品格①,双鱼岂解传消息②。绿柄嫩香频采摘。心似织,条条不断谁牵役③。　　珠泪暗和清露滴④,罗衣染尽秋江色⑤。对面不言情脉脉⑥。烟水隔,无人说似长相忆⑦。

【题解】

此词又见晏殊《珠玉词》。

词写采莲女的相思之情。上片起两句写采莲女埋怨空中飞翔的鸥鹭和湖中游鱼:鸥鹭啊,你们不要来窥探惊扰我;游鱼啊,你们又哪里知道为我传递消息。我孤独地在这里采摘莲蓬,心乱如麻,是谁在牵系着我的内心呢? 似问实答,实际上是说自己的心上人让自己魂牵梦绕。下片进一步渲染采莲女的相思之情。她情到深处,珠泪和着荷叶莲蓬上的露水,暗滴湖中,不知何者为泪珠,何者为露水。她含情脉脉却只能默默不语,因为心上人相隔遥远,又有谁会倾听自己的相思之情呢。

【注释】

①鹭:唐·刘象《鹭鸶》:"洁白孤高生不同,顶丝清软冷摇风。"唐·刘禹锡《白鹭儿》:"白鹭儿,最高格。毛衣新成雪不敌,众禽喧呼独凝寂。"唐·李端《白鹭咏》:"犹有幽人兴,相逢到碧霄。"

②双鱼：书信。《饮马长城窟行》："客从远方来，遗我双鲤鱼。呼我烹鲤鱼，中有尺素书。"唐·唐彦谦《寄台省知己》："久怀声籍甚，千里致双鱼。"

③牵役：谓心情被牵动而不能自主。后蜀·顾夐《献衷心》："几多心事，暗自思惟，被娇娥牵役，魂梦如痴。"

④珠泪：眼泪。泪滴如珠，故称。南朝·梁·张率《长相思》："空望终若斯，珠泪不能雪。"唐·李白《学古思边诗》："相思杳如梦，珠泪湿罗衣。"清露：洁净的露水。汉·张衡《西京赋》："立修茎之仙掌，承云表之清露。"宋·晏殊《浣溪沙》："湖上西风急暮蝉，夜来清露湿红莲。"

⑤秋色：唐·温庭筠《菩萨蛮》："藕丝秋色浅。"

⑥脉脉：将感情藏在心底，默默地用眼睛表达。《古诗十九首》之十："盈盈一水间，脉脉不得语。"唐·杜牧《题桃花夫人庙》："细腰宫里露桃新，脉脉无言几度春。"宋·辛弃疾《摸鱼儿》："千金纵买相如赋，脉脉此情谁诉？"

⑦说似：说与。唐·罗邺《宫中》："今朝别有承恩处，鹦鹉飞来说似人。"

渔家傲

楚国细腰元自瘦①，文君腻脸谁描就②。日夜鼓声催箭漏③。昏复昼，红颜岂得长如旧④。　　醉拆嫩房红蕊嗅，天丝不断清香透⑤。却傍小阑凝望久。风满袖，西池月上人归后⑥。

【题解】

按此首又见晏殊《珠玉词》。《唐宋词汇评》云：自"姜本钱塘"至"楚国细腰"八首，皆咏荷，实为一套《渔家傲》鼓子词。欧阳修集中，已有两套《渔家傲》十二月鼓子词，得此而三。卷首复有《采桑子》一套十首，北宋大曲于此可睹其盛。晏殊前有《渔家傲》十二首，为荷花曲鼓子词，内"幽鹭窥来"

"楚国细腰""粉笔丹青"三首,与欧阳修此套互见。盖因皆咏荷花,宋时乐家演奏时易于组合而致互混也。

词写彩莲女。起两句借用典故,一突出采莲女身段之苗条,一突出采莲女容貌之美丽。次三句感叹日月如梭,美丽的容颜难永驻。下片写采莲女百无聊赖,醉拆花房嗅红蕊,她看到了不断的莲丝,闻到了彻骨的香味。也许是想到了远方的心上人,采莲女顿感失落,她倚栏长望,直至月上西池、秋风满袖才怅惘而归。

【注释】

①楚国细腰:见《减字木兰花》(楼台向晓)注④。元自:原本,本来。唐·杜甫《伤春》诗之二:"鬓毛元自白,泪点向来垂。"

②文君:指卓文君。汉临邛富翁卓王孙之女,貌美,有才学。司马相如饮于卓氏,文君新寡,相如以琴曲挑之,文君遂夜奔相如。见《史记·司马相如列传》。后代指美女。腻脸:润泽而细腻的面庞。后蜀·阎选《河传》:"腻脸悬双玉。"

③鼓声:见《渔家傲》(暖日迟迟花袅袅)注⑤。箭漏:漏,即漏壶,古代计时器。箭,置漏壶下用以标记时刻的部件。引申指时间。《梁书·文学传下·刘峻》:"峻乃著《辨命论》以寄其怀曰:'……短则不可缓之于寸阴,长者不可急之于箭漏。'"

④红颜:指女子美丽的容颜。汉·傅毅《舞赋》:"貌嫽妙以妖蛊兮,红颜晔其扬华。"南朝·陈·徐陵《和王舍人送客未还闺中有望》:"倡人歌吹罢,对镜览红颜。"

⑤天丝:蜘蛛等昆虫所吐的飘荡在空中的游丝。此指藕丝。北周·庾信《行雨山铭》:"天丝剧藕,蝶粉生尘。"唐·王建《春词》:"红烟满户日照梁,天丝软弱虫飞扬。"唐·温庭筠《吴苑行》:"小苑有门红扇开,天丝舞蝶共徘徊。"

⑥西池:泛指西面的池塘。唐·刘禹锡《秋日书怀寄河南王尹》:"公府想无事,西池秋水清。"宋·晏殊《玉堂春》:"欲傍西池看,触处杨花满袖风。"

【汇评】

杨慎《词品》卷二:欧阳公咏莲《渔家傲》云:"叶重如将青玉亚。"又云:

"楚国细腰元自瘦。"前首工致,后首情思两极,古今莲词第一也。

渔家傲

七 夕

喜鹊填河仙浪浅①,云䡈早在星桥畔②。街鼓黄昏霞尾暗③。炎光敛④,金钩侧倒天西面⑤。　　一别经年今始见⑥,新欢往恨知何限⑦。天上佳期贪眷恋。良宵短⑧,人间不合催银箭⑨。

【题解】

词咏七夕节牛郎织女相会。上片写喜鹊在天河上搭起一座鹊桥,神仙所乘坐的云车已早早地停留在鹊桥旁,还未相见即已暗示着离别。接着词人为牛郎织女的相会营造了一个浪漫的场景:更鼓响起,天色已黄昏,日光收敛,映照着无边彩霞,一钩新月斜挂天西面。上片主要是写景,下片则重在言情。下片感叹牛郎织女分别整整一年,今晚才得以再相见。久别的怨恨,重逢的欢乐,该有多少心里话要倾诉啊。他们多么珍重这难得的一见,可是良宵苦短,离别之时即将到来。结句发出无理的怨恨:你们人间真不应该用铜壶滴漏来催促时光流逝,让我们聚散匆匆。

【注释】

①喜鹊:宋·陈元靓《岁时广记》引文作"乌鹊"。东汉·应劭《风俗通》:"织女七夕当渡河,使鹊为桥。"宋·罗愿《尔雅翼》:"涉秋七日,鹊首无故皆髡,相传以为是日河鼓与织女会于汉东,役乌鹊为梁以渡,故毛皆脱去。"唐·徐夤《鹊》:"香闺报喜行人至,碧汉填河织女回。"

②云䡈:神仙所乘之车。以云为之,故云。南朝·梁·沈约《赤松涧》:"神丹在兹化,云䡈于此陟。"唐·顾况《梁广画花歌》:"王母欲过刘彻家,飞琼夜入云䡈车。"宋·梅尧臣《题刘道士奉真亭》:"芝盖云䡈杳无至,不知谁

106

更似杨权。"星桥:神话中的鹊桥。北周·庾信《舟中望月》:"天汉看珠蚌,星桥似桂花。"唐·李商隐《七夕》:"弯扇斜分凤幄开,星桥横过鹊飞回。"宋·李清照《行香子》:"星桥鹊驾,经年才见,想离情、别恨难穷。"

③街鼓:见《渔家傲》(暖日迟迟花袅袅)注⑤。暗:宋本《近体乐府》卷末校云:"一作'乱'。"

④炎光:阳光。《文选·扬雄〈剧秦美新〉》:"震声日景,炎光飞响。"李善注:"炎光,日景也。"南朝·齐·谢朓《夏始和刘孱陵》:"春色卷遥甸,炎光丽近邑。"唐·韩愈、孟郊《纳凉联句》:"熙熙炎光流,竦竦高云擢。"

⑤金钩:七夕之月,其形如钩,故称。唐·骆宾王《初月》:"既能明似镜,何用曲如钩。"唐·李白《挂席江上待月有怀》:"倏忽城西郭,青天悬玉钩。"

⑥经年:经过一年或若干年。宋·柳永《雨霖铃》:"此去经年,应是良辰好景虚设。"

⑦何限:多少,几何。前蜀·韦庄《和人春暮书事寄崔秀才》:"不知芳草情何限?只怪游人思易伤。"宋·范成大《次韵陆务观编修新津遇雨》之一:"平生飘泊知何限?少似新津风雨时。"

⑧良宵:景色美好的夜晚。唐·皇甫冉《秋夜宿严维宅》:"世故多离别,良宵讵可逢。"

⑨银箭:银饰的标记时刻以计时的漏箭。隋·江总《杂曲》之三:"鲸灯落花殊未尽,虬水银箭莫相催。"唐·李白《乌栖曲》:"银箭金壶漏水多,起看秋月坠江波。"宋·司马光《宫漏谣》:"铜壶银箭夜何长,杳杳亭亭未遽央。"

渔家傲

乞巧楼头云幔卷①,浮花催洗严妆面②。花上蛛丝寻得遍③。罃笑浅,双眸望月牵红线④。   奕奕天河光不断⑤,有人正在长生殿⑥。暗付金钗清夜半⑦。千秋愿⑧,年年此会长相见。

【题解】

词咏七夕节妇女乞巧。又到了七夕节,乞巧楼张灯结彩,帏帐也已经卷起。妇女们梳妆打扮好自己,开始各种乞巧活动。她们在花树丛中遍寻蛛丝,轻声笑语,双眸远望明月,乞望月下老人能将红线牵。下片紧承上片的结句,暗用唐明皇与杨贵妃的故事,歌颂忠贞不渝的爱情,祈盼年年能够长相见。

【注释】

①乞巧楼头:南朝·梁·宗懔《荆楚岁时记》:"七月七日为牵牛织女聚会之夜。是夕,人家妇女结彩楼,穿七孔针,或以金银鍮石为针,陈瓜果于庭中以乞巧,有喜子网于瓜上则以为符应。"宋·孟元老《东京梦华录·七夕》:"至初六日七日晚,贵家多结彩楼于庭,谓之乞巧楼。"云幔:轻柔的帏帐。

②严妆:整妆,梳妆打扮。《玉台新咏·古诗为焦仲卿妻作》:"鸡鸣外欲曙,新妇起严妆。"宋·贺铸《菩萨蛮》:"子规啼梦罗窗晓,开奁拂镜严妆早。"

③唐·王仁裕《开元天宝遗事》:"帝与贵妃,每至七月七日夜,在华清宫游宴。时宫女辈陈瓜花酒馔,列于庭中,求恩于牵牛、织女星也。又各捉蜘蛛于小合(盒)中,至晓开视,蛛网稀密,以为得巧之候。密者言巧多,稀者言巧少。民间亦效之。"

④双眸:南朝·宋·谢惠连《自箴》:"气之清明,双眸善识。"宋·王禹偁《月波楼咏怀》:"武昌地如掌,天末入双眸。"牵红线:相传月下老人主司人间婚姻,其囊中有赤绳,于冥冥之中系住男女之足,双方即注定为夫妇。唐·李复言《续玄怪录·定婚店》:"韦固少未娶,旅次宋城,遇老人倚囊而坐,向月检书,因问之。答曰:'此幽明之书。'固曰:'然则君何主?'曰:'主天下之婚姻耳。'因问囊中赤绳子,曰:'此以系夫妇之足,虽仇家异域,此绳一系之,终不可易。'"五代·王仁裕《开元天宝遗事》:"嫔妃向以九孔针、五色线,向月穿之,过者为得巧之候,此为乞巧。"

⑤奕奕:光明貌,亮光闪动貌。南朝·宋·谢惠连《秋怀》:"皎皎天月明,奕奕河宿烂。"天河:银河。《诗经·大雅·云汉》"倬彼云汉"汉郑玄笺:"云汉,谓天河也。"北周·庾信《镜赋》:"天河渐没,日轮将起。"唐·韦应物

《拟古》诗之六:"天河横未落,斗柄当西南。"

⑥长生殿:华清宫殿名,即集灵台。《通鉴》胡注:"唐代帝后之寝殿。"唐·白居易《长恨歌》:"七月七日长生殿,夜半无人私语时。"

⑦唐·白居易《长恨歌》:"唯将旧物表深情,钿合金钗寄将去。但教心似金钿坚,天上人间会相见。"

⑧千秋:千年。形容岁月长久。旧题汉·李陵《与苏武》:"嘉会难再遇,三载为千秋。"宋·王安石《望夫石》:"还似九嶷山上女,千秋长望舜裳衣。"

渔家傲

别恨长长欢计短,疏钟促漏真堪怨①。此会此情都未半。星初转②,鸾琴凤乐匆匆卷③。 河鼓无言西北盼④,香蛾有恨东南远⑤。脉脉横波珠泪满⑥。归心乱,离肠便逐星桥断⑦。

【题解】

词咏七夕节会短别长。起句直入主题,牛郎织女分别一年,相见仅此一晚,正所谓"别恨长长欢计短"也。他们埋怨疏钟促漏,不应该催促时间飞快地流逝,北斗初转时,约会时美好的鸾琴凤乐就匆匆结束了,离情别绪倾诉尚未过半就又面临着离别。下片写牛郎织女分别后的情形:牛郎默默无言,在银河的西北翘首注目;织女暗怀幽怨,在银河的东南渐行渐远。此两句沉痛哀怨,写尽宇宙间无数相爱却不能相守的爱情大悲剧。结三句进一步写织女柔肠寸断,无限悲痛尽化为涟涟珠泪,亦为极沉痛语。

【注释】

①疏钟:李商隐《曲池》:"迎忧急鼓疏钟断,分隔休灯灭烛时。"促漏:短促的漏声。漏,古代滴水计时器。唐·李商隐《促漏》:"促漏遥钟动静闻,报章重叠杳难分。"

②星初转：即斗初转。北斗转向，参星横斜，表示天色将明。宋·韩元吉《水龙吟·题三峰阁咏英华女子》："斗转参横，半帘花影，一溪寒水。"

③凤乐：和美悦耳的音乐。唐高宗《太子纳妃太平公主出降》："环阶凤乐陈，玳席珍羞荐。"

④河鼓：《岁时广记》作"河汉"。星名。属牛宿，在牵牛之北。《史记·天官书》："牵牛为牺牲。其北河鼓，河鼓大星，上将；左右，左右将。"司马贞索隐引孙炎曰："河鼓之旗十二星，在牵牛北。或名河鼓为牵牛也。"一说即牵牛。《文选·张衡〈思玄赋〉》："观壁垒于北落兮，伐河鼓之磅硍。"李善注："《尔雅》曰：'河鼓谓之牵牛。'今荆人呼牵牛星为檐鼓，檐者荷也。"《太平御览·天部》引《尔雅》："河鼓谓之牵牛。"《尔雅·释天》作"何鼓"。宋·陈师道《题桂》诗之一："桃李摧残风雨春，天孙河鼓隔天津。"

⑤香蛾：《岁时广记》作"星蛾"。美人。此指织女。唐·戎昱《送零陵妓》："宝钿香蛾翡翠裙，装成掩泣欲行云。"

⑥脉脉：见《渔家傲》(幽鹭漫来窥品格)注⑤。横波：见《蝶恋花》(帘幕东风寒料峭)注⑧。珠泪：见《渔家傲》(幽鹭漫来窥品格)注③。

⑦星桥：见《渔家傲》(喜鹊填河仙浪浅)注②。

【汇评】

陈元靓《岁时广记》卷二十六：《夏小正》：七月初昏，织女正东向。沈休文《七夕》诗云："牵牛西北回，织女东南顾。"欧阳公七夕词云："河汉无言西北盼，星娥有恨东南远。"

龙榆生《唐宋名家词选》引夏敬观语：七夕词三阕，意皆不复，此词选韵尤新。

渔家傲

九日欢游何处好①，黄花万蕊雕阑绕②。通体清香无俗调③。天气好④，烟滋露结功多少。　　日脚清寒高下照⑤，宝钉密缀圆斜小⑥。落叶西园风袅袅⑦。催秋老，丛边莫厌金尊倒。

词为重阳节咏菊抒怀之作。重九佳节，什么地方是最好的欢游之处呢？就是雕栏环绕的菊花丛边。菊花通体清香，格调超尘脱俗，在雨露的滋润下分外可爱。下片接着写在清寒的阳光照射下，秋风袅袅，落叶飘飘，菊花仍然密密麻麻，圆斜点缀。在这深秋季节里，让我们在菊花丛中开怀畅饮吧。词作赞美了菊花不随流俗、格调高卓的可贵品格和顽强坚贞的生命力。

【注释】

①九日：农历九月九日重阳节。《艺文类聚》卷四引南朝·梁·吴均《续齐谐记》："今世人每至九日，登山饮菊酒。"唐·李白《九日龙山饮》："九日龙山饮，黄花笑逐臣。"

②黄花：菊。《礼记·月令》："(季秋之月)鞠有黄华。"陆德明释文："鞠，本又作菊。"宋·李清照《醉花阴·重阳》："莫道不销魂，帘卷西风，人比黄花瘦。"雕阑：有雕饰的栏杆或栏杆的美称。宋·苏轼《法惠寺横翠阁》："雕栏能得几时好，不独凭栏人易老。"

③通体：全身，浑身。唐·韩偓《寒食日沙县雨中看蔷薇》："通体全无力，酡颜不自持。"清香：清淡的香味。南朝·宋·谢灵运《山居赋》："怨清香之难留，矜盛容之易阑。"唐·韩偓《野塘》："卷荷忽被微风触，泻下清香露一杯。"俗调：平庸鄙俗的情调。晋·陶潜《答庞参军》："谈谐无俗调，所说圣人篇。"

④好：宋本《醉翁琴趣外篇》作"巧"。

⑤日脚：见《渔家傲》(叶有清风花有露)注④。清寒：清朗而有寒意。宋·苏轼《阳关词·中秋月》："暮云收尽溢清寒，银汉无声转玉盘。"

⑥唐太宗《秋日翠微宫》："侧阵移鸿影，圆花钉菊丛。"

⑦袅袅：吹拂貌。屈原《楚辞·九歌·湘夫人》："袅袅兮秋风，洞庭波兮木叶下。"唐·刘长卿《石梁湖有寄》："潇潇清秋暮，袅袅凉风发。"宋·苏轼《海棠》："东风袅袅泛崇光，香雾霏霏月转廊。"

渔家傲

青女霜前催得绽①，金钿乱散枝头遍②。落帽台高开雅宴③。芳尊满,挼花吹在流霞面④。　　桃李三春虽可羡⑤,莺来蝶去芳心乱⑥。争似仙潭秋水岸⑦。香不断,年年自作茱萸伴⑧。

【题解】

词咏菊花。上片起两句写菊花凌霜傲雪,在秋霜的催促下开满枝头,宛如妇女头上的金钿般璀璨可爱。次三句写在高雅的宴会上,人们斟满酒杯,酒面上漂浮着瓣瓣菊花。酒香菊香,沁人心脾。下片感叹说春天的桃李虽然也很可爱,但它们招莺引蝶,纷纷扰扰让人心烦意乱,哪里又比得上生长在宛如人间仙境的秋水岸边的菊花呢? 它们芳香四溢,缠绵不断,年年只与茱萸为伴。

【注释】

①青女:传说中掌管霜雪的女神。《淮南子·天文训》:"季春三月,丰隆乃出,以将其雨。至秋三月,地气不藏,乃收其杀,百虫蛰伏,静居闭户,青女乃出,以降霜雪。"高诱注:"丰隆,雷也。青女,天神,青霄玉女,主霜雪也。"南朝·梁·萧统《铜博山香炉赋》:"于时青女司寒,红光翳景。"唐·杜甫《秋野》诗之四:"飞霜任青女,赐被隔南宫。"

②金钿:指嵌有金花的妇人首饰。南朝·梁·丘迟《敬酬柳仆射征怨》:"耳中解明月,头上落金钿。"南朝·陈·徐陵《玉台新咏序》:"反插金钿,横抽宝树。"前蜀·韦庄《清平乐》:"妆成不整金钿,含羞待月秋千。"此借指黄菊。

③《晋书·孟嘉传》:"(孟嘉)后为征西桓温参军,温甚重之。九月九日,温燕龙山,寮佐毕集。时佐吏并著戎服,有风至,吹嘉帽堕落,嘉不之觉。温使左右勿言,欲观其举止。嘉良久如厕,温令取还之,命孙盛作文嘲嘉,着嘉坐处。嘉还见,即答之,其文甚美,四坐嗟叹。"唐·李白《九日龙山饮》:"九日龙山饮,黄花笑逐臣。醉看风落帽,舞爱月留人。"李琦注引《太平府志》:"龙山在当涂县(今安徽当涂)南十里。"雅宴:高雅的宴饮。宋·秦观《满庭芳·咏茶》:"雅燕飞觞,清谈挥麈,使君高会群贤。"

④挼花:南唐·冯延巳《谒金门》:"闲引鸳鸯香径里,手挼红杏蕊。"流霞:喻指酒或仙道生活。《论衡校释》卷七《道虚》:"曼都好道学仙,委家亡

去,三年而返。家问其状,曼都曰:'去时不能自知,忽见若卧形,有仙人数人,将我上天,离月数里而止。见月上下幽冥,幽冥不知东西。居月之旁,其寒凄怆。口饥欲食,仙人辄饮我以流霞一杯。每饮一杯,数月不饥。不知去几何年月,不知以何为过,忽然若卧,复下至此。'河东号之曰斥仙。实论者闻之,乃知不然。"唐·杜甫《官吏夕坐戏简颜十少府》:"老翁须地主,细细酌流霞。"

⑤三春:春季三个月:农历正月称孟春,二月称仲春,三月称季春。汉·班固《终南山赋》:"三春之季,孟夏之初,天气肃清,周览八隅。"唐·李白《别毡帐火炉》:"离恨属三春,佳期在十月。"

⑥芳心:指花蕊。俗称花心。宋·苏轼《岐亭道上见梅花戏赠季常》:"数枝残绿风吹尽,一点芳心雀啅开。"

⑦争似:怎似。唐·刘禹锡《杨柳枝》:"城中桃李须臾尽,争似垂杨无限时。"宋·柳永《慢卷绸》:"又争似从前,淡淡相看,免恁牵系。"

⑧吴均《续齐谐记》:"汝南桓景随费长房游学累年,长房谓曰:'九月九日,汝家中当有灾。宜急去,令家人各作绛囊,盛茱萸,以系臂,登高饮菊花酒,此祸可除。'景如言,齐家登山。夕还,见鸡犬牛羊一时暴死。长房闻之曰:'此可代也。'今世人九日登高饮酒,妇人带茱萸囊,盖始于此。"唐·王维《九月九日忆山东兄弟》:"独在异乡为异客,每逢佳节倍思亲。遥知兄弟登高处,遍插茱萸少一人。"

渔家傲

露裛娇黄风摆翠①,人间晚秀非无意②。仙格淡妆天与丽③。谁可比,女真装束真相似④。　　莛上佳人牵翠袂。纤纤玉手挼新蕊⑤。美酒一杯花影腻。邀客醉,红琼共作熏熏媚⑥。

【题解】

词咏菊花。上片写在晨露的滋润下,金黄色的菊花更显娇嫩,在风中

113

摆动的菊叶青翠无比。菊花在百花凋零后始盛开,应该是有意在万物凋残的季节里为人间增添一抹亮色的吧。它既具有神仙品格,又淡妆素扮,天生丽质。除了女仙的装束,又有谁能和她比拟呢?下片写歌舞酒宴,将美人与鲜花绾合起来。宴会上,美人纤细的玉手揉搓着刚刚绽放的菊蕊,散落在玉杯琼液中。酒香花腻,美人邀客共饮,直饮得红晕生双颊,更显得妩媚可爱。

【注释】

①裛:沾湿。晋·陶渊明《饮酒二十首》之七:"秋菊有佳色,裛露掇其英。"唐·杜甫《狂夫》:"风含翠篠娟娟净,雨裛红蕖冉冉香。"娇黄:嫩黄色。宋·晏几道《生查子》:"春从何处归,试向溪边问。岸柳弄娇黄,陇麦回青润。"

②晚秀:指菊花开在诸花之后。南朝·宋·谢惠连《连珠》:"秋菊晚秀,无悼繁霜。"

③淡妆:淡素的妆饰。唐·曹邺《梅妃传》:"妃善属文,自比谢女,淡妆雅服,而姿态明秀,不可描画。"宋·晏殊《菩萨蛮》:"染得道家衣,淡妆梳洗时。"

④女真:女道士。唐·韦渠牟《步虚词》之十二:"道学已通神,香花会女真。"装束:衣着穿戴,打扮出来的样子。唐·段成式《嘲飞卿》诗之一:"曾见当炉一个人,入时装束好腰身。"

⑤纤纤:指女子柔细之手。《古诗十九首·青青河畔草》:"娥娥红粉妆,纤纤出素手。"唐·罗邺《题笙》:"最宜轻动纤纤玉,醉送当观滟滟金。"授新蕊:南唐·冯延巳《谒金门》:"手授红杏蕊。"

⑥红琼:指红颜美女。唐·鲍溶《怀尹真人》:"羽人杏花发,倚树红琼颜。"熏熏:半醉貌。"熏"同"醺"。汉·张衡《东京赋》:"君臣欢康,具醉熏熏。"三国·魏·嵇康《家诫》:"见醉薰薰便止,慎不当至困醉,不能自裁也。"唐·岑参《送羽林长孙将军赴歙州》:"青门酒楼上,欲别醉醺醺。"

渔家傲

对酒当歌劳客劝①,惜花只惜年华晚。寒艳冷香秋不管②。情眷眷③，凭栏尽日愁无限。　　思抱芳期随塞雁④，悔无深意传双燕⑤。怅望一枝难寄远⑥。人不见，楼头望断相思眼⑦。

【题解】

词咏青春易逝之恨和相思念远之愁。上片写抒情主人公对酒当歌，虽有美人相劝却毫无兴致，因为秋天不管不顾，只管把那冷艳幽香来摧残。人的青春年华不也如此吗？一经老去不重来。他凭栏远眺，愁绪满怀，一整天都陷入青春易逝的哀愁之中。下片转写离愁。人生短暂，本应珍惜，可如今自己却在美好年华之时远离故土，远别亲人，更何况还没有雁燕传递音书，于是只有登楼远眺，让思念之情随自己的目光飞回故乡。

【注释】

①三国·魏·曹操《短歌行》："对酒当歌，人生几何？"

②寒艳：冷艳。隋·侯夫人《春日看梅》诗之二："香清寒艳好，谁惜是天真。"唐·鲍溶《和王璠侍御酬友人赠白角冠》："芙蓉寒艳镂冰姿，天朗灯深拔为时。"前蜀·王建《野菊》："晚艳出荒篱，冷香着秋水。"宋·陈师道《楝花》："幽香不自好，寒艳未多知。"冷香：指花、果的清香。唐·薛能《牡丹》诗之四："浓艳冷香初盖后，好风乾雨正开时。"宋·梅尧臣《依韵和正仲重台梅花》："冷香传去远，静艳密还增。"

③眷眷：依恋反顾貌，"眷"同"睠"。《诗经·小雅·小明》："念彼共人，睠睠怀顾。"晋·陶渊明《杂诗》之三："眷眷往昔时，忆此断人肠。"宋·陆游《临江仙·离果州作》："论心空眷眷，分袂却匆匆。"

④塞雁：宋本《近体乐府》卷末校云："一作'去雁'。"塞外的鸿雁。塞鸿秋季南来，春季北去，故古人常以之作比，表示对远离家乡的亲人的怀念。唐·杜甫《登舟将适汉阳》："塞雁与时集，樯乌终岁飞。"南朝·宋·鲍照《代陈思王京洛篇》："春吹回白日，霜歌落塞鸿。"唐·白居易《赠江客》："江柳影寒新雨地，塞鸿声急欲霜天。"

⑤唐·王仁裕《开元天宝遗事》卷下"传书燕"："长安豪民郭行先，有女子绍兰，适巨商任宗，为贾于湘中，数年不归，复音信不达。绍兰目睹堂中有双燕戏于梁间，兰长吁而语于燕曰：'我闻燕子自海东来，往复必经由于

湘中。我婿离家不归数岁，蔑有音耗，生死存亡弗可知也，欲凭尔附书，投于我婿。'言讫泪下，燕子飞鸣上下，似有所诺。兰复问曰：'尔若相允，常当我怀中。'燕遂飞于膝上。兰遂吟诗一首云：'我婿去重湖，临窗泣血书。殷勤凭燕翼，寄与薄情夫。'兰遂小书其字，系于足上，燕遂飞鸣而去。任宗时在荆州，忽见一燕飞鸣于头上，宗讶视之，燕遂泊于肩上，见有一小封书系在足上。宗解而视之，乃妻所寄之诗。宗感而泣下，燕后飞鸣而去。宗次年归，首出诗示兰。后文士张说传其事，而好事者写之。"

⑥北魏·陆凯《赠范晔》："折花逢驿使，寄与陇头人。江南无所有，聊寄一枝春。"

⑦楼头：楼上。唐·王昌龄《青楼曲》之一："楼头小妇鸣筝坐，遥见飞尘入建章。"宋·辛弃疾《水龙吟·登建康赏心亭》："落日楼头，断鸿声里，江南游子。"

玉楼春

题上林后亭

风迟日媚烟光好①，绿树依依芳意早②。年华容易即凋零③，春色只宜长恨少。　池塘隐隐惊雷晓④，柳眼未开梅萼小⑤。樽前贪爱物华新⑥，不道物新人渐老⑦。

【题解】

吴熊和先生《唐宋词汇评》云："西汉有上林苑，本为秦旧苑，在今陕西西安。东汉亦有上林苑，在今河南洛阳。欧阳修天圣八年及第后，授将仕郎、试秘书省校书郎，充西京留守推官。九年（1031）三月，抵西京洛阳任。景祐元年（1034）三月，秩满归襄城。见胡柯《庐陵欧阳文忠公年谱》。词为欧阳修在洛阳题上林亭作。"

词感叹春光易逝，年华易老。上片写风和日丽，绿树依依，春光明媚，春意盎然。可是青春年华最易凋零，美好春光最易逝云。下片加深一层写。池塘上传来隐隐的春雷声，柳叶尚未展开，梅萼也还在含苞欲放。物华天宝，樽前贪爱，岂料万物新生，人却渐渐变老。

【注释】

①烟光：春天的风光。唐·黄滔《祭崔补阙》："闽中二月，烟光秀绝。"

②依依：轻柔披拂貌。《诗经·小雅·采薇》："昔我往矣，杨柳依依；今我来思，雨雪霏霏。"唐·李商隐《离亭赋得折杨柳》："含烟惹雾每依依，万绪千条拂落晖。"芳意：春意。唐·徐彦伯《同韦舍人元旦早朝》："相问韶光歇，弥怜芳意浓。"

③凋零：零落。多指草木花叶。《素问·五常政大论》："秋气劲切，甚则肃杀，清气大至，草木凋零，邪乃伤肝。"南朝·梁·范缜《神灭论》："若枯即是荣，荣即是枯，应荣时凋零，枯时结实也。"宋·王易简《齐天乐·蝉》："怕寒叶凋零，蜕痕尘土。"

④惊雷：唐·李商隐《无题》："飒飒东风细雨来，芙蓉塘外有轻雷。"

⑤柳眼：早春初生的柳叶如人睡眼初展，因以为称。唐·江采萍《楼东赋》："花心飐恨，柳眼弄愁。"唐·元稹《生春》之九："何处生春早？春生柳眼中。"宋·周邦彦《蝶恋花·柳》："爱日轻明新雪后，柳眼星星，渐欲穿窗牖。"梅萼：梅花的蓓蕾。

⑥物华：自然景物。南朝·梁·柳恽《赠吴均》之一："离念已郁陶，物华复如此。"唐·杜甫《曲江陪郑南史饮》："自知白发非春事，且尽芳樽恋物华。"宋·柳永《八声甘州》："是处红衰翠减，苒苒物华休。"

⑦不道：不料。唐·元稹《雉媒》："信君决无疑，不道君相覆。自恨飞太高，疏网偶然触。"宋·张载《诗上尧夫先生兼寄伯淳正叔》之二："人怜旧病新年减，不道新添别病深。"

玉楼春

西亭饮散清歌阕，花外迟迟宫漏发①。涂金烛引紫骝嘶②，柳曲西头归路别。　　佳辰只恐幽期阔③，密赠殷勤衣上结④。翠屏魂梦莫相寻⑤,禁断六街清夜月⑥。

【题解】

《草堂诗馀续集》有题"宴饮"。

词咏离别。上片写在离别之地——西亭,正当酒阑歌歇,离宴已散,难舍难分之际,传来了阵阵宫漏声,似在催促行人快上路。烛光在引路,骏马在嘶鸣,送行者与远行人在柳曲西头话离别。下片接着写临别时的情景:他们怨恨在一起的时光太短暂,悄悄地赠送给对方同心结,希望能够矢志不渝,同心永结。还叮嘱对方不要魂牵梦萦,因为交通阻隔,思而不可得也。

【注释】

①宫漏:古代宫中计时器。用铜壶滴漏,故称宫漏。唐·白居易《同钱员外禁中夜直》:"宫漏三声知半夜,好风凉月满松筠。"南唐·冯延巳《鹊踏枝》:"粉映墙头寒欲尽。宫漏长时,酒醒人犹困。"

②紫骝:古骏马名。《南史·羊侃传》:"帝因赐侃河南国紫骝,令试之。侃执稍上马,左右击刺,特尽其妙。"唐·李益《紫骝马》:"争场看斗鸡,白鼻紫骝嘶。"

③佳辰:良辰,吉日。唐·王勃《越州秋日宴山亭序》:"岂非琴樽远契,必兆朕于佳辰;风月高情,每留连于胜地。"宋·柳永《应天长》:"恁好景佳辰,怎忍虚设;休效牛山,空对江天凝咽。"幽期:指男女间的幽会。唐·卢纶《七夕》:"凉风吹玉露,河汉有幽期。"

④梁武帝《有所思》:"腰中双绮带,梦为同心结。"唐·刘禹锡《杨柳枝》:"如今绾作同心结,将赠行人知不知?"

⑤翠屏:绿色屏风。南朝·梁·江淹《丽色赋》:"紫帷铪匝,翠屏环合。"后蜀·鹿虔扆《思越人》:"翠屏欹,银烛背,漏残清夜迢迢。"

⑥六街:唐都长安有六街,北宋汴京也有六街。《宋史·魏丕传》:"初,六街巡警皆用禁卒,至是,诏左右街各募卒千人,优以廪给,使传呼密备盗。"宋·梅尧臣《醉中留别永叔子履》:"六街禁夜犹未去,童仆窃讶吾侪痴。"

【汇评】

沈际飞《草堂诗馀续集》:"衣上结",尽密赠之况。

玉楼春

春山敛黛低歌扇①,暂解吴钩登祖宴②。画楼钟动已魂销③,何况马嘶芳草岸④。　　青门柳色随人远⑤,望欲断时肠已断。洛城春色待君来⑥,莫到落花飞似霰。

【题解】

《花庵词选》有题作"别恨"。吴熊和先生《唐宋词汇评》云:"画楼钟动"为谢绛《夜行船》词句,此词当为明道二年(1033)春送谢绛离洛阳之作。"洛城春色待君来",君盖指谢绛。欧阳修另有《送谢学士归阙》诗:"供帐拂朝烟,征鞍去莫攀。人醒风外酒,马度雪中关。旧府谁同在,新年独未还。遥应行路者,偏识彩衣斑。"

词咏别情。首句写送别的女子敛眉低扇,分外难舍,即将远行的男儿暂解宝刀,登上饯行的宴席。不知不觉间,画楼钟动,骏马嘶鸣,离别之时已到来,不禁令人黯然神伤。下片写送行人的情怀与心愿。她望着远行人的身影渐行渐远,犹如逶迤的河边柳树,渐远渐淡,终归于无。此时,离别的痛苦难以忍受,但觉肝肠寸断,唯有泪眼纷纷。她暗暗祈祷:明年春天,我在这里等待你的归来,千万莫要落花飘飞时还不归来。

【注释】

①春山:春日山色黛青,因喻指妇人姣好的眉毛。《西京杂记》卷二:"(卓)文君姣好眉色如望远山,脸际常若芙蓉,肌肤柔滑如脂。"唐·李商隐《代董秀才却扇》:"莫将画扇出帷来,遮掩春山滞上才。"敛黛:敛蛾。唐·李群玉《王内人琵琶引》:"三千宫嫔推第一,敛黛倾鬟艳兰室。"前蜀·韦庄《悔恨》:"几为妒来频敛黛,每思闲事不梳头。"后蜀·顾夐《应天长》:"敛黛春情暗许,倚屏慵不语。"歌扇:歌舞时用的扇子。北周·庾信《和赵王看伎》:"绿珠歌扇薄,飞燕舞衫长。"唐·戴叔伦《暮春感怀》:"歌扇多情明月在,舞衣无意彩云收。"

②吴钩:钩,兵器,形似剑而曲。春秋吴人善铸钩,故称。后也泛指利

剑。《吴越春秋》卷四《阖闾内传·阖闾元年》："阖闾既宝莫耶，复命于国中作金钩。令曰：'能为善钩者，赏之百金。'吴作钩者甚众。而有人贪王之重赏也，杀其二子，以血衅金，遂成二钩，献于阖闾，诣宫门而求赏。王曰：'为钩者众而子独求赏，何以异于众夫子之钩乎？'作钩者曰：'吾之作钩也，贪而杀二子，衅成二钩。'王乃举众钩以示之：'何者是也？'王钩甚多，形体相类，不知其所在。于是钩师向钩而呼二子之名：'吴鸿，扈稽，我在于此，王不知汝之神也。'声绝于口，两钩俱飞著父之胸。吴王大惊，曰：'嗟乎！寡人诚负于子。'乃赏百金。遂服而不离身。"唐·卢殷《长安亲故》："楚兰不佩佩吴钩，带酒城头别旧游。"祖宴：饯别的宴会。《北堂书钞》卷一一○引晋·裴启《语林》："晋孝武祖宴西堂，诏桓子野弹筝。"唐·韩休《奉和圣制送张说巡边》："祖宴初留赏，宸章更宠行。"

③画楼：雕饰华丽的楼房。唐·李峤《晚秋喜雨》："聚霭笼仙阁，连霏绕画楼。"宋·李清照《浪淘沙·闺情》："帘外五更风，吹梦无踪。画楼重上与谁同？"魂销：宋·张先《南乡子》："何处可魂消？京口终朝两信潮。"

④芳草：香草。后蜀·毛熙震《浣溪沙》："花榭香红烟景迷，满庭芳草绿萋萋。"

⑤青门：《三辅黄图·都城十二门》："长安城东，出南头第一门曰霸城门。民见门色青，名曰青城门，或曰青门。门外旧出佳瓜，广陵人召平为秦东陵侯，秦破，为布衣，种瓜青门外。"汉代青门外有灞桥，汉人送客至此桥，折柳赠别。后因以"青门"泛指游冶、送别之处。南朝·梁·何逊《车中见新林分别甚盛》："金谷宾游盛，青门冠盖多。"

⑥洛城：汲古阁《六一词》作"洛阳"。南朝·梁·柳恽《独不见》："芳草生未积，春花落如霰。"

【汇评】

沈际飞《草堂诗馀续集》："随人远"，妙景。

玉楼春

尊前拟把归期说，未语春容先惨咽①。人生自是有情痴，此恨不关风与月②。　　离歌且莫翻新阕③，一曲能教肠寸结④。直须看尽洛城花⑤，始共春风容易别。

【题解】

宋本《醉翁琴趣外篇》有题作"答周太傅"。吴熊和先生《唐宋词汇评》云："景祐元年(1034)三月，欧阳修西京留守推官秩满，离别洛阳时作《玉楼春》词多首，此首当作于离筵上。"

词写离情。起二句交代了离别的场景：歌舞酒宴。人物的神态：春容惨咽。作者并没有纠缠于具体的难堪离情，而是宕开一笔，上升到一种哲理的理性反省，格调陡然振起，境界遂觉高超。下片起句又回到具体的人和事，将行之人叮嘱歌者，不要演唱离别的歌曲，以免离别之人肝肠寸断。词人没有让伤心绝望之情一泄无余，而是用理结情，使词于豪放之中多了份沉着。在欧阳修词集中，这是一首继承唐五代传统词风的作品，整首词都在抒写纯粹的情感世界，而不作过多的具象描写。

【注释】

①春容：青春的容貌。《乐府诗集·清商曲辞一·子夜歌之三二》："郎怀幽闺性，侬亦恃春容。"唐·李白《古风》之十一："春容舍我去，秋发已衰改。"唐·温庭筠《苏小小歌》："酒里春容抱离恨，水中莲子怀芳心。"惨咽：悲伤得说不出话来。

②前蜀·韦庄《多情》："一生风月供惆怅，到处烟花恨别离。"

③离歌：伤别的歌曲。南朝·梁·何逊《答丘长史诗》："宴年时未几，离歌倏成赋。"唐·骆宾王《送王赞府上京参选赋得鹤》："离歌凄妙曲，别操绕繁弦。"宋·周邦彦《点绛唇》："征骑初停，酒行莫放离歌举。"翻：演唱，演奏。

④西汉·贾谊《旱云赋》："念思白云，肠如结兮。"前蜀·韦庄《应天长》："别来半岁音书绝，一寸离肠千万结。"

⑤宋·李格非《洛阳名园记》："洛中花甚多种，而独名牡丹曰花。"明·王象晋《群芳谱》："唐宋时，洛阳花冠天下，故牡丹竟名洛阳花。"

玉楼春

洛阳正值芳菲节①，秾艳清香相间发②。游丝有意苦相萦③，垂柳无端争赠别④。　　杏花红处青山缺，山畔行人山下歇。今宵谁肯远相随，惟有寂寥孤馆月⑤。

【题解】

这是一首离别词。《唐宋词汇评》云："词有'洛阳正值芳菲节'，据此词结拍，当为别洛阳时作。"欧阳修于景祐元年（1034）结束西京任期，于是年五月前往京师（据胡柯《庐陵欧阳文忠公年谱》），词即写于此时。上片起句点明离别的地点和时间，地点是繁华的西京洛阳，时间是花木繁茂散发阵阵清香的春季。镜头对准洛阳最有代表性的花卉——牡丹，其色也秾艳，其味也清香。接着选取两个具有典型意义的意象——游丝和垂柳作拟人化地描写，游丝苦苦相萦，不让离去，垂柳却没理由地争相赠别。下片写别后，进一步描写旅途的春光和离愁。

【注释】

①芳菲节：花草盛美芳香的季节。唐·于濆《戍卒伤春》："连年戍边塞，过却芳菲节。"

②秾艳：花木茂盛而鲜艳。亦指秾艳的花木。唐·司空图《效陈拾遗子昂感遇》诗之二："北里秘秾艳，东园锁名花。"清香：清淡的香味。南朝·宋·谢灵运《山居赋》："怨清香之难留，矜盛容之易阑。"唐·韩偓《野塘》："卷荷忽被微风触，泻下清香露一杯。"相间：一个隔着一个。唐·司空图《杨柳枝·寿杯》："何似浣纱溪畔住，绿阴相间两三家。"

③游丝:飘动着的蛛丝。南朝·梁·沈约《三月三日率尔成篇》:"游丝映空转,高杨拂地垂。"唐·皎然《效古诗》:"万丈游丝是妾心,惹蝶萦花乱相续。"

④垂柳:柳树。因枝条下垂,故称。南朝·梁简文帝《长安道》:"落花依度莞,垂柳拂行轮。"

⑤孤馆:孤寂的客舍。唐·许浑《瓜州留别李诩》:"孤馆宿时风带雨,远帆归处水连云。"宋·秦观《踏莎行》:"可堪孤馆闭春寒,杜鹃声里斜阳暮。"

【汇评】

曾季貍《艇斋诗话》:欧公词云"杏花红处青山缺",本乐天诗"花枝缺处青楼开"。

玉楼春

残春一夜狂风雨①,断送红飞花落树。人心花意待留春②,春色无情容易去③。　　高楼把酒愁独语,借问春归何处所④。暮云空阔不知音⑤,惟有绿杨芳草路。

【题解】

此词当同作于景祐元年。词咏惜春之情。上片写残春时节,狂风暴雨,吹落百花。人心花意都希望春天能够留下来,可春色无情,还是那么轻易就绝情而去。下片写抒情主人公登楼独酌,无限惆怅之情难以解脱,于是对天叹问:春天啊,你到哪里去了呢? 暮云空阔,不解人情,但见绿杨芳草铺满径,春天可能就在芳草尽头吧。

【注释】

①残春:指春天将尽的时节。唐·贾岛《寄胡遇》:"一自残春别,经炎复到凉。"宋·李清照《庆清朝慢》:"禁幄低张,彤阑巧护,就中独占残春。"

②人心:指人的意愿、感情等。《易·咸》:"圣人感人心,而天下和平。"

北齐·颜之推《颜氏家训·音辞》:"人心有所去取,去取谓之好恶。"宋·叶梦得《避暑录话》卷上:"所谓人心者,喜怒哀乐之已发者也。"花意:花的意态。唐·孟郊《看花》:"高歌夜更清,花意晚更多。"宋·陈师道《晦日》:"人老时情薄,春深花意微。"

③唐·崔涂《春夕》:"水流花谢两无情,送尽东风过楚城。"宋·欧阳修《蝶恋花》(或为冯延巳词):"雨横风狂三月暮,门掩黄昏,无计留春住。"

④唐·刘长卿《上巳日越中与鲍侍郎泛舟耶溪》:"君见渔舟时借问,前洲几路入烟花。"宋·苏轼《水调歌头》:"明月几时有?把酒问青天。"

⑤唐·杜甫《春日忆李白》:"渭北春天树,江东日暮云。"诗借云树而写思念之情。后遂以"春树暮云"为仰慕、怀念友人之辞。

玉楼春

常忆洛阳风景媚①,烟暖风和添酒味②。莺啼宴席似留人,花出墙头如有意。　　别来已隔千山翠③,望断危楼斜日坠④。关心只为牡丹红,一片春愁来梦里。

【题解】

词为别西京洛阳后作。刘德清《欧阳修年谱》云:"嘉祐六年春,王拱辰自洛阳寄牡丹,有《答西京王尚书寄牡丹》(卷一三)诗。"诗云:"闻道西亭偶独登,怅然怀我未忘情。新花自向游人笑,啼鸟犹为旧日声。因拂醉题诗句在,应怜手种树阴成。须知别后无由到,莫厌频携野客行。"词和诗或作于同时?留此待考。

词忆念洛阳。上片写词人离开洛阳后,经常回忆洛阳明媚的自然风光。他还记得临别的那一天,洛阳正值春季,风和日丽,使酒味更显醇厚。宴席间莺啼声声,似在挽留词人不要离开;花儿探出墙头,也好像是难舍难分。下片写别后怀念洛阳牡丹,实是难忘洛阳的生活。过片写词人离别后与洛阳隔着千山万水,每天唯有登上高楼远望,直至日斜天暮,聊解相思之情。结二句特言牡丹,言春愁,实际上仍然是言当日洛阳美好的生活。

【注释】

①媚:妩媚,美好。南朝·宋·鲍照《咏白雪》:"无妨玉颜媚,不夺素缯鲜。"

②唐·钱起《山中酬杨补阙见访》:"日暖风恬种药时,红泉翠壁薜萝垂。"宋·范纯仁《鹧鸪天·和韩持国》:"腊后春前暖律催,日和风暖欲开梅。"

③千山:指山多。唐·柳宗元《江雪》:"千山鸟飞绝,万径人踪灭。"宋·王安石《古松》:"万壑风生成夜响,千山月照挂秋阴。"

④望断:向远处望直至看不见。《南齐书·苏侃传》:"青关望断,白日西斜。"宋·秦观《踏莎行·郴州旅舍》:"雾失楼台,月迷津渡,桃源望断无寻处。"宋·李清照《点绛唇》:"连天衰草,望断归来路。"危楼:见《蝶恋花》(独倚危楼风细细)注①。斜日:见《望江南》(江南蝶)注②。

玉楼春

两翁相遇逢佳节,正值柳绵飞似雪①。便须豪饮敌青春②,莫对新花羞白发③。 人生聚散如弦笃④,老去风情尤惜别。大家金盏倒垂莲⑤,一任西楼低晓月。

【题解】

《唐宋词汇评》云:"熙宁五年(1072)春在汝阴作。'逢佳节',正值清明也。两翁指赵概与欧阳修。时赵概七十五岁,欧阳修六十五岁。"《欧阳修苏轼颍州诗词详注辑评》云:"熙宁五年(1072)四月在颍州时作。是时欧阳修与赵概相会于颍。从诗的内容看,似为送别之作。"

词咏友情。上片写两位老友相遇时正逢柳絮飘飞的清明节,他们互相劝勉:虽然是满头白发的垂垂老人,但我们不能羞对年轻人,而是要豪歌痛饮。下片感叹人生聚散无定,年老之后的情怀会更加珍惜难得的见面。词人表示要和朋友欢饮达旦,直至月沉西楼。词虽写作于年老体弱之时,但却无衰飒之感,而是豪气满怀,抒发的是一种人老而气不衰的豪迈情怀。

【注释】

①柳绵:柳絮。唐·杜甫《送路六侍御入朝》:"不分桃花红胜锦,生憎柳絮白于绵。"唐·李商隐《临发崇让宅紫薇》:"桃绶含情依露井,柳绵相忆隔章台。"宋·苏轼《蝶恋花》:"枝上柳绵吹又少,天涯何处无芳草。"

②青春:《文选·潘尼〈赠陆机出为吴王郎中令〉》:"予涉素秋,子登青春。"李善注:"青春,喻少也。"《文苑英华》卷二二五引北齐·颜之推《神仙》:"红颜恃容色,青春矜盛年。"宋·苏轼《曾元恕游龙山吕穆仲不至》:"青春不觉老朱颜,强半销磨簿领间。"

③白发:白头发。亦指老年。《汉书·五行志下之上》:"白发,衰年之象,体尊性弱,难理易乱。"唐·李白《秋浦歌》之十五:"白发三千丈,缘愁似个长。"宋·范仲淹《祭知环州种染院文》:"青春多难分,白发始遇。"

④弦筈:弓弦与箭末扣弦处。喻离合无定。西晋·陆机《为顾彦先赠妇》之二:"离合未有常,譬彼弦与筈。"注引《释名》曰:"矢末曰筈。"

⑤大家:众人,大伙儿。唐·杜荀鹤《重阳日有作》:"大家拍手高声唱,日未沉山且莫回。"金盏:亦作"金琖"。酒杯的美称。唐·杜甫《江畔独步寻花七绝句》之四:"谁能载酒开金盏,唤取佳人舞绣筵。"前蜀·毛文锡《酒泉子》:"柳丝无力袅烟空。金盏不辞须满酌,海棠花下思朦胧。醉春风。"宋·孙光宪《遐方怨》:"愿早传金琖,同欢卧醉乡。"宋·晁元礼《鸭头绿》:"困无力,劝人金盏,须要倒垂莲。"

玉楼春

西湖南北烟波阔①,风里丝簧声韵咽②。舞馀裙带绿双垂③,酒入香腮红一抹④。　　杯深不觉琉璃滑,贪看六幺花十八⑤。明朝车马各西东,惆怅画桥风与月⑥。

【题解】

《花庵词选》题作"西湖"。《草堂诗馀续集》题作"舞徐"。《唐宋词汇评》云:"似与上阕作于同时,亦晚年居颍作。"《欧阳修苏轼颍州诗词详注辑

126

评》则云："皇祐元年(1049)知颍州后作。"

　　词写游宴。上片写烟波浩渺的西湖上，传来阵阵美妙的丝竹之声。词人正在参加一场歌舞酒宴，欢快的歌舞场面刚刚结束，舞女们持觞劝酒，自己也喝得面颊绯红。她们舞姿之优美、娇容之可爱，可以想见。上片从舞者角度着笔，下片则从与宴者的角度着笔。因为有绝妙的歌舞助兴，参加宴会的人开怀畅饮，兴奋异常。酒酣兴阑之时，忽然想起明天早晨就要各奔东西，不觉意兴阑珊，顿添惆怅。乐极而生哀，在欢快之时有一种理性的反省和节制，正是以晏殊、欧阳修等为代表的北宋前中期富贵词人填词的一个显著特色。

【注释】

　　①烟波：指烟雾苍茫的水面。隋·江总《秋日侍宴娄苑湖应诏》："雾开楼阙近，日迴烟波长。"

　　②丝簧：弦管乐器。《文选·马融〈长笛赋〉》："漂凌丝簧，覆冒鼓钟。"吕向注："丝，琴瑟也。簧，笙也。"引申为乐器。南朝·梁·刘勰《文心雕龙·总术》："视之则锦绘，听之则丝簧。"唐·崔道融《羯鼓》："华清宫里打撩声，供奉丝簧束手听。"声韵：乐调。《三国志·魏志·杜夔传》："夔令玉铸铜钟，其声韵清浊多不如法。"《晋书·律历志上》："考以正律，皆不相应；吹其声韵，多不谐合。"唐·杜牧《今皇帝陛下一诏徵兵不日功集河湟诸郡次第归降臣获睹圣功辄献歌咏》："听取满城歌舞曲，《凉州》声韵喜参差。"宋·张先《木兰花》："楼下雪飞楼上宴，歌咽笙簧声韵颤。"咽：呜咽。唐·孟郊《古怨别》："含情两相向，欲语气先咽。"

　　③舞馀：宋本《近体乐府》卷末校云："文海作'舞徐'。"裙带：唐·李端《拜新月》："细语人不闻，北风吹裙带。"

　　④香腮：美女的腮颊。温庭筠《菩萨蛮》："小山重迭金明灭，鬓云欲度香腮雪。"一抹：犹一条，一片。唐·罗虬《比红儿》诗之十七："一抹浓红傍脸斜，妆成不语独攀花。"

　　⑤六幺：唐教坊曲名，后用为词牌。又名《六么》《绿腰》。幺是小的意思，因此调羽弦最小，节奏繁急，故名。花十八：王灼《碧鸡漫志·六幺》："贪看六幺花十八。"此曲内一叠名《花十八》，前后十八拍，又四花拍，共二十二拍，乐家者流所谓花拍，盖非其正也。曲节抑扬可喜，舞亦随之，而舞《筑球》《六幺》，至《花十八》益奇。

⑥惆怅:见《蝶恋花》(面旋落花风荡漾)注④。画桥:雕饰华丽的桥梁。南朝·陈·阴铿《渡岸桥》:"画桥长且曲,傍险复凭流。"宋·贺铸《减字浣溪沙》:"杏花零落昼阴阴,画桥流水半篙深。"

【汇评】

沈际飞《草堂诗馀续集》:"双垂",舞余之态。"一抹",酒入之神,秀令复工。

许昂霄《词综偶评》:花十八未详,疑是舞之节拍也,俟考。按词调中有六幺花十八,意必曲名也。载华附识,思岩兄云:按《碧鸡漫志》,琵琶六幺一名绿腰,其曲中有一叠名花十八。又墨庄漫录,乐府六幺曲,有花十八。

俞樾《茶香室诗抄》卷十八:余尝于书院中出《花十八》赋题,松江朱明经昌鼎云:"欧阳文忠词'杯深不觉琉璃滑,贪看六幺花十八',不曰听,而曰看,其为舞曲无疑。"余谓此说良然。范石湖诗"新样筑毬花十八,丁宁小玉漫吹箫",亦谓筑球者以此为节也。

玉楼春

　　燕鸿过后春归去①,细算浮生千万绪②。来如春梦几多时,去似朝云无觅处③。　　　闻琴解佩神仙侣④,挽断罗衣留不住⑤。劝君莫作独醒人⑥,烂醉花间应有数⑦。

【题解】

按此首别又见晏殊《珠玉词》。

词感叹人生如梦,表达了难得糊涂的人生理想,是词人历经风雨后对人生的体认。上片写燕雁北归,也带走了春天。词人由此兴感,细细品味人生的千头万绪。他慨叹人生如春梦,虽朦胧美好,然而却短暂不可捉摸;人生亦如朝云,虽灿烂炫目,然而一旦逝去就再也无处找寻。下片因此而劝告世人,不如潇洒地过一种神仙眷侣般的生活,再也不要被官场俗务所羁绊;也不要试图众人皆醉我独醒,还是烂醉花间、难得糊涂吧。

【注释】

①燕鸿:燕地的雁。泛指北雁。唐·李白《拟古》诗之十二:"越燕喜海日,燕鸿思朔云。"唐·司空图《歌者》诗之一:"风霜一夜燕鸿断,唱作江南袚禊天。"春归去:《珠玉词》作"莺归去"。

②浮生:因人生在世,虚浮不定,因称人生为"浮生"。《庄子·刻意》:"其生若浮,其死若休。不思虑,不豫谋。光矣而不耀,信矣而不期。"南朝·宋·鲍照《答客》:"浮生急驰电,物道险弦丝。"唐·元稹《酬哥舒大少府寄同年科第》:"自言行乐朝朝是,岂料浮生渐渐忙。"

③去似朝云:《珠玉词》作"散似秋云"。《全唐诗》卷四三五白居易《花非花》:"花非花,雾非雾。夜半来,天明去。来如春梦几多时,去似朝云无觅处。"

④闻琴:《史记》卷一百一十七《司马相如列传》:"卓王孙有女文君新寡,好音,故相如缪与令相重,而以琴心挑之。相如之临邛,从车骑,雍容闲雅甚都;及饮卓氏,弄琴,文君窃从户窥之,心悦而好之,恐不得当也。既罢,相如乃使人重赐文君侍者通殷勤。文君夜亡奔相如,相如乃与驰归成都。"解佩:解下佩带的饰物。汉·刘向《列仙传·江妃二女》:"江妃二女者,不知何所人也,出游于江汉之湄,逢郑交甫,见而悦之,不知其神人也,谓其仆曰:'我欲下请其佩。'……遂手解佩与交甫。"

⑤罗衣:轻软丝织品制成的衣服。三国·魏·曹植《美女篇》:"罗衣何飘飘,轻裾随风还。"唐·杜甫《黄草》:"万里秋风吹锦水,谁家别泪湿罗衣?"

⑥独醒人:原指屈原。后亦泛指不随流俗者。《楚辞·渔父》:"屈原曰:'举世皆浊我独清,众人皆醉我独醒,是以见放!'"唐·杜牧《赠渔父》:"自说孤舟寒水畔,不曾逢著独醒人。"

⑦烂醉:大醉。唐·杜甫《杜位宅守岁》:"谁能更拘束?烂醉是生涯。"宋·辛弃疾《鹧鸪天·用前韵赋梅》:"直须烂醉烧银烛,横笛难堪一再风。"

【汇评】

张德瀛《词徵》卷一:白太傅《花非花》词:"来如春梦不多时,去似朝云无觅处。"此二语欧阳永叔用之,张子野《御阶行》、毛平仲《玉楼春》亦用之。

129

玉楼春

蝶飞芳草花飞路,把酒已嗟春色暮。当时枝上落残花,今日水流何处去。　　楼前独绕鸣蝉树①,忆把芳条吹暖絮②。红莲绿芰亦芳菲③,不奈金风兼玉露④。

【题解】

《欧阳修词笺注》云:"这词从春写到夏,从夏写到秋,秋风秋露使红莲绿芰凋零,有无可奈何的感叹。"《欧阳修词新释辑评》亦云:"此首借春秋代序之景象,寓逝者如斯之叹。"词人抓住最易让人动情的春秋二季展开描写,抒发人生易逝的人生感慨。上片写暮春时节,蝶绕花飞,词人把酒惜春,然而春天还是很快就过去了,花儿也不知道跟随流水流到了何方。下片写秋,孟秋时节寒蝉鸣,词人孤独地绕树而行,回忆起当时春风吹柳絮的美好季节,想到眼前的红莲绿芰正蓬蓬勃勃地开着,可不久后秋风白露一起,不也会飘零殆尽吗?作品抒发了美好的东西易逝去、人生短暂的惆怅之情。

【注释】

①鸣蝉:寒蝉,秋蝉。《文选·潘岳〈河阳县作〉》:"鸣蝉厉寒音,时菊耀秋华。"李善注引《礼记》:"孟秋,寒蝉鸣。"唐·高适《留别郑三韦九兼洛下诸公》:"远路鸣蝉秋兴发,华堂美酒离忧销。"

②芳条:芬芳的枝条。《乐府诗集·读曲歌》(七十四):"春风扇芳条,常念花落去。"絮:北周·庾信《杨柳歌》:"独忆飞絮鹅毛下,非复青丝马尾垂。"

③红莲:红色荷花。梁元帝《采莲赋》:"紫茎兮文波,红莲兮芰荷。"唐·王维《山居即事》诗:"绿竹含新粉,红莲落故衣。"芳菲:花草盛美。南朝·陈·顾野王《阳春歌》:"春草正芳菲,重楼启曙扉。"唐·韩愈《梁国惠康公主挽歌》之一:"从今沁园草,无复更芳菲。"

④金风兼玉露:秋风和白露。亦借指秋天。唐·李商隐《辛未七夕》:

"由来碧落银河畔,可要金风玉露时。"宋·秦观《鹊桥仙》:"金风玉露一相逢,便胜却人间无数。"

玉楼春

　　别后不知君远近,触目凄凉多少闷①。渐行渐远渐无书,水阔鱼沉何处问②。　　　　夜深风竹敲秋韵③,万叶千声皆是恨。故欹单枕梦中寻④,梦又不成灯又烬⑤。

【题解】
　　词写别恨,每两句一意,逐层深入地揭示思妇的情感世界:起两句是说与心上人分别后,不知其行踪,故触目皆凄凉,所思尽烦闷,此一重恨也;次两句是说心上人渐行渐远,却音信渺无,此又一重恨也;过片两句写夜深风敲竹,万叶千声尽是离愁别恨,情本已难堪,不料大自然还来添乱,此第三重恨也;思妇情难以堪,于是希望能在梦中见到心上人,却不料灯都燃尽了也难以入眠,此第四重恨也。全词回环往复,多层面地描写离愁别恨,其情之难堪,可以想见。

【注释】
　　①触目:目光所及。《晋书·习凿齿传》:"来达襄阳,触目悲感,略无欢情。"凄凉:孤寂冷落。南朝·梁·沈约《为临川王九日侍太子宴》:"凄凉霜野,惆怅晨鹍。"唐·皎然《与卢孟明别后宿南湖对月》:"旷望烟霞尽,凄凉天地秋。"
　　②鱼沉:比喻书信不通,音信断绝。唐·戴叔伦《相思曲》:"鱼沉雁杳天涯路,始信人间别离苦。"宋·朱淑真《寄情》:"欲寄相思满纸愁,鱼沉雁杳又还休。"
　　③秋韵:秋声。北周·庾信《咏画屏风》之十一:"急节迎秋韵,新声入手调。"
　　④单枕:宋本《近体乐府》卷开校云:"一作'孤枕'。"借指独宿、孤眠。唐·李白《月下独酌》诗之三:"醉后失天地,兀然就孤枕。"唐·李商隐《戏

赠张书记》："别馆君孤枕,空庭我闭关。"

⑤灯烬:灯芯燃烧后剩下的炭灰。宋·苏轼《岁晚相与馈问归寄子由·守岁》："坐久灯烬落,起看北斗斜。"

【汇评】

唐圭璋《唐宋词简释》:此首写别恨,两句一意,次第显然。分别是一恨。无书是一恨。夜间风竹,又搅起一番离恨。而梦中难寻,恨更深矣。层层深入,句句沉着。

玉楼春

红绦约束琼肌稳①,拍碎香檀催急衮②。陇头鸣咽水声繁③,叶下间关莺语近④。　　美人才子传芳信⑤,明月清风伤别恨⑥。未知何处有知音⑦,常为此情留此恨⑧。

【题解】

按此首别又见晏殊《珠玉词》。

词咏琵琶演奏。上片起句写弹奏琵琶的歌女在红色衣带的约束下,身材匀称,肌肤洁白,次三句写她们技巧高超。她们弹奏着一支繁音促节的急迫曲子,有时鸣咽如陇头流水,有时又欢快如叶底莺啼。如果说"陇头"两句是用比喻的手法突出演奏的效果,过片两句则是接着用类比法来写演奏效果:琵琶声有时就像才子佳人传递情书时那样充满了喜悦,有时又如明月清风离别时那样充满了伤感。结尾两句感叹知音难得,徒留遗恨。

【注释】

①绦:用丝线或麻线编织成的圆的或扁平的带子。约束:缠缚,束缚。《庄子·骈拇》:"约束不以纆索。"《楚辞·离骚》:"索胡绳之缅缅。"王逸注:"纫索胡绳,令之泽好,以善自约束,终无懈倦也。"琼肌:莹洁似玉的肌肤。多形容女子。

②香檀:见《减字木兰花》(画堂雅宴)注⑦。宋·柳永《木兰花》:"香檀

敲缓玉纤迟,画鼓声催莲步紧。"宋·韩维《洛城杂诗》:"香檀乱拍朱弦急,应有游人醉欲迷。"急衮:唐宋大曲若干遍中的一遍,乐曲中的急调。

③陇头:汉乐府名。《乐府诗集·横吹曲辞》郭茂倩题解引《乐府解题》:"汉横吹曲,二十八解,李延年造。魏晋以来,唯传十曲:一曰《黄鹄》,二曰《陇头》。"《太平御览》卷五十六《地部二十一·陇》:"辛氏《三秦记》:陇西开,其阪九回,不知高几里,欲上者七日乃越。高处可容百余家,下处数十万户。上有清水四注。俗歌曰:'陇头流水,鸣声幽咽。遥望秦川,心肝断绝。'去长安千里,望秦川如带。又关中人上陇者,还望故乡,悲思而歌,则有绝死者。"

④莺语:莺的啼鸣声。唐·白居易《琵琶行》:"间关莺语花底滑,幽咽泉流冰下难。"

⑤芳信:敬称他人来信。唐·白居易《祗役骆口驿喜萧侍御书至》:"忽惊芳信至,复与新诗并。"

⑥明月清风:明亮的月,清凉的风。《南史·谢譓传》:"有时独醉,曰:'入吾室者,但有清风,对吾饮者,唯有明月。'"唐·李白《襄阳歌》:"清风朗月不用一钱买,玉山自倒非人推。"宋·黄庭坚《鄂州南楼书事》:"清风明月无人管,并作南楼一味凉。"

⑦《列子·汤问》:"伯牙鼓琴,志在高山,钟子期曰:'善哉,峨峨兮若泰山!'志在流水,钟子期曰:'善哉,洋洋兮若江河!'伯牙所念,钟子期必得之。子期死,伯牙谓世再无知音,乃破琴绝弦,终身不复鼓。"三国·魏·曹丕《与吴质书》:"徐、陈、应、刘,一时俱逝,痛可言邪……伯牙绝弦于钟期,仲尼覆醢于子路,痛知音之难遇,伤门人之莫逮。"唐·杜甫《哭李常侍峄》:"斯人不重见,将老失知音。"

⑧常为:《珠玉词》作"长为"。留此恨:《珠玉词》作"言不尽"。

【汇评】

张德瀛《词徵》卷二:衮与滚同,其声溜而下,欧阳永叔词"拍碎香檀催急衮",刘改之词"绣茵催衮",即南曲《后庭花》破滚之属。

玉楼春

檀槽碎响金丝拨①,露湿浔阳江上月。不知商妇为谁愁,一曲行人留夜发②。　　画堂花月新声别③,红蕊调长弹未彻。暗将深意祝胶弦④,唯愿弦弦无断绝⑤。

【题解】

按此首别见吴讷本及侯文灿本张子野词。别又误作苏轼词,见《词林万选》卷四。

词咏琵琶演奏。上片化用白居易《琵琶行》中的情节,写浔阳江头,月上柳梢,歌女拨响了琵琶弦,发出哀怨的离别之声。下片写如今在月色笼罩之下,花影婆娑,华美的厅堂上,又有琵琶女弹奏起新翻的离别之曲。在这首曲调悠长的曲子中,她将深情厚意寄托其中,暗自祝愿琵琶弦不要因曲调太过悲怆而断绝。

【注释】

①檀槽:檀木制成的琵琶、琴等弦乐器上架弦的槽格。亦指琵琶等乐器。唐·李贺《感春》:"胡琴今日恨,急语向檀槽。"王琦汇解:"唐人所谓胡琴,应是五弦琵琶耳。檀槽,谓以紫檀木为琵琶槽。"宋·张先《西江月》:"体态看来隐约,梳妆好是家常。檀槽初抱更安详,立向尊前一行。"金丝:乐器的金属弦。南朝·梁·元帝《和弹筝人》:"琼柱动金丝,奏声发赵曲。"唐·权德舆《奉和圣制重阳日即事六韵》:"金丝响仙乐,剑舄罗宗公。"

②唐·白居易《琵琶行》:"浔阳江头夜送客,枫叶荻花秋瑟瑟。……忽闻水上琵琶声,主人忘归客不发。……弟走从军阿姨死,暮去朝来颜色故。门前冷落车马稀,老大嫁作商人妇。商人重利轻别离,前月浮梁买茶去。"

③画堂:华丽的堂舍。南朝·梁简文帝《饯庐陵内史王修应令》:"回池泻飞栋,浓云垂画堂。"唐·崔颢《王家少妇》:"十五嫁王昌,盈盈入画堂。"花月:花和月,泛指美好的景色。唐·王勃《山扉夜坐》:"林塘花月下,别似一家春。"唐·李白《襄阳曲》:"江城回渌水,花月使人迷。"唐·贾至《送王道士还京》:"借问清都旧花月,岂知迁客泣潇湘。"新声:新作的乐曲。晋·陶渊明《诸人共游周家墓柏下》:"清歌散新声,绿酒开芳颜。"唐·孟郊《楚竹吟酬卢虔端公见和湘弦怨》:"握中有新声,楚竹人未闻。"

④胶弦:《海内十洲记》:"凤麟洲在西海之中,地方一千五百里。洲四面弱水绕之,鸿毛不浮,不可越也。洲上多凤麟数万,各各为群。又有山川

池泽及神药百种,亦多仙家。煮凤喙及麟角合煎作胶,名之为续弦胶,或名连金泥。此胶能续弓弩已断之弦,连刀剑断折之金,更以胶连续之处,使力士掣之,他处乃断,所续之际终无所损也。"五代·陶榖《风光好》:"再把鸾胶续断弦,是何年。"

⑤《艺文类聚》卷四十四《乐部四·琴》:"《别传》曰:琰,字文姬,蔡邕之女。年六岁,夜鼓琴,弦断。琰曰:'第二弦。'邕故断一弦,而问之。琰曰:'第四弦。'邕曰:'偶得之矣。'琰曰:'吴札观化,知兴亡之国;师旷吹律,识南风之不竞。由此观之,何足不知。'"

玉楼春

春葱指甲轻拢捻①,五彩垂绦双袖卷②。雪香浓透紫檀槽,胡语急随红玉腕③。　　当头一曲情何限④,入破铮琮金凤战⑤。百分芳酒祝长春⑥,再拜敛容抬粉面。

【题解】

按此首别又见晏殊《珠玉词》。

词咏琵琶演奏。上片写琵琶女衣带飘飘,雪白的肌肤在紫色檀槽的衬托下更显白净,并且散发出浓浓的香味,令人沉醉。琵琶女不仅有美丽的容颜,而且演奏技巧高超。她双袖卷起,细嫩纤长的手指时而轻拢慢捻,时而繁弦急奏,有时悠扬有时急迫的琵琶声即从指尖流淌出来。过片两句进一步渲染演奏的曲调饱含着无限深情,弹到入破时乐调铿锵激越,扣人心弦。结两句写一曲终了,琵琶女整理容妆,殷勤祝酒。

以上三首词皆咏琵琶演奏,应该属联章体的一组词。

【注释】

①春葱:喻女子细嫩纤长的手指。唐·白居易《筝》:"双眸剪秋水,十指剥春葱。"拢捻:弹奏弦乐器的指法。唐·白居易《琵琶行》:"轻拢慢捻抹复挑。"唐·李群玉《索曲送酒》:"烦君玉指轻拢捻,慢拨鸳鸯送一杯。"唐·段安节《乐府杂录·琵琶》:"兴奴长于拢捻,不拨,稍软。"

②五彩：指青、黄、赤、白、黑五种颜色。同"五采"。荀子《赋》："五采备而成文。"

③胡语：《宋书·乐志一》："傅玄《琵琶赋》曰：'汉遣乌孙公主嫁昆弥，念其行路思慕，故使工人裁筝、筑，为马上之乐。欲从方俗语，故名曰琵琶。'"唐·杜甫《咏怀古迹五首》之三："千载琵琶作胡语，分明怨恨曲中论。"红玉腕：南朝·梁·吴均《西京杂记》："赵后体轻腰弱，女弟昭仪弱骨丰肌，二人并色如红玉。"南朝·宋·刘铄《白纻曲》："仙仙徐动何盈盈，玉腕俱凝若云行。"唐·刘禹锡《伤秦姝行》："蜀弦铮拟指如玉，皇帝弟子韦家曲。"

④情何限：《珠玉词》作"情无限"。

⑤唐宋大曲每套都有十余遍，归入散序、中序、破三大段。入破即为破这一段的第一遍。唐·白居易《卧听法曲霓裳》："朦胧闲梦初成后，宛转柔声入破时。"《新唐书·五行志二》："至其曲遍繁声，皆谓之'入破'……破者，盖破碎云。"宋·张端义《贵耳集》卷上："天宝后，曲遍繁声，皆名入破。破者，破碎之义也。"金凤：琵琶、琴、筝之属，因弦柱上端刻凤为饰，故称。前蜀·牛峤《西溪子》："捍拨双盘金凤，蝉鬓玉钗摇动。"前蜀·魏承班《菩萨蛮》："翠翘云鬓动，敛态弹金凤。"华钟彦注："金凤，谓琴筝之属也。"

⑥百分：指满杯。唐·杜牧《题禅院》："觥船一棹百分空，十岁青春不负公。"

玉楼春

金花盏面红烟透①，舞急香茵随步皱②。青春才子有新词，红粉佳人重劝酒③。　　也知自为伤春瘦④，归骑休交银烛候。拟将沉醉为清欢⑤，无奈醒来还感旧。

【题解】

词的上片写热闹的歌舞场面，金质灯盏上红烛高照，舞女的舞步急速旋转，地毯也随之起皱见纹。酒宴上演唱的是青春才子刚刚填好的新词，美丽的歌女边唱边殷勤劝酒，好一派欢快的场面。下片接着写预宴人（抑或即指词人自己）因为伤春而消瘦，他嘱咐道：今晚你们就不要等我回家了，我准备在此尽情享受，一醉方休。结句写酒醒之后情怀依旧，仍然是旧情难忘，仍然会憔悴如昔。

【注释】

①金花盏：饰有金花或做成花状的金质灯盏。《旧唐书·杨绾传》："绾生聪惠，年四岁，处群从之中，敏识过人。尝夜宴亲宾，各举坐中物以四声呼之，诸宾未言，绾应声指铁灯树曰：'灯盏柄曲。'众咸异之。"红烟：指烛光。

②南唐·李煜《浣溪沙》："红锦地衣随步皱。"

③《太平广记》卷三四四引唐·李隐《潇湘录·呼延冀》："妾既与君匹偶，诸邻皆谓之才子佳人。"宋·晁补之《鹧鸪天》："夕阳荒草本无恨，才子佳人空自悲。"

④伤春：因春天到来而引起忧伤、苦闷。唐·司空曙《送郑明府贬岭南》："青枫江色晚，楚客独伤春。"唐·朱绛《春女怨》："欲知无限伤春意，尽在停针不语时。"

⑤沉醉：唐·李商隐《龙池》："夜半宴归宫漏永，薛王沉醉寿王醒。"清欢：清雅恬适之乐。唐·冯贽《云仙杂记·少延清欢》："陶渊明得太守送酒，多以春秋水杂投之，曰：'少延清欢数日。'"宋·邵雍《名利吟》："稍近美誉无多取，才近清欢与剩求。美誉既多须有患，清欢虽剩且无忧。"

玉楼春

雪云乍变春云簇①，渐觉年华堪送目②。北枝梅蕊犯寒开③，南浦波纹如酒绿④。　　芳菲次第还相续⑤，不奈情多无处足⑥。尊前百计得春归⑦，莫为伤春歌黛蹙⑧。

【题解】

按此首别又作冯延巳词，见《尊前集》，但冯延巳《阳春集》不载。

自古文人多伤春、叹春，这首词却是爱春、赞春，此为其独特之处。上片写厚重阴浓的冬云忽然之间就变成了银白丛聚的春云，大自然的风光也慢慢有了生气，值得纵目观赏了。瞧，梅树北边枝头的花蕊已经犯寒而开，南边的江河之水也泛起了绿波，春色真的是满人间了。下片接着写百花会次第开放，无奈爱春之情太过充溢，以至于仍然无法满足。结末二句劝慰友人不要在大好春光面前伤春蹙眉，好不容易等到春天归来，就让我们开怀畅饮，尽情欢乐吧。

【注释】

①雪云：冬云。唐·杜甫《奉观严郑公厅事岷山沱江画图十韵》："雪云虚点缀，沙草得微茫。"

②年华：指春光。唐·张嗣初《春色满皇州》："何处年华好，皇州淑气匀。韶阳潜应律，草木暗迎春。"唐·唐彦谦《曲江春望》："杏艳桃娇夺晚霞，乐游无庙有年华。"堪送目：《尊前集》作"堪纵目"。宋·王安石《桂枝香》："登临送目，正故国晚秋，天气初肃。"

③唐·白居易、孔传《白孔六帖》："大庾岭上梅，南枝落，北枝开。"南朝·梁·沈约《泛永康江》："山光浮水至，春色犯寒来。"

④南浦：南面的水边。后常用称送别之地。南朝·梁·江淹《别赋》："春草碧色，春水渌波，送君南浦，伤如之何。"

⑤芳菲：香花芳草。唐·李峤《二月奉教作》："乘春重游豫，淹赏玩芳菲。"还相续：《尊前集》作"长相续"。

⑥不奈：《尊前集》作"自是"。

⑦春归：春天来临。唐·李白《宫中行乐词》之四："玉树春归日，金宫乐事多。"唐·李山甫《贺邢州卢员外》："春归凤沼恩波暖，晓入鸳行瑞气寒。"唐·滕迈《春色满皇州》："蔼蔼复悠悠，春归十二楼。"

⑧伤春：因春天到来而引起忧伤、苦闷。唐·司空曙《送郑明府贬岭南》："青枫江色晚，楚客独伤春。"唐·朱绛《春女怨》："欲知无限伤春意，尽在停针不语时。"

玉楼春

黄金弄色轻于粉①，濯濯春条如水嫩②。为缘力薄未禁风③,不奈多娇长似困④。　　腰柔乍怯人相近,眉小未知春有恨。劝君着意惜芳菲,莫待行人攀折尽⑤。

【题解】

词以一系列比喻和拟人的手法描绘初春之柳。上片言初生之柳叶呈现出淡淡的金黄色,披拂的柳枝犹如初春之水清朗明净。新柳弱不禁风,娇柔无力,一副困倦的样子。如果说上片主要是用比喻的手法描写新柳之神情容貌,下片则主要是用拟人的手法刻画新柳富有人的情意。柳枝纤柔,就像情窦未开的少女一样,还很害怕人过分亲近;柳眼初展,尚未尝过春天离去的怨恨。结两句劝告有情人要爱惜芳菲,不要等到他人攀折尽后始知珍惜。

【注释】

①弄色:显现美色。宋·苏轼《宿望湖楼再和》:"新月如佳人,出海初弄色。"全句谓柳条初生时呈金黄色。唐·无名氏《乐府歌》:"柳条金嫩不胜鸦。"唐·白居易《杨柳枝》:"一树春风千万枝,嫩于金色软如丝。"

②濯濯:明净清朗貌。《诗·大雅·崧高》:"四牡矫矫,钩膺濯濯。"毛传:"濯濯,光明也。"《晋书·王恭传》:"恭美姿仪,人多爱悦,或目之云:'濯濯如春月柳。'"唐·乔知之《折杨柳》:"可怜濯濯春杨柳,攀折将来就纤手。"宋·苏轼《记所见开元寺吴道子画佛灭度》:"初如濛濛隐山玉,渐如濯濯出水莲。"

③禁:《全芳备祖》作"经"。未禁风:弱得经受不起风吹,喻娇弱。唐·杜甫《江雨有怀郑典设》:"乱波纷披已打岸,弱云狼藉不禁风。"

④多娇:宋本《醉翁琴趣外篇》作"娇多"。

⑤唐·杜秋娘《金缕衣》:"劝君莫惜金缕衣,劝君须惜少年时。有花堪折直须折,莫待无花空折枝。"

玉楼春

珠帘半下香销印①,二月东风催柳信②。琵琶傍畔且寻思,鹦鹉前头休借问③。　　惊鸿过后生离恨④,红日长时添酒困⑤。未知心在阿谁边⑥,满眼泪珠言不尽。

【题解】

按此首别又见晏殊《珠玉词》。宋本《醉翁琴趣外篇》调名作《转调木兰花》。

词咏闺怨。珠帘半卷,印香燃尽,首句写景已暗含主人公无聊慵懒、无可奈何之情状。接下来写二月的春风催发柳芽,她轻抚琵琶,若有所思,虽思而不得且无人倾诉,却也不愿向鹦鹉探询,因为她知道鹦鹉也无法告诉她答案。下片写大雁北飞,却没有带来心上人的讯息,于是借酒消愁,未曾想愁情依旧徒增酒困而已。她不知道对方的心还有没有在自己身上,因而更感伤心,满眼泪水,无法释怀。

【注释】

①珠帘:珍珠缀成的帘子。《西京杂记》卷二:"昭阳殿织珠为帘,风至则鸣,如珩珮之声。"《晋书·苻坚载记上》:"坚自平诸国之后,国内殷实,遂示人以侈,悬珠帘于正殿,以朝群臣。"唐·李白《怨情》:"美人卷珠帘,深坐颦蛾眉。但见泪痕湿,不知心恨谁。"印香:用多种香料捣末和匀做成的一种香。唐·王建《香印》:"闲坐烧印香,满户松柏气。"

②二月东风:春风。《礼记·月令》:"(孟春之月)东风解冻,蛰虫始振,鱼上冰。"唐·李白《春日独酌》诗之一:"东风扇淑气,水木荣春晖。"唐·贺知章《咏柳》:"不知细叶谁裁出,二月春风似剪刀。"柳信:二十四番花信之柳信。据南朝·梁·宗懔《荆楚岁时记》、宋·程大昌《演繁露·花信风》记载,自小寒至谷雨,凡四月,共八个节气,一百二十日,每五日一候,计二十四候,每候应以一种花的信风。每气三番。小寒:梅花、山茶、水仙;大寒:瑞香、兰花、山矾;立春:迎春、樱桃、望春;雨水:菜花、杏花、李花;惊蛰:桃花、棠棣、蔷薇;春分:海棠、梨花、木兰;清明:桐花、麦花、柳花;谷雨:牡丹、酴醾、楝花。

③唐·朱庆馀《宫词》:"含情欲说宫中事,鹦鹉前头不敢言。"

④惊鸿:惊飞的鸿雁。三国·魏·曹植《洛神赋》:"翩若惊鸿,婉若游龙。"

⑤酒困:谓饮酒过多,神志迷乱。《论语·子罕》:"子曰:'出则事公卿,入则事父兄,丧事不敢不勉,不为酒困,何有于我哉!'"

⑥后蜀·欧阳炯《浣溪沙》:"独掩画屏愁不语,斜欹瑶枕髻鬟偏。此时心在阿谁边?"

玉楼春

沉沉庭院莺吟弄①,日暖烟和春气重②。绿杨娇眼为谁回③,芳草深心空自动。　　倚阑无语伤离凤④,一片风情无处用⑤。寻思还有旧家心,蝴蝶时时来役梦⑥。

【题解】

宋本《醉翁琴趣外篇》作《转调木兰花》。

词写思妇。上片写春景,深邃的庭院传来黄莺婉转流丽的啼声,风和日丽,春意渐浓。在微风的吹拂下,柳眼娇展,好像在为谁而回眸,芳草也好像为谁而心动。下片由景而人,写思妇无语倚栏,感伤自己犹如孤凤,满腔的相思之情无处倾诉。她宽慰地想到:我心依旧,就让蝴蝶带我入梦,在梦中和他再相见吧。

【注释】

①沉沉:亦作"沈沈"。宫室深邃貌。《史记·陈涉世家》:"入宫,见殿屋帷帐,客曰:'伙颐!涉之为王沉沉者!'"裴骃集解引应劭曰:"沉沉,宫室深邃之貌也。"唐·魏微《暮秋言怀》:"沉沉蓬莱阁,日久乡思多。"吟弄:吟唱,吟咏。唐·陈子昂《修竹篇》:"结交瀛台女,吟弄《升天行》。"唐·李贺《湘妃》:"蛮娘吟弄满寒空,九山静绿泪花红。"王琦注:"此言舜葬之地,惟有蛮女讴吟,声遍山谷。"

②春气:春季的阳和之气。《庄子·庚桑楚》:"夫春气发而百草生,正得秋而万宝成。"宋·周密《癸辛杂识续集上·种葡萄法》:"异时春气发动,众萌竞吐。"

③绿杨娇眼:指柳眼。早春初生的柳叶如人睡眼初展,因称"柳眼"。

141

唐·元稹《生春》诗之九:"何处生春早,春生柳眼中。"

④离凤:比喻分离的配偶。唐·李贺《湘妃》:"离鸾别凤梧桐中,巫云蜀雨遥相通。"唐·李商隐《当句有对》:"但觉游蜂饶舞蝶,岂知孤凤忆离鸾。"

⑤风情:指男女相爱之情。南唐·李煜《柳枝》:"风情渐老见春羞,到处芳魂感旧游。"宋·柳永《雨霖铃》:"便纵有千种风情,更与何人说。"

⑥役梦:宋本《近体乐府》注:"一作'入梦'。"《庄子·齐物论》:"昔者庄周梦为蝴蝶,栩栩然蝴蝶也;自喻适志与,不知周也;俄然觉,则蘧蘧然周也。"

玉楼春

去时梅萼初凝粉,不觉小桃风力损①。梨花最晚又凋零②,何事归期无定准③。　阑干倚遍重来凭,泪粉偷将红袖印。蜘蛛喜鹊误人多④,似此无凭安足信⑤。

【题解】

词咏离恨。上片写分别之时正是梅蕊初绽的冬天,不知不觉间,桃花已经飘零,连最晚盛开的梨花也已开始凋落,可是心上人的归期却还没有定准。怨恨之情通过时序推移与行人不归的对照中显现出来。下片写思妇一次又一次地凭栏远眺,希望能够看到心上人归来的身影,可每次都是涕泪沾巾。她转而埋怨报喜的喜鹊和喜蛛误导人心,不足凭信,正可见出她盼之切与怨之深。

【注释】

①小桃:初春即开花的一种桃树。宋·陆游《老学庵笔记》卷四:"欧阳公、梅宛陵、王文恭集皆有小桃诗。欧诗云:'雪里花开人未知,摘来相顾共惊疑,便须索酒花前醉,初见今年第一枝。'初但谓桃花有一种早开者耳。及游成都,始识所谓小桃者,上元前后即着花,状如垂丝海棠。曾子固《杂识》云:'正月二十,开天章阁赏小桃。'正谓此也。"宋·王圭《小桃》:"小桃

常忆破正红，今日相逢二月中。"风力：风的力量。唐·杜甫《风雨看舟前落花戏为新句》："吹花困癫旁舟楫，水光风力俱相怯。"

②南朝·梁·萧子显《燕歌行》："洛阳梨花落如雪，河边细草细如茵。"

③无定准：没有定准。亦作"无定据"。宋·叶梦得《临江仙·熙春台与王取道等会别》："自笑天涯无定准，飘然到处迟留。"宋·毛开《渔家傲·次丹阳忆故人》："可忍归期无定据，天涯已听边鸿度。"

④南朝·梁·吴均《西京杂记》卷三引陆贾对樊哙语："干鹊噪而行人至，蜘蛛集而百事喜。"《梦书》："梦蜘蛛者，其日还有喜事。"师旷《禽经》："灵鹊兆喜。"唐·杜甫《得弟消息二首》："浪传乌鹊喜，深负鹡鸰诗。"

⑤无凭：没有凭据。唐·韩偓《幽窗》："无凭谙鹊语，犹得暂心宽。"宋·晏几道《鹧鸪天》："相思本是无凭语，莫向花笺费泪行。"

【汇评】

俞平伯《唐宋词选释》：上片三折而下，作一句读。

玉楼春

酒美春浓花世界，得意人人千万态。莫教辜负艳阳天①，过了堆金何处买②。　　已去少年无计奈，且愿芳心长恁在。闲愁一点上心来，算得东风吹不解③。

【题解】

宋本《醉翁琴趣外篇》调名作《转调木兰花》。

词赞春、惜春。上片赞美春天的美好，在鲜花盛开、酒香春浓的季节里，游人如织，人人脸上都洋溢着得意欢欣的笑脸。词人情不自禁地说，千万不要辜负了这阳光明媚的大好春光，一旦错过了，即使有成堆的金子也无处购买。下片接着用积极开朗的语气宽慰道，已经失去的年少光阴是已经无法再追回了，那么就愿这颗年青的心永远存在吧。结尾两句乐极而悲生，在无比欢欣之时，一点闲愁涌上心头，即使和煦的春风也无法化解。

①艳阳天：阳光明媚的春天。唐·杜甫《数陪李梓州泛江有女乐在诸舫戏为艳曲》之一："竞将明媚色，偷眼艳阳天。"前蜀·毛文锡《虞美人》："珠帘不卷度沉烟，庭前闲立画秋千，艳阳天。"

②《晋书》卷四十二《王浑列传·(子)王济》："济遂被斥外，于是乃移第北芒山下。性豪侈，丽服玉食。时洛京地甚贵，济买地为马埒，编钱满之，时人谓为'金沟'。"宋·李之彦《东谷所见·贪欲》："堆金积玉，来处要明。"

③算得：料想。宋·柳永《塞孤》："远道何时行彻，算得佳人凝恨切。"

玉楼春

湖边柳外楼高处，望断云山多少路。阑干倚遍使人愁①，又是天涯初日暮②。　　轻无管系狂无数，水畔花飞风里絮③。算伊浑似薄情郎，去便不来来便去。

【题解】

按此首别又误作明人顾清词，见《词的》卷二。

《欧阳修苏轼颍州诗词详注辑评》认为是"皇祐元年（1049）知颍州后作"。

词咏闺怨。上片写在湖边柳外的高楼上，主人公倚栏而立，极目天涯。她逗留等待到天黑，却还是没有等到心上人出现，无边愁绪不禁漫上心头。"又是"二字，表明她不是只有一天，而是日复一日地在此期盼等候，可见其理想无数次地失落及一如既往地坚守。下片写她每天登楼所见，尽是轻狂无管束的飞花飘絮，这不正如自己的薄情郎吗？离开了就不再来了，飘来了说走就又走了。怨极之语，实际上也是情深之语。

【注释】

①阑干：栏杆。唐·李白《清平调词》之三："解释春风无限恨，沉香亭北倚阑干。"《乐府诗集·怀人曲》："忆郎郎不至，仰首望飞鸿。鸿飞满西

洲,望郎上青楼。楼高望不见,尽日栏杆头。栏杆十二曲,垂手明如玉。"

②天涯:犹天边,指极远的地方。《古诗十九首·行行重行行》:"相去万馀里,各在天一涯。"南朝·陈·徐陵《与王僧辩书》:"维桑与梓,翻若天涯。"

③风里絮:随风飘扬的絮花,多指柳絮。唐·薛能《折杨柳》诗之二:"闲想习池公宴罢,水蒲风絮夕阳天。"宋·陆游《柳》诗之二:"只恐无情堤上柳,又将风絮送春归。"

【汇评】

卓人月《古今词统》卷八徐士俊评末句云:李知几"坐待不来来又去",极肖。

沈际飞《草堂诗馀续集》:问人何似游冶郎,疑信总妙。

玉楼春

南园粉蝶能无数①,度翠穿红来复去。倡条冶叶恣留连②,飘荡轻于花上絮。　　朱阑夜夜风兼露③,宿粉栖香无定所。多情翻却似无情,赢得百花无限妒。

【题解】

宋本《醉翁琴趣外篇》有题作"咏蝶"。《草堂诗馀续集》题作"春景"。

词咏蝴蝶。上片写春天来了,无数的蝴蝶时而在绿树花丛中穿梭,时而在倡条冶叶间恣意留连,身影就像飘飞的柳絮一样轻盈。下片写每到夜晚风拂露滴时,蝴蝶就择花而歇,然而却居无定所。它们到处留情,与无情又有什么差别呢? 因此招来了百花的妒恨。词虽为咏蝴蝶,然而却也是轻薄浪子的形象写照。

【注释】

①南园:指园圃。晋·张协《杂诗》之八:"借问此何时,胡蝶飞南园。"粉蝶:蝴蝶。后蜀·毛熙震《清平乐》:"粉蝶双双穿槛舞,帘卷晚天晴雨。"

②倡条冶叶:指杨柳婀娜多姿的枝叶。唐·李商隐《燕台春》:"蜜房羽客类芳心,冶叶倡条遍相识。"宋·侯寘《瑞鹤仙·咏含笑》:"春风无检束,放倡条冶叶,恣情丹绿。"

③朱阑:朱红色的围栏。同"朱栏"。《宋史·舆服志一》:"四面拱斗,外施方镜,九柱围以朱阑,中设御坐。"

【汇评】

潘游龙《古今诗馀醉》卷五:词最隽,可作咏蝶。

沈际飞《草堂诗馀续集》:蝶于花为无情,曰:"多情却似",则世上滥好人有出脱矣,一笑。

玉楼春

江南三月春光老①,月落禽啼天未晓②。露和啼血染花红③,恨过千家烟树杪④。　　云垂玉枕屏山小⑤,梦欲成时惊觉了⑥。人心应不似伊心,若解思归归合早。

【题解】

宋本《醉翁琴趣外篇》作《转调木兰花》。一本有词题"子规"。

词咏闺怨。上片写江南三月,春光已老,勾起人春逝的愁情。杜鹃鸟彻夜哀鸣,啼血和着露滴,将花朵染得更加红艳。它怨恨的哀鸣声飞过树梢,传遍千家万户。上片写景,景中含情。下片则由景而写人。在雅洁的闺阁中,抒情主人公倚枕而卧,刚要睡着时却又被杜鹃的哀鸣声惊醒了。她抱怨道,人心怎么连杜鹃鸟都比不上呢?杜鹃啼叫时还知道说"不如归去",人如果也像杜鹃这样想着归来,应该是早就回家了吧。

【注释】

①春光:春天的风光、景致。南朝·宋·吴孜《春闺怨》:"春光太无意,窥窗来见参。"

②《全唐诗》卷二百四十二张继《枫桥夜泊》:"月落乌啼霜满天,江枫渔

火对愁眠。姑苏城外寒山寺,夜半钟声到客船。"

③师旷《禽经》:"巂周,子规也(按,即杜鹃)。"张华注:"巂周、瓯越间曰怨鸟,夜啼达旦,血渍草木。"《太平广记》卷四百六十三《禽鸟四·杜鹃》:"杜鹃,始阳相推而鸣,先鸣者吐血死。尝有人出行,见一群寂然,聊学其声,即死。初鸣,先听者主离别。厕上听其声,不祥。厌之之法,当为犬声应之。"唐·白居易《琵琶行》:"杜鹃啼血猿哀鸣。"

④树杪:树梢。《陈书·儒林传·王元规》:"元规自执檄棹而去,留其男女三人,阁于树杪。"唐·王维《送梓州李使君》:"山中一夜雨,树杪百重泉。"

⑤云:形容妇女鬒发美如乌云。唐·温庭筠《菩萨蛮》:"小山重叠金明灭,鬓云欲度香腮雪。"宋·苏轼《点绛唇·己巳重九和苏坚》:"筝声远,鬓云吹乱,愁入参差雁。"唐·胡曾《车遥遥》:"玉枕夜残鱼信绝,金钿秋尽雁书遥。"宋·李清照《醉花阴》:"玉枕纱厨,半夜凉初透。"

⑥唐·金昌绪《春怨》:"打起黄莺儿,莫教枝上啼。啼时惊妾梦,不得到辽西。"

【汇评】

潘游龙《古今诗馀醉》卷五:末语比拟精当,且矫健。

玉楼春

东风本是开花信①,信至花时风更紧。吹开吹谢苦匆匆,春意到头无处问。　　把酒临风千万恨,欲扫残红犹未忍。夜来风雨转离披②,满眼凄凉愁不尽。

【题解】

宋本《醉翁琴趣外篇》调名作《转调木兰花》。

词咏伤春之情。上片写春风本来是春回大地的使者,可当花儿正在盛开的时候,春风又急匆匆地把它吹落,转瞬间竟然就无处寻找春意了。下片写抒情主人公把酒临风，千愁万恨涌上心头。他想扫起落花，却又心犹未忍，因为一旦扫尽落花，就连春的迹象都无处可寻了。没想到，一夜风雨，吹尽枝头残花，留下的是满眼凄凉、满心愁恨。

【注释】

①《吕氏春秋·览部》卷十九《离俗览·贵信》："天行不信，不能成岁；地行不信，草木不大。春之德风，风不信，其华不盛，华不盛则果实不生；夏之德暑，暑不信，其土不肥，土不肥则长遂不精；秋之德雨，雨不信，其谷不坚，谷不坚则五种不成；冬之德寒，寒不信，其地不刚，地不刚则冻闭不开。天地之大，四时之化，而犹不能以不信成物，又况乎人事。"《岁时广记》一卷之一《春景·花信风·东皋杂录》："江南自初春至初夏，五日一番风候，谓之花信风。梅花风最先，楝花风最后，凡二十四番。以为寒绝也。后唐人诗云：'楝花开后风光好，梅子黄时雨意浓。'徐师川诗云：'一百五日寒食雨，二十四番花信风。'又古诗云：'早禾秧雨初晴后，苦楝花风吹日长。'"明·叶秉敬《书肆说铃》："花信风自小寒起至谷雨，合八气得四个月，每气管十五日，每五日一候，计八气分得二十四候，每候以一花之风信应之。"南朝·梁·宗懔《荆楚岁时记》："二十四番花信风……小寒三信：梅花、山茶、水仙；大寒三信：瑞香、兰花、山矾；立春三信：迎春、樱桃、望春；雨水三信：菜花、杏花、李花；惊蛰三信：桃花、棠棣、蔷薇；春分三信：海棠、梨花、木兰；清明三信：桐花、麦花、柳花；谷雨三信：牡丹、荼蘼、楝花。"

②离披：分散下垂貌，纷纷下落貌。《楚辞·九辩》："白露既下百草兮，奄离披此梧楸。"朱熹集注："离披，分散貌。"唐·白居易《溢浦早冬》："蓼花始零落，蒲叶稍离披。"

玉楼春

阴阴树色笼晴昼①，清淡园林春过后②。杏腮轻粉日催红，池面绿罗风卷皱③。　　佳人向晚新妆就④，圆腻歌喉珠欲溜⑤。当筵莫放酒杯迟，乐事良辰难入手⑥。

【题解】

宋本《醉翁琴趣外篇》调名作《转调木兰花》。

词咏初夏之景及赏心乐事之情。上片写初夏时节,树色浓荫,遮掩着阳光。春天过后的园林,再也不是姹紫嫣红,味道也好像清淡了许多。唯有那迟开的杏花,在暖洋洋的阳光照耀下更显红润,池面的绿波在微风吹拂下犹如起皱的绿罗,红绿相映,煞是美丽。下片写在晚宴中,装扮甜美的歌女,用她圆润的歌喉,演唱着悦耳感人的歌曲。这么美丽的景色,这么漂亮的歌女,这么动听的音乐,决不能轻易放过,一定要开怀痛饮,尽情享受。

【注释】

①阴阴:幽暗貌。唐·李端《送马尊师》:"南入商山松路深,石床溪水昼阴阴。"宋·苏轼《李氏园》:"阴阴日光淡,黯黯秋气蓄。"晴昼:晴朗的白天。唐·韩愈《南山诗》:"昆明大池北,去觊偶晴昼。"宋·苏轼《栖贤三峡桥》:"玉渊神龙近,雨雹乱晴昼。"

②清淡:颜色、气味等不浓。宋·石延年《春阴》:"柳色低迷先作暗,水光清淡却生寒。"

③绿罗:比喻绿水微波。唐·张祜《题于越亭》:"山衔落照敧红盖,水蹙斜文卷绿罗。"南唐·冯延巳《谒金门》:"风乍起,吹皱一池春水。"

④向晚:傍晚。唐·李颀《送魏万之京》:"关城曙色催寒近,御苑砧声向晚多。"宋·张元干《兰陵王》:"绮霞散,空碧留晴向晚。"新妆:女子新颖别致的打扮修饰。南朝·梁·王训《应令咏舞》:"新妆本绝世,妙舞亦如仙。"

⑤歌喉:唱歌人的嗓子。多借指歌声。唐·白居易《寄明州于驸马使君》:"何郎小妓歌喉好,严老呼为一串珠。"

⑥东晋·谢灵运《拟魏太子邺中集诗序》:"天下良辰、美景、赏心、乐事,四者难并。"入手:到手,得到。唐·白居易《闻杨十二新拜省郎遥以诗贺》:"官职声名俱入手,近来诗客似君稀。"

玉楼春

芙蓉斗晕燕支浅①,留着晚花开小宴。画船红日晚风清②,柳色溪光晴照暖。　　美人争劝梨花盏③,舞困玉腰裙缕慢。莫交银烛促归期,已祝斜阳休更晚。

【题解】

词咏夏日游湖。上片说盛开的荷花呈现出淡淡的胭脂色,争相显示自己的红晕之美。荷花在春花凋尽后才盛开,是为了给今天的"小宴"增添美景吧。词人乘着画船,只见一轮红彤彤的落日斜挂西天,傍晚的风清新凉爽,湖面的波光、岸边的柳色,全都披上了一层融融的暖色。下片接着写画船中的歌舞酒宴,歌女持杯劝酒,舞女尽情欢舞,此时也因困乏而动作迟缓下来。如此情景,怎愿归去? 于是叮嘱不要高燃银烛催促归期,并且祝祷夕阳,叫它晚点休息,以延长这欢悦的时光。

【注释】

①芙蓉:见《渔家傲》(妾本钱塘苏小妹)注②。晕:本指饮酒后脸上泛起的红晕。此指荷花中心浓而四周渐淡的一团红色。宋·苏轼《红梅》:"寒心未肯随春态,酒晕无端上玉肌。"清·纳兰性德《浣溪沙》:"一片晕红才著雨,几丝柔绿乍和烟。"燕支:胭脂。唐·杜甫《曲江对雨》:"林花着雨胭脂湿,水荇牵风翠带长。"

②画船:装饰华美的游船。南朝·梁元帝《玄圃牛渚矶碑》:"画船向浦,锦缆牵矶。"宋·范仲淹《献百花洲图上陈州晏相公》:"步随芳草远,歌逐画船移。"

③梨花盏:酒杯。亦代指酒。唐时杭人酿酒,趁梨花时熟,号梨花春。唐·白居易《杭州春望》:"青旗沽酒趁梨花。"

渔家傲

正月斗杓初转势①,金刀剪彩功夫异②。称庆高堂欢幼稚③。看柳意④,偏从东面春风至。　　十四新蟾圆尚未⑤,楼前乍看红灯试⑥。冰散绿池泉细细,鱼欲戏,园林已是花天气。

【题解】

此组词共十二首,分咏十二个月的风光景物。《欧阳文忠公近体乐府》卷三有佚名跋曰:"荆公尝对客咏永叔小阕云:'五彩新丝缠角粽。金盘送。生绡画扇盘双凤。'曰三十年前见其全篇,今才记三句,乃永叔在李太尉端愿席上所作十二月鼓子词。数问人求之,不可得。呜呼!荆公之没二纪,余自永平幕召还,过武陵,始得于州将李君谊,追恨荆公之不获见也。谊,太尉犹子也。"又朱松跋云:"政和丙申冬,余还自京师,过歙州太守濠梁许君颂之席上,见许君举荆公所记三句,且云此词才情有余,他人不能道也。后十二年建炎戊申,偶得此本于长乐同官方君。后四年辛亥绍兴二月朔,自尤溪避盗,宿龙爬以待二弟,适无事,漫录于此。吏部员外郎朱松乔年。"

吴熊和先生《唐宋词汇评》据此云:"据《宋史》卷四六四《李端愿传》:'英宗初,同提举在京诸司库务。帝以疾拱默,端愿求对。……拜武康军节度使,知相州。'是组词当作于英宗治平初。其时欧阳修为参知政事,与李端愿同在开封。严杰《欧阳修年谱》系于嘉祐元年,今不从。"刘德清《欧阳修年谱》据佚名跋亦系于嘉祐元年:"王安石晚年居金陵,以其卒年上溯三十年,为本年。王安石次年五月出京赴常州。据欧阳修《浮槎山水记》,李端愿亦于次年离京知庐州。此词当作于本年前后,姑系于此。"

此词咏正月。上片写正月初七人日这一天,斗柄转势,春回大地,万物复苏。妇女们金刀剪彩,功夫各异;晚辈向长辈请安,恭祝他们健康长寿。今天更是小孩子的节日,他们欢笑打闹,热闹非凡。下片写元宵节。正月十三至十七都是元宵节,词人没有写元宵正节正月十五,而是写前一夜正月十四。这一晚的月亮还不是最圆,人们搭彩棚,试红灯,为十五的灯会作准备。屋里热热闹闹,室外池塘的冰开始融化,清澈的泉水开始流淌起来,鱼儿也欢快地游动。园林中花儿已经盛开,一派万象更新的样子。

【注释】

①斗杓:即斗柄。《淮南子·天文训》:"斗杓为小岁。"高诱注:"斗,第五至第七为杓。"北斗第一至第四星为象斗,第五至第七星为象柄,即衡、开泰、摇光。宋·王安石《作翰林时》:"欲知四海春多少,先向天边问斗杓。"

转势:转动。正月北斗星斗柄转动,表示春回大地。

②剪彩:古代人日(正月初七)闺中剪彩为人胜(人形的彩)。妇女多簪在头发上。南朝·梁·宗懔《荆楚岁时记》:"正月七日为人日。以七种菜为羹,剪彩为人或镂金箔为人,以贴屏风,亦戴之头鬓。又造华胜以相遗,登高赋诗。"唐·张继《人日立春》:"遥知双彩胜,并在一金钗。"宋·王安石《次韵次道忆太平州宅早梅》:"今日盘中看剪彩,当时花下就传杯。"

③高堂:指父母。唐·韦应物《送黎六郎赴阳翟少府》:"祇应传善政,日夕慰高堂。"

④柳意:柳丝飘拂的情韵。唐·韦应物《晓坐西斋》:"柳意不胜春,岩光已知曙。"唐·李商隐《向晚》:"花情羞脉脉,柳意怅微微。"

⑤新蟾:新月。神话传说月中有三足蟾蜍,因以蟾代称月。唐·温庭筠《夜宴谣》:"高楼客散杏花多,脉脉新蟾如瞪目。"宋·王安石《和平甫舟中望九华山》之二:"忆在秋浦北,空江上新蟾。"

⑥红灯试:旧俗农历正月十五日元宵节晚上张灯,以祈丰稔,未到元宵节而张灯预赏谓之试灯。宋·李清照《临江仙》:"试灯无意思,踏雪没心情。"

渔家傲

二月春耕昌杏密①,百花次第争先出②。惟有海棠梨第一③。深浅拂,天生红粉真无匹④。　　画栋归来巢未失⑤,双双款语怜飞乙⑥。留客醉花迎晓日⑦。金盏溢⑧,却忧风雨飘零疾。

【题解】

词咏二月。上片咏百花而突出海棠梨。二月春耕,菖杏繁密,百花争先恐后,竞相绽放。其中海棠梨粉红色的花深浅相间,秀美异常,余花难敌。下片写去年离开的双燕今朝归来,也许是发现旧巢仍在,它们呢喃软语,显得分外可爱。面对如此美景,主留客人,痛饮花间。在觥筹交错之时,忽然心生忧愁,原来是担心风雨来临时,花儿会迅速飘零。

【注释】

①昌:菖蒲。昌,通"菖"。多年生草本植物。生在水边,有淡红色根茎,叶子呈剑形,夏天开花,淡黄色,肉穗花序。根茎可做香料,中医用作健胃剂,外用可以治牙痛、齿龈出血等。《吕氏春秋·任地》:"冬至后五旬七日,菖始生。菖者,百草之先生者也,于是始耕。"

②百花:亦作"百华"。指各种花。北周·庾信《忽见槟榔》:"绿房千子熟,紫穗百花开。"唐·熊孺登《祇役遇风谢湘中春色》:"应被百华撩乱笑,比来天地一闲人。"宋·梅尧臣《依韵和李密学会流杯亭》:"来从百花底,转向众宾前。"次第:依次。唐·白居易《春风》:"春风先发苑中梅,樱杏桃梨次第开。荠花榆荚深村里,亦道春风为我来。"

③海棠梨:即海棠果,又名"海红""秋子""柰子"。落叶小乔木。花粉红色,果实可食。唐·温庭筠《菩萨蛮》:"池上海棠梨,雨晴花满枝。"

④唐·杜甫《江上独步寻花七绝句》之五:"桃花一簇开无主,可爱深红爱浅红。"

⑤画栋:有彩绘装饰的栋梁。唐·王勃《滕王阁》:"画栋朝飞南浦云,珠帘暮卷西山雨。"

⑥款语:软语。飞乙:飞燕。《尔雅注疏》卷十《释鸟》:"燕燕,鳦。"晋·郭璞注引《诗》云:"燕燕于飞者,邶风卫庄姜送归妾之诗也。云一名玄鸟者,案月令仲春之月,玄鸟至,以其色玄,故谓之玄鸟是也。云齐人呼鳦者。"

⑦晓日:朝阳。唐·刘禹锡《酬令狐相公使宅别斋初栽桂树见怀之作》:"影近画梁迎晓日,香随绿酒入金杯。"

⑧金盏:见《玉楼春》(两翁相遇逢佳节)注⑤。

渔家傲

三月清明天婉娓①,晴川被禊归来晚②。况是踏青来处远③。犹不倦,秋千别闭深庭院。　　更值牡丹开欲遍,酴醾压架清香散④。花底一尊谁解劝。增眷恋,东风回晚无情绊。

词咏三月上巳节。这一天天气晴和,人们在晴暖的河边设祭洗沐,行修禊之礼。然后踏青远游,归来时已经很晚了。可是游兴未尽,没有丝毫疲惫之感,于是在深深的庭院里荡起了秋千。下片写牡丹已经全部盛开,酴醾沉沉地压在花架上,清香四溢。花间一壶酒,有谁能够劝说花儿不要凋谢、春天不要离去呢?东风无情,迟早要带走春光。

【注释】

①婉娩:天气温和。南朝·梁·庾肩吾《奉使北徐州参丞御》:"年光正婉娩,春树转丰茸。"

②祓禊:三国魏以前于三月上巳,魏以后在三月三日,人们于水边设祭洗沐以祓除不祥。后发展为一种春游活动。《后汉书·礼仪志上》:"是月上巳,官民皆絜于东流水上。"南朝·梁·刘昭注:"蔡邕曰:《论语》'暮春者,春服既成,冠者五六人,童子六七人,浴乎沂,风乎舞雩,咏而归。'自上及下,古有此礼。今三月上巳,祓禊于水滨,盖出于此。"

③踏青:清明节前后郊野游览的习俗。旧时以清明节为踏青节。唐·孙思邈《千金月令》:"三月三日上踏青鞋袜。"唐·孟浩然《大堤行》:"岁岁春草生,踏青二三月。"

④酴醾:花名。本酒名,因花颜色似之,故取以为名。春末开白花,味甚香。《全唐诗》卷八六六载《题壁》:"禁烟佳节同游此,正值酴醾夹岸香。"宋·陆游《东阳观酴醾》:"福州正月把离杯,已见酴醾压架开。"宋·姜夔《洞仙歌·黄木香赠辛稼轩》:"鹅儿真似酒,我爱幽芳,还比酴醾又娇绝。"

渔家傲

四月园林春去后,深深密幄阴初茂①。折得花枝犹在手。香满袖,叶间梅子青如豆②。　　风雨时时添气候③,成行新笋霜筠厚④。题就送春诗几首⑤。聊对酒,樱桃色照银

154

盘溜⑥。

渔家傲

　　五月榴花妖艳烘①，绿杨带雨垂垂重②。五色新丝缠角粽③。金盘送，生绡画扇盘双凤④。　　正是浴兰时节动⑤，菖蒲酒美清尊共⑥。叶里黄鹂时一弄⑦。犹瞢忪⑧，等闲惊破纱窗梦。

【题解】

词咏五月风光和端午民俗。五月份石榴花盛开，红艳的花朵犹如一团团燃烧的火苗；枝繁叶茂的绿杨裹挟着雨水，沉甸甸地下垂着。端午佳节，人们用五色彩线缠着粽子，用金盘盛送，手中的丝扇上画着一对凤凰鸟。下片接着写人们在端午节沐浴兰汤，去秽洁身；共饮菖酒，祛邪健体。正当酒困欲睡之时，时不时地却传来一二声黄鹂鸟的啼叫声，惊醒了自己的纱窗美梦。

【注释】

①榴花：石榴花。唐·李商隐《茂陵》："汉家天马出蒲梢，苜蓿榴花遍近郊。"妖艳：艳丽。宋·晏殊《浣溪沙》："三月和风满上林，牡丹妖艳直千金。"烘：燃。唐·李白《寄韦南陵冰余江上乘兴访之遇寻颜尚书笑有此赠》："月色醉远客，山花开欲然。"

②垂垂：低垂貌。唐·薛能《鳌座官舍新竹》："心觉清凉体似吹，满风轻撼叶垂垂。"宋·张孝祥《浣溪沙》："宫柳垂垂碧照空，九门深处五云红。"

③五色：青、赤、白、黑、黄五种颜色。古代以此五者为正色。《书·益稷》："以五采彰施于五色，作服，汝明。"孙星衍疏："五色，东方谓之青，南方谓之赤，西方谓之白，北方谓之黑，天谓之玄，地谓之黄，玄出于黑，故六者有黄无玄为五也。"此泛指各种颜色。《老子》："五色令人目盲，五音令人耳聋，五味令人口爽。"角粽：农历五月初五日，为纪念相传于是日自沉汨罗江的古代爱国诗人屈原，有裹粽子及赛龙舟等风俗。南朝·梁·吴均《续齐谐记·五花丝粽》："屈原五月五日投汨罗水，楚人哀之，至此日，以竹筒子贮米，投水以祭之……今世五月五日作粽，并带楝叶五色丝，皆汨罗遗风也。"

④生绡：未漂煮过的丝织品。古时多用以作画，因亦以指画卷。唐·韩愈《桃源图》："流水盘回山百转，生绡数幅垂中堂。"宋·王安石《学士院画屏》："六幅生绡四五峰，暮云楼阁有无中。"

⑤浴兰：古人认为兰草避不祥，故以兰汤沐浴，以除不祥。《大戴礼

记·夏小正》:"五月五日蓄兰为沐浴。"《楚辞·九歌·云中君》:"浴兰汤兮沐芳,华采衣兮若英。"王逸注:"兰,香草也。"《初学记》卷十三引南朝·宋·刘义庆《幽明录》:"庙方四丈,不墉,壁道广四尺,夹树兰香。斋者煮以沐浴,然后亲祭,所谓'浴兰汤'。"

⑥菖蒲酒:用菖蒲叶浸制的药酒。旧俗端午节饮之,谓可去疾疫。宋·苏轼《元祐三年端午贴子词·皇太后阁之二》:"万寿菖蒲酒,千金琥珀杯。"清尊:亦作"清樽"。酒器。亦借指清酒。唐·王勃《寒夜思》:"复此遥相思,清尊湛芳渌。"唐·皇甫冉《曾山送别诗》:"凄凄游子苦飘蓬,明月清樽只暂同。"

⑦黄鹂:也叫鸧鹒或黄莺。南朝·梁·何逊《石头答庾郎丹》:"黄鹂隐叶飞,蛱蝶萦空戏。"唐·杜甫《绝句》之二:"两个黄鹂鸣翠柳,一行白鹭上青天。"宋·晏殊《破阵子》:"叶底黄鹂一两声,日长飞絮轻。"弄:啼叫。南朝·梁·简文帝《晚春》:"黄莺弄不稀。"

⑧蔷忪:睡眼蒙眬状。宋·晏殊《木兰花》:"帘旌浪卷金泥凤,宿醉醒来长蔷忪。"

【汇评】

佚名《欧阳文忠公集近体乐府跋》(《景刊宋金元明本词》本《欧阳文忠公集》卷一百三十二"近体乐府"):荆公尝对客诵永叔小阕云:"五彩新丝缠角粽,金盘送,生绡画扇盘双凤。"曰:"三十年前见其全篇,今才记三句。"乃永叔在李太尉端愿席上所作十二月鼓子词,数问人求之,不可得。呜呼!荆公之没二纪,余自永平幕召还,过武陵,始得于州将李君谊,追恨荆公之不获见也。

朱松《欧阳文忠公近体乐府跋》:政和丙申冬,余还自京师,过歙州太守濠梁许君颂之席上,见许君举荆公所记三句,且云此词才情有馀,他人不能道也。后十二年建炎戊申,偶得此本于长乐同官方君。后四年辛亥绍兴二月朔,自尤溪避盗,宿龙爬以待二弟,适无事,漫录于此。吏部员外郎朱松乔年。

李调元《雨村词话》卷一:王荆公尝对客诵永叔小阕云:"五彩新丝缠角粽,金盘送,生绡画扇盘双凤。"曰三十年前见其全篇,今才记三句,乃永叔在李太尉端愿席上所作十二月鼓子词,数向人求之不可得。按公此词名《渔家傲》,按十二月作,如其数,皆工腻熨贴,不独"五彩丝"佳也。荆公以不可得为恨,而选家多不采,今并载于此。

渔家傲

六月炎天时霎雨①,行云涌出奇峰露②。沼上嫩莲腰束素③。风兼露,梁王宫阙无烦暑④。　　畏日亭亭残蕙炷⑤,傍帘乳燕双飞去⑥。碧碗敲冰倾玉处。朝与暮,故人风快凉轻度。

【题解】

词咏六月盛夏。上片写风雨降温。夏天的雨,不期然就会到来;夏天的云,变幻莫测,时时翻涌成奇峰峻岭。池塘里的荷茎纤细柔嫩,犹如腰肢细柔的妙龄少女。在劲风雨露的灌溉下,庭院中凉爽舒适,感觉不到酷暑的烦闷。下片写雨过天晴,天气转热。毒辣的日头悬挂当空,一丝风也没有,炉中将尽的炉香亭亭玉立。帘边的小燕子难耐酷热,双飞而去。为了消暑,人们敲冰而食。只有早晨和傍晚,才有丝丝凉风光顾。

【注释】

①霎:指时间极短,顷刻之间,一下子。霎雨,犹言阵雨。唐·孟郊《春后雨》:"昨夜一霎雨,天意苏群物。"

②行云:见《采桑子》(画船载酒西湖好)注④。

③束素:形容女子腰肢细柔。战国·楚·宋玉《登徒子好色赋》:"腰如束素,齿如含贝。嫣然一笑,惑阳城,迷下蔡。"南朝·梁·张率《楚王吟》:"相看重束素,唯欣争细腰。"

④梁王宫阙:西汉梁孝王刘武所建的东苑。故址在今河南省开封市东南。园林规模宏大,方三百余里,宫室相连属,供游赏驰猎。梁孝王在其中广纳宾客,当时名士司马相如、枚乘、邹阳等均为座上客。也称梁苑、梁园、兔园。事见《史记·梁孝王世家》。南朝·齐·王融《奉辞镇西应教》:"雷庭参辩奭,梁苑豫才邹。"唐·李白《赠王判官时余归隐庐山屏风迭》:"荆门

倒屈宋，梁苑倾邹枚。若笑我夸诞，知音安在哉!"烦暑:闷热,暑热。《南史·梁武陵王纪传》:"季月烦暑,流金铄石,聚蚊成雷,封狐千里。"宋·辛弃疾《御街行》:"好风催雨过山来,吹尽一帘烦暑。"

⑤畏日:《左传·文公七年》:"赵衰,冬日之日也;赵盾,夏日之日也。"杜预注:"冬日可爱,夏日可畏。"后因称夏天的太阳为"畏日",意为炎热可畏。宋·苏轼《春贴子词·皇太妃阁》之四:"自有梧楸郭畏日,仍欣麦黍报丰年。"蕙炷:炉香。唐·陆龟蒙《邺宫词》之一:"魏武平生不好香,枫胶蕙炷洁宫房。"

⑥乳燕:雏燕。南朝·宋·鲍照《咏采桑》:"乳燕逐草虫,巢蜂拾花蕚。"唐·李贺《南园》诗之八:"春水初生乳燕飞,黄蜂小尾扑花归。"

渔家傲

七月新秋风露早①,渚莲尚拆庭梧老②。是处瓜华时节好。金尊倒,人间彩缕争祈巧③。　　万叶敲声凉乍到,百虫啼晚烟如扫。箭漏初长天杳杳④。人语悄,那堪夜雨催清晓⑤。

【题解】

词咏七月初秋。初秋时节,金风秋露早早来到,池塘里的荷花还盛开着,庭院中的梧桐已经开始凋零。七夕时家家户户进行着丰富多彩的乞巧活动,向牛郎织女乞求幸福与智巧。下片写秋凉乍到,树叶在秋风的吹打下瑟瑟作响,各种各样的秋虫发出不同的叫声,犹如一曲交响乐。天宇蔚蓝,澄清如扫。夜,开始慢慢变长;天,变得慢慢幽远。人们夜语悄悄,牵挂着夜雨,会带来落花满地。

【注释】

①新秋:初秋。《初学记》卷三引南朝·陈·张正见《和衡阳王秋夜诗》:"高轩扬丽藻,即是赋新秋。"唐·钱起《和万年成少府寓直》:"赤县新

159

秋近，文人藻思催。"风露：风和露。《韩非子·解老》："时雨降集，旷野闲静，而以昏晨犯山川，则风露之爪角害之。"唐·王昌龄《东溪玩月》："光连虚象白，气与风露寒。"

②渚莲：水边荷花。唐·赵嘏《长安晚秋》："紫艳半开篱菊净，红衣落尽渚莲愁。"唐·李商隐《陈后宫》："渚莲参法驾，沙鸟犯勾陈。"拆：同"坼"，开。

③彩缕：彩色丝线。宋·孟元老《东京梦华录·七夕》："又以菉豆、小豆、小麦于磁器内，以水浸之，生芽数寸，以红蓝彩缕束之，谓之种生。"祈巧：见《渔家傲》(乞巧楼头云幔卷)注①。

④箭漏：见《渔家傲》(楚国细腰元自瘦)注③。杳杳：幽远貌。《楚辞·九章·哀郢》："尧舜之抗行兮，瞭杳杳而薄天。"洪兴祖补注："杳杳，远貌。"唐·柳宗元《早梅》："欲为万里赠，杳杳山水隔。"

⑤清晓：天刚亮时。唐·孟浩然《登鹿门山怀古》："清晓因兴来，乘流越江岘。"

渔家傲

八月秋高风历乱①，衰兰败芷红莲岸②。皓月十分光正满③，清光畔④，年年常愿琼筵看⑤。　　社近愁看归去燕⑥，江天空阔云容漫。宋玉当时情不浅，成幽怨⑦，乡关千里危肠断⑧。

【题解】

词咏八月。八月份秋空高爽，劲风凌厉，池中仍有残荷点点，而莲池旁的兰芷已经萎靡衰败。中秋之夜，皓月当空，清亮的光辉洒遍人间。词人祝愿人们年年能够亲友团聚，一起饮酒赏月。下片写秋社将近，燕子南飞，江天空阔，秋云散漫。面对如此秋景，词人与千余年前的宋玉感同身受，感叹秋气萧瑟令人悲，羁旅无友使人愁。

【注释】

①秋高：谓秋日天空澄澈、高爽。唐·杜甫《茅屋为秋风所破歌》："八月秋高风怒号，卷我屋上三重茅。"唐·陈润《赋得秋河曙耿耿》："晚望秋高夜，微明欲曙河。"唐·翁承赞《题壶山》："秋高岩溜白，日上海波红。"历乱：纷乱，杂乱。南朝·宋·鲍照《拟行路难》之九："剉檗染黄丝，黄丝历乱不可治。"唐·卢照邻《芳树》："风归花历乱，日度影参差。"

②兰芷：兰草与白芷，香草名。《楚辞·离骚》："兰芷变而不芳兮，荃蕙化而为茅。"王逸注："言兰芷之草，变易其体而不复香。"《史记·日者列传》："兰芷芎藭弃于广野，蒿萧成林，使君子退而不显众，公等是也。"唐·沈佺期《别侍御严凝》："静言芟枳棘，慎勿伤兰芷。"宋·柳永《如鱼水》："乍雨过，兰芷汀洲，望中依约潇湘。"红莲：红色荷花。南朝·梁元帝《采莲赋》："紫茎兮文波，红莲兮芰荷。"唐·王维《山居即事》："绿竹含新粉，红莲落故衣。"宋·辛弃疾《鹧鸪天·鹅湖归病起作》："红莲相倚深如怨，白鸟无言定是愁。"

③此句指农历八月十五中秋的月亮。《初学记》卷一引南朝·宋·何偃《月赋》："远日如鉴，满月如璧。"唐·张谔《满月》："今夜明珠色，当随满月开。"

④清光：指月亮清亮的光辉。南朝·齐·谢朓《侍宴华光殿曲水》："欢饫终日，清光欲暮。"唐·崔备《奉陪武相公西亭夜宴陆郎中》："剪烛清光发，添香暖气来。"

⑤琼筵：亦作"璚筵"。盛宴，美宴。南朝·齐·谢朓《始出尚书省》："既通金闺籍，复酌琼筵醴。"南朝·齐·谢朓《送远曲》："璚筵妙舞绝，桂席羽觞陈。"唐·李白《春夜宴从弟桃花园序》："开琼筵以坐花，飞羽觞而醉月。"

⑥燕子春社时来，秋社时去，故有"社燕"之称。宋·陈元靓《岁时广记·二社日》："《统天万年历》曰：立春后五戊为春社，立秋后五戊为秋社。"唐·羊士谔《郡楼晴望》："地远秦人望，天晴社燕飞。"宋·苏轼《送陈睦知潭州》："有如社燕与秋鸿，相逢未稳还相送。"

⑦《楚辞》卷八《九辩》："悲哉秋之为气也！萧瑟兮草木摇落而变衰，憭栗兮若在远行，登山临水兮送将归，……皇天平分四时兮，窃独悲此廪秋。……靓杪秋之遥夜兮，心缭悷而有哀。"

⑧乡关:故乡。《陈书·徐陵传》:"萧轩靡御,王舫谁持? 瞻望乡关,何心天地?"隋·孙万寿《早发扬州还望乡邑》:"乡关不再见,怅望穷此晨。"唐·崔颢《黄鹤楼》:"日暮乡关何处是,烟波江上使人愁。"

渔家傲

九月霜秋秋已尽①,烘林败叶红相映②。惟有东篱黄菊盛③。遗金粉④,人家帘幕重阳近⑤。 晓日阴阴晴未定,授衣时节轻寒嫩⑥。新雁一声风又劲⑦。云欲凝⑧,雁来应有吾乡信⑨。

【题解】

词咏九月暮秋。九月霜降,秋天的脚步已经渐行渐远,枯林红叶映照着山间林野。只有东篱的菊花盛开,金黄色的花粉穿帘渡幕,给人们带来扑鼻清香。重阳节快到了! 下片写晓日沉沉,阴晴未定,慢慢已经可以感受到秋日的轻寒了。当南迁的大雁传来第一声鸣叫时,也带来了疾劲的北风,天空中的云也开始凝结变得厚重起来。

【注释】

①霜秋:深秋。唐·卢仝《感秋别怨》:"霜秋自断魂,楚调怨离分。"宋·苏轼《送文与可出守陵州》:"而况我友似君者,素节凛凛欺霜秋。"

②烘林:谓阳光映照树林。唐·宋璟《梅花赋》:"爱日烘晴,明蟾照夜。"宋·范成大《次韵徐提举游石湖三绝》之二:"日脚烘晴已破烟,山头云气尚披绵。"

③东篱:晋·陶渊明《饮酒》诗之五:"采菊东篱下,悠然见南山。"后指种菊之处,菊圃。唐·杨炯《庭菊赋》:"凭南轩以长啸,坐东篱而盈把。"宋·柳永《玉蝴蝶·重阳》:"西风吹帽,东篱携酒,共结欢游。"黄菊:黄色的菊花。唐·刘长卿《感怀》:"秋风落叶正堪悲,黄菊残花欲待谁。"唐·姚合《寄主客郎中》:"吟诗红叶寺,对酒黄菊篱。"

④金粉：黄色的花粉。唐·李白《酬殷明佐见赠五云裘歌》："轻如松花落金粉，浓以锦苔含碧滋。"宋·苏辙《歙县岁寒堂》："暗长茯苓根自大，旋收金粉气尤清。"

⑤重阳：节日名。古以九为阳数之极，九月九日故称"重九"或"重阳"。魏晋后，习俗于此日登高游宴。南朝·梁·庾肩吾《九日侍宴乐游苑应令诗》："献寿重阳节，回銮上苑中。"唐·杜甫《九日》诗之一："重阳独酌杯中酒，抱病起登江上台。"宋·张孝祥《柳梢青·饯别蒋德施粟子求诸公》："重阳时节。满城风雨，更催行色。"

⑥授衣时节：《毛诗正义》卷八之一《国风·豳·七月》："七月流火，九月授衣。"汉·毛亨传："火，大火也；流，下也。"汉·郑玄笺："大火者，寒暑之候也。火星中而寒暑退，故将言寒先著火所在。"唐·孔颖达疏："《尧典》云：日永星火，以正仲夏。注云：司马之职，治南岳之事，得则夏气和。夏至之气，昏，火星中，所以五月得火星中者。"嫩寒：微寒。南朝·梁简文帝《与萧临川书》："零雨送秋，轻寒迎节。江枫晓落，林叶初黄。"宋·王诜《踏青游》："金勒狨鞍，西城嫩寒春晓。"

⑦新雁：《梦溪笔谈》卷二十四《杂志》："北方有白雁，似雁而小，色白，秋深则来。白雁至则霜降，河北人谓之'霜信'。杜甫诗云：'故国霜前白雁来。'即此也。"唐·杜牧《九日齐山登高》："江涵秋影雁初飞，与客携壶上翠微。尘世难逢开口笑，菊花须插满头归。但将酩酊酬佳节，不作登临恨落晖。古往今来只如此，牛山何必独沾衣。"

⑧南朝·宋·颜延之《还至梁城作》："故国多乔木，空城凝寒云。"

⑨《汉书·苏武传》："昭帝即位。数年，匈奴与汉和亲。汉求武等，匈奴诡言武死。后汉使复至匈奴，常惠请其守者与俱，得夜见汉使，具自陈道。教使者谓单于，言天子射上林中，得雁，足有系帛书，言武等在某泽中。使者大喜，如惠语以让单于。单于视左右而惊，谢汉使曰：'武等实在。'"唐·权德舆《寄李衡州》："主人千骑东方远，唯望衡阳雁足书。"

渔家傲①

十月小春梅蕊绽②，红炉画阁新装遍③。鸳帐美人贪睡暖④。梳洗懒⑤，玉壶一夜轻澌满⑥。　　楼上四垂帘不卷，天寒山色偏宜远。风急雁行吹字断⑦。红日晚⑧，江天雪意云撩乱⑨。

【题解】

十月小阳春，梅花绽放，将红炉画阁装点一新。夜晚天寒，玉壶中的水结了一层薄薄的冰霜。鸳帐中的美人贪睡晚起，懒于梳妆，也不愿将四垂的帘幕卷起。室内温暖，室外却是另外一番景象：天寒气冷，叶落枝疏，使山色显得格外空阔寥远。寒风乍起，吹断了列阵而飞的雁群。在雁阵的更远处，一轮红日斜挂西天，几处黑云堆满雪意。

【注释】

①宋本《近体乐府》题下注云："此篇已载本卷，但数字不同。"按"梳洗懒"作"羞起晚"，"鸳帐"作"锦帐"，"轻澌"作"冰澌"，"红日晚"作"红日短"。

②小春：指夏历十月。《尔雅注疏》卷六《释天》："正月为陬，二月为如，三月为寎，四月为余，五月为皋，六月为且，七月为相，八月为壮，九月为玄，十月为阳，十一月为辜，十二月为涂。月名。"南朝·梁·宗懔《荆楚岁时记》："（十月）天气和暖似春，故曰小春。"宋·陈元靓《岁时广记》卷三七引《初学记》："冬月之阳，万物归之。以其温暖如春，故谓之小春，亦云小阳春。"梅蕊：梅花蓓蕾。宋·欧阳修《蝶恋花》："腊雪初消梅蕊绽。梅雪相和，喜鹊穿花转。"

③红炉：汲古阁本《六一词》作"红楼"。唐·杜甫《湖城东遇孟云卿复归刘颢宅宿宴饮散因为醉歌》："照室红炉促曙光，萦窗素月垂文练。"唐·鲍君徽《惜花吟》："莺歌蝶舞韶光长，红炉煮茗松花香。"

④鸳帐：绣有鸳纹的帐帏。唐·杜牧《送人》："鸳鸯帐里暖芙蓉，低泣关山几万重。"宋·晁端礼《雨中花》："荳蔻梢头，鸳鸯帐里，扬州一梦初惊。"

⑤梳洗懒：一本作"羞起晚"。唐·温庭筠《菩萨蛮》："懒起画娥眉，弄妆梳洗迟。"

⑥玉壶：铜壶滴漏的美称。唐·李商隐《深宫》："金殿销香闭绮栊，玉壶传点咽铜龙。"宋·沈括《梦溪笔谈·象数二》："熙宁中，予更造浑仪，并

创玉壶浮漏、铜表,皆置天文院,别设官领之。"轻澌:冰凌。宋·张元干《夜游宫》:"半吐寒梅未坼,双鱼洗,冰澌初结。"《金史·世祖纪》:"时十月已半,大雨累昼夜,冰澌覆地,乌春不能进。"

⑦雁字:成列而飞的雁群。群雁飞行时常排成"一"或"人"字,故称。唐·白居易《江楼晚眺景物鲜奇吟成篇寄水部张员外》:"风翻白浪花千片,雁点青天字一行。"宋·范成大《北门覆舟山道中》:"雁字江天闻塞管,梅梢山路欠溪桥。"

⑧红日晚:一本作"红日短"。南唐·李煜《浣溪沙》:"红日已高三丈透,金炉次第添香兽。"宋·晁补之《迷神引·贬玉溪对江山作》:"黯黯青山红日暮,浩浩大江东注。"

⑨雪意:将欲下雪的景象。宋·王安石《欲雪》:"天上云骄未肯同,晚来雪意已填空。"

【汇评】

陈元靓《岁时广记》卷四引《西京杂记》曰:阴德用事,则和气皆阴,建亥之月是也,故谓之正阴之月,又曰十月阴。虽用事,而阴不孤立。此月纯阴,疑于无阳,故亦谓之阳月。欧阳公词曰:"十月小春梅蕊绽。"

《说郛》卷二十引杨和甫《行都纪事》:某邑宰因预借违旨,遭按而归,某郡郡将乃宰公之故旧,因留连。有妓慧黠,得宰罢郡之由,时方仲秋,忽讴《渔家傲》"十月小春梅蕊破"。宰云:"何太早邪?"答云:"乃预借也。"宰公大惭。

沈际飞《草堂诗馀正集》:山不近而远,而风致犹可掬,作诗词者那能舍却山水。

俞陛云《唐五代两宋词选释》:后阕状江山寒色,足为"清远"二字。此调旧刻凡三十二首,以《珠玉词》挽入,汲古阁定为二十首,此首最为擅胜。

渔家傲

十一月新阳排寿宴①,黄钟应管添宫线②。猎猎寒威云不卷③。风头转④,时看雪霰吹人面⑤。　　南至迎长知漏箭⑥,书云纪候冰生研⑦。腊近探春春尚远。闲庭院,梅花落尽千千片。

【题解】

十一月冬至日,黄钟应律,阳动而阴复于静,季节转换,其后白昼渐长,黑夜慢慢变短。人们在这一天安排寿宴为长辈祈福祝寿。其时寒风凛冽,黑云凝而不卷,时时还有雪珠子吹打在人的脸上。下片说通过观察漏箭,可以了解到冬至白昼最短而日影最长,此后就迎来了白昼渐长的日子。这一天仍然十分寒冷,连砚池也生冰了。腊日已近,然而春天尚远。梅花飘尽,春花又尚未开放,庭院因此而显得异常萧索冷落。

【注释】

①新阳:指冬至。《周易·复卦》唐·孔颖达疏:"冬至一阳生,是阳动用而阴复于静也。夏至一阴生,是阴动用而阳复于静也。"《史记》卷二十五《律书》:"广莫风居北方。广莫者,言阳气在下,阴莫阳广大也,故曰广莫。东至于虚。虚者,能实能虚,言阳气冬则宛藏于虚,日冬至则一阴下藏,一阳上舒,故曰虚。"

②黄钟:乐律十二律中的第一律。《礼记·月令》:"仲冬之月……其音羽,律中黄钟。"管:律管,琯。古代亦用作测候季节变化的器具。《梦溪笔谈·象数一》引晋·司马彪《续汉书》:"候气之法,于密室中,以木为案,置十二律琯,各如其方,实以葭灰,覆以缇縠,气至则一律飞灰。"唐·高彦休《高阙史·齐将军义犬》:"逾年牝死,犬弥加勤,又更律琯,齐亦殂落,犬嗥吠终夕,呱呱不辍。"南唐·李璟《保大五年元日大雪登楼赋》:"春气昨宵飘律管,东风今日放梅花。"宋·晁冲之《赠僧法一墨》:"阴房风日不可到,律琯吹尽灰无踪。"添宫线:南朝·梁·宗懔《荆楚岁时记》:"按共工氏有不才之子,以冬至死,为疫鬼,畏赤豆,故冬至日作赤豆粥以禳之。又晋魏间,宫中以红线量日影,冬至后,日影添长一线。"《岁时广记》二卷第三十八《冬至·增绣功》:"《唐杂录》言:'宫中以女功揆日之长短,冬至后,日晷渐长,比常日增一线之功。'"

③猎猎:南朝·宋·鲍照《上浔阳还都道中》:"鳞鳞夕云起,猎猎晚风

遒。"寒威:严寒的威力。唐·方干《岁晚言事寄乡中亲友》:"急景苍茫昼若昏,夜风乾峭触前轩。寒威半入龙蛇窟,暖气全归草树根。"宋·梅尧臣《雪中通判家饮回》:"冻禽聚立高树时,密云万里增寒威。"云卷:旧题周·尹喜《关尹子·三极》:"云之卷舒,禽之飞翔,皆在虚空中,所以变化不穷,圣人之道则然。"

④风头:风的势头。亦泛指风。唐·岑参《走马川行奉送武判官出师西征》:"风头如刀面如割,马毛带雪汗气蒸。"

⑤雪霰:宋·张孝祥《转调二郎神》:"阵阵回风吹雪霰,更旅雁一声沙际。"

⑥南至:冬至。《逸周书·周月》:"惟一月既南至,昏昴毕见,日短极,基践长,微阳动于黄泉,阴降惨于万物。"朱右曾校释:"冬至日在牵牛,出赤道南二十四度,故曰南至。"《左传·僖公五年》:"春,王正月,辛亥,朔,日南至。"杜预注:"周正月,今十一月。冬至之日,日南极。"孔颖达疏:"日南至者,冬至日也。"唐·杨炯《浑天赋》:"太平太蒙,所以司其出入;南至北至,所以节其寒温。"宋·王禹偁《南郊大礼》诗之五:"圣寿久长南至日,宝图高大北星辰。"漏箭:漏壶的部件。上刻时辰度数,随水浮沉以计时。宋·陆游《晨起》:"夜润熏笼暖,灯残漏箭长。"

⑦书云:指冬至。宋·洪迈《容斋四笔·用书云之误》:"今人以冬至日为书云,至用之于表启中。虽前辈或不细考,然皆非也……汉明帝永平二年春正月辛未,宗祀光武毕,登灵台观云物,尤为可证。"宋·李曾伯《雪夜不寐偶成》:"底事阳和尚未回,书云已久未逢梅。"

渔家傲

十二月严凝天地闭①,莫嫌台榭无花卉②。惟有酒能欺雪意③。增豪气,直教耳热笙歌沸④。 陇上雕鞍惟数骑,猎围半合新霜里⑤。霜重鼓声寒不起⑥。千人指,马前一雁寒空坠。

【题解】

十二月寒冬腊月,天寒地冻,天地闭塞而不通。宇宙间一片银白,没有任何有色彩的花卉可以欣赏。在如此寒冷的天气里,只有喝酒可以压倒阵阵寒气。人们酒酣耳热,豪情顿增,助兴的笙歌也如同沸腾般喧闹。下片接着写饮酒后去冬猎。在寒冷的塞北陇上,一场新雪后,数骑人马在围场打猎,却有上千人围观。由于天寒霜重,鼓声沉闷。忽然,传来一片欢呼,原来是一只大雁中箭,从寒空之中坠落马前。这是一首比苏轼的名篇《江城子》(老夫聊发少年狂)更早的狩猎词。

【注释】

①严凝:指严寒。《礼记·乡饮酒义》:"天地严凝之气,始于西南,而盛于西北,此天地之尊严气也,此天地之义气也。"唐·顾况《补亡诗·十月之郊》:"冬日严凝,言纳其阳,和风载昇。"宋·陆游《大雪》:"大雪江南见未曾,今年方始是严凝。"天地闭:《礼记注疏》卷十七《月令》:"孟冬之月……是月也。天子始裘。命有司曰,天气上腾,地气下降,天地不通,闭塞而成冬。"汉·郑玄注:"使有司助闭藏之气。门户可闭闭之,牖可塞者塞之。"

②台榭:泛指楼台等建筑物。《书·泰誓上》:"惟宫室台榭,陂池侈服,以残害于尔万姓。"孔颖达疏引李巡曰:"台,积土为之,所以观望也。台上有屋谓之榭。"唐·杜甫《滕王亭子》:"君王台榭枕巴山,万丈丹梯尚可攀。"

③见《渔家傲》(十月小春梅蕊绽)注⑨。

④耳热:耳朵发热。汉·杨恽《报孙会宗书》:"酒后耳热,仰天抚缶,而呼呜呜。"三国·魏·曹丕《与吴质书》:"酒酣耳热,仰而赋诗。"唐·韩愈《酒中留上李相公》:"眼穿长讶双鱼断,耳热何辞数爵频。"

⑤猎围:打猎的围场。北周·庾信《和宇文内史春日游山》:"戍楼侵岭路,山村落猎围。"《周书·儒林传·卢光》:"尝从太祖狩于檀台山。时猎围既合,太祖遥指山上谓群公等曰:'公等有所见不?'"唐·卢纶《腊日观咸宁王部曲娑勒擒豹歌》:"山头瞳瞳日将出,山下猎围照初日。"

⑥唐·李贺《雁门太守行》:"半卷红旗临易水,霜重鼓寒声不起。"

【汇评】

欧阳玄《渔家傲》词序:余读欧公李太尉席上作十二月《渔家傲》鼓子词,王荆公亟称赏之。心服其盛丽,生平思仿佛,一言不可得。近年窃官于朝，久客辇下，每欲仿此作十二阕，以道京师两城人物之富，四时节令之华，他日归农，或可资闲暇也。至顺壬申二月，玄修大典既毕，经营南归，属春雪连日，无事出门，晚寒附火，私念及此，夜漏数刻，腹稿具成，枕上不寐，稍谐叶之。明日，笔之于简，虽乏工致，然数岁之中，耳目之所闻见，性情之所感发者，无不隐括概见于斯。至于国家之典故，乘舆之兴居，与夫盛代之服食器用，神京之风俗方言，以及四方宾客宦游之况味，山林之士未尝至京师者，欲有所考焉，此亦可见其大略矣。

曹贞吉《蝶恋花》词序：读《六一》十二月鼓子词，嫌其过于富丽，吾辈为之，不妨作酸馅语耳。闲中试笔，即以故乡风物语之。

李调元《雨村词话》卷一：王荆公尝对客诵永叔小阕云："五彩新丝缠角粽。金盘送。生绡画扇盘双凤。"曰三十年前见其全篇，今才记三句，乃永叔在李太尉端愿席上所作十二月鼓子词，数向人求之不可得。按公此词名《渔家傲》，按十二月作，如其数，皆工腻熨贴，不独"五彩丝"佳也。

冯金伯辑《词苑萃编》卷二十三：朱晦翁示黄铢以欧阳永叔鼓子词，盖所以讽之也。

渔家傲

京本时贤本事曲子后集云：欧阳文忠公，文章之宗师也。其于小词，尤脍炙人口。有十二月词，寄《渔家傲》调中，本集亦未尝载，今列之于此。前已有十二篇鼓子词，此未知果公作否。

正月新阳生翠琯①，花苞柳线春犹浅②。帘幕千重方半卷。池冰泮③，东风吹水琉璃软④。　　渐好凭阑醒醉眼，陇梅暗落芳英断⑤。初日已知长一线⑥。清宵短⑦，梦魂怎奈珠宫远⑧。

【题解】

律管飞灰,节候开始变化:花儿含苞待放,柳条柔嫩如丝,春色虽浅,但毕竟又一次来到了人间。天气乍暖还寒,人们盼春而又怯寒,于是将帘幕半掩半卷。池塘里的冰已经融化,春风一吹,荡起一层层涟漪,软嫩如同碧琉璃。下片写抒情主人公走出卧房,醉倚栏杆,冷风吹走了醉意,放眼远望,但见梅英落尽,春花又还未开,原野间竟然看不到什么红花绿柳。白昼渐长,春宵苦短,连做梦也难回到神仙宫阙了。

【注释】

①新阳:初春。《文选·谢灵运〈登池上楼〉》:"初景革绪风,新阳改故阴。"吕延济注:"春为阳,秋为阴也。"翠琯:见《渔家傲》(十一月新阳排寿宴)注②。

②柳线:柳条细长下垂如线。南朝·梁·范云《送别》:"东风柳线长,送郎上河梁。"唐·孟郊《春日有感》:"风吹柳线垂,一枝连一枝。"

③冰泮:冰冻融解。晋·左思《蜀都赋》:"晨凫旦至,候雁衔芦。木落南翔,冰泮北徂。"北魏·崔鸿《十六国春秋·后赵·石勒》:"勒统步骑四万赴金墉,济自大碣。先是流澌风猛,军至冰泮,清和。济毕,流澌大至。勒以为神灵之助,命曰灵昌津。"唐·孟浩然《自浔阳泛舟经明海作》:"遥怜上林雁,冰泮已回翔。"

④琉璃:喻碧波。唐·杜甫《渼陂行》:"琉璃汗漫泛舟入,事殊兴极忧思集。"

⑤陇梅:唐·宋之问《题大庾岭北驿》:"明朝望乡处,应见陇头梅。"

⑥见《渔家傲》(十一月新阳排寿宴)注②。

⑦清宵:清静的夜晚。南朝·梁·萧统《钟山讲解》:"清宵出望园,诘晨届钟岭。"宋·柳永《轮台子》:"一枕清宵好梦,可惜被邻鸡唤觉。"

⑧珠宫:龙宫。唐·杜甫《太子张舍人遗织成褥段》:"煌煌珠宫物,寝处祸所婴。"清·浦起龙《读杜心解》:"赵曰:珠宫言龙宫。"

渔家傲

二月春期看已半①,江边春色青犹短②。天气养花红日暖③。深深院,真珠帘额初飞燕④。　　渐觉衔杯心绪懒⑤,酒侵花脸娇波慢⑥。一捻闲愁无处遣⑦。牵不断,游丝百尺随风远⑧。

【题解】

二月仲春,春天虽然已经过去了一半,但是江边的春草仍然短小。在这样一个轻雨微云的养花天气里,一轮红日带给人们无限暖意,也带回了迎春而来的双飞燕。它们穿帘渡幕,使这深深的庭院充满了生机和欢乐。上片写春景,下片写春愁。抒情主人公衔杯饮酒,酒上脸而双颊绯红,眸顾盼而娇柔妩媚。她心绪慵懒,一丝闲愁犹如百尺游丝,牵扯不断,且随着春风越飘越远,不能断绝。

【注释】

①春期:春季,春时。唐·苏颋《长乐花赋》:"假春期而不彩,虽秋令而不残。"唐·李商隐《及第东归次灞上却寄同年》:"芳桂当年各一枝,行期未分压春期。"宋·陆游《馀寒》:"漠漠馀寒透客衣,江村倍觉失春期。"

②春色:见《蝶恋花》(尝爱西湖春色早)注①。

③养花天:宋·释仲林《花品》:"每至牡丹开月,多有轻雨微云,谓之养花天。"《花木谱》:"越中牡丹开时,赏者不问疏亲,谓之看花局。泽国此月多有轻阴微雨,谓之养花天。"宋·郑文宝《送曹纬刘鼎二秀才》:"小舟闻笛夜,微雨养花天。"

④帘额:帘子的上端。唐·李贺《宫娃歌》:"寒入罘罳殿影昏,彩鸾帘额著霜痕。"南唐·张泌《南歌子》:"画堂开处远风凉,高卷水精帘额,衬斜阳。"

⑤衔杯:指饮酒。晋·刘伶《酒德颂》:"捧罂承槽,衔杯漱醪。"唐·李白《广陵赠别》:"系马垂杨下,衔杯大道间。"唐·司空图《重阳阻雨》:"重阳阻雨独衔杯,移得家山菊未开。"

⑥花脸:即花面,如花的脸,形容女子貌美。唐·元稹《恨妆成》:"凝翠晕蛾眉,轻红拂花脸。"唐·白居易《听崔七妓人筝》:"花脸云鬟坐玉楼,十三弦里一时愁。"娇波:妩媚可爱的目光。唐玄宗《题梅妃画真》:"霜绡虽似当时态,争奈娇波不顾人。"宋·柳永《河传》:"愁蛾黛蹙,娇波刀翦。"

⑦一捻：一点点，可捻在手指间，形容小或纤细。宋·刘过《清平乐·赠妓》："忆憎憎地，一捻儿年纪，待道瘦来肥不是，宜著淡黄衫子。"

⑧游丝：见《玉楼春》(洛阳正值芳菲节)注③。

渔家傲

三月芳菲看欲暮，胭脂泪洒梨花雨①。宝马绣轩南陌路②。笙歌举，踏青斗草人无数③。　　强欲留春春不住，东皇肯信韶容故④。安得此身如柳絮。随风去，穿帘透幕寻朱户。

【题解】

三月份的暮春时节，春雨霏霏，百花飘零。在南陌路上，宝马雕车络绎不绝，无数游人来此踏青斗草，他们欢声歌唱，热闹非凡。如此美好的春天，多么不希望你离开啊！可是无论人们怎么挽留，司春之神还是不让春光留下，春天仍然离我们而远去。到哪里还能找到它呢？抒情主人公浪漫地想到，要是我能如柳絮般轻盈，我要穿帘透幕，随风而去寻找春的脚步。

【注释】

①梨花雨：原形容杨贵妃泣下如雨时的姿容，后也形容女子娇艳。唐·白居易《长恨歌》："玉容寂寞泪阑干，梨花一枝春带雨。"宋·赵令畤《商调蝶恋花》："弹到离愁凄咽处，弦肠俱断梨花雨。"此处形容花瓣在春雨中点点飘落的景象。

②轩：古代大夫以上所乘的有屏障的车。后泛指车。《庄子·让王》："子贡乘大马，中绀而表素，轩车不容巷，往见原宪。"《后汉书·刘盆子传》："侠卿为制绛单衣，半头赤帻、直綦履，乘轩车大马。"唐·沈佺期《岭表逢寒食》："花柳争朝发，轩车满路迎。"南陌：南面的道路。南朝·梁·沈约《鼓吹曲同诸公赋·临高台》："所思竟何在，洛阳南陌头。"唐·沈佺期《李舍人山园送庞邵》："东邻借山水，南陌驻骖骓。"

③踏青:清明节前后郊野游览的习俗。旧时以清明节为踏青节。唐·孟浩然《大堤行》:"岁岁春草生,踏青二三月。"斗草:亦作"斗百草"。古代的一种游戏。竞采花草,比赛多寡优劣,常于端午行之。南朝·梁·宗懔《荆楚岁时记》:"五月五日,四民并踏百草,又有斗草之戏。"唐·郑谷《采桑》:"何如斗百草,赌取凤皇钗。"

④东皇:指司春之神。唐·戴叔伦《暮春感怀》:"东皇去后韶华在,老圃寒香别有秋。"宋·姜夔《卜算子·梅花八咏》:"长信昨来看,忆共东皇醉。此树婆娑一惘然,苔藓生春意。"韶容:清新的风光。唐·独孤授《花发上林》:"上苑韶容早,芳菲正吐花。"

渔家傲

四月芳林何悄悄①,绿阴满地青梅小②。南陌采桑何窈窕③。争语笑,乱丝满腹吴蚕老④。　　宿酒半醒新睡觉⑤,雏莺相语匆匆晓。惹得此情萦寸抱。休临眺,楼头一望皆芳草。

【题解】

四月份的芳林静悄悄,绿荫满地梅子青小。荒郊野外,年轻美丽的采桑女正在采桑。吴蚕已老,丰收在望,采桑女们欢声笑语,歌唱幸福歌唱丰收。经过一整天的劳动,回到家的采桑女饮酒解乏。第二天凌晨她从宿酒中醒来,听到了成双成对雏莺欢快的啼叫声,不禁牵惹起相思之情。她怅怅地想到,不要登楼远眺了,除了一路芳草,又能看到什么呢?

【注释】

①芳林:指春日的树木。《初学记》卷三引梁元帝《纂要》:"春曰青阳……木曰华木、华树、芳林、芳树。"

②青梅:梅子。南朝·宋·鲍照《代挽歌》:"忆昔好饮酒,素盘进青梅。"宋·辛弃疾《满江红·钱郑衡州厚卿席上再赋》:"还待得青梅如豆,共

伊同摘。"

③窈窕:娴静美好貌。《诗经·周南·关雎》:"窈窕淑女,君子好逑。"毛传:"窈窕,幽闲也。"唐·韩愈《送区弘南归》:"处子窈窕王所妃,苟有令德隐不腓。"

④吴蚕:吴地盛养蚕,故称良蚕为吴蚕。唐·李白《寄东鲁二稚子》:"吴地桑叶绿,吴蚕已三眠。"宋·赵长卿《临江仙·暮春》:"春事犹馀十日,吴蚕早已三眠。"宋·陆游《初夏游凌氏小园》:"风和海燕分泥处,日永吴蚕上簇时。"

⑤宿酒:见《蝶恋花》(梨叶初红蝉韵歇)注⑦。

渔家傲

　　五月薰风才一信①,初荷出水清香嫩。乳燕学飞帘额峻②。谁借问?东邻期约尝佳酝③。　　漏短日长人乍困,裙腰减尽柔肌损。一撮眉尖千叠恨④。慵整顿,黄梅雨细多闲闷⑤。

【题解】

五月份的东南风温暖和煦,刚刚出水的荷花散发出阵阵清香。在高峻的屋檐上,小燕子正在学习高飞。忽然间有人敲门问讯,会是谁呢?原来是东边邻居前来相邀共同品尝新酿的美酒。下片写闲愁。五月份的天昼长夜短,容易让人犯困。闺中人腰肢瘦损,眉山频蹙,似乎堆叠着千愁万恨。她也懒得整理心情,因为五月份的愁思如同黄梅雨般纷乱无绪,是剪不断、理还乱的。

【注释】

①薰风:指初夏时和暖的东南风。《吕氏春秋·有始》:"东南曰薰风。"唐·白居易《首夏南池独酌》:"薰风自南至,吹我池上林。"一信:二十四番花信风中的一信,见《玉楼春》(珠帘半下香销印)注②。

②帘额：见《渔家傲》（二月春期看已半）注④。

③东邻：东边的邻居。《易·既济》："东邻杀牛，不如西邻之禴祭，实受其福。"唐·元结《漫问相里黄州》："东邻有渔父，西邻有山僧。"

④一撮：用两三个手指所能撮取者。形容微少。《礼记·中庸》："今夫地，一撮土之多，及其广厚，载华岳而不重，振河海而不洩，万物载焉。"眉尖：双眉附近处。宋·张先《江城子》："夜厌厌，下重帘，曲屏斜烛，心事入眉尖。"千叠：千重。宋·杨侃《皇畿赋》："冈断续以千叠，尘飞扬而四遮。"宋·苏轼《书王定国所藏烟江迭嶂图》："江上愁心千叠山，浮空积翠如云烟。"

⑤黄梅雨：黄梅季节所下的雨。也叫"梅雨"。宋·陈岩肖《庚溪诗话》："江南五月梅熟时，霖雨连旬，谓之黄梅雨。"唐·杜甫《多病执热奉怀李尚书》："思霑道喝黄梅雨，敢望宫恩玉井冰。"宋·苏轼《舶趠风》："三旬已过黄梅雨，万里初来舶趠风。"

渔家傲

六月炎蒸何太盛①，海榴灼灼红相映②。天外奇峰千掌迥。风影定③，汉宫圆扇初成咏④。　　珠箔初褰深院静⑤，绛绡衣窄冰肤莹⑥。睡起日高堆酒兴⑦。厌厌病⑧，宿醒和梦何时醒⑨。

【题解】

六月酷暑，人们就像置身于蒸笼中般酷热难耐。石榴花的颜色火红鲜明，天上的云彩风云变换。空气中没有一丝风吹，花影不摇，枝叶不动，人们只有用团扇来招风纳凉。下片紧承上片结句，将主题引入闺怨。在一个珠帘刚刚卷起的深深庭院中，一位穿着华丽、体态婀娜而皮肤洁白的美丽女子，日高懒起。她神态恍惚，精神萎靡，感觉酒没醒，梦亦未醒。词人通过对慵倦病酒的描写，表现她深闺独处的无聊心情。

【注释】

①炎蒸:暑热熏蒸。北周·庾信《奉和夏日应令》:"五月炎烝气,三时刻漏长。"唐·杜甫《热》诗之三:"歘翕炎蒸景,飘摇征戍人。"宋·柳永《玉山枕》:"当是时,河朔飞觞,避炎蒸,想风流堪继。"

②海榴:石榴,又名海石榴。因来自海外,故名。此指石榴花。隋·江总《山庭春日》:"岸绿开河柳,池红照海榴。"唐·李白《咏邻女东窗海石榴》:"鲁女东窗下,海榴世所稀。"王琦注引《太平广记》:"新罗多海红并海石榴。"灼灼:鲜明貌。《诗经·周南·桃夭》:"桃之夭夭,灼灼其华。"晋·陆机《拟青青河畔草》:"粲粲妖容姿,灼灼美颜色。"唐·杨衡《寄赠田仓曹湾》:"芳兰媚庭除,灼灼红英舒。"

③风影:随风晃动的物影。南朝·陈后主《自君之出矣》诗之一:"思君若风影,来去不曾停。"唐·杨续《安德山池宴集》:"花蝶辞风影,苹藻含春流。"

④汉宫圆扇:《昭明文选》卷二十七《诗戊·乐府上·怨歌行》:"《序》:昔汉成帝班婕妤失宠,供养于长信宫,乃作赋自伤,并为《怨诗》一首:'新裂齐纨素,鲜洁如霜雪。裁为合欢扇,团团似明月。出入君怀袖,动摇微风发。常恐秋节至,凉风夺炎热。弃捐箧笥中,恩情中道绝。'《玉台》此诗有序云:'昔汉成帝班婕妤失宠,供养于长信宫,乃作赋自伤,并为怨诗云云。'"

⑤珠箔:珠帘。《汉武故事》:"武帝起神室,以白珠织为箔。"唐·李白《陌上赠美人》:"美人一笑褰珠箔,遥指红楼是妾家。"宋·刘秉《七夕》:"珠箔风轻月似钩,还将锦绣结高楼。"褰:撩起,揭开。晋·葛洪《抱朴子·疾谬》:"开车褰帏,周章城邑。"

⑥绛绡:红色绡绢。绡为生丝织成的薄纱、细绢。晋·郭璞《游仙诗》之十:"振发晞翠霞,解褐被绛绡。"宋·李清照《采桑子》:"绛绡缕薄冰肌莹,雪腻酥香。"冰肤:谓皮肤洁白滑润。《庄子·内篇·逍遥游》:"藐姑射之山,有神人居焉,肌肤若冰雪,淖约若处子。不食五谷,吸风饮露。乘云气,御飞龙,而游乎四海之外。其神凝,使物不疵疠而年谷熟。吾以是狂而不信也。"宋·苏轼《减字木兰花·赠润守许仲涂》:"高山白早,莹骨冰肤那解老。从此南徐,良夜清风月满湖。"

⑦酒兴:饮酒的兴致。唐·白居易《咏怀》:"白发满头归得也,诗情酒

兴渐阑珊。"

⑧厌厌:同恹恹。形容病态。唐·韩偓《春尽日》:"把酒送春惆怅在,年年三月病厌厌。"宋·欧阳修《送张屯田归洛歌》:"季秋九月予丧妇,十月厌厌成病躯。"

⑨宿醒:宿醉。三国·魏·徐干《情诗》:"忧思连相属,中心如宿醒。"宋·司马光《和留守相公寄酒与景仁》:"想对白衣初满倾,执杯未饮已诗成。怀贤孤坐悄无语,不是朝来困宿醒。"

渔家傲

　　七月芙蓉生翠水①,明霞拂脸新妆媚②。疑是楚宫歌舞妓。争宠丽,临风起舞夸腰细③。　　乌鹊桥边新雨霁④,长河清水冰无地⑤。此夕有人千里外。经年岁,犹嗟不及牵牛会⑥。

【题解】

　　词的上片咏荷花。七月份清水出芙蓉,灿烂的云霞照射在荷花上,就像刚化了妆一样妩媚可爱。它们亭亭玉立,临风起舞,如同楚宫的舞女般竞夸腰细。下片写七夕之夜,乌鹊桥边新雨初霁,银河水清凉无比。牛郎织女聚短离长,一年只能见面一次,已经够不幸的吧。可我们人间有的恋人相隔千里,一年连一次面都见不上,这不是比牛郎织女更不幸吗?唐代诗人李郢的《七夕》诗云:"乌鹊桥头双扇开,年年一度过河来。莫嫌天上稀相见,犹胜人间去不回。"唐代另外一位诗人徐凝在《七夕》诗中亦云:"一道鹊桥横渺渺,千声玉佩过玲玲。别离还有经年客,怅望不如河鼓星。"词人立意盖有取于此矣。

【注释】

　　①芙蓉:荷花的别名。《楚辞·离骚》:"制芰荷以为衣兮,集芙蓉以为裳。"洪兴祖补注:"《本草》云:其叶名荷,其华未发为菡萏,已发为芙蓉。"

唐·王维《临湖亭》:"当轩对樽酒,四面芙蓉开。"翠水:绿水。旧题汉·郭宪《汉武洞冥记》卷三:"有玄都翠水,水中有菱,碧色,状如鸡飞,亦名翔鸡菱。仙人凫伯子,常游翠水之涯,采菱而食之,令骨轻举,身生羽毛也。"

②明霞:灿烂的云霞。唐·卢照邻《驸马都尉乔君集序》:"明霞晓抱,终登不死之庭;甘露秋团,倪践无生之岸。"

③上三句形容荷花犹如楚宫女的细腰。《韩非子·二柄》:"楚灵王好细腰,而国中多饿人。"南朝·梁·萧子显《日出东南隅行》:"逶迤梁家髻,冉弱楚宫腰。"唐·李商隐《碧瓦》:"无双汉殿鬓,第一楚宫腰。"

④乌鹊桥:鹊桥。神话传说,旧历七月初七夜,乌鹊填天河成桥,以渡牛郎、织女相会。后以喻指男女相会或相会的地方。唐·李郢《七夕》:"乌鹊桥头双扇开,年年一度过河来。莫嫌天上稀相见,犹胜人间去不回。"唐·刘商《送女子》:"青娥宛宛聚为裳,乌鹊桥成别恨长。"唐·宋之问《明河篇》:"鸳鸯机上疏萤度,乌鹊桥边一雁飞。"霁:雨停。宋·张元干《怨王孙》:"霁雨天迥,平林烟暝。"

⑤长河:指天河、银河。《文选·谢庄〈月赋〉》:"列宿掩缛,长河韬映。"吕向注:"列星天河,皆韬掩光彩也。"唐·陈子昂《春夜别友人》:"明月隐高树,长河没晓天。"唐·李贺《有所思》:"夜残高碧横长河,河上无梁空白波。"

⑥牵牛会:《艺文类聚》卷四《岁时部中·七月七日》:"《续齐谐记》曰:桂阳城武丁,有仙道。谓其弟曰:'七月七日,织女当渡河,诸仙悉还宫。'弟问曰:'织女何事渡河?'答曰:'织女暂诣牵牛。'世人至今云织女嫁牵牛也。"

渔家傲

八月微凉生枕簟①,金盘露洗秋光淡。池上月华开宝鉴②。波潋滟③,故人千里应凭槛④。　　蝉树无情风苒苒⑤,燕归碧海珠帘掩⑥。沈臂冒霜潘鬓减⑦。愁黯黯⑧,年年此夕多悲感。

【题解】

八月份的枕簟已经有了微微的凉意,月亮似乎被秋露洗过一般,发出淡淡的光芒。池塘为月色映照,波光盈盈,犹如明镜。天涯明月共此时,千里之外的故人此时也应该在凭栏远眺吧。下片写秋风轻柔,带来了日渐稀疏的蝉鸣声,而一树深碧,却无动于衷。穿帘渡幕的燕子已南飞而去,帘幕低垂遮掩,再也懒得卷起。面对此情此景,加之自己腰肢瘦损,两鬓斑白,抒情主人公遂不免心生忧愁沮丧之感。

【注释】

①枕簟:见《蝶恋花》(梨叶初红蝉韵歇)注④。

②月华:月光,月色。南朝·梁·江淹《杂体诗·效王微〈养疾〉》:“清阴往来远,月华散前墀。”唐·张若虚《春江花月夜》:“此时相望不相闻,愿逐月华流照君。”

③潋滟:水波荡漾貌。《文选·木华〈海赋〉》:“潊潥潋滟,浮天无岸。”李善注:“潋滟,相连之貌。”唐·温庭筠《郭处士击瓯歌》:“佶栗金虬石潭古,勺陂潋滟幽修语。”唐·方干《题应天寺上方兼呈谦上人》:“势横绿野苍茫外,影落平湖潋滟间。”

④凭槛:靠着栏杆。唐·白居易《江楼偶宴赠同座》:“南埔闲行罢,西楼小宴时。望湖凭槛久,待月放杯迟。”后蜀·顾夐《荷叶杯》:“凭槛敛双眉,忍教成病忆佳期。”

⑤蝉树无情:唐·李商隐《蝉》:“五更疏欲断,一树碧无情。”苒苒:轻柔貌。汉·王粲《迷迭赋》:“布萋萋之茂叶兮,挺苒苒之柔茎。”唐·元稹《莺莺传》:“华光犹苒苒,旭日渐曈曈。”宋·无名氏《清平乐》:“照影弄姿香苒苒,临水一枝风月。”

⑥碧海:指青天。宋·晁补之《洞仙歌·泗州中秋作》:“青烟幂处,碧海飞金镜。”

⑦沈臂:《梁书·沈约传》:沈约与徐勉素善,遂以书陈情于勉,言己老病,“百日数旬,革带常应移孔,以手握臂,率计月小半分。以此推算,岂能支久?”后因以“沈臂”作为腰围瘦减的代称。潘鬓:晋·潘岳《秋兴赋序》:“余春秋三十有二,始见二毛。”后因以“潘鬓”谓中年鬓发初白。唐·李德裕《秋日登郡楼望赞皇山感而成咏》:“越吟因病感,潘鬓入秋悲。”

⑧黯黯:沮丧忧愁貌。唐·李商隐《自桂林奉使江陵途中感怀寄献尚书》:"江生魂黯黯,泉客泪涔涔。"

渔家傲

九月重阳还又到①,东篱菊放金钱小②。月下风前愁不少。谁语笑,吴娘捣练腰肢袅③。　　槁叶半轩慵更扫,凭阑岂是闲临眺？欲向南云新雁道④。休草草⑤,来时觅取伊消耗⑥。

【题解】

九月九日重阳节又到了,东篱的菊花绽放,小如金钱。秋月朦胧,秋风习习,很多人愁绪顿生,可也有人欢声笑语,是谁呢？原来是吴地身段苗条、体态婀娜的捣练美女。下片紧承"月下风前愁不少",写枯槁的树叶落满长廊,抒情主人公也无心打扫。她凭栏远眺,希望能叮嘱南行的云彩和大雁:你们回来时一定不要匆匆而过,请一定带回来远方他的音讯。

【注释】

①重阳:见《渔家傲》(九月霜秋秋已尽)注⑤。

②东篱:《艺文类聚》卷四《岁时部中·九月九日》:"南朝·宋·檀道鸾《续晋阳秋》曰:陶潜尝九月九日无酒,宅边菊丛中,摘菊盈把,坐其侧久,望见白衣至,乃王弘送酒也,即便就酌,醉而后归。"东晋·陶渊明《饮酒》诗之五:"采菊东篱下,悠然见南山。"后指种菊之处,菊圃。唐·杨炯《庭菊赋》:"凭南轩以长啸,坐东篱而盈把。"宋·柳永《玉蝴蝶·重阳》:"西风吹帽,东篱携酒,共结欢游。"金钱:黄菊又名金钱菊。《本草》集解:"李时珍曰:花状如金钱菊。"

③吴娘:吴地美女。唐·白居易《对酒自勉》:"夜舞吴娘袖,春歌蛮子词。"唐·施肩吾逸句:"颠狂楚客歌成雪,媚赖吴娘笑是盐。"宋·翁卷《白纻词》:"急竹繁丝互催逼,吴娘娇浓玉无力。"捣练:捣洗煮过的熟绢。唐·

张继《九日巴丘杨公台上宴集》:"谁家捣练孤城暮,何处题衣远信回。"

④南云:南飞的云。常以寄托思亲、怀乡之情。晋·陆机《思亲赋》:"指南云以寄欵,望归风而效诚。"晋·陆云《感逝》:"眷南云以兴悲,蒙东雨而涕零。"唐·李白《大堤曲》:"佳期大堤下,泪向南云满。"

⑤草草:匆忙仓促的样子。唐·李白《南奔书怀》:"草草出近关,行行昧前筹。"宋·梅尧臣《令狐秘丞守彭州》:"前时草草别,渺漫二十年。"

⑥消耗:音信,消息。宋·司马光《涑水记闻》卷十一:"自杨守素回后,又经月馀,寂无消耗。"

渔家傲

十月轻寒生晚暮①,霜华暗卷楼南树②。十二阑干堪倚处③。聊一顾,乱山衰草还家路。　　悔别情怀多感慕,胡笳不管离心苦④。犹喜清宵长数鼓⑤。双绣户⑥,梦魂尽远还须去。

【题解】

十月份的黄昏,已经让人感觉到了微微的凉意。南楼边的树叶经过霜打风袭,开始枯萎凋零。抒情主人公倚着曲栏,远望回乡的路,映入眼帘的尽是漫山遍野的枯树衰草。上片以景带情,下片直抒胸臆。他后悔离开家乡、离别亲人,内心有无限的思念感伤之情,可是胡笳却不管不顾,仍然发出凄凉怨慕的声音。他很高兴漫漫长夜的到来,因为尽管路途遥远,梦魂正好可以借此回乡与亲人团聚呢!词人曾于宋仁宗至和二年(1055)八月到嘉祐元年(1056)二月出使契丹,词或作于至和二年十月。

【注释】

①轻寒:微寒。南朝·梁简文帝《与萧临川书》:"零雨送秋,轻寒迎节。江枫晓落,林叶初黄。"

②霜华:即霜。唐·戴叔伦《独坐》:"二月霜花薄,群山雨气昏。"

③十二阑干：曲曲折折的栏杆。十二，言其多。唐·王昌龄《放歌行》："南渡洛阳津，西望十二楼。"唐·李商隐《碧城》："碧城十二曲阑干，犀辟尘埃玉辟寒。"宋·张先《蝶恋花》："楼上东风春不浅，十二阑干，尽日珠帘卷。"

④胡笳：我国古代北方民族的管乐器，传说由汉张骞从西域传入，汉魏鼓吹乐中常用之。汉·蔡琰《悲愤诗》之二："胡笳动兮边马鸣，孤雁归兮声嘤嘤。"唐·岑参《胡笳歌送颜真卿使赴河陇》："君不闻胡笳声最悲，紫髯绿眼胡人吹。"离心：别离之情。隋·杨素《赠薛播州》："木落悲时暮，时暮感离心。离心多苦调，讵假雍门琴。"宋·寇准《夏日》："离心杳杳思迟迟，深院无人柳自垂。"

⑤清宵：清静的夜晚。南朝·梁·萧统《钟山讲解》："清宵出望园，诘晨届钟岭。"宋·柳永《轮台子》："一枕清宵好梦，可惜被邻鸡唤觉。"

⑥绣户：雕绘华美的门户，多指妇女居室。南朝·宋·鲍照《拟行路难》诗之三："璇闺玉墀上椒阁，文窗绣户垂罗幕。"宋·陆游《蝶恋花》："不怕银缸深绣户，只愁风断青衣渡。"

渔家傲

律应黄钟寒气苦①，冰生玉水云如絮②。千里乡关空倚慕③。无尺素④，双鱼不食南鸿渡⑤。　　把酒遣愁愁已去，风摧酒力愁还聚。却忆兽炉追旧处⑥。头懒举，炉灰剔尽痕无数⑦。

【题解】

十一月份律应黄钟，天气寒苦。清澈的水面已经结冰，天上的云朵犹如团絮。人在遥远的异乡，既没有家信，又不能归去，就只有空自怀想，徒增愁绪。上片写远行人，下片写在家的守望者。传统的说法是以酒消愁愁更愁，可词人反弹琵琶，说以酒消愁愁竟然就去了。只是风摧酒力，没一会儿，愁又重回心头。她看着升起的缕缕炉烟，回忆往昔一起的幸福生活，不禁悲从中来,化作泪雨无数。

【注释】

①黄钟:见《渔家傲》(十一月新阳排寿宴)注②。

②玉水:如玉之水,清莹之水。《文选·颜延之〈赠王太常〉》:"玉水记方流,璇源载圆折。"李善注:"《尸子》曰:'凡水,其方折者有玉,其圆折者有珠也。'"唐·李商隐《玉山》:"玉山高与阆风齐,玉水清流不贮泥。"唐·白居易《寄崔少监》:"弹为古宫调,玉水寒泠泠。"云如絮:唐·杜牧《长安杂题长句》:"晴云似絮惹低空,紫陌微微弄袖风。"

③乡关:见《渔家傲》(八月秋高风历乱)注⑧。

④尺素:指书信。《周书·王褒传》:"犹冀苍雁赪鲤,时传尺素;清风朗月,俱寄相思。"唐·张九龄《当涂界寄裴宣州》:"委曲风波事,难为尺素传。"

⑤双鱼:古乐府《饮马长城窟行》:"客从远方来,遗我双鲤鱼。呼童烹鲤鱼,中有尺素书。"南鸿:《汉书·苏武传》:"昭帝即位。数年,匈奴与汉和亲。汉求(苏)武等,匈奴诡言武死。后汉使复至匈奴,常惠请其守者与俱,得夜见汉使,具自陈道。教使者谓单于,言天子射上林中,得雁,足有系帛书,言武等在某泽中。使者大喜,如惠语以让单于。单于视左右而惊,谢汉使曰:'武等实在。'"

⑥兽炉:兽形的香炉。唐·杜牧《春思》:"兽炉凝冷焰,罗幕蔽晴烟。"

⑦炉灰:燃料在炉内燃烧后所剩的粉状物。唐·张说《闻雨》:"心对炉灰死,颜随庭树残。"

渔家傲

腊月年光如激浪①,冻云欲折寒根向②。谢女雪诗真绝唱③。无比况④,长堤柳絮飞来往。　　便好开尊夸酒量,酒阑莫遣笙歌放⑤。此去青春都一饷⑥。休怅望⑦,瑶林即日堪寻访⑧。

【题解】

腊月的时光犹如沙滩上的急浪,转瞬即逝。天上的冻云一截一截的,像是被折断了树根。大雪纷纷扬扬,正是堤畔飞来飞去的柳絮,谢道蕴的诗句比拟得恰如其分,真堪绝唱。面对如此美好的雪景,抒情主人公开樽斗酒。酒宴将尽之时,他叮嘱人们不要停止歌舞,因为青春短暂,不要惆怅,即使是现在的冬景也足堪玩赏了。

【注释】

①腊月:农历十二月。因腊祭(十二月初八)而得名。唐·骆宾王《陪润州薛司空丹徒桂明府游招隐寺》:"绿竹寒天笋,红蕉腊月花。"激浪:激起的波浪。晋·潘尼《西道赋》:"回波激浪,飞沙飘瓦。"

②冻云:严冬的阴云。唐·方干《冬日》:"冻云愁暮色,寒日淡斜晖。"宋·陆游《好事近》:"扶杖冻云深处,探溪梅消息。"

③《世说新语》上卷上《言语》:"谢太傅寒雪日内集,与儿女讲论文义。俄而雪骤,公欣然曰:'白雪纷纷何所似?'兄子胡儿曰:'撒盐空中差可拟。'兄女曰:'未若柳絮因风起。'公大笑乐。即公大兄无奕女,左将军王凝之妻也。"南朝梁·刘孝标注:"胡儿,谢朗小字也。"

④比况:比拟,比照。唐·权德舆《杂诗》之二:"魂交复目断,缥缈难比况。"《新唐书·牛僧孺传》:"精金古器以比况君子。"

⑤酒阑:酒筵将尽。《史记·高祖本纪》:"酒阑,吕公因目固留高祖。"裴骃集解引文颖曰:"阑言希也。谓饮酒者半罢半在,谓之阑。"唐·杜甫《魏将军歌》:"吾为子起歌《都护》,酒阑插剑肝胆露。"

⑥宋·柳永《鹤冲天》:"青春都一饷。忍把浮名,换了浅斟低唱!"一饷:见《蝶恋花》(水浸秋天风皱浪)注③。

⑦怅望:惆怅地看望或想望。南朝·齐·谢朓《新亭渚别范零陵》:"停骖我怅望,辍棹子夷犹。"唐·杜甫《咏怀古迹》之二:"怅望千秋一洒泪,萧条异代不同时。"

⑧瑶林:披雪的林木。宋·张先《采桑子·雪意》:"水云薄薄天同色,竟日清辉,风影轻飞,花发瑶林春未知。"宋·杨万里《雪晴》:"银色三千界,瑶林一万重。"

南歌子

　　凤髻金泥带^①，龙纹玉掌梳^②。走来窗下笑相扶，爱道画眉深浅入时无^③。　　弄笔偎人久^④，描花试手初。等闲妨了绣功夫^⑤，笑问双鸳鸯字怎生书^⑥。

【题解】

按《乐府雅词》卷上云："《草堂》云僧仲殊作，实误。"

这首词写新嫁娘甜蜜的爱情生活。首二句写她华丽的头饰，以衬托其容貌之美、身份之高贵。以下借典型动作、神态和言语，表现了新娘的娇羞活泼、温柔可爱。前后两结的问句尤为细腻传神，"爱道画眉深浅入时无"表现了新娘对容貌之美的关注，"笑问双鸳鸯字怎生书"则自比鸳鸯，内心充满了无限的甜蜜和幸福。全词笔致轻灵，丰神独具，洋溢着青春的气息，不愧为写爱情的名作。

【注释】

①凤髻：古代的一种发型。唐·宇文氏《妆台记》："周文王于髻上加珠翠翘花，傅之铅粉，其髻高名曰凤髻。"后蜀·欧阳炯《凤楼春》："凤髻绿云丛，深掩房栊。"金泥：用以饰物的金屑。唐·孟浩然《宴张记室宅》："玉指调筝柱，金泥饰舞罗。"宋·周邦彦《风流子》："泪花销凤蜡，风幕卷金泥。"

②玉掌梳：掌形玉梳。唐·元稹《六年春遣怀》诗之四："玉梳钿朵香胶解，尽日风吹珉瑁筝。"

③《云溪友议》卷下《闺妇歌》："朱庆馀校书，既遇水部郎中张籍知音。逼索庆馀新制篇什数通，吟改后，只留二六章……清列以张公重名，无不缮录而讽咏之，遂登科第。朱君尚为谦退，作《闺意》一篇以献张公。张公明其进退，寻亦和焉。诗曰：'洞房昨夜停红烛，待晓堂前拜舅姑。妆罢低声问夫婿，画眉深浅入时无？'张籍郎中酬曰：'越女新妆出镜心，自知明艳更沉吟。齐纨未足人间贵，一曲菱歌辞万金。'朱公才学，因张公一诗，名流于内矣。"

④弄笔：谓执笔写字、为文、作画。汉·王充《论衡·佚文》："天文人文，文岂徒调墨弄笔为美丽之观哉！"南朝·陈·徐陵《〈玉台新咏〉序》："于是燃脂暝写，弄笔晨书。"唐·元稹《闺晚》："调弦不成曲，学书徒弄笔。"宋·王安石《纯甫出释惠崇画要予作诗》："酒酣弄笔起春风，便恐漂零作红雨。"

⑤等闲：轻易，随便。唐·白居易《新昌新居》："等闲栽树木，随分占风烟。"宋·朱熹《春日》："等闲识得东风面，万紫千红总是春。"

⑥怎生：怎样，如何。唐·吕岩《绝句》："不问黄芽肘后方，妙道通微怎生说。"宋·辛弃疾《丑奴儿近》："更远树斜阳，风景怎生图画？"

【汇评】

卓人月《古今词统》卷七载徐士俊语："爱道画眉深浅入时无"句，"娥眉不肯让人"即在"入时"句中。

潘游龙《古今诗馀醉》：首写态，后描情，各尽其妙。

沈际飞《草堂诗馀别集》卷二：前段态，后段情，各尽其妙；不得以荡目之。又，蛾眉不肯让人，即在"入时"句中。

贺裳《皱水轩词筌》：词家须使读者如身履其地，亲见其人，方为蓬山顶上。如和鲁公"几度试香纤手暖，一回尝酒绛唇光"，欧阳公"弄笔偎人久，描花试手初"，……真觉俨然如在目前，疑于化工之笔。

先著、程洪《词洁》卷二：公老成名德，而小词当行乃尔。

许昂霄《词综偶评》：真觉娉娉袅袅。

谢章铤《赌棋山庄词话》卷四：纯写闺闱，不独词格之卑，抑亦靡薄无味，可厌之甚也。然其中却有毫厘之辨。作情语勿作绮语，绮语设为淫思，坏人心术。情语则热血所钟，缠绵恻悱，而即近知远，即微知著，其人一生大节，可于此得其端倪。"笑问双鸳鸯字怎生书"，出自欧阳文忠；"残灯明灭枕头敧，谙尽孤眠滋味"，出自范文正。是皆一代名德，慎勿谓曲子相公皆轻薄者。

陈廷焯《白雨斋词话》卷一：小山词，如"去年春恨却来时。落花人独立，微雨燕双飞"，又"当时明月在，曾照彩云归"，既闲婉，又沉着，当时更无敌手。又"明年应赋送君诗。细从今夜数，相传几多时"，浅处皆深。又"晓霜红叶舞归程。客情今古道，秋梦短长亭"，又"少陵诗思旧才名。云鸿相约处，烟雾九重城"，亦复情词兼胜。又"从别后，忆相逢。几回魂梦与君同。今宵胜把银缸照,犹恐相逢是梦中",曲折深婉,自有艳词,更不得不让伊独步。视永叔之"笑问双鸳鸯字怎生书"、"倚阑无绪更兜鞋"等句,雅俗判然矣。

御街行

　　夭非华艳轻非雾①。来夜半、天明去。来如春梦不多时②,去似朝云何处③。乳鸡酒燕④,落星沉月,纨纨城头鼓⑤。　　参差渐辨西池树⑥。朱阁斜敧户⑦。绿苔深径少人行,苔上屦痕无数⑧。遗香馀粉,剩衾闲枕,天把多情赋⑨。

【题解】

按此首别见吴讷本、侯文灿本张子野词。

词写男女幽会,乃在白居易《花非花》诗的基础上改写而成。上片写她美貌如花却又不是花,身段轻盈如雾却又不是雾。她半夜时来,天明时去,来的时候就像春梦般短暂,离去以后犹如早晨飘散的云彩,无处寻觅。"乳鸡酒燕"四字,在《张子野词》中作"远鸡栖燕",是说她离开之时,远方已传来鸡鸣声,栖息的燕子则还未出巢。天上星隐月沉,城头五鼓,正是黎明景象。下片写她离开后,天色渐明,已经可以辨识清池边绿树了。在树丛掩映下,苔绿径深,很少有人来此行走,可是青苔上却留下了无数的脚印,应该是离别后他徘徊的脚步吧。他闻着遗香,看着剩衾闲枕,顿觉失落惆怅,于是写下这多情的诗篇。

【注释】

①夭:美盛貌。《诗经·周南·桃夭》:"桃之夭夭,灼灼其华。"唐·张南容《静安歌》:"夭夭邻家子,百花装首饰。"

②春梦:春天的梦。唐·沈佺期《杂诗》之二:"妾家临渭北,春梦著辽西。"宋·王安石《与微之同赋梅花》:"好借月魂来映烛,恐随春梦去飞扬。"

③朝云:战国·楚·宋玉《高唐赋》:"昔者先王尝游高唐,怠而昼寝,梦

见一妇人,曰:'妾,巫山之女也,为高唐之客。闻君游高唐,愿荐枕席。'王因幸之。去而辞曰:'妾在巫山之阳,高丘之阻,旦为朝云,暮为行雨,朝朝暮暮,阳台之下。'"宋·潘牥《南乡子·题南剑州妓馆》:"生怕倚阑干。阁下溪声阁外山。惟有旧时山共水,依然。暮雨朝云去不还。"按,前五句用白居易《花非花》词:"花非花,雾非雾。夜半来,天明去。来如春梦几多时,去似朝云无觅处。"

④乳鸡酒燕:《张子野词》作"远鸡栖燕"。

⑤纮纮:击鼓声。《晋书·邓攸传》:"纮纮打五鼓,鸡鸣天欲曙。"

⑥西池:池名。南朝·宋·刘义庆《世说新语·豪爽》:"(晋明帝)时为太子,好养武士,一夕中作池,比晓便成,今太子西池是也。"刘孝标注引山谦之《丹阳记》:"西池,孙登所创,《吴史》所称西苑也,明帝修复之耳。"《晋书·刘毅传》:"初,裕征卢循,凯归,帝大宴于西池,有诏赋诗。"

⑦敧:《张子野词》作"开"。斜敧:亦作"斜攲""斜敧"。倾斜,歪斜。宋·孙光宪《浣溪沙》:"乌帽斜攲倒佩鱼,静街偷步访仙居。"

⑧屐:一种前后齿可装卸的木屐。原为南朝宋诗人谢灵运游山时所穿,故称谢公屐。《宋书·谢灵运传》:"寻山陟岭,必造幽峻,岩嶂十重,莫不备尽。登蹑常著木屐,上山则去其前齿,下山去其后齿。"《南史·谢灵运传》引此作"木屐"。唐·李白《梦游天姥吟留别》:"脚著谢公屐,身登青云梯。"

⑨遗:《张子野词》作"残"。剩衾闲枕:《张子野词》作"闲衾剩枕"。赋:《张子野词》作"付"。

【汇评】

张德瀛《词徵》卷一:白太傅《花非花》词:"来如春梦不多时,去似朝云无觅处。"此二语欧阳永叔用之,张子野《御阶行》、毛平仲《玉楼春》亦用之。

桃源忆故人

梅梢弄粉香犹嫩①。欲寄江南春信②。别后寸肠萦损③。说与伊争稳④。　　小炉独守寒灰烬。忍泪低头画尽⑤。眉上万重新恨。竟日无人问⑥。

【题解】

宋本《近体乐府》注:"一名《虞美人影》。"宋本《醉翁琴趣外篇》、汲古阁《六一词》亦作《虞美人影》。

梅花开始绽放,散发出淡淡的幽香。抒情主人公也想像古人那样,折一枝梅花寄予远方的人,告诉对方江南的春天已经到来。可是转念又想,自打分别后,由于思念而肝肠寸断,又怎么忍心写信告诉他自己的愁苦呢?于是她回到屋里,独守香炉,看着香料一寸一寸地燃成灰烬,思念之情也越来越浓重。她低头忍泪,打点眉妆,没想到眉头展现的却是千愁万恨。如此苦情,一整天都无人来问讯,孤苦之情何以堪!

【注释】

①梅梢:梅树梢头。宋·范成大《坐啸斋书怀》:"月侵灯影吏方去,春遍梅梢官未知。"宋·韩淲《朝中措·梅月圆》:"香动梅梢圆月,年年先得东风。"开粉:本指妇女涂抹脂粉,整容打扮。宋·朱淑真《恨别》:"调朱弄粉总无心,瘦觉宽馀缠臂金。"宋·周邦彦《丹凤吟》:"弄粉调朱柔素手,问何时重握。"此指粉红色的梅花犹如施朱傅粉的少女。嫩:用通感的手法形容梅香尚浅。

②春信:宋本《近体乐府》"春"字下注:"一作'芳'。"春天的信息。唐·郑谷《梅》:"江国正寒春信稳,岭头枝上雪飘飘。"宋·陆游《梅花》:"春信今年早,江头昨夜寒。"《太平御览》卷九百七十《果部七·梅》:"南朝·宋·盛弘之《荆州记》:陆凯与范晔相善,自江南寄梅一枝诣长安与晔并诗曰:'折花逢驿使,寄与陇头人。江南无所有,聊赠一枝春。'"

③寸肠:唐·杜甫《赠汝阳王二十韵》:"寸肠堪缱绻,一诺岂骄矜。"紫损:宋本《近体乐府》"紫"字下注云:"一作'愁'。"愁思郁结而憔悴。宋·欧阳修《怨春郎》:"恼愁肠,成寸寸。已恁莫把人紫损。"宋·史达祖《隔浦莲·荷花》:"只恐吴娃暗折赠。耿耿,柔丝容易紫损。"

④说与:宋本《醉翁琴趣外篇》作"算得"。争稳:怎忍。

⑤低头:《乐府雅词》作"无言"。

⑥竟日:终日,整天。《列子·说符》:"不笑者竟日。"南朝·宋·刘义

189

庆《世说新语·言语》:"(张天锡)为孝武所器,每入言论,无不竟日。"

桃源忆故人

莺愁燕苦春归去①。寂寂花飘红雨②。碧草绿杨岐路③。
况是长亭暮④。　　少年行客情难诉⑤。泣对东风无语⑥。
目断两三烟树⑦。翠隔江淹浦⑧。

【题解】

　莺燕愁苦地啼叫着,花瓣如红雨般飘零,春天又要归去了。傍晚时分,在芳草连天、绿杨垂地的长亭,二人依依惜别。不舍的情怀难以诉说,只有面对东风低泣无语。终于还是离别了,放眼望去,满目的烟树碧草,再也见不到心上人的身影了。

【注释】

　①春归:春去,春尽。唐·白居易《送春》:"三月三十日,春归日复暮。"宋·黄庭坚《清平乐》:"春归何处?寂寞无行路。"宋·辛弃疾《杏花天·无题》:"有多少、莺愁蝶怨。甚梦里、春归不管。"

　②寂寂:寂静无声貌。三国·魏·曹植《释愁文》:"愁之为物,惟惚惟怳,不召自来,推之弗往,寻之不知其际,握之不盈一掌。寂寂长夜,或群或党,去来无方,乱我精爽。"唐·王维《寒食汜上作》:"落花寂寂啼山鸟,杨柳青青渡水人。"宋·叶适《叶君宗儒墓志铭》:"有百年之宅,千岁之田,前临清流,旁接高阜,亭院深芜,竟日寂寂。"红雨:比喻落花。唐·李贺《将进酒》:"况是青春日将暮,桃花乱落如红雨。"宋·晁端礼《宴桃源》:"洞户悄无人,空锁一庭红雨。"

　③岐路:《欧阳文忠公全集》本作"歧路"。岔路。三国·魏·曹植《美女篇》:"美女妖且闲,采桑歧路间。"唐·王勃《杜少府之任蜀州》:"无为在歧路,儿女共沾巾。"

　④长亭:古时于道路每隔十里设长亭,供行旅停息,故亦称"十里长亭"。近城者常为送别之处。北周·庾信《哀江南赋》:"十里五里,长亭短

亭。"唐·杜牧《题齐安城楼》:"不用凭栏苦回首,故乡七十五长亭。"

⑤少年:古称青年男子,与老年相对。《韩非子·内储说上》:"郑少年相率为盗,处于薋泽。"三国·魏·曹植《送应氏》:"不见旧耆老,但睹新少年。"唐·高适《邯郸少年行》:"且与少年饮美酒,往来射猎西山头。"行客:行旅,客居。汉·刘向《列女传·阿谷处女》:"行客之人,嗟然永久,分其资财,弃于野鄙。"

⑥东风:春风。《礼记·月令》:"(孟春之月)东风解冻,蛰虫始振,鱼上冰。"唐·李白《春日独酌》:"东风扇淑气,水木荣春晖。"

⑦目断:望断,一直望到看不见。唐·丘为《登润州城》:"乡山何处是,目断广陵西。"宋·晏殊《诉衷情》:"凭高目断,鸿雁来时,无限思量。"烟树:云烟缭绕的树木。南朝·宋·鲍照《从登香炉峰》:"青冥摇烟树,穹跨负天石。"唐·孟浩然《闲园怀苏子》:"鸟从烟树宿,萤傍水轩飞。"

⑧江淹浦:南朝·江淹《别赋》:"下有芍药之诗,佳人之歌。桑中卫女,上宫陈娥。春草碧色,春水渌波。送君南浦,伤如之何!至乃秋露如珠,秋月如圭。明月白露,光阴往来。与子之别,思心徘徊。"唐·李善注引《楚辞》曰:"子交手兮东行,送美人兮南浦。"

临江仙

柳外轻雷池上雨①,雨声滴碎荷声。小楼西角断虹明。阑干倚处,待得月华生②。　　燕子飞来窥画栋③,玉钩垂下帘旌④。凉波不动簟纹平⑤。水精双枕⑥,傍有堕钗横⑦。

【题解】

钱世昭《钱氏私志》云:欧阳文忠公任河南推官,亲一妓。时先文僖(钱惟演)罢政,为西京留守,梅圣俞、谢希深、尹师鲁同在幕下,惜欧有才无行,共白于公,屡微讽而不之恤。一日,宴于后圃,客集而欧与妓俱不至,移时方来,在坐相视以目。公责妓云:"末至何也?"妓云:"中暑,往凉堂睡着,觉失金钗,犹未见。"公曰:"若得欧阳推官一词,当为偿汝。"欧即席云:"柳外

191

轻雷池上雨（词略）。"坐客皆称善。遂命妓满酌觞欧，而令公库偿钗。咸谓欧当少戢，不惟不恤，翻以为怨。后修《五代史·十国世家》，痛毁吴越。又于《归田录》中说先文僖数事，皆非美谈。

《唐宋词汇评》据此云：钱文僖即钱惟演。曾任西京留守，明道二年因阿附刘太后罢留守任，景祐元年（1034）七月卒。欧阳修于天圣九年（1031）任西京留守推官，景祐元年三月任满。是此词应作于天圣九年抵任洛阳后，至明道二年（1033）钱惟演罢西京留守前。故系于明道二年。刘德清《欧阳修年谱》则系此词于天圣九年（1031）夏。

此词与李商隐《偶题》诗情景相似："小亭闲眠微醉消，石榴海柏枝相交。水纹簟上琥珀枕，旁有堕钗双翠翘。"词写一女子先是倚楼待月，然后垂帘就寝。夏日的雷声、雨声、荷声及雨后的彩虹和月华都写得鲜明生动，历历如在目前。而词中的佳人，虽未直接描绘其容貌，但从行动和细节描写中，已如见其人。笔法极简练，而提供给读者的想象却极丰富。

【注释】

①柳：宋本《醉翁琴趣外篇》作"池"。唐·李商隐《无题》："飒飒东风细雨来，芙蓉塘外有轻雷。"

②月华：月光，月色。南朝·梁·江淹《杂体诗·效王微〈养疾〉》："清阴往来远，月华散前墀。"唐·张若虚《春江花月夜》："此时相望不相闻，愿逐月华流照君。"

③画栋：彩绘装饰的栋梁。唐·王勃《滕王阁》："画栋朝飞南浦云，珠帘暮卷西山雨。"

④玉钩：喻新月。南朝·宋·鲍照《玩月城西门廨中》："蛾眉蔽珠栊，玉钩隔琐窗。"唐·李白《挂席江上待月有怀》："倏忽城西郭，青天悬玉钩。"宋·张元干《花心动·七夕》："断云却送轻雷去，疏林外、玉钩微吐。"帘旌：帘端所缀之布帛。亦泛指帘幕。唐·白居易《旧房》："床帷半故帘旌断，仍是初寒欲夜时。"唐·李商隐《正月崇让宅》："蝙拂帘旌终展转，鼠翻窗网小惊猜。"冯浩笺注："帘旌，帘端施帛也。"

⑤凉波：月光。唐·李商隐《令狐舍人说昨夜西掖玩月因戏赠》："凉波冲碧瓦，晓晕落金茎。"簟纹："亦作"簟文"。席纹。南朝·梁简文帝《咏内人昼眠》："簟文生玉腕，香汗浸红纱。"唐·章碣《夏日湖上即事寄晋陵萧明府》："行来宾客奇茶味，睡起儿童带簟纹。"宋·苏轼《南堂》诗之五："扫地

焚香闭阁眠,簟纹如水帐如烟。”

⑥水精:水晶。《后汉书·西域传·大秦》:“(大秦)宫室皆以水精为柱,食器亦然。”唐·杜甫《丽人行》:“紫驼之峰出翠釜,水精之盘行素鳞。”宋·洪迈《夷坚支志丁·灵山水精》:“水精出于信州灵山之下,唯以大为贵,及其中现花竹条者。”

⑦唐·李商隐《偶题》:“水纹簟上琥珀枕,旁有堕钗双翠翘。”

【汇评】

王楙《野客丛书》卷二十四:欧阳公曰“池外轻雷池上雨,雨声滴碎荷声”云云,末曰:“水晶双枕,旁有堕钗横。”此词甚脍炙人口。旧说谓欧公为郡幕日,因郡宴,与一官妓荏苒,郡守得知,令妓求欧词以免过,公遂赋此词。仆观此词,正祖李商隐《偶题》诗云:“小亭闲眠微醉消,石榴海柏枝相交。水纹簟上琥珀枕,旁有堕钗双翠翘。”又“池外轻雷”亦用商隐“芙蓉塘外有轻雷”之语,“好风微动帘旌”,用唐《花间集》中语。欧词又曰:“栏干敲遍不应人,分明窗下闻裁剪。”此语见韩偓《香奁集》。

沈际飞《草堂诗馀正集》:“雨忽虹,虹忽月,夏景尔尔,拈笔不同。玩末句风韵直当凌厉秦黄,一金钗曷足以偿之。”

沈雄《古今词话·词评上卷》:《尧山堂外纪》曰:钱惟演宴客后园,一官妓与永叔后至,妓对以失钗故。钱曰,乞得欧阳推官一词,当即偿汝。永叔即席云:“柳外轻阴池上雨(词略)。”清绮自好,非不作艳词者。

许昂霄《词综偶评》:(煞拍三句)不假雕饰,自成绝唱。按义山偶题云:“水文簟上琥珀枕,傍有堕钗双翠翘。”结语本此。

叶申芗《本事词》卷上:欧阳永叔为河南幕官时,尝眷一妓。钱文僖为留守,梅圣俞、尹师鲁,同在幕下。一日,宴于后园,客集而欧与妓俱不至。移时方来,钱诘妓何以后至。妓谢曰:“患暑,往凉堂小憩,觉后失金钗,竟未觅得,是以来迟。”钱笑曰:“若得欧推官一词,当为偿钗。”欧即席赋《临江仙》云:“词略。”举座击节叹赏。钱命妓满酌进欧公,库为偿钗焉。

陈廷焯《闲情集》:遣词大雅,宜为文僖所赏。

王闿运《湘绮楼词选》:原钞作“窥画栋”,垂帘矣,何得始窥?且此写闺人睡景,非狎语也,岂有自嘲自状之人。因垂帘不能归栋,故窥也。

俞陛云《唐五代两宋词选释》:后三句善写丽情,未乖贞则,自是雅奏。

临江仙

记得金銮同唱第①，春风上国繁华②。如今薄宦老天涯③。十年岐路④，空负曲江花⑤。　　闻说阆山通阆苑⑥，楼高不见君家。孤城寒日等闲斜⑦。离愁难尽，红树远连霞⑧。

【题解】

释文莹《湘山野录》卷上云："欧阳公顷谪滁州，一同年（忘其人）将赴阆倅，因访之，即席为一曲歌以送，曰：'记得金銮同唱第（词略）。'其飘逸清远，皆白之品流也。公不幸晚为憸人构淫艳数曲射之，以成其毁。予皇祐中，都下已闻此阕，歌于人口者二十年矣。嗟哉！不能为之力辨。"

吴熊和先生《唐宋词汇评》云："欧阳修于庆历五年（1045）十月知滁州，八年（1048）闰正月，转起居舍人知扬州。据《湘山野录》，此词乃作于滁州任上。然《湘山野录》称'皇祐中，都下已闻此阕，歌于人口者二十年矣'，自庆历六年（1046）至皇祐六年（1054）犹不足十年，皇祐或为嘉祐之误。天圣八年（1030）榜，欧阳修为省元，王拱辰为状元，是科进士二百四十九人，诸科五百七十三人。此词所赠为天圣八年榜同年，时知阆州者，然究为何人，已不可详考矣。"刘德清《欧阳修年谱》编此词于庆历六年（1046），并云："词中'十年岐路'，当指景祐三年贬夷陵至本年，为时正好十年。由'孤山寒日''红树远连霞'等句，知时为秋季。"

此词是词人在滁州任上送别一同年赴阆州任职时所作。上片起两句回忆当年的汴京繁华热闹，他和朋友同时进士及第。次三句与起二句形成强烈的对照，写如今在偏远之地做着卑微的小官，感觉这十年里走的都是错路，也辜负了当年考中进士时的宏大理想和美好期望。上片感叹仕途险恶，下片则写离别。过片两句说明友即将莅任的阆州是人间仙境，这一别山高路远，再相见恐怕很困难了。接着三句回到现实，在滁州这座孤城里，寒日西斜，离愁绵绵无尽，就像满山的红树叶远连天边的晚霞那般邈远。

【注释】

①金銮:唐朝宫殿名,文人学士待诏之所。唐·李白《赠从弟南平太守之遥》:"承恩初入银台门,著书独在金銮殿。"宋·沈括《梦溪笔谈·故事一》:"唐翰林院在禁中,乃人主燕居之所,玉堂、承明、金銮殿皆在其间。"唱第:科举考试后宣唱及第进士的名次。唐·元稹《酬翰林白学士代书一百韵》:"唱第听鸡集,趋朝忘马疲。"宋·何薳《春渚纪闻·毕渐赵谂》:"毕渐为状元,赵谂第二,初唱第,而都人急于传报。"此指进士及第。唐·刘禹锡《同乐天和微之深春好》诗之十四:"何处深春好,春深唱第家。"

②上国:指京师。南朝·梁·江淹《四时赋》:"忆上国之绮树,想金陵之蕙枝。"《资治通鉴·唐德宗建中二年》:"今海内无事,自上国来者,皆言天子聪明英武,志欲致太平,深不欲诸侯子孙专地。"胡三省注:"时藩镇窃据,自比古诸侯,谓京师为上国。"

③薄宦:卑微的官职。东晋·陶渊明《尚长禽庆赞》:"尚子昔薄宦,妻孥共早晚。"逯钦立注:"薄宦,作下吏。"唐·高适《钜鹿赠李少府》:"李侯虽薄宦,时誉何籍籍。"宋·王安石《和君叔怀灈楼读书之乐》:"聊为薄宦容身者,能免高人笑我不?"天涯:天边,指极远的地方。《古诗十九首·行行重行行》:"相去万馀里,各在天一涯。"

④岐路:比喻险易难测的官场。岐同"歧"。《后汉书·邓彪等传论》:"统之,方轨易因,险涂难御。故昔人明慎于所受之分,迟迟于岐路之间也。"唐·元稹《酬乐天得微之诗知通州事因成》诗之三:"满身沙虱无防处,独脚山魈不奈何。甘受鬼神侵骨髓,常忧岐路畏风波。"

⑤曲江:在今陕西省西安市东南。秦为宜春苑,汉为乐游原,有河水水流曲折,故称。隋文帝以曲名不正,更名芙蓉园。唐复名曲江。开元中更加疏凿,为都人中和、上巳等盛节游赏胜地。唐·韩鄂《岁华记丽》:"唐时春放榜,进士大宴于曲江亭子,谓之曲江宴。"唐·李廓《长安少年行》:"还携新市酒,远辞曲江花。"

⑥阆山:山名。传说中神仙居住的地方,在昆仑之巅。《海内十洲记·昆仑》:"山三角:其一角正北,干辰之辉,名曰阆风巅;其一角正西,名曰玄圃堂;其一角正东,名曰昆仑宫。"前蜀·韦庄《尹喜宅》:"欲问灵踪无处所,十洲空阔阆山遥。"此借指阆中山,在今四川省阆中县南。阆苑:唐苑名。故址在今四川省阆中市城西。宋·王象之《舆地纪胜·利东路阆州》:"阆

苑,唐时鲁王灵夔、滕王元婴以衙宇卑陋,遂修饰宏大之,拟于宫苑,由是谓之隆苑。后避明皇讳,改为阆苑。"

　　⑦等闲:无端,平白。唐·刘禹锡《竹枝词》:"长恨人心不如水,等闲平地起波澜。"宋·欧阳修《南歌子》:"等闲妨了绣功夫,笑问双鸳鸯字怎生书。"

　　⑧红树:指经霜叶红之树。唐·韦应物《登楼》:"坐厌淮南守,秋山红树多。"

圣无忧

　　世路风波险①,十年一别须臾②。人生聚散长如此③,相见且欢娱。　　好酒能消光景④,春风不染髭须⑤。为公一醉花前倒,红袖莫来扶⑥。

【题解】

　　《唐宋词汇评》曰:"《居士集》卷十二有皇祐元年(1049)《秀才欧世英惠然见访,于其还也,聊以赠之》诗,中有'相逢十年早,暂喜一尊同。昔日青衫令,今为白发翁'诸句。与此词意近,或作于同时。欧阳修时知滁州。"《颍州诗词详注辑评》亦云:"皇祐元年(1049)在颍州时作。此为赠乾德光化县令任上旧友欧世英词。景祐三年(1036)五月,欧阳修因作《与高司谏书》事,被贬知夷陵。次年十二月二十五日,移光化军乾德(今湖北光化)县令。欧世英为欧阳修乾德任上的旧交。欧世英不乏才学,但如今依然是白衣秀才,穷困潦倒。此次他专程赴颍州拜访,欧阳修热情接待了他。出于慰友宽己,欧阳修写了这首诗(按指《秀才欧世英惠然见访,于其还也,聊以赠之》)。并有《圣无忧》词相赠。"黄畬《欧阳修词笺注》则曰:"作者自宋仁宗庆历五年(1045)贬谪滁州,至仁宗至和元年(1055)返回汴京充任史馆修撰止,整是十年期间。"

　　词写朋友久别重逢后的欢聚,并抒发仕途艰险之感。上片感叹世途艰险,二人一别十年,好像顷刻间就过去了。人生聚散无常,历来都是如此,今日难得相聚,还是尽情欢快吧。下片说美酒能消磨时光,春风不能染黑已经变白了的髭须,逝去了的且莫管它,今天为了好朋友你,我一定要一醉方休,到时你们这些美女们切莫相扶。

【注释】

①世路:指宦途。《后汉书·崔骃传》:"子苟欲勉我以世路,不知其跌而失吾之度也。"

②须臾:片刻,短时间。《礼记·中庸》:"道也者,不可须臾离也。"《荀子·劝学》:"吾尝终日而思矣,不如须臾之所学也。"宋·洪迈《容斋三笔·瞬息须臾》:"瞬息、须臾、顷刻,皆不久之辞,与释氏'一弹指间''一刹那顷'之义同,而释书分别甚备……又《毗昙论》云:'一刹那者翻为一念,一怛刹那翻为一瞬,六十怛刹那为一息,一息为一罗婆,三十罗婆为一摩睺罗,翻为一须臾。'又《僧祇律》云:'二十念为一瞬,二十瞬名一弹指,二十弹指名一罗预,二十罗预名一须臾,一日一夜有三十须臾。'"

③聚散:会聚与分散。《庄子·则阳》:"安危相易,祸福相生,缓急相摩,聚散以成。"唐·杜甫《送重表侄王砅评事使南海》:"乱离又聚散,宿昔恨滔滔。"宋·沈瀛《念奴娇》:"须臾聚散,人生真信如客。"

④光景:光阴,时光。三国·魏·曹植《箜篌引》:"惊风飘白日,光景驰西流。"南朝·梁·沈约《休沐寄怀》:"来往既云勌,光景为谁留。"唐·李白《相逢行》:"光景不待人,须臾成发丝。"宋·无名氏《九张机》词之一:"一张机,织梭光景去如飞。"

⑤髭须:胡子。唇上曰髭,唇下为须。《乐府诗集·相和歌辞三·陌上桑》:"行者见罗敷,下担捋髭须。"

⑥红袖:美女。唐·元稹《遭风》:"唤上驿亭还酩酊,两行红袖拂尊罍。"唐·白居易《对酒吟》:"今夜还先醉,应烦红袖扶。"

浪淘沙

把酒祝东风,且共从容①。垂杨紫陌洛城东②。总是当时携手处,游遍芳丛③。　　聚散苦匆匆,此恨无穷。今年花胜去年红。可惜明年花更好，知与谁同。

【题解】

《唐宋词汇评》云："天圣九年(1031)，欧阳修任西京留守推官，与尹洙、梅尧臣、谢绛等游，娶胥氏偃女为妻。明道元年(1032)，尹洙、梅尧臣等相继离去；二年妻胥氏病逝。此词悼亡惜别，当作于明道二年之后。"

词的上片写词人端着酒杯，祈请春风不要匆忙离去，且和我们一起从容流连这美好的人间吧。他想起同样是在洛阳城东的郊外，同样是杨柳低垂的季节，当年一群朋友携手游春，踏遍芳郊，欢乐无比。下片感叹人生聚散匆匆，留下无穷的遗憾怨恨。今年的花比去年的更加红艳，明年的花也许会比今年的更加漂亮，只是到时会与谁共同欣赏呢？这首词蕴含着深刻的人生感慨，黄苏在《蓼园词选》中就说末二句有"忧盛危明之意"。

【注释】

①从容：悠闲舒缓，不慌不忙。《书·君陈》："宽而有制，从容以和。"《庄子·秋水》："鲦鱼出游从容，是鱼之乐也。"汉·司马相如《长门赋》："下兰台而周览兮，步从容于深宫。"北魏·杨炫之《洛阳伽蓝记·追光寺》："略从容闲雅，本自天资。"起两句截司空图《酒泉子》"黄昏把酒祝东风，且从容"而成。

②垂杨：垂柳。南朝·齐·谢朓《隋王鼓吹曲·入朝曲》："飞甍夹驰道，垂杨荫御沟。"唐·万齐融《送陈七还广陵》："落花馥河道，垂杨拂水窗。"紫陌：指京师郊野的道路。汉·王粲《羽猎赋》："济漳浦而横阵，倚紫陌而并征。"唐·刘禹锡《元和十一年自朗州召至京戏赠看花诸君子》："紫陌红尘拂面来，无人不道看花回。"

③芳丛：丛生的繁花。唐·刘宪《奉和春日幸望春宫应制》："莺藏嫩叶歌相唤，蝶碍芳丛舞不前。"宋·晏殊《凤衔杯》："凭朱槛，把金卮。对芳丛、惆怅多时。"

【汇评】

李攀龙《草堂诗馀隽》：意自"明年此会知谁健"中来。

沈际飞《草堂诗馀正集》：末三句，虽少含蕴，不失为情语。

沈雄《古今词话·词话上卷》：《柳塘词话》曰：欧阳公云："把酒祝东风，

且共从容。"与东坡《虞美人》云:"持杯邀劝天边月,愿月圆无缺。"同一意致。

许昂霄《词综偶评》评司空图《酒泉子》(黄昏把酒祝东风,且从容):欧公《浪淘沙》起语本此。然删去"黄昏"二字,便觉寡味。

陈廷焯《词则·别调集》卷一:"可惜明年花更好",想到明年,真乃匪夷所思,非有心人如何道得。

黄苏《蓼园词选》:按末二句,忧盛危明之意,持盈保泰之心,在天道则亏盈益谦之理,俱可悟得。大有理趣,却不庸腐。粹然儒者之言,令人玩味不尽。

俞陛云《唐五代两宋词选释》:因惜花而怀友,前欢寂寂,后会悠悠,至情语以一气挥写,可谓深情如水,行气如虹矣。

浪淘沙

花外倒金翘①,饮散无憀②。柔桑蔽日柳迷条③。此地年时曾一醉④,还是春朝⑤。　　今日举轻桡⑥,帆影飘飘⑦。长亭回首短亭遥⑧。过尽长亭人更远,特地魂销⑨。

【题解】

词咏离别。上片写酒阑人散,倍感无聊。抒情主人公不禁想起同样是这样一个柳叶成荫、桑叶繁茂的暮春时节,同样是在这个地方,当年曾一醉而别。下片写他乘船远行,过了短亭复长亭,回首乡关,愈来愈远,离自己的心上人也越来越远,不禁黯然魂销。

【注释】

①金翘:黄色菊花卷曲的秀瓣。亦指黄色菊花。晋·陆机《白云赋》:"红蕊发而菡萏,金翘援而合葩。"南朝·梁元帝《金楼子·杂记下》:"何时云卷金翘,日辉合璧。"唐·骆宾王《初秋登王司马楼宴赋》:"酒泛金翘,映清樽而湛菊。"

②无憀:空闲而烦闷的心情。唐·李商隐《杂曲歌辞·杨柳枝》:"暂凭

樽酒送无憀，莫损愁眉与细腰。"宋·范成大《枕上二绝效杨廷秀》之一："藤枕频移触画屏，无憀滋味厌残更。"

③柔桑：指嫩桑叶。《诗经·豳风·七月》："女执懿筐，遵彼微行，爰求柔桑。"郑玄笺："柔桑，穉桑也。"唐·杜甫《绝句漫兴》之八："舍西柔桑叶可拈，江畔细麦复纤纤。"宋·王安石《郊行》："柔桑采尽绿阴稀，芦箔蚕成密茧肥。"蔽日：遮蔽日光。《楚辞·九章·涉江》："山峻高以蔽日，下幽晦以多雨。"

④年时：当年。晋·王羲之《杂帖一》："吾服食久，犹为劣劣，大都比之年时，为复可耳。"唐·卢殷《雨霁登北岸寄友人》："忆得年时冯翊部，谢郎相引上楼头。"

⑤春朝：春天的早晨。亦泛指春天。汉·贾谊《新书·保傅》："三代之礼：天子春朝朝日，秋暮夕月，所以明有敬也。"唐·元稹《酬乐天三月三日见寄》："独倚破帘闲怅望，可怜虚度好春朝。"宋·刘子翚《和李巽伯春怀》："山寒古寺清，断续春朝雨。"

⑥轻桡：小桨。《文选·谢惠连〈泛湖出楼中玩月〉》："日落泛澄瀛，星罗游轻桡。"李善注："《楚辞》曰'荃桡兮兰旌'，王逸曰：'桡，小楫。'"唐·戴叔伦《送观察李判官巡郴州》："轻桡上桂水，大艑下扬州。"

⑦帆影：帆篷的影子。宋·陆游《观潮》："江平无风面如镜，日午楼船帆影正。"飘飘：轻快灵活。

⑧长亭：见《桃源忆故人》(莺愁燕苦春归去)注④。

⑨特地：亦作"特底"。特别，格外。唐·王维《慕容承携素馔见过》："空劳酒食馔，特底解人颐。"唐·罗隐《汴河》："当时天子是闲游，今日行人特地愁。"五代·尹鹗《临江仙》："西窗幽梦等闲成。逡巡觉后，特地恨难平。"宋·赵长卿《朝中措》："客路如天杳杳，归心特地宁宁。"魂销：形容极其哀愁。南朝·梁·江淹《别赋》："黯然销魂者，唯别而已矣。"唐·钱起《别张起居》："有别时留恨，销魂况在今。"

浪淘沙

五岭麦秋残①，荔子初丹②。绛纱囊里水晶丸③。可惜天教生处远,不近长安。　　　往事忆开元,妃子偏怜。一从魂散马嵬关④。只有红尘无驿使⑤,满眼骊山⑥。

【题解】

这是一首咏叹唐明皇、杨贵妃情事的咏史词。在欧阳修之前歌咏二人故事最为有名的文学作品当数白居易的《长恨歌》和杜牧的《过华清宫》。欧阳修此词可以说是这两首诗歌的融合:上片和杜诗一样,从荔枝着眼,讽刺唐明皇之荒淫、杨贵妃之专宠;下片则截取《长恨歌》中杨贵妃在马嵬驿被缢死这一情节,哀叹其结局之不幸,感慨物是人非的悲凉。

【注释】

①五岭:大庾岭、越城岭、骑田岭、萌渚岭、都庞岭的总称,位于江西、湖南、广东、广西四省之间,是长江与珠江流域的分水岭。《史记·张耳陈馀列传》:“北有长城之役,南有五岭之戍。”《汉书·张耳传》作“五领”,颜师古注引邓德明《南康记》:“大庾领一也,桂阳骑田领二也,九贞都庞领三也,临贺萌渚领四也,始安越城领五也。”晋·陆机《赠顾交阯公真》:“伐鼓五岭表,扬旌万里外。”麦秋:麦熟的季节,农历四、五月。《礼记·月令》:“(孟夏之月)靡草死,麦秋至。”陈澔集说:“秋者,百谷成熟之期。此于时虽夏,于麦则秋,故云麦秋。”唐·戴叔伦《酬袁太祝长卿小湖村山居书怀见寄》:“麦秋桑叶大,梅雨稻田新。”

②荔子:即荔枝。唐·韩愈《柳州罗池庙碑》:“荔子丹兮蕉黄,杂肴蔬兮进侯堂。”

③绛纱:红纱。纱,绢之轻细者。唐·韦应物《萼绿华歌》:“仙容娇矫兮杂瑶珮,轻衣重重兮蒙绛纱。”水晶丸:借喻荔枝果肉晶莹透明而又圆润。《全唐诗》卷七八五载《白雪歌》:“鸟啄冰潭玉镜开,风敲檐溜水晶折。”

④马嵬关:在今陕西省兴平县。安史之乱,玄宗奔蜀,途次马嵬驿,卫兵杀杨国忠,玄宗被迫赐杨贵妃死,葬于马嵬坡。唐·李商隐《马嵬》诗之一:“君王若道能倾国,玉辇何由过马嵬。”

⑤唐·李肇《唐国史补》:“杨贵妃生于蜀,好食荔枝,南海所生尤胜蜀者,故每岁飞驰以进,然方暑而熟,经宿则败,后人皆不知之。”唐·杜牧《过华清宫绝句三首》其一:“长安回望绣成堆,山顶千门次第开。一骑红尘妃

子笑，无人知是荔枝来。"

⑥骊山：陕西省临潼县东南，因古骊戎居此而得名。又名郦山。《汉书·刘向传》："秦始皇葬于骊山之阿，下锢三泉，上崇山坟，其高五十馀丈，周回五里有馀。"唐·张说《应制奉和》："汉家行树直新丰，秦地骊山抱温谷。"唐玄宗曾建华清宫于此，为杨贵妃沐浴处。

【汇评】

王灼《碧鸡漫志》卷四：《荔枝香》，《唐史礼乐志》云："帝幸骊山，杨贵妃生日，命小部张乐长生殿，奏新曲，未有名。会南方进荔枝，因名曰荔枝香。"《胜说》云："太真妃好食荔枝，每岁忠州置急递上进，五日至都。天宝四年夏，荔枝滋甚，比开笼时，香满一室，供奉李龟年撰此曲进之，宣赐甚厚。"《杨妃外传》云："明皇在骊山，命小部音声于长生殿奏新曲，未有名，会南海进荔枝，因名《荔枝香》。"三说虽小异，要是明皇时曲。然《史》及《杨妃外传》皆谓帝在骊山，故杜牧之《华清》绝句云："长安回望绣成堆，山顶千门次第开。一骑红尘妃子笑，无人知是荔枝来。"《遁斋闲览》非之，曰："明皇每岁十月幸骊山，至春乃还，未尝用六月，词意虽美，而失事实。"予观小杜《华清》长篇，又有"尘埃羯鼓索，片段荔枝筐"之语，其后欧阳永叔词亦云："一从魂散马嵬间。只有红尘无驿使，满眼骊山。"《唐史》既出永叔，宜此词亦尔也。今歇指、大石两调，皆有近拍，不知何者为本曲。

冯金伯辑《词苑萃编》卷二十三引林宾王：诗余荔子之咏，作者既少，遂无擅长。独欧阳公《浪淘沙》一首，稍存感慨悲凉耳。

浪淘沙

万恨苦绵绵①，旧约前欢②。桃花溪畔柳阴间③。几度日高春睡重，绣户深关④。　　楼外夕阳闲⑤，独自凭阑⑥。一重水隔一重山。水阔山高人不见，有泪无言。

【题解】

词咏离恨。上片写抒情主人公回忆起从前在桃花溪畔柳荫间和心上人立下的海誓山盟,再看看今日帘幕四垂、日高犹懒睡的孤寂生活,不禁心生千愁万恨,绵绵不绝。下片接着写在夕阳西下的黄昏时分,她独自凭栏,放眼远眺,希望能够看见他归家的身影。可是,除了那无情的重重的高山阔水,什么也见不着。她想倾诉,可是没有人倾听,唯有暗自垂泪。

【注释】

①绵绵:连续不断貌。《诗经·王风·葛藟》:"绵绵葛藟,在河之浒。"毛传:"绵绵,长不绝之貌。"唐·白居易《长恨歌》:"天长地久有时尽,此恨绵绵无绝期。"

②旧约:从前的约言,从前的盟约。《后汉书·梁统传》:"丞相王嘉轻为穿凿,亏除先帝旧约成律。"南唐·冯延巳《采桑子》:"如今别馆添萧索,满面啼痕,旧约犹存,忍把金环别与人。"

③桃蹊柳陌是春景艳丽之地。唐·刘禹锡《踏歌词》之二:"桃蹊柳陌好经过,灯下妆成月下歌。"宋·周邦彦《迎春乐》:"桃蹊柳曲闲踪迹。"

④绣户:雕绘华美的门户。多指妇女居室。南朝·宋·鲍照《拟行路难》之三:"璇闺玉墀上椒阁,文窗绣户垂罗幕。"宋·陆游《蝶恋花》:"不怕银釭深绣户,只愁风断青衣渡。"

⑤唐·赵嘏《赠李从贵》:"花外鸟归残雨暮,竹边人语夕阳闲。"

⑥凭阑:见《蝶恋花》(独倚危楼风细细)注⑤。

浪淘沙

今日北池游,漾漾轻舟①。波光潋滟柳条柔②。如此春来春又去,白了人头。　　好妓好歌喉,不醉难休。劝君满满酌金瓯。纵使花时常病酒③,也是风流④。

【题解】

词写游春遣怀。上片写词人荡舟游赏北池,湖面上水波荡漾,堤岸上柳枝披拂,一派大好春光。面对美好的春光,词人心生感慨:春天去了又来,来了又去,来去之间,自己的头发竟然已经变白。下片接着写美丽的歌

妓唱着动听的歌曲,持杯劝酒,想不一醉方休都不可能。词人劝朋友说,您
还是斟满酒杯、开怀痛饮吧! 纵使我们喝醉了,也是一种高雅风流,有什么
关系呢?

【注释】

①漾漾:闪耀貌。唐·皇甫曾《山下泉》:"漾漾带山光,澄澄倒林影。"
唐·许浑《春望思旧游》:"花光晴漾漾,山色昼峨峨。"

②潋滟:水波荡漾貌。《文选·木华〈海赋〉》:"浟湙潋滟,浮天无岸。"
李善注:"潋滟,相连之貌。"唐·温庭筠《郭处士击瓯歌》:"佶栗金虬石潭
古,勺陂潋滟幽修语。"唐·方干《题应天寺上方兼呈谦上人》:"势横绿野苍
茫外,影落平湖潋滟间。"唐·卢纶《上巳日陪齐相公花楼宴》:"树色参差
绿,湖光潋滟明。"

③病酒:饮酒沉醉。《晏子春秋·谏上三》:"景公饮酒,酲,三日而后
发。晏子见曰:'君病酒乎?'公曰:'然。'"宋·翁元龙《瑞龙吟》:"昼长病酒
添新恨,烟冷斜阳暝。"

④风流:洒脱放逸,风雅潇洒。《后汉书·方术传论》:"汉世之所谓名
士者,其风流可知矣。"唐·牟融《送友人》:"衣冠重文物,诗酒足风流。"

【汇评】

潘游龙《古今诗馀醉》卷三:别病不可,病酒何妨? 快甚。

定风波

把酒花前欲问他①,对花何吝醉颜酡②。春到几人能烂
赏③? 何况,无情风雨等闲多④。   艳树香丛都几许⑤? 朝
暮,惜红愁粉奈情何。好是金船浮玉浪⑥,相向⑦,十分深送
一声歌。

【题解】

词咏惜春之情。上片写词人手持酒杯,大声劝酒说:面对如此美景,为

什么要害怕喝红了脸呢？春天到来后又有几人能够尽情欣赏？更何况，无情的风雨无缘无故随时都会来到。下片写无论有多少艳树花丛，朝开暮落，人们都会伤春惜花。好在还有杯中美酒，还有歌女的劝酒之歌，就让我们开怀畅饮、尽情赏春吧！

【注释】

①把酒：见《采桑子》（画楼钟动君休唱）注⑦。

②吝：宋本《近体乐府》注："一作'惜'。宋本《醉翁琴趣外篇》作"惜"。颜酡：醉后脸泛红晕。《楚辞·招魂》："美人既醉，朱颜酡些。"王逸注："朱，赤也；酡，着也。言美女饮啖醉饱，则面着赤色而鲜好也。"

③烂赏：随意欣赏，纵情玩赏。宋·孟元老《〈东京梦华录〉序》："仆数十年烂赏叠游，莫知厌足。"

④风雨：《诗经·郑风·风雨》："风雨如晦，鸡鸣不已。"唐·李德裕《唐故左神策军护军中尉刘公神道碑铭》："遇物而泾渭自分，立诚而风雨如晦。"等闲：无端，平白。唐·刘禹锡《竹枝词》："长恨人心不如水，等闲平地起波澜。"宋·欧阳修《南歌子》："等闲妨了绣功夫，笑问双鸳鸯字怎生书。"

⑤几许：多少，若干。《古诗十九首·迢迢牵牛星》："河汉清且浅，相去复几许？"宋·杨万里《题兴宁县东文岭瀑泉在夜明场驿之东》："不知落处深几许，但闻井底碎玉声。"

⑥金船：一种金质的盛酒器。北周·庾信《北园新斋成应赵王教》："玉节调笙管，金船代酒卮。"倪璠注："《八王故事》曰：'陈思有神思，为鸭头杓，浮于九曲酒池。王意有所劝，鸭头则回向之。又为鹊尾杓，柄长而直。王意有所到处，于樽上镟之，鹊则指之。'……按：金船即鸭头杓之遗，陈思王所制也。后李白诗云：'却放酒船回。'李商隐诗云：'雨送酒船香。'皆云酒卮，盖本此也。"宋·叶廷珪《海录碎事》："金船，酒器中大者。"唐·张祜《少年乐》："醉把金船掷，闲敲玉镫游。"宋·孙光宪《上行杯》："金船满捧，绮罗愁，丝管咽。"

⑦相向：相对，面对面。《孟子·滕文公上》："昔者孔子没，三年之外，门人治任将归，入揖于子贡，相向而哭，皆失声，然后归。"《晋书·阮咸传》："咸至，宗人间共集，不复用杯筋斟酌，以大盆盛酒，圆坐相向，大酌更饮。"唐·孟郊《古怨别》："含情两相向，欲语气先咽。"

定风波

把酒花前欲问伊,忍嫌金盏负春时①。红艳不能旬日看②,宜算,须知开谢只相随。　　蝶去蝶来犹解恋,难见,回头还是度年期③。莫候饮阑花已尽,方信,无人堪与补残枝。

【题解】

词人端起酒杯感慨,如此雅兴怎么忍心嫌弃美酒,辜负春天呢?红艳美丽的花朵今天盛开着,也许不到十天就再也看不到了呢。花开花谢紧相随,花开,也就意味着花谢即将到来。下片写在花丛中飞来飞去的蝴蝶,尚且爱花惜春,它们知道一旦春归花谢,就难以寻觅踪迹了。所以你们不要等到酒阑花残,才肯相信没人能够将凋零的花瓣重新补缀到花枝上去。

【注释】

①金盏:亦作"金琖"。酒杯的美称。唐·杜甫《江畔独步寻花七绝句》之四:"谁人载酒开金盏,唤取佳人舞绣筵。"前蜀·毛文锡《酒泉子》:"柳丝无力袅烟空。金盏不辞须满酌,海棠花下思朦胧。醉春风。"宋·孙光宪《遐方怨》:"愿早传金琖,同欢卧醉乡。"

②旬日:十天。亦指较短的时日。《周礼·地官·泉府》:"凡赊者,祭祀无过旬日。"

③年期:年纪的期限,寿限。东晋·葛洪《抱朴子·任命》:"年期奄冉而不久,托世飘迅而不再。"

定风波

把酒花前欲问公①,对花何事诉金钟?为问去年春甚处②,虚度③,莺声撩乱一场空④。　　今岁春来须爱惜,难得,须知花面不长红⑤。待得酒醒君不见,千片,不随流水即随风。

【题解】

词咏惜春。首二句写词人把酒发问:面对鲜花美酒,有什么需要倾诉的吗? 次三句回想到,去年的春天是怎么度过的呢? 是白白地虚度了。春天在纷乱的莺声中不知不觉消逝,感觉就是一场空。在下片中,词人劝告说,今年的春天又来了,春光难得,你们一定要爱惜。须知花儿不会长红,春天不会永在。如果不珍惜的话,酒醒以后也许春天就已经开始离去了,到时所看到的,就只有随风飘零、随水流逝的片片落花了。

【注释】

①公:宋本《醉翁琴趣外篇》作"翁"。

②为问:汲古阁《六一词》作"为甚"。

③虚度:白白地度过。唐·元稹《酬乐天三月三日见寄》:"独倚破帘闲怅望,可怜虚度好春朝。"

④莺声:黄莺的啼鸣声。唐·白居易《春江》:"莺声诱引来花下,草色勾留坐水边。"撩乱:纷乱,杂乱。唐·韦应物《答重阳》:"坐使惊霜鬓,撩乱已如蓬。"

⑤花面:如花的脸。形容女子貌美。唐·李端《春游乐》诗之一:"褰裳踏露草,理鬓回花面。"唐·刘禹锡《寄赠小樊》:"花面丫头十三四,春来绰约向人时。"

定风波

把酒花前欲问君,世间何计可留春? 纵使青春留得住①,虚语②,无情花对有情人。 　　任是好花须落去,自古③,红颜能得几时新④。暗想浮生何时好⑤? 唯有,清歌一曲倒金尊⑥。

【题解】

《唐宋词汇评》云:"四词首句皆以'把酒花前'开篇,为一组联章。《渔家傲》'喜鹊填河''乞巧楼头''别恨长长'三首咏七夕,'九日欢游''青女霜前'二首咏重九,皆同此体。"

词人在首两句把酒发问:有什么办法可以留住春天呢?次三句意思一转,自问自答,纵使春天留得住,那也只是空话,因为到时只是有情人面对无情花,又有什么价值呢?下片意思又一转说,再鲜艳的花终究也会凋落,再美丽的容颜也不可能永驻,这是自古不变的道理。词人最后感叹道,既然人生不可能永远都是美好的,还不如听歌饮酒以消烦忧呢。

【注释】

①青春:指春天。春季草木茂盛,其色青绿,故称。《楚辞·大招》:"青春受谢,白日昭只。"王逸注:"青,东方春位,其色青也。"《佩文韵府》引南朝·梁元帝《纂要》:"春曰芳春、青春、阳春、九春。"唐·杜甫《闻官军收河南河北》:"白日放歌须纵酒,青春作伴好还乡。"

②虚语:假话,空话。《列子·周穆王》:"古之真人,其觉自忘,其寝不梦,几虚语哉。"汉·邹阳《狱中上梁王书》:"臣闻'忠无不报,信不见疑',臣常以为然,徒虚语耳。"南朝·梁·江淹《诣建平王上书》:"下官闻'仁不可恃,善不可依',谓徒虚语,乃今知之。"

③自古:《乐府雅词》作"今古"。从古以来。《诗经·小雅·甫田》:"我取其陈,食我农人,自古有年。"《论语·颜渊》:"自古皆有死,民无信不立。"三国·魏·曹丕《典论·论文》:"文人相轻,自古而然。"

④红颜:指少年。南朝·梁·沈约《君子有所思行》:"共矜红颜日,俱忘白发年。"唐·李白《赠孟浩然》:"红颜弃轩冕,白首卧松云。"宋·王安石《客至当饮酒》诗之二:"自从红颜时,照我至白首。"

⑤浮生:见《玉楼春》(燕鸿过后春归去)注②。

⑥清歌:不用乐器伴奏的歌唱。汉·张衡《思玄赋》:"双材悲于不纳兮,并咏诗而清歌。"三国·魏·曹丕《燕歌行》:"展诗清歌聊自宽,乐往哀来摧肺肝。"《晋书·乐志下》:"宋识善击节唱和,陈左善清歌。"宋·梅尧臣《留题希深美桧亭》:"乘月时来往,清歌思浩然。"

定风波

过尽韶华不可添①，小楼红日下层檐。春睡觉来情绪恶②，寂寞，杨花缭乱拂珠帘③。　　早是闲愁依旧在④，无奈，那堪更被宿醒兼⑤。把酒送春惆怅甚，长恁，年年三月病厌厌⑥。

【题解】

词咏春愁。上片写美好的春光已经离去，无可续添了。夕阳西下，映照着小楼的重檐。抒情主人公从春睡中醒来，面对令人伤感的残春景象，情绪格外低落。当他看到飘扬的柳絮乱拂珠帘时，更添一层寂寞。下片继续渲染愁情，写他先前的闲愁还在，加上宿醉未醒，倍感难堪无奈。本来是要把酒送春的，没想到反添惆怅。词人感叹，每年的三月份都因为春天离去而萎靡不振，长此以往，情何以堪。

【注释】

①韶华：宋本《近体乐府》"华"后注："一作'光'。"《乐府雅词》作"韶光"。美好的年华。唐·李贺《嘲少年》："莫道韶华镇长在，发白面皱专相待。"宋·秦观《江城子》："韶华不为少年留。恨悠悠，几时休。"

②情绪：心情，心境。唐·司空图《寓居有感》之三："客处不堪频送别，无多情绪更伤情。"宋·丘崇《洞仙歌·赋金林檎》："镇独自黄昏怯轻寒，这情绪年年，共花憔悴。"

③缭乱：通"撩乱"，纷乱。唐·杨凝《咏雨》："可怜缭乱点，湿尽满宫花。"宋·梅尧臣《禽言·提壶》："山花缭乱目前开，劝尔今朝千万寿。"

④早是：已是。唐·王勃《秋江送别》之一："早是他乡值早秋，江亭明月带江流。"宋·孙光宪《浣溪沙》："早是销魂残烛影，更愁闻着品弦声。"闲愁：无端无谓的忧愁。唐·张碧《惜花》之一："一窖闲愁驱不去，殷勤对尔酌金杯。"宋·贺铸《青玉案》："试问闲愁都几许？一川烟草，满城风絮，梅

子黄时雨。"

⑤宿醒:见《渔家傲》(六月炎蒸何太盛)注⑨。

⑥厌厌:同"恹恹",形容病态。唐·韩偓《春尽日》:"把酒送春惆怅在,年年三月病厌厌。"宋·欧阳修《送张屯田归洛歌》:"季秋九月予丧妇,十月厌厌成病躯。"

定风波

对酒追欢莫负春①,春光归去可饶人②。昨日红芳今绿树③,已暮,残花飞絮两纷纷④。　　粉面丽姝歌窈窕⑤,清妙⑥,尊前信任醉醺醺⑦。不是狂心贪燕乐⑧,自觉,年来白发满头新⑨。

【题解】

词惜春嗟老。上片劝人饮酒寻欢,莫要辜负了春天,因为春光一旦离去就不会再现。昨天还是花满枝头,今天已是绿树成荫。在这暮春时节,但见残花飘零,飞絮满天。下片写美丽的歌女唱着美妙动听的歌,词人听歌饮酒,喝得醉醺醺的。他自我辩解说:我并非天性轻狂贪恋宴饮享乐,而是近年来这新生的满头白发,让我感到青春易逝,还是及时行乐吧。

【注释】

①对酒:见《蝶恋花》(独倚危楼风细细)注⑦。追欢:寻欢。唐·谷神子《博异志·许汉阳》:"客中止一宵,亦有少酒,愿追欢。"宋·苏轼《去岁与子野游逍遥堂》:"往岁追欢地,寒窗梦不成。"宋·杨万里《中秋病中不饮》之一:"病来不饮非无酒,老去追欢总是愁。"

②可:宋本《醉翁琴趣外篇》作"肯"。

③红芳:红花。唐·陈子昂《感遇诗》:"但恨红芳歇,凋伤感所思。"前蜀·韦庄《诉衷情》:"碧沼红芳烟雨净,倚兰桡。"

④残花:将谢的花,未落尽的花。北周·庾信《和宇文内史入重阳阁》:

210

"旧兰憔悴长,残花烂漫舒。"唐·刘长卿《感怀》:"秋风落叶正堪悲,黄菊残花欲待谁?"纷纷:乱貌。《管子·枢言》:"纷纷乎若乱丝,遗遗乎若有从治。"宋·王安石《桃源行》:"重华一去宁复得?天下纷纷经几秦。"

⑤粉面:借指美人。宋·贺铸《定风波·桃》:"粉面不知何处在,无奈。武陵流水卷春空。"

⑥清妙:清新美妙。隋·卢思道《辽阳山寺愿文》:"圆珠积水,流清妙之音。"宋·张先《玉树后庭花》之二:"新声丽色千人,歌后庭清妙。"

⑦醉醺醺:亦作"醉熏熏""醉薰薰"。半醉貌。汉·张衡《东京赋》:"君臣欢康,具醉熏熏。"三国·魏·嵇康《家诫》:"见醉薰薰便止,慎不当至困醉,不能自裁也。"唐·岑参《送羽林长孙将军赴歙州》:"青门酒楼上,欲别醉醺醺。"

⑧燕乐:宴饮欢乐。唐·韦应物《乐燕行》:"良辰且燕乐,乐往不再来。"

⑨年来:近年以来或一年以来。唐·戴叔伦《越溪村居》:"年来桡客寄禅扉,多话贫居在翠微。"

蓦山溪

新正初破①,三五银蟾满②。纤手染香罗③,剪红莲、满城开遍。楼台上下,歌管咽春风④,驾香轮⑤,停宝马,只待金乌晚⑥。 帝城今夜,罗绮谁为伴⑦。应卜紫姑神⑧,问归期、相思望断。天涯情绪⑨,对酒且开颜,春宵短⑩。春寒浅。莫待金杯暖。

【题解】

词咏都城汴京的元宵佳节。上片写元旦刚刚过去,又迎来了月圆光满的元宵节。妇女们用一双双巧手描画绫罗,制成一盏盏精美的红莲灯,像莲花一样开遍全城。家家户户张灯结彩,阵阵音乐声在春风中飘荡。人们套车备马,只等日落天黑上街狂欢了。下片写在都城的这样一个狂欢夜,她孤单一人,无人作伴。她问卜于紫姑神,看对方何时能归来,结果是相思望断无聊赖。为了排遣远隔千里不得相见的愁绪,她决定开怀畅饮,以打发春宵苦短、春寒尚存的无聊时光。

【注释】

①新正:农历正月初一。唐·孟浩然《岁除夜会乐成张少府宅》:"旧曲梅花唱,新正柏酒樽。"唐·薛逢《元日田家》:"相逢但祝新正寿,对举那愁暮景催。"宋·陆游《壬子除夕》:"老逢新正幸强健,却视徂岁何峥嵘。"

②银蟾:月亮的别称。传说月中有蟾蜍,故称。唐·白居易《中秋月》:"照他几许人肠断,玉兔银蟾远不知。"满:月圆。《释名·释天》:"望,月满之名也。"《后汉书·丁鸿传》:"闲者月满先节,过望不亏,此臣骄溢背君,专功独行也。"李贤注:"月满先节谓未及望而满也。"唐·骆宾王《秋晨同淄川毛司马秋·秋月》:"云披玉绳净,月满镜轮圆。"

③香罗:绫罗的美称。唐·杜甫《端午日赐衣》:"细葛含风软,香罗叠雪轻。"

④歌管:谓唱歌奏乐。南朝·宋·鲍照《送别王宣城》:"举爵自惆怅,歌管为谁清?"唐·李白《自代内赠》:"犹有旧歌管,凄清闻四邻。"宋·苏轼《春夜》:"歌管楼台声细细,秋千院落夜沉沉。"

⑤香轮:香木做的车,车的美称。唐·郑谷《曲江春草》:"香轮莫辗青青破,留与愁人一醉眠。"宋·惠洪《冷斋夜话·秦国大长公主挽词》:"海阔三山路,香轮定不归。"

⑥金乌:古代神话传说太阳中有三足乌,因用为太阳的代称。汉·刘桢《清虑赋》:"玉树翠叶,上栖金乌。"唐·李涉《寄河阳从事杨潜》:"金乌欲上海如血,翠色一点蓬莱光。"

⑦罗绮:指衣着华贵的女子。唐·李白《清平乐》:"女伴莫话孤眠,六宫罗绮三千。"宋·柳永《迎新春》:"遍九陌罗绮,香风微度。"

⑧紫姑神:《异苑》卷五:"世有紫姑神,古来相传,云是人家妾,为大妇所嫉,每以秽事相次役,正月十五日感激而卒。故世人以其日作其形,夜间于厕或猪栏边迎之。祝曰:'子胥不在(其婿名),曹姑亦归,小姑可出戏。'捉者觉重,便是神来。奠设果酒,亦觉面辉辉有色,便跳躞不住,能占众事,卜蚕桑。"南朝·梁·宗懔《荆楚岁时记》:"正月十五日,其夕迎紫姑以卜将

来蚕桑,并占众事。"

⑨天涯:天边,指极远的地方。《古诗十九首·行行重行行》:"相去万徐里,各在天一涯。"南朝·陈·徐陵《与王僧辩书》:"维桑与梓,翻若天涯。"

⑩春宵:春夜。唐·白居易《长恨歌》:"春宵苦短日高起,从此君王不早朝。"

浣溪沙

云曳香绵彩柱高,绛旗风飚出花梢①。一梭红带往来抛。　　束素美人羞不打②,却嫌裙慢褪纤腰③。日斜深院影空摇。

【题解】

词咏秋千。上片写天空中白云飘荡,高高的秋千柱子装饰华美,秋千上的红旗在风中飘扬,一位身穿红衣的少女正在秋千上如同织布的梭子般穿荡。下片写一位身段苗条、穿着淡雅的羞答答的美丽少女,她害怕荡秋千时风儿撩起自己的裙幔,因此不肯踏上秋千架。结句写日斜天晚,荡秋千的女孩子已经结伴回家,只剩下深深庭院中还在摇动的秋千以及夕阳映照下的秋千影。

【注释】

①飚:摇动貌。飘动貌。《古文苑·刘歆〈遂初赋〉》:"回风育其飘忽兮,回飚飚之泠泠。"章樵注:"飚飚,动摇貌。"宋·陆游《中亭纳凉》之一:"摇摇楸线风初紧,飚飚荷盘露欲倾。"花梢:花木的枝梢。五代·王仁裕《开元天宝遗事·花上金铃》:"至春时,于后园中纫红丝为绳,密缀金铃,系于花梢之上。每有乌鹊翔集,则令园吏掣铃索以惊之。"宋·辛弃疾《东坡引》:"花梢红未足,条破惊新绿,重帘下遍阑干曲。"

②束素:一束绢帛。形容女子腰肢细柔。战国·楚·宋玉《登徒子好色赋》:"腰如束素,齿如含贝。嫣然一笑,惑阳城,迷下蔡。"南朝·梁·张

率《楚王吟》:"相看重束素,唯欣争细腰。"《宣和遗事》前集:"裁云剪雾制衫穿,束素纤腰恰一搦。"羞不打:羞答答。

③纤腰:细腰。唐·韦瓘《周秦行纪》卷上:"见前一人纤腰修眸,容甚丽。"宋·周邦彦《解语花·元宵》:"衣裳淡雅,看楚女纤腰一把。"

【汇评】

沈际飞《草堂诗馀正集》:"实粘秋千,迂回换眩。"

陈霆《渚山堂词话》卷二:欧公旧有春日词云:"绿杨楼外出秋千。"前辈叹赏,谓止一"出"字,是人着力道不到处。他日咏秋千作《浣溪沙》云:"云曳香绵彩柱高,绛旗风飐出花梢。"予谓虽同用"出"字,然视前句,其风致大段不牟。

浣溪沙

堤上游人逐画船①,拍堤春水四垂天②。绿杨楼外出秋千③。　　白发戴花君莫笑④,六幺催拍盏频传⑤。人生何处似尊前。

【题解】

《草堂诗馀隽》卷二误作黄庭坚词。《花庵词选》有词题"湖上",《乐府雅词》有词题"草堂"。

《唐宋词汇评》云:"咏颍州西湖,当作于皇祐元年(1049)知颍州时。"《欧阳修苏轼颍州诗词详注辑评》亦云:"皇祐元年(1049)知颍州时作。"词写春游的欢快场面。上片写人之欢。天高云淡,春水碧绿,如织的游人或追逐着画船,或荡着秋千。下片言己之乐。虽然已是满头花发,却依旧簪花发间,在歌筵舞席间推杯换盏,人生还有什么比这更欢乐的呢。词虽不离歌筵樽前,却由深闺移向户外,亦不失为对唐五代词的一种开拓。

【注释】

①画船:装饰华美的游船。南朝·梁元帝《玄圃牛渚矶碑》:"画船向

214

浦,锦缆牵矶。"宋·范仲淹《献百花洲图上陈州晏相公》:"步随芳草远,歌逐画船移。"

②四垂天:唐·韩偓《有忆》:"愁肠殢酒人千里,泪眼倚楼天四垂。"

③唐·王维《寒食城东即事》:"蹴鞠屡过飞鸟上,秋千竞出垂杨里。"

④戴:《古今诗馀醉》作"带"。欧阳修《洛阳牡丹记》:"洛阳之俗,大抵好花。春时,城中无贵贱,皆插花,虽负担者亦然。"清·赵翼《陔馀丛考·簪花》:"今俗(簪花)惟妇女,古人则无有不簪花者。"

⑤六幺:见《玉楼春》(西湖南北烟波阔)注③。

【汇评】

吴幵《优古堂诗话》:晁无咎评乐章:"欧阳永叔《浣溪沙》云:堤上游人逐画船,拍堤春水四垂天,绿杨楼外出秋千。要皆妙绝,然只一'出'字,自是后人道不到处。"予按唐王摩诘《寒食城东即事》诗云:"蹴鞠屡过飞鸟上,秋千竞出垂杨里。"欧公用"出"字盖本此。

杨慎评《草堂诗馀》卷一:不惟调句宛藻,而造理甚微,足唤醒人。

沈际飞《草堂诗馀正集》:"出"字亦后人着意道不到处,未苟达人之言。

陈霆《渚山堂词话》卷二:欧公旧有春日词云:"绿杨楼外出秋千。"前辈叹赏,谓止一"出"字,是人著力道不到处。他日咏秋千,作《浣溪沙》云:"云曳香绵彩柱高,绛旗风飐出花梢。"予谓虽同用"出"字,然视前句,其风致大段不侔。

王士祯《花草蒙拾》:"楼上晴天碧四垂"本韩侍郎"泪眼倚楼天四垂",不妨并佳。欧文忠"拍堤春水四垂天",柳员外"目断四天垂",皆本韩句,而意致少减。

冯金伯《词苑萃编》卷二十引李君实:晁无咎评欧阳永叔《浣溪沙》云:"'绿杨楼外出秋千',只一出字,自是后人道不到处。"予按王摩诘诗"秋千竞出垂杨里",欧公词意本此,晁偶忘之耶。

陈廷焯《别调集》:"风流自赏。"

黄苏《蓼园词选》:按第一阕,写世上儿女多少得意欢娱。第二阕"白发"句,写老成意趣,自在众人喧嚣之外。末句写得无限凄怆沉郁,妙在含蓄不尽。

王国维《人间词话》:欧九《浣溪沙》词"绿杨楼外出秋千",晁补之谓只一"出"字,便后人所不能道。余谓此本于正中上行杯词"柳外秋千出画墙",但欧语尤工耳。

唐圭璋《唐宋词简释》：此首记泛舟之乐。起记堤上游人之乐；次记堤下春水之盛；"绿杨"句，记临水人家之富丽。下片，触景生感，寓有及时行乐之意。

浣溪沙

湖上朱桥响画轮^①，溶溶春水浸春云^②。碧琉璃滑净无尘^③。　　当路游丝萦醉客^④，隔花啼鸟唤行人。日斜归去奈何春。

【题解】

《唐宋词汇评》云："皇祐元年(1049)作于知颍州时。"《欧阳修苏轼颍州诗词详注辑评》亦云："皇祐元年(1049)知颍州后作。"词写湖边春游，以写景取胜。首记桥上车马之繁，点明游人之多。次写湖水之美尤为出色。一碧无尘的湖水像一匹绿绸缎，倒映着天上的朵朵白云。下片言游丝萦客，啼鸟唤人，更有无限情味。与周邦彦《六丑》词"长条故惹行客，似牵衣待话，别情无极"同一境界。结句写日斜不得不归，颇含惆怅之意。

【注释】

①画轮：装饰华丽的车子。唐·郑嵎《津阳门》："画轮宝轴从天来，云中笑语声融怡。"

②溶溶：水流盛大貌。《楚辞·刘向〈九叹·逢纷〉》："扬流波之潢潢兮，体溶溶而东回。"王逸注："溶溶，波貌也。"南朝·梁·江淹《哀千里赋》："水则远天相逼，浮云共色，茫茫无底，溶溶不测。"唐·温庭筠《莲浦谣》："鸣桡轧轧溪溶溶，废绿平烟吴苑东。"宋·欧阳修《采桑子》："行云却在行舟下，空水澄鲜。俯仰留连。疑是湖中别有天。"

③滑：宋本《近体乐府》注云："'滑'作'影'。"琉璃：宋·欧阳修《采桑子》："无风水面琉璃滑，不觉船移。"

④游丝：蜘蛛等昆虫吐出来的细丝。唐·李白《惜馀春赋》："见游丝之

横路，网春辉以留人。"

【汇评】

王世贞《艺苑卮言》：永叔极不能作丽语，乃亦有之，曰"隔花暗鸟唤行人"，又"海棠经雨胭脂透"。

杨慎评《草堂诗馀》："奈何春"三字，新而远。

卓人月《古今词统》卷四：汤若士"良辰美景奈何天"本此。

董其昌《便读草堂诗馀》："触景赋诗，古人胸次何等活泼泼地。"

潘游龙《古今诗馀醉》卷三："隔花"句丽，"奈何"字，春色无边。

沈际飞《草堂诗馀正集》卷一："奈何"二字，春色撩人。

沈雄《古今词话·词话上卷》：弇州词评曰：永叔、长公，极不能作丽语，而亦有之。永叔如"当路游丝萦醉客，隔花啼鸟唤行人"，长公如"彩索身轻常趁燕，红窗睡重不闻莺"，胜人百倍。

黄苏《蓼园词选》：沈际飞曰：人谓永叔不能作丽语，如"隔花"句，"海棠经"两句，非丽语耶？按"奈何春"三字，从"萦"字"唤"字生来。"萦"字"唤"字，下得有情。而"奈何"字，自然脱口而出，不拘是比是赋，读之童童情长。

俞陛云《唐五代两宋词选释》：上阕写水畔春光明媚，风景宛然。下阕言嬉春之"醉客""行人"，营营扰扰，而"游丝""啼鸟"，复作意撩人，在冷眼观之，徒唤奈何，唯有"日斜归去"耳。

唐圭璋《唐宋词简释》：此首写湖上景色。起记桥上车马之繁。"溶溶"两句，写足湖水之美，一碧无尘，春云浸影，此景诚足令人忘返。下片，言游丝萦客，啼鸟唤人，更有无限情味。末句，点明日斜不得不归，又颇有惆怅之意。

浣溪沙

叶底青青杏子垂，枝头薄薄柳绵飞①。日高深院晚莺啼。　　堪恨风流成薄幸②，断无消息道归期。托腮无语翠眉低③。

217

【题解】

《花庵词选》有词题"春思"。

词咏闺怨。上片描绘暮春景象:树叶掩映的青杏低低下垂,柳树枝头的柳絮到处飘飞,在太阳照射下的深深庭院中,晚莺正无力地啼鸣。下片则直抒胸臆:她独处深闺,怨恨风流的心上人终成薄幸郎,离开以后就没有任何消息,更不要说告诉自己归期了。她对此无可奈何,只有无语托腮,愁眉低敛。

【注释】

①薄薄:广大貌。《荀子·荣辱》:"故薄薄之地,不得履之。"杨倞注:"薄薄谓旁薄广大之貌。"柳绵:柳絮。唐·李商隐《临发崇让宅紫薇》:"桃绶含情依露井,柳绵相忆隔章台。"宋·苏轼《蝶恋花》:"枝上柳绵吹又少,天涯何处无芳草。"

②薄幸:见《蝶恋花》(小院深深门掩亚)注⑥。

③托腮:凝思貌。南唐·李煜《捣练子》:"斜托香腮春笋嫩。"翠眉:古代女子用青黛画眉,故称。晋·崔豹《古今注·杂注》:"魏宫人好画长眉,今多作翠眉警鹤髻。"南朝·梁·江淹《丽色赋》:"夫绝世而独立者,信东方之佳人,既翠眉而瑶质,亦卢瞳而頳唇。"唐·卢纶《宴席赋得姚美人拍筝歌》:"微收皓腕缠红袖,深遏朱弦低翠眉。"

浣溪沙

青杏园林煮酒香①,佳人初着薄罗裳。柳丝摇曳燕飞忙②。 乍雨乍晴花自落,闲愁闲闷昼偏长。为谁消瘦损容光③。

【题解】

按此首别又见晏殊《珠玉词》。别又误入吴文英《梦窗词集》。《类编草堂诗馀》卷一又误作秦观词。

上片写园林春景:青杏低垂,煮酒飘香。柳丝在春风中摇曳,燕子在杏林中飞忙。佳人刚刚换上春装,穿上了薄薄的罗裳。下片写闲愁:天气乍晴乍雨,花儿亦自凋零。闲愁闲闷顿时涌上佳人心头,她埋怨白昼太长。到底是谁让她消瘦憔悴呢? 全词以问结束,答案自在问中。

【注释】

①园林:《全芳备祖》作"园中"。煮酒:热的酒。宋·苏轼《赠岭上梅》:"且趁青梅尝煮酒,要看细雨熟黄梅。"

②摇曳:亦作"摇拽"。晃荡,飘荡,摇动。南朝·宋·鲍照《代櫂歌行》:"飈戾长风振,摇曳高帆举。"唐·温庭筠《梦江南》:"山月不知心里事,水风空落眼前花。摇曳碧云斜。"

③容光:仪容风采。汉·徐干《室思》之一:"端坐而无为,仿佛君容光。"唐·元稹《莺莺传》:"自从消瘦减容光,万转千回懒下床。不为旁人羞不起,为郎憔悴却羞郎。"

浣溪沙

红粉佳人白玉杯①,木兰船稳棹歌催②。绿荷风里笑声来。　　细雨轻烟笼草树,斜桥曲水绕楼台③。夕阳高处画屏开④。

【题解】

《欧阳修苏轼颍州诗词详注辑评》云:"皇祐元年(1049)知颍州时作。欧阳修有《西湖泛舟呈运使学士张掞》诗,所写景色、构思、命意与此词仿佛,当为同时所作,可参看。"

词的上片写在华贵的木兰船中,红粉佳人正持杯劝酒。船身平稳,船工唱着整齐的棹歌催送行舟。微风吹拂,送来了荷花的清香,也送来了欢快的笑声。有棹歌有笑声,词的上片描绘了一番热闹的景象。下片转换视角,描写楼台。在轻烟细雨的笼罩之下,草树葱茏。斜桥曲水环绕之中,有一座楼台。夕阳西下,照射着楼台中打开的画屏。下片纯粹写景,可是景中却似乎又有人在。是什么样的人呢？词人没有给出提示，读者自然也是见仁见智，揣摩难定。上片写人，下片绘景；上片热闹，下片寂静；上片易懂，下片难言。整首词就在上下片的强烈对比中见出味道来。

【注释】

①红粉：妇女化妆用的胭脂和铅粉。《古诗十九首·青青河畔草》："娥娥红粉妆，纤纤出素手。"佳人：美女。战国·楚·宋玉《登徒子好色赋》："天下之佳人，莫若楚国；楚国之丽者，莫若臣里；臣里之美者，莫若臣东家之子。"汉·司马相如《长门赋》："夫何一佳人兮，步逍遥以自虞；魂逾佚而不反兮，形枯槁而独居？"宋·苏轼《虢国夫人夜游图》："佳人自鞚玉花骢，翩如惊燕踏飞龙。"

②木兰船：船的美称。南朝·梁·任昉《述异记》："在浔阳江中，多木兰树，昔吴王阖闾植木兰于此，用构宫殿也。七里洲中，有鲁班刻木兰为舟，舟至今在洲中。"南朝·梁·刘孝威《采莲曲》："金桨木兰船，戏采江南莲。"唐·柳宗元《酬曹侍御过象县见寄》："破额山前碧水流，骚人遥驻木兰舟。"唐·贾岛《和韩吏部泛南溪》："木兰船共山人上，月映渡头零落云。"棹歌：行船时所唱之歌。汉武帝《秋风辞》："箫鼓鸣兮发棹歌，欢乐极兮哀情多。"南朝·梁·丘迟《旦发渔浦潭》："棹歌发中流，鸣鞭响沓嶂。"

③楼台：高大建筑物的泛称。唐·杜甫《院中晚晴怀西郭茅舍》："复有楼台衔暮景，不劳钟鼓报新晴。"前蜀·韦庄《菩萨蛮》："骑马倚斜桥，满楼红袖招。"

④画屏：有画饰的屏风。南朝·梁·江淹《空青赋》："亦有曲帐画屏，素女彩扇。"唐·杜甫《寒雨朝行视园树》："江上今朝寒雨歇，篱中秀色画屏纤。"前蜀·韦庄《奉和观察郎中春暮忆花言怀见寄四韵之什》："落花带雪埋芳草，春雨和风湿画屏。"

浣溪沙

翠袖娇鬟舞《石州》①，两行红粉一时羞②。新声难逐管弦愁。　　白发主人年未老，清时贤相望偏优。一尊风月为公留③。

　　《唐宋词汇评》云:"熙宁五年(1072)赵概自睢阳来访颍州时作。'白发主人'为欧阳修自指,'清时贤相'指赵概,时二人皆已致仕。"邱少华《欧阳修词新释辑评》则云:"此首当作于韩琦家宴上,时间当在宋仁宗嘉祐六年(1061年)韩琦任宰相前后至宋英宗治平三年(1067年)三月欧阳修离朝之间。"

　　词的上片写一位穿着漂亮长相甜美的舞女正随着《石州》舞曲跳舞,她优美的舞姿令其他的歌儿舞女赞叹不已,自愧不如。下片将笔墨转向设宴者,赞扬这位太平宰相头发虽白,人却不老,他执政的声望无人能比。词人因此恳请道:在今天的盛宴中,还是请您为我们吟风弄月、饮酒赋诗吧。

【注释】

　　①翠袖:青绿色衣袖。泛指女子的装束。唐·杜甫《佳人》:"天寒翠袖薄,日暮倚修竹。"宋·苏轼《王晋叔所藏画跋尾·芍药》:"倚竹佳人翠袖长,天寒犹着薄罗裳。"娇鬟:美丽的环状发髻。借指美女。唐·刘商《铜雀妓》:"玉辇岂再来,娇鬟为谁绿。"南唐·冯延巳《菩萨蛮》:"娇鬟堆枕钗横凤,溶溶春水杨花梦。"《石州》:舞曲名。宋·郭茂倩《乐府诗集·近代曲辞·石州》题解:"《石州》,商调曲也,又有舞《石州》。"

　　②红粉:借指美女。宋·计有功《唐诗纪事·杜牧》:"忽发狂言惊满座,两行红粉一时回。"一时:同时,一齐。《晋书·李矩传》:"矩曰:'俱是国家臣妾,焉有彼此!'乃一时遣之。"

　　③风月:清风明月。泛指美好的景色。唐·吕岩《酹江月》:"倚天长啸,洞中无限风月。"

浣溪沙

　　灯烬垂花月似霜①,薄帘映月两交光。酒酽红粉自生香②。　　双手舞馀拖翠袖③,一声歌已醉金觞④。休回娇眼断人肠。

【题解】

词咏歌舞伎。词的上片写景：室内灯花下垂如穗，窗外月光穿透薄薄的窗纱，和灯光交相融会，形成一种朦胧的境界。在如此温馨的环境里，喝得微醺的红粉佳人，浑身散发出醉人的芳香。下片写舞女刚刚跳完舞，她们双手拖翠袖，盈盈下拜；歌女也刚刚唱完歌，并劝客人将杯中的酒一饮而尽。她们不但能歌善舞，劝酒侑觞，而且娇眼回睇，能断人肠。

【注释】

①灯烬：灯芯燃烧后剩下的炭灰。宋·苏轼《岁晚相与馈问归寄子由守岁》："坐久灯烬落，起看北斗斜。"垂花：灯芯余烬结成的花状物。北周·庾信《对烛赋》："刺取灯花持桂烛，还却灯檠下烛盘。"宋·苏轼《西江月·坐客见和复次韵》："灯花零落酒花秾，妙语一时飞动。"月似霜：唐·王维《秋夜即事》："高楼月似霜，秋夜郁金堂。"

②醺：酒醉貌。唐·白居易《醉后戏题》："今夜醉醺罗绮暖，被君融尽玉壶冰。"后蜀·欧阳炯《巫山一段云》："春去秋来也，愁心似醉醺。"

③翠袖：见《浣溪沙》（翠袖娇鬟舞《石州》）注①。

④醨：喝尽杯中酒。《淮南子·道应训》："（魏）文侯受觞而饮醨不献。"《新五代史·唐明宗纪》："（庄宗）因引钟饮醨，奋挝驰骑。"金觞：精美珍贵的金制酒杯。三国·魏·曹植《侍太子坐》："清醴盈金觞，肴馔纵横陈。"晋·张华《游猎篇》："燔炙播遗芳，金觞浮素蚁。"《文选·江淹〈别赋〉》："掩金觞而谁御，横玉柱而沾轼。"吕延济注："觞，酒杯也，以金为之。"

浣溪沙

十载相逢酒一卮，故人才见便开眉①。老来游旧更同谁。　　浮世歌欢真易失②，宦途离合信难期③。尊前莫惜醉如泥④。

词写故人重逢。上片写阔别十年的老朋友再次相逢,非常高兴。他们把酒叙旧,为昔日的相交而开心,为今日的重逢而激动。并且感叹说在年老之时,也不知道还有没有机会和其他的老朋友相聚痛饮。下片紧承上片,感叹人生一世,欢乐的日子总是那么容易失去,仕途中的离合聚散更是难以预期。今天既然相聚了,那就让我们开怀畅饮、一醉方休吧。

【注释】

①开眉:笑,开颜,喻舒心。唐·白居易《偶作寄朗之》:"歧分两回首,书到一开眉。"宋·范仲淹《登表海楼》:"一带林峦秀复奇,每来凭槛即开眉。"

②浮世:人间,人世。旧时认为人世间是浮沉聚散不定的,故称。三国·魏·阮籍《大人先生传》:"逍遥浮世,与道俱成。"唐·许浑《将赴京留赠僧院》:"空悲浮世云无定,多感流年水不还。"

③离合:分合,聚散。《楚辞·离骚》:"纷总总其离合兮,班陆离其上下。"《文选·陆机〈为顾彦先赠妇〉诗之二》:"离合非有常,譬彼弦与括。"李善注引《吕氏春秋》:"夫万物成则毁,合则离,离则复合,合则复离。"宋·张耒《风流子》:"空恨碧云离合,青鸟沉浮。"

④醉如泥:烂醉貌。《后汉书·周泽传》:"一岁三百六十日,三百五十九日斋。"唐·李贤注:"《汉官仪》此下云:'一日不斋醉如泥。'"唐·杜甫《将赴成都草堂途中有作先寄严郑公》之三:"肯藉荒亭春草色,先判一饮醉如泥。"宋·张孝祥《西江月》:"三杯村酒醉如泥,天色寒呵且睡。"

御带花

青春何处风光好,帝里偏爱元夕①。万重缯彩②,构一屏峰岭,半空金碧③。宝檠银釭④,耀绛幕、龙虎腾掷。沙堤远⑤,雕轮绣毂⑥,争走五王宅⑦。　　雍容熙熙昼⑧,会乐府神姬,海洞仙客。拽香摇翠,称执手行歌,锦街天陌。月淡寒轻、渐向晓、漏声寂寂。当年少,狂心未已,不醉怎归得。

【题解】

词咏都城汴京的元宵盛况。词以问句发端,说春天到来后,什么地方的风光最美好呢?自然是元宵节时的都城汴京。人们用无数的彩色丝绸,将高高的楼房装点得金碧辉煌。一盏一盏的莲花灯,在帷幕四周闪耀,如同龙腾虎跃。在绵长而又开阔平整的沙面大道上,华美高贵的车辆络绎不绝,奔走于王公贵人的府邸之间。下片接着写元宵夜的热闹场景。在月光和灯光的交相映照下,锦街天陌,耀如白昼。打扮华贵的人群熙熙攘攘,女的美丽如天上神仙,男的潇洒如海洞仙客。他们或拽香摇翠,或执手欢歌,兴奋异常。不知不觉间,月光转淡,轻寒袭身,铜壶滴漏的声音渐渐归于沉寂,天快要亮了。而那些年少狂放的年轻人,却还狂心未已:不喝个酩酊大醉,怎么能够回家呢?

【注释】

①帝里:帝都,京都。《晋书·王导传》:"建康,古之金陵,旧为帝里,又孙仲谋、刘玄德俱言王者之宅。"唐·李百药《赋得魏都》:"帝里三方盛,王庭万国来。"元夕:旧称农历正月十五日为上元节,是夜称"元夕",亦作"元夜""元宵"。唐以来有观灯的风俗,所以又称"灯节"。宋·叶适《运使直阁郎中王公墓志铭》:"会庆节礼毕,吏以例白留山棚,元夕张灯可就用也。"唐·韩偓《元夜即席》:"元宵清景亚元正,丝雨霏霏向晚倾。"

②缯彩:彩色缯帛。汉·贾谊《新书·势卑》:"以汉而岁致金絮缯彩,是入贡职于蛮夷也。"

③金碧:金黄和碧绿的颜色。唐·罗邺《上阳宫》:"深锁笙歌巢燕听,遥瞻金碧路人愁。"宋·苏轼《雍秀才画草虫八物·鬼蝶》:"双眉卷铁丝,两翅晕金碧。"

④檠:灯架。北周·庾信《对烛赋》:"刺取灯花持桂烛,还却灯檠下烛盘。"宋·陆游《冬夜读书》:"莫笑灯檠二尺馀,老来旧学要耘锄。"银缸:银白色的灯盏、烛台。亦作"银缸"。南朝·梁元帝《草名》:"金钱买含笑,银缸影梳头。"金·董解元《西厢记诸宫调》卷四:"壁上银缸半明灭,床上无眠,愁对如年夜。"

⑤沙堤:唐代专为宰相通行车马所铺筑的沙面大路,后指枢臣所行之路。唐·李肇《唐国史补》卷下:"凡拜相,礼绝班行,府县载沙填路。自私

第至于子城东街，名曰沙堤。"唐·白居易《官牛》："一石沙，几斤重？朝载暮载将何用？载向五门官道西，绿槐阴下铺沙堤。昨日新拜右丞相，恐怕泥涂污马蹄。"宋·张元干《满庭芳·寿富枢密》："此去沙堤步稳，调金鼎，七叶貂蝉。"

⑥雕轮：指雕花彩饰而华美的车。南朝·宋·谢惠连《长安有狭邪行》："帝帝雕轮驰，轩轩翠盖舒。"宋·易祓《蓦山溪》："宝马趁雕轮，乱红中香尘满路。"绣毂：饰有纹彩的车毂，代指华美的车。《史记·张耳陈馀列传》："令范阳令乘朱轮华毂，使驱驰燕赵郊。"南朝·梁·徐悱《古意酬到长史溉登琅邪城》："鲜车骛华毂，汗马跃银鞍。"宋·王安石《诉衷情·和俞秀老鹤》："追思往昔如梦，华毂也曾丹。"

⑦五王宅：《旧唐书》卷九十五《睿宗诸子列传·让皇帝宪》："初，玄宗兄弟圣历初出阁，列第于东都积善坊，五人分院同居，号'五王宅'。大足元年，从幸西京，赐宅于兴庆坊，亦号'五王宅'。及先天之后，兴庆是龙潜旧邸，因以为宫。宪于胜业东南角赐宅，申王㧑、岐王范于安兴坊东南赐宅，薛王业于胜业西北角赐宅，邸第相望，环于宫侧。玄宗于兴庆宫西南置楼，西面题曰花萼相辉之楼，南面题曰勤政务本之楼。玄宗时登楼，闻诸王音乐之声，咸召登楼同榻宴谑，或便幸其第，赐金分帛，厚其欢赏。诸王每日于侧门朝见，归宅之后，即奏乐纵饮，击毬斗鸡，或近郊从禽，或别墅追赏，不绝于岁月矣。游践之所，中使相望，以为天子友悌，近古无比，故人无间然。"

⑧雍容：形容华贵，有威仪。《后汉书·列女传·王霸妻》："子伯乃令子奉书于霸，车马服从，雍容如也。"宋·辛弃疾《满江红·题冷泉亭》词之二："便小驻，雍容千骑，羽觞飞急。"熙熙：和乐貌。《老子》："众人熙熙，如享太牢，如春登台。"《汉书·礼乐志》："众庶熙熙，施及夭胎；群生啿啿，唯春之祺。"颜师古注："熙熙，和乐貌也。"唐·韦应物《往富平伤怀》："出门无所忧，返室亦熙熙。"

虞美人

炉香昼永龙烟白①，风动金鸾额②。画屏寒掩小山川③，睡容初起枕痕圆④,坠花钿⑤。　　楼高不及烟霄半⑥,望尽相思眼。艳阳刚爱挫愁人⑦,故生芳草碧连云,怨王孙⑧。

【题解】

按此首别又见杜安世《杜寿域词》。

词咏闺怨。上片写在白昼渐长的春日里,炉香青白色的烟雾袅袅上升,微风轻轻拂动着饰有金鸾的帘子,画屏上的山水透出些微寒意。就是在这样一个清冷的环境里,女主人公刚刚睡醒,脸上还有枕头花纹圆圆的印痕,头上的花钿也落在枕头旁边。下片写她登上层楼,极目远望。她埋怨楼高不与浮云齐,因而不能尽情望断相思眼;她又埋怨爱折磨人的艳阳天,故意生发出连天碧草引离情;最后她直接埋怨王孙,在春草生兮萋萋之时,为何游兮不归?

【注释】

①炉香:南唐·李璟《望远行》:"夜寒不去寝难成,炉香烟冷自亭亭。"昼永:白昼漫长。宋·洪迈《容斋三笔·李元亮诗启》:"元亮亦工诗,如'人闲知昼永,花落见春深'。"宋·林逋《病中谢马彭年见访》:"山空门自掩,昼永枕频移。"龙烟:炉香烟雾上腾如龙。唐·王建《宫词》:"龙烟日暖紫瞳瞳,宣政门当玉殿风。"

②金鸾额:饰有金鸾的帘额。唐·李贺《宫娃歌》:"寒入罘罳殿影昏,彩鸾帘额著霜痕。"

③画屏:有画饰的屏风。南朝·梁·江淹《空青赋》:"亦有曲帐画屏,素女彩扇。"前蜀·韦庄《奉和观察郎中春暮忆花言怀见寄四韵之什》:"落花带雪埋芳草,春雨和风湿画屏。"寒掩:《寿域词》作"细展"。

④枕痕:睡时印在脸上的枕头花纹,即枕函花。宋·苏轼《和子由送将官梁左藏仲通》:"觉来身世都是梦,坐久枕痕犹著面。"宋·周邦彦《满江红·仙吕》:"蝶粉蜂黄都褪了,枕痕一线红生肉。"

⑤花钿:用金翠珠宝制成的花形首饰。南朝·梁·沈约《丽人赋》:"陆离羽佩,杂错花钿。"唐·白居易《长恨歌》:"花钿委地无人收,翠翘金雀玉搔头。"

⑥烟霄:云霄。唐·陈子昂《春日登金华观》:"山川乱云日,楼榭入烟

霄。"宋·陆游《蓬莱行》:"山峭插云海,楼高入烟霄。"

⑦挫:折磨。宋·柳永《鹤冲天》:"悔恨无计那。迢迢良夜,自家只恁摧挫。"金·董解元《西厢记诸宫调》卷四:"见气出不迭,口不暂合,自埋怨,自摧挫,一会家自哭自歌。"

⑧王孙:《楚辞·淮南小山〈招隐士〉》:"王孙游兮不归,春草生兮萋萋。"王夫之通释:"王孙,隐士也。秦汉以上,士皆王侯之裔,故称王孙。"唐·杜甫《哀王孙》:"腰下宝玦青珊瑚,可怜王孙泣路隅。"

鹤冲天

梅谢粉,柳拖金①,香满旧园林。养花天气半晴阴②,花好却愁深。　　花无数,愁无数,花好却愁春去。戴花持酒祝东风③,千万莫匆匆。

【题解】

词咏惜春、伤春。上片写梅花已经开始凋谢,柳条渐渐显出嫩黄色,在微风中摇曳。旧日园林中,充溢着各种各样的香味。一会儿晴一会儿阴的养花天气里,花开得越好,越惹人怜爱,也就越担心它凋谢,愁情自然也就越深。下片写花有多少,愁就有多少。花好的时候总是发愁春天离去。于是戴花持酒劝东风,千万不要匆匆离开,让花儿开得更长久些。

【注释】

①首两句指梅花已谢,柳条初黄。宋·范成大《与游子明同过石湖》:"梅粉都皴啼宿雨,柳黄不展噤春寒。"

②养花天气:见《渔家傲》(二月春期看已半)注③。

③唐·司空图《酒泉子》:"黄昏把酒祝东风,且从容。"

夜行船

忆昔西都欢纵①,自别后、有谁能共。伊川山水洛川

227

花②,细寻思、旧游如梦。　　今日相逢情愈重③,愁闻唱、画楼钟动④。白发天涯逢此景,倒金尊、嬭谁相送。

【题解】

《唐宋词汇评》云:"画楼钟动",谢绛《夜行船》句,欧阳修作此词时,谢绛已卒。词中的景祐初洛阳旧人,据欧阳修《七交七首》诗,似为张尧夫、尹师鱼、杨子聪、梅圣俞、张太素、王几道。庆历八年(1048),梅尧臣秋后自宣城赴陈州签书镇安军节度判官任,途中与欧阳修会于扬州。梅尧臣有《永叔进道堂夜话》《秋夜同永叔看月》《观舞》诸诗,此词或为梅尧臣送行而作,识此待考。《颍州诗词详注辑评》则云:"皇祐元年(1049)二月赴颍州途中作。欧阳修于庆历八年(1048)闰正月移知扬州,至冬,因眼疾恶化,加之不堪迎送之繁剧,乃请求改知小郡,得朝廷俞允。皇祐元年二月,欧阳修踏上赴颍州的旅程。船行运河,然后溯淮而上,在涡口(今安徽怀远),巧遇辞去陈州判官回宣城奔父丧的挚友梅尧臣。二人在江边小楼上举酒话旧,回顾十九年前欧阳修充西京留守推官时,与梅尧臣、张汝士、张先、谢绛、尹源、杨子聪、尹洙并称'洛阳七友','以文章道德相切劘,率常赋诗饮酒,间以谈戏,相得尤乐'(王辟之《渑水燕谈录》)。如今斗转星移,人事沧桑,往日七友,只有座上二人尚健存,不禁感慨伤怀。欧阳修赋《夜行船》词二首,梅尧臣作《涡口得双鳜鱼怀永叔》诗。"

词的上片说当年在西都洛阳一起欢乐纵情的生活,自从分别后,再也未曾拥有过。他们同游洛阳山水名胜,度过了一段快乐无比的生活,仔细寻思,竟然如同梦境一般遥不可及。下片写今日重逢,情意更加深厚。他们听到画楼报时的钟声敲响,顿感愁闷,因为这意味着又一次离别。词人最后感叹道,当年洛阳相聚,风华正茂,如今相逢,竟然都已成白发老翁。此情此景,情何以堪?还是让我们斟满酒杯,尽情痛饮吧。

【注释】

①西都:北宋以洛阳为陪都,因在开封西,故称洛阳为西都。宋·梅尧臣《闻欧阳永叔谪夷陵》:"共在西都日,居常慷慨言。"

②伊川:古地名。指伊水所流经的伊河流域。《左传·僖公二十二年》:"辛有适伊川,见被发而祭于野者。"杜预注:"伊川,周地。伊,水也。"

杨伯峻注:"伊川,伊河所经之地,当今河南省嵩县及伊川县境。"洛川:洛水。即今河南省洛河。三国·魏·曹植《洛神赋》:"容与乎阳林,流眄乎洛川。"南朝·宋·鲍照《拟古》诗之四:"日夕登城隅,周回视洛川。"唐·武平一《杂曲歌辞·妾薄命》:"洛川昔云遇,高唐今尚违。"

③汲古阁《六一词》在"今日"句上有"记"字。愈:宋本《醉翁琴趣外篇》作"态"。

④宋·谢绛《夜行船》:"相看送到断肠时,月西斜、画楼钟动。"

夜行船

满眼东风飞絮,催行色、短亭春暮①。落花流水草连云②,看看是、断肠南浦③。　　檀板未终人去去④,扁舟在、绿杨深处⑤。手把金尊难为别,更那听、乱莺疏雨。

【题解】

词咏离别。上片写在饯别的短亭里,东风吹拂,飞絮满天,好像在催人赶快上路。落花随着流水漂走,芳草铺满原野,直接天边的云霞。面对令人伤感的残春景象,即将分别的人肝肠寸断。下片写离别的歌还没有唱完,扁舟已经驶向绿杨深处。送行者手持酒杯,本身就因朋友远行而黯然神伤,恰在此时又传来乱莺疏雨之声,情更难堪。

【注释】

①行色:行旅出发前后的情状、气派。《庄子·盗跖》:"今者阙然数日不见,车马有行色,得微往见跖耶?"南唐·冯延巳《归国谣》:"芦花千里霜月白,伤行色,明朝便是关山隔。"短亭:旧时城外大道旁,五里设短亭,十里设长亭,为行人休憩或送行饯别之所。北周·庾信《哀江南赋》:"十里五里,长亭短亭。"唐·李白《菩萨蛮》:"何处是归程,长亭更短亭。"宋·周邦彦《瑞鹤仙》:"过短亭,何用素约?"

②草连云:宋本《近体乐府》注:"一作'草连天'。"

③南浦:南面的水边。后常用称送别之地。战国·楚·屈原《九歌·

河伯》：“子交手兮东行，送美人兮南浦。”王逸注：“愿河伯送己南至江之涯。”南朝·江淹《别赋》：“春草碧色，春水渌波，送君南浦，伤如之何。”唐·李贺《黄头郎》：“黄头郎，捞拢去不归。南浦芙蓉影，愁红独自垂。”王琦注引曾益曰：“南浦，送别之地。”

④檀板：乐器名，檀木制的拍板。唐·杜牧《自宣州赴官入京，路逢裴坦判官归宣州，因题赠》：“画堂檀板秋拍碎，一饮有时联十觞。”人去去：宋本《近体乐府》卷末注云：“一作‘人又去’。”宋本《醉翁琴趣外篇》作“人未去”。

⑤扁舟：小船。《史记·货殖列传》：“范蠡既雪会稽之耻，乃喟然而叹曰：‘计然之策七，越用其五而得意。既已施于国，吾欲用之家。’乃乘扁舟浮于江湖。”唐·王昌龄《卢溪主人》：“武陵溪口驻扁舟，溪水随君向北流。”宋·苏轼《前赤壁赋》：“驾一叶之扁舟，举匏尊以相属。”

【汇评】

陈廷焯《白雨斋词话》卷一：(满眼东风飞絮)寻常意写得如此浓至。(看看是)三字，咄咄逼人，情景兼到。

洛阳春

红纱未晓黄鹂语①，蕙炉销兰炷②。锦屏罗幕护春寒，昨夜三更雨。　　绣帏闲倚吹轻絮，敛眉山无绪③。看花拭泪向归鸿④，问来处、逢郎否。

【题解】

词咏离愁。上片写天还没有亮，黄莺鸟就已开始啼叫。卧室里，精美的香炉里燃烧的线香，正散发出一阵阵清香。昨夜三更时虽然下了场春雨，但低垂的罗幕、锦绣的屏风以及红纱帐，将春寒遮挡在外。下片写天亮以后，女主人公闲倚绣帏，看着窗外飞扬的柳絮，不禁眉头紧皱，情绪低落。当她看到盛开的鲜花时，想到自己如花般的年纪却没有人在身边疼爱自己，泪水禁不住地流了下来。正在百无聊赖之时，北归的大雁飞过苍穹，她连忙拭泪问道：你们回来时，看到了我的心上人吗？

【注释】

①黄鹂：鸟名。也叫鸧鹒或黄莺。南朝·梁·何逊《石头答庚郎丹》："黄鹂隐叶飞，蛱蝶萦空戏。"唐·杜甫《绝句》之二："两个黄鹂鸣翠柳，一行白鹭上青天。"

②蕙炷：线香的美称。唐·陆龟蒙《邺宫词》之一："魏武平生不好香，枫胶蕙炷洁宫房。"宋·欧阳修《渔家傲》："畏日亭亭残蕙炷，傍帘乳燕双飞去。"宋·毛滂《浣溪沙·送汤》："蕙炷犹熏百和秋，兰膏正烂五枝红。风流云散太匆匆。"

③眉山：见《踏莎行》(雨霁风光)注⑧。无绪：没有情绪。宋·柳永《雨霖铃》："都门帐饮无绪，留恋处、兰舟催发。"

④归鸿：归雁。诗文中多用以寄托归思。三国·魏·嵇康《赠秀才入军》诗之四："目送归鸿，手挥五弦。"唐·张乔《登慈恩寺塔》："斜阳越乡思，天末见归鸿。"宋·王安石《送陈景初》："长安何日到，一一问归鸿。"

雨中花

千古都门行路①，能使离歌声苦②。送尽行人，花残春晚，又到君东去③。　　醉藉落花吹暖絮，多少曲堤芳树。且携手留连④，良辰美景⑤，留作相思处。

【题解】

词写送别。上片首两句感叹说自古以来，都城城门的道路上，迎来送往，熙熙攘攘，离别的歌声唱得最苦。次三句说到他自己在这里已经送走了几乎所有的朋友，今天，在这百花凋残、令人伤感的暮春时节，又来送你这位朋友向东而去。下片写他安慰朋友说，让我们乘着酒兴，迎着落花飞絮，在这曲堤芳树之间，携手流连于良辰美景，以作相思时的忆念吧。这首送别词写得情真意挚，没有一般送别之作的哀伤之感。

①都门:汴京城门。宋·柳永《雨霖铃》:"都门帐饮无绪,留恋处,兰舟催发。"行路:道路。南朝·宋·颜延之《秋胡》:"驱车出郊郭,行路正威迟。"宋·谢翱《效孟郊体》:"闲庭生柏影,荇藻交行路。"

②离歌:伤别的歌曲。南朝·梁·何逊《答丘长史诗》:"宴年时未几,离歌倏成赋。"唐·骆宾王《送王赞府上京参选赋得鹤》:"离歌凄妙曲,别操绕繁弦。"宋·周邦彦《点绛唇》:"征骑初停,酒行莫放离歌举。"

③君东:《花草粹编》作"东君"。东君:司春之神。唐·王初《立春后作》:"东君珂佩响珊珊,青驭多时下九关。方信玉霄千万里,春风犹未到人间。"宋·辛弃疾《满江红·暮春》:"可恨东君,把春去,春来无迹。"

④留连:留恋不舍。三国·魏·曹丕《燕歌行》之二:"飞鸟晨鸣声可怜,留连顾怀不自存。"唐·李白《友人会宿》:"涤荡千古愁,留连百壶饮。"

⑤良辰美景:美好的时光和景物。南朝·宋·谢灵运《拟魏太子邺中集诗序》:"天下良辰、美景、赏心、乐事,四者难并。"唐·杨炯《祭刘少监文》:"良辰美景,必躬于乐事;茂林修竹,每协于高情。"

越溪春

三月十三寒食日①,春色遍天涯。越溪阆苑繁华地②,傍禁垣、珠翠烟霞③。红粉墙头,秋千影里,临水人家。　　归来晚驻香车④,银箭透窗纱⑤。有时三点两点雨霁⑥,朱门柳细风斜⑦。沉麝不烧金鸭冷⑧,笼月照梨花。

【题解】

词咏寒食节。上片写三月十三日寒食日,大地已是一片春色。依傍城墙的越溪阆苑,繁华秀美,云霞灿烂,来此游玩的妇女穿戴华贵。红色的围墙内,有临水人家,旁边还有一座秋千架。如果说上片主要是写景,下片则写人。她白天出门游玩,归来时天色已晚,铜壶滴漏的声音透过窗纱传进室内。小雨时下时止，细柳在微风中摇曳，月光笼罩着梨花。下片主要是通过景物描写来显示女主人公的身份、心情，从香车、朱门可以看出她身份高贵，从"银箭透窗纱""沉麝不烧金鸭冷"又可看出她的孤独。

【注释】

①寒食：节日名，在清明前一日或二日。相传春秋时晋文公负其功臣介之推，介愤而隐于绵山。文公悔悟，烧山逼令出仕，之推抱树焚死。人民同情介之推的遭遇，相约于其忌日禁火冷食，以为悼念。以后相沿成俗，谓之寒食。南朝·梁·宗懔《荆楚岁时记》："去冬节一百五日，即有疾风甚雨，谓之寒食。禁火三日，造饧大麦粥。"唐·韩翃《寒食》："春城无处不飞花，寒食东风御柳斜。"

②越溪：传说为越国美女西施浣纱之处，本称若耶溪，在越州城（今浙江绍兴市）东南。唐·李白《送祝八之江东赋得浣纱石》："西施越溪女，明艳光云海。"唐·王维《西施咏》："朝为越溪女，暮作吴宫妃。"五代·和凝《宫词》之七一："越溪姝丽入深宫，俭素皆持马后风。"阆苑：阆风之苑，传说中仙人的住处。借指苑囿。南朝·梁·庾肩吾《山池应令》："阆苑秋光暮，金塘收潦清。"

③禁垣：皇宫城墙。亦指宫中。唐·薛奇童《楚宫词》之二："日晚梧桐落，微寒入禁垣。"珠翠：本指珍珠和翡翠，妇女华贵的饰物。借指盛装女子。唐·陆龟蒙《杂伎》："六宫争近乘舆望，珠翠三千拥赭袍。"烟霞：烟雾，云霞。此泛指山水、山林。南朝·梁·萧统《锦带书十二月启·夹钟二月》："敬想足下，优游泉石，放旷烟霞。"唐·杨炯《原州百泉县令李君神道碑》："不扫一室，自怀包括之心；独守大玄，且忘名利之境。于时魏特进、房仆射、杜相州等，并以江海相期，烟霞相许。"

④香车：用香木做的车。泛指华美的车或轿。唐·卢照邻《行路难》："春景春风花似雪，香车玉辇恒阗咽。"

⑤银箭：指银饰的标记时刻以计时的漏箭。隋·江总《杂曲》之三："鲸灯落花殊未尽，虬水银箭莫相催。"宋·司马光《宫漏谣》："铜壶银箭夜何长，杳杳亭亭未遽央。"

⑥霁：雨停。宋·张元干《怨王孙》："霁雨天迥，平林烟暝。"

⑦朱门：红漆大门。指贵族豪富之家。唐·杜甫《自京赴奉先县咏怀五百字》："朱门酒肉臭，路有冻死骨。"

⑧沉麝：指用沉香、麝香制成的香。宋·苏轼《寒食夜》："沉麝不烧金鸭冷，淡云笼月照梨花。"金鸭：镀金的鸭形铜香炉。唐·戴叔伦《春怨》："金鸭香消欲断魂，梨花春雨掩重门。"

贺圣朝影

　　白雪梨花红粉桃①，露华高②。垂杨慢舞绿丝绦③，草如袍④。　　风过小池轻浪起，似江皋⑤。千金莫惜买香醪⑥，且陶陶⑦。

【题解】

　　词咏仲春。上片写在露珠的映衬下，梨花白如瑞雪，桃花红似胭脂。柔嫩的垂柳如丝带般在风中飘荡，春草碧色，如茵如袍。下片写微风吹过小池塘，吹起一层层涟漪。面对如此美景，词人自劝也是劝人说，莫要吝惜钱财，花再多的钱也要去买来美酒，喝它个醉乐陶陶。

【注释】

　　①白雪梨花：南朝·梁·萧子显《燕歌行》："洛阳梨花落如雪，河边细草细如茵。"唐·岑参《白雪歌送武判官归京》："北风卷地白草折，胡天八月即飞雪。忽如一夜春风来，千树万树梨花开。"红粉桃：红色桃花。南朝·宋·谢灵运《从游京口北固应诏》："原隰荑绿柳，墟囿散红桃。"唐·薛能《重游通波亭》："十年抛掷故园花，最忆红桃竹外斜。"

　　②露华：露水。唐·李白《清平调词》之一："云想衣裳花想容，春风拂槛露华浓。"也指清冷的月光。南朝·齐·王俭《春夕》："露华方照夜，云彩复经春。"唐·杜牧《寝夜》："露华惊敝褐，灯影挂尘冠。"两说在此皆可通。

　　③慢舞：节奏舒缓、轻盈的舞蹈。唐·白居易《长恨歌》："缓歌慢舞凝丝竹，尽日君王看不足。"丝绦：丝编的带子或绳子。唐·贺知章《咏柳》："碧玉妆成一树高，万条垂下绿丝绦。"

　　④唐·白居易《和谈校书秋夜感怀呈朝中亲友》："秋霜似鬓年空长，春草如袍位尚卑。"

234

⑤江皋:江岸,江边地。《楚辞·九歌·湘夫人》:"朝驰余马兮江皋,夕济兮西澨。"

⑥香醪:美酒。唐·杜甫《崔驸马山亭宴集》:"清秋多宴会,终日困香醪。"南唐·李煜《一斛珠》:"罗袖裛残殷色可,杯深旋被香醪浣。"宋·柳永《西江月》:"好梦狂随飞絮,闲愁浓胜香醪。"

⑦陶陶:醉貌。唐·韩偓《春画》:"大醉陶陶。"唐·李咸用《晓望》:"好驾觥船去,陶陶入醉乡。"宋·苏轼《观湖》诗之一:"释梵茫然齐劫火,飞云不觉醉陶陶。"

【汇评】

沈际飞《草堂诗馀续集》:"绿缘青袍,一副春色。"

洞天春

莺啼绿树声早①,槛外残红未扫②。露点真珠遍芳草③,正帘帏清晓④。　　秋千宅院悄悄⑤,又是清明过了⑥。燕蝶轻狂⑦,柳丝撩乱⑧,春心多少⑨。

【题解】

词咏仲春。上片写帘幕仍然低垂的清晓,黄莺在绿树丛中啼叫,槛外的落花尚未清扫,露水如珍珠般遍布芳草。下片写秋千静静地立在安静的庭院里,又一个清明节过去了。燕飞蝶舞,柳丝飘扬,撩拨着这颗惜春叹春之心。

【注释】

①《昭明文选》卷四十三《书下·与陈伯之书》:"暮春三月,江南草长,杂花生树,群莺乱飞。"宋·辛弃疾《蝶恋花》:"燕语莺啼人乍还。却恨西园,依旧莺和燕。"

②残红:凋残的花,落花。唐·王建《宫词》之九十:"树头树底觅残红,一片西飞一片东。"宋·李清照《怨王孙》:"门外谁扫残红?夜来风。"

③真珠:露珠,水珠。唐·白居易《暮江吟》:"可怜九月初三夜,露似真珠月似弓。"五代·成彦雄《露》:"银河昨夜降醍醐,洒遍坤维万象苏。疑是鲛人曾泣处,满池荷叶捧真珠。"宋·苏轼《同柳子玉游鹤林招隐醉归呈景纯》:"岩头匹练兼天静,泉底真珠溅客忙。"

④帘帏:帘幕。宋·陈亮《天仙子·七月十五日寿内》:"西风不放入帘帏,饶永昼,沉烟透,半月十朝秋定否。"清晓:天刚亮时。唐·孟浩然《登鹿门山怀古》:"清晓因兴来,乘流越江岘。"宋·欧阳修《渔家傲》:"人语悄,那堪夜雨催清晓。"

⑤宅院:带院落的宅子。宋·张先《蝶恋花》:"临水人家深宅院,阶下残花,门外斜阳岸。"

⑥清明:节气名。公历4月4、5或6日。我国有清明节踏青、扫墓的习俗。《逸周书·周月》:"春三月中气,惊蛰,春分,清明。"朱右曾校释引孔颖达曰:"清明,谓物生清净明洁。"南朝·宋·谢灵运《入东道路诗》:"属值清明节,荣华历和韶。"唐·薛逢《君不见》:"清明纵便天使来,一把纸钱风树杪。"

⑦轻狂:放浪轻浮。宋·苏轼《定风波·感旧》:"薄倖只贪游冶去,何处?垂杨系马恣轻狂。"

⑧撩乱:纷乱,杂乱。唐·韦应物《答重阳》:"坐使惊霜鬓,撩乱已如蓬。"金·董解元《西厢记诸宫调》卷一:"仔细把莺莺偷看,早教措大心撩乱。"

⑨春心:春景引发的意兴或情怀。《楚辞·招魂》:"目极千里兮伤春心,魂兮归来哀江南。"王逸注:"言湖泽博平,春时草短,望见千里,令人愁思而伤心也。"

忆汉月

红艳几枝轻袅①,新被东风开了。倚烟啼露为谁娇②,故惹蝶怜蜂恼③。　　多情游赏处,留恋向、绿丛千绕。酒阑欢罢不成归④,肠断月斜春老⑤。

【题解】

词的上片咏初春:几枝红艳艳的鲜花刚刚绽放,在微风中轻轻摆动。它们在烟霭晨露中,又是为了谁而显得如此娇美可爱的呢?原来是故意要招惹蜂蝶们的爱怜和烦恼,让它们围绕着自己上下翻飞,忙碌操劳。下片写爱春、惜春。爱春的多情人游春赏春,绕着绿树花丛走了一遍又一遍,直至酒阑兴尽仍然不肯归去。他不但不肯归去,而且伤春之意顿生:月亮西斜,一天又过去了,春天又少了一天,怎能不让人肠断伤怀呢?

【注释】

①轻袅:轻盈飘动貌。宋·孙光宪《菩萨蛮》:"碧烟轻袅袅,红战灯花笑。"

②烟露:烟雾露水。《素问·六元正纪大论》:"岐伯曰:'风温春化同……燥清烟露秋化同。'"南朝·梁·江淹《萧上铜钟芝草众瑞表》:"是以业蔼鸿经,则烟露呈焰;精昭景纬,则川岳发华。"唐·韦应物《龟头山神女歌》:"蕙兰琼芳积烟露,碧窗松月无冬春。"

③唐·韩愈《花岛》:"蜂蝶去纷纷,香风隔岸闻。"宋·梅尧臣《和杨直讲夹竹花图》:"花留蜂蝶竹有禽,三月江南看不足。"宋·陶谷《清异录·花贼》:"温庭筠尝得一句云:'蜜官金翼使',偏于知识,无人可属。久之,自联其下,曰:'花贼玉腰奴',予以谓道尽蜂蝶。"

④酒阑:谓酒筵将尽。《史记·高祖本纪》:"酒阑,吕公因目固留高祖。"裴骃集解引文颖曰:"阑言希也。谓饮酒者半罢半在,谓之阑。"唐·杜甫《魏将军歌》:"吾为子起歌《都护》,酒阑插剑肝胆露。"

⑤春老:晚春。唐·岑参《喜韩樽相过》:"三月灞陵春已老,故人相逢耐醉倒。"宋·欧阳修《仙意》:"沧海风高愁燕远,扶桑春老记蚕眠。"

清平乐

小庭春老①,碧砌红萱草②。长忆小阑闲共绕,携手绿丛含笑③。　　别来音信全乖④,旧期前事堪猜⑤。门掩日斜人静,落花愁点青苔⑥。

词写离愁。上片写小小的庭院里春光已老,连台阶边的忘忧草都开出了橘红色的鲜花。她不禁回忆起过去和他在此度过的美好时光,他们围着小小的栏杆,携手同游,在花树丛中谈天说笑。下片写自从分别以后,再也没有他的消息,令她不禁怀疑当时的海誓山盟。不知不觉间,太阳已经西沉,人也安静了下来,倚门远望、思绪万千的女主人公不得不进屋掩门,唯有落花一片一片地飘落在青苔上,让她愁闷难堪。

【注释】

①春老:见《忆汉月》(红艳几枝轻袅)注⑤。

②砌:唐·李咸用《庭竹》:"嫩绿与老碧,森然庭砌中。"萱草:植物名。俗称金针菜、黄花菜。古人以为食用此草,可以使人忘忧,因称忘忧草。汉·蔡琰《胡笳十八拍》:"对萱草兮忧不忘,弹鸣琴兮情何伤。"唐·万楚《五日观妓》:"眉黛夺将萱草色,红裙妒杀石榴花。"

③含笑:花名。宋·欧阳修《归田录》卷一:"(丁晋公)晚年诗笔尤精,在海南篇咏尤多,如'草解忘忧忧底事,花名含笑笑何人',尤为人所传诵。"宋·孟元老《东京梦华录·驾幸琼林苑》:"其花皆素馨、末莉、山丹、瑞香、含笑、射香等闽、广、二浙所进南花。"

④音信:音讯,信息。《宋书·范晔传》:"吾虽幽逼日苦,命在漏刻,义慨之士,时有音信。"唐·王维《送秘书晁监还日本国》:"别离方异域,音信若为通。"乖:阻隔。唐·于逖《忆舍弟》:"安知汝与我,乖隔同胡秦。"

⑤猜:猜测,猜疑。唐·杜甫《三绝句》之二:"门外鸬鹚久不来,沙头忽见眼相猜。"

⑥青苔:苔藓。西汉·刘安《淮南子·泰族训》:"穷谷之污,生以青苔。"高诱注:"青苔,水垢也。"南朝·梁·江淹《青苔赋》:"嗟青苔之依依兮,无色类而可方。"宋·赵师秀《大慈道》:"青苔生满路,人迹至应稀。"

凉州令

东堂石榴①

翠树芳条貼②,的的裙腰初染③。佳人携手弄芳菲,绿阴红影,共展双纹簟④。插花照影窥鸾鉴⑤。只恐芳容减⑥。不堪零落春晚,青苔雨后深红点。 一去门闲掩。重来却寻朱槛⑦。离离秋实弄轻霜⑧,娇红脉脉⑨,似见胭脂脸。人非事往眉空敛⑩,谁把佳期赚。芳心只愿长依旧,春风更放明年艳。

【题解】

词咏恋情。上片写石榴树翠绿的枝叶在微风中摇曳,石榴花灿烂夺目,就像刚刚染就的红裙腰。一对有情人正携手赏花,他们在花丛树木之下,一起铺开双纹竹席。她簪上鲜花,持镜自照,生怕花谢容颜减。最不能忍受的就是花儿凋零的晚春时节,雨滴裹挟着花瓣飘落在青苔上。下片写他离开之后,门儿就再没有开过。今天,她重游旧地,寻找当时一起走过的朱色栏杆。她看到石榴树上娇红的果实,脉脉含情,就像看见了心上人的脸。她愁眉不展,感叹人非事往,是谁耽误了佳期呢? 她祝愿芳心不改,在明年春天到来的时候,花儿依旧绽放,人儿一起共赏春光。

【注释】

①东堂:东厢的殿堂或厅堂。古代多指皇宫或官舍。《书·顾命》:"一人冕执刘,立于东堂;一人冕执钺,立于西堂。"唐·王维《故太子师徐公挽歌》之三:"北首辞明主,东堂哭大臣。"石榴:亦作"石留"。树木名。亦指所开的花和所结的果实。唐·段成式《酉阳杂俎·木篇》:"石榴,一名丹若。梁大同中东州后堂石榴皆生双子。南诏石榴子大,皮薄如藤纸,味绝于洛中。"宋·苏舜钦《夏意》:"别院深深夏簟清,石榴开遍透帘明。"

②飐:摇动貌,飘动貌。《古文苑·刘歆〈遂初赋〉》:"回风育其飘忽兮,回飐飐之泠泠。"章樵注:"飐飐,动摇貌。"宋·陆游《中亭纳凉》诗之一:"摇摇楸线风初紧,飐飐荷盘露欲倾。"

③的的:《花草粹编》作"灼灼"。光亮、鲜明貌。南朝·梁简文帝《咏栀子花》:"素华偏可喜,的的半临池。"唐·陈子昂《宿空舲峡青树村浦》:"的的明月水,啾啾寒夜猿。"裙腰:南朝·梁元帝《乌栖曲》:"交龙成锦斗凤纹,芙蓉为带石榴裙。"

④共展：《全芳备祖》作"方展"。宋·晏几道《蝶恋花》："午睡醒来慵一饷，双纹翠簟铺寒浪。"

⑤鸾鉴：即鸾镜，妆镜。《太平御览》卷九一六引南朝·宋·范泰《鸾鸟诗序》："昔罽宾王结罝峻祁之山，获一鸾鸟，王甚爱之，欲其鸣而不致也。乃饰以金樊，飨以珍羞。对之逾戚，三年不鸣。夫人曰：'闻鸟见其类而后鸣，何不县镜以映之！'王从言。鸾睹影感契，慨焉悲鸣，哀响中霄，一奋而绝。"唐·骆宾王《代女道士王灵妃赠道士李荣》："龙飙去去无消息，鸾镜朝朝减容色。"

⑥芳容：美好的容颜、仪态。宋·柳永《玉蝴蝶》："选得芳容端丽，冠绝吴姬。"

⑦朱槛：红色栏杆。《西京杂记》卷四："方腾骧而鸣舞，凭朱槛而为欢。"唐·白居易《百花亭》："朱槛在空虚，凉风八月初。"

⑧离离：果实多而下垂貌。《诗经·小雅·湛露》："其桐其椅，其实离离。"毛传："离离，垂也。"郑玄笺："其实离离，喻其荐俎礼物多于诸侯也。"孔颖达疏："言二树当秋成之时，其子实离离然垂而蕃多，以兴其杞也其棣也二君于王燕之时，其荐俎众多。"《文选·张衡〈西京赋〉》："神木灵草，朱实离离。"薛综注："离离，实垂之貌。"

⑨脉脉：唐·杜牧《题桃花夫人庙》："细腰宫里露桃新，脉脉无言几度春。"

⑩敛眉：皱眉。北周·庾信《伤往》诗之一："见月长垂泪，花开定敛眉。"唐·王绩《在京思故园见乡人问》："敛眉俱握手，破涕共衔杯。"

【汇评】

沈际飞《草堂诗馀续集》：始终详婉，不以为纤。

陆莹《问花楼词话》：词家言苏、辛、周、柳，犹诗歌称李、杜，骈体举庾、徐，以为标帜云尔。无论三唐五季，佳词林立。即论两宋，庐陵翠树，元献清商，秦少游山抹微云，张子野楼头画角，竹屋之幽蒨，花影之生新，其见于草堂、花间，不下数百家。虽藻采孤骞，而源流攸别。安得有综博之士，权舆三李，断代南渡，为唐宋词派图。爰黜淫哇，以崇雅制，词学其日昌矣乎。

南乡子

翠密红繁，水国凉生未是寒①。雨打荷花珠不定，轻翻，冷泼鸳鸯锦翅斑②。　　尽日凭阑③,弄蕊拈花仔细看。偷得褭蹄新铸样④,无端⑤,藏在红房艳粉间⑥。

【题解】

词咏荷花。上片写翠绿的荷叶和粉红的荷花簇拥在一起,叶繁花茂,带给盛夏的水乡一片清凉。雨点落在荷花荷叶上,犹如珍珠,滚落到荷塘里戏水鸳鸯的翅膀上。上片写景生动、形象。下片写抒情主人公整天都闲倚栏杆,仔细地赏玩花蕊。她忽发奇想,是谁偷了新铸的马蹄金,无缘无故地藏在这花房艳粉之中的呢?

【注释】

①水国:水乡。南朝·宋·颜延之《始安郡还都与张湘州登巴陵城楼作》:"水国周地险,河山信重复。"唐·孟浩然《洛中送奚三还扬州》:"水国无边际,舟行共使风。"

②鸳鸯:鸟名。旧传雌雄偶居不离,古称"匹鸟"。《诗经·小雅·鸳鸯》:"鸳鸯于飞,毕之罗之。"毛传:"鸳鸯,匹鸟也。"晋·崔豹《古今注·鸟兽》:"鸳鸯,水鸟,凫类也。雌雄未尝相离,人得其一,则一思而死,故曰匹鸟。"

③凭阑:身倚栏杆。唐·崔涂《上巳日永崇里言怀》:"游人过尽衡门掩,独自凭栏到日斜。"

④褭蹄:铸金成马蹄形。因借指金银。《汉书·武帝纪》:"今更黄金为麟趾褭蹄以协瑞焉。"颜师古注:"武帝欲表祥瑞,故普改铸为麟足马蹄之形,以易旧法耳。今人往往于地中得马蹄金,金甚精好,而形制巧妙。"此谓荷花开放如新铸褭蹄金式样。

⑤无端:无因由,无缘无故。《楚辞·九辩》:"蹇充倔而无端兮,泊莽莽而无垠。"王逸注:"媒理断绝,无因缘也。"晋·陆机《君子行》:"福钟恒有兆,祸集非无端。"唐·唐彦谦《柳》:"楚王江畔无端种,饿损宫娥学不成。"

⑥艳粉:花粉,花。唐·宋之问《奉和立春日侍宴内出剪彩花应制》:"蝶绕香丝住,蜂怜艳粉回。"

【汇评】

李调元《雨村词话》卷一:欧阳永叔词,无一字无来处。如《南乡子》词

"偷得裹蹄新铸样"，俗作"马蹄"。本汉书武帝诏，以黄金铸麟趾、裹蹄以叶瑞。

南乡子

　　雨后斜阳，细细风来细细香。风定波平花映水，休藏，照出轻盈半面妆①。　　路隔秋江，莲子深深隐翠房②。意在莲心无问处③，难忘，泪裹红腮不记行。

【题解】

《草堂诗馀续集》有词题"荷花"。

词咏荷花，兼寓离情。上片写雨后初晴，一轮夕阳远挂天边，一阵微风吹来，送来了荷花扑鼻的清香。等到风平浪静，荷叶掩映的荷花倒映在水中，犹如徐妃的半面妆。下片点离情。接着用谐音的艺术手法作进一步的描写。莲子(怜子)深深隐藏在莲房(心房)中，莲心(爱人之心)苦涩，既无处倾诉，又难以忘怀，就只有任凭泪珠在脸上流淌。

【注释】

①半面妆：喻仅及一半，未得全貌。《南史》卷十二《后妃列传第下·元帝徐妃》："(梁)元帝徐妃讳昭佩，东海郯人也……妃以天监十六年十二月拜湘东王妃，生世子方等、益昌公主含贞。妃无容质，不见礼，帝三二年一入房。妃以帝眇一目，每知帝将至，必为半面妆以俟，帝见则大怒而出。妃性嗜酒，多洪醉，帝还房，必吐衣中。与荆州后堂瑶光寺智远道人私通。酷妒忌，见无宠之妾，便交杯接坐。才觉有娠者，即手加刀刃。帝左右暨季江有姿容，又与淫通。季江每叹曰：'柏直狗虽老犹能猎，萧溧阳马虽老犹骏，徐娘虽老犹尚多情。'"唐·李商隐《南朝》："休夸此地分天下，只得徐妃半面妆。"

②莲子：见《渔家傲》(荷叶田田青照水)注⑥。翠房：莲房，即莲蓬。唐·王勃《采莲赋》："听菱歌兮几曲，视莲房兮几株。"唐·杜甫《秋兴》八首之七："波漂菰米沉云黑，露冷莲房坠粉红。"

③莲心:莲实中的胚芽。味微苦,性清凉,可药用。唐·李群玉《寄人》:"莫语双莲子,须知用意深。莫嫌一点苦,便拟弃莲心。"

【汇评】

沈际飞《草堂诗馀续集》:诗中有双关二意,其法乃比之变。比本用事,一变而用意,再变而用声。或有比事比意更比声者。此比事比意若何?曰藕几时莲,更比声。

鹊桥仙

月波清霁①,烟容明淡②,灵汉旧期还至③。鹊迎桥路接天津④,映夹岸、星榆点缀⑤。　　云屏未卷⑥,仙鸡催晓⑦,肠断去年情味。多应天意不教长,恁恐把、欢娱容易。

【题解】

词咏七夕。上片写月光如水,云轻雾淡,天清气朗,牛郎织女一年一度在天河相聚的佳日良辰又到了。银河两岸,点缀着满天繁星。成群结队的喜鹊搭起一座鹊桥,将银河的渡口连接起来,迎来牛郎织女相会。上片写天上,下片写人间。上片写幸福的重聚,下片写绝望的孤独。鸡鸣报晓,彩绘的屏风尚未卷起,闺中人在去年的七夕夜还两情相悦,没想到今宵竟然因孤独而肠断。她不禁埋怨道,大概是天意不要我们长相厮守吧,这样子恐怕要把欢娱的时光轻易抛弃了。

【注释】

①月波:月光。月光似水,故称。《汉书·礼乐志》:"月穆穆以金波。"南朝·宋·王僧达《七夕月下诗》:"远山敛氛祲,广庭扬月波。"唐·李群玉《湘西寺霁夜》:"月波荡如水,气爽星朗灭。"清霁:谓天清气朗。北魏·郦道元《水经注·湘水》:"芙蓉峰最为竦杰……望若阵云,非清霁素朝,不见其峰。"唐·韩愈《南山诗》:"昨来逢清霁,宿愿忻始副。"

②烟容:云雾弥漫的景色。唐·孟浩然《游凤林寺西岭》:"烟容开远

树,春色满幽山。"唐·张祜《题陆敦礼山居伏牛潭》:"日彩沉青壁,烟容静碧潭。"

③灵汉:云汉,天河。唐·赵彦昭《奉和七夕两仪殿会宴应制》:"今宵望灵汉,应得见蛾眉。"

④鹊桥:民间传说天上的织女七夕渡银河与牛郎相会,喜鹊来搭成桥,称鹊桥。唐·韩鄂《岁华纪丽·七夕》:"七夕鹊桥已成,织女将渡。"原注引《风俗通》:"织女七夕当渡河,使鹊为桥。"天津:银河。《楚辞·离骚》:"朝发轫于天津兮,夕余至乎西极。"王逸注:"天津,东极箕斗之间,汉津也。"唐·李绅《奉酬乐天立秋夕有怀见寄》:"天津落星河,一苇安可航。"

⑤星榆:榆荚形似钱,色白成串,故用以形容繁星。《玉台新咏·古乐府·陇西行》:"天上何所有,历历种白榆。"唐·王初《即夕》:"风幌凉生白袷衣,星榆才乱绛河低。"宋·王禹偁《五老峰》:"矗矗拂星榆,峥嵘与众殊。"点缀:加以衬托或装饰,使原有事物更加美好。南朝·宋·刘义庆《世说新语·言语》:"司马太傅斋中夜坐,于时天月明净,都无纤翳,太傅叹以为佳。谢景重在坐,答曰:'意谓乃不如微云点缀。'"宋·李清照《渔家傲》:"雪里已知春信至,寒梅点缀琼枝腻。"

⑥云屏:有云形彩绘的屏风,或用云母作装饰的屏风。晋·张协《七命》:"云屏烂汗,琼璧青葱。"唐·刘长卿《昭阳曲》:"芙蓉帐小云屏暗,杨柳风多水殿凉。"唐·李商隐《为有》:"为有云屏无限娇。"

⑦仙鸡:即天鸡,神话中天上的鸡。晋·葛洪《神仙传》:"淮南王安好道,白日升天,时药置庭中,鸡犬舐之,皆得上升,故鸡鸣天上,犬吹云中。"南朝·梁·任昉《述异记》卷下:"东南有桃都山,上有大树,名曰'桃都',枝相去三千里。上有天鸡,日初出,照此木,天鸡则鸣,天下鸡皆随之鸣。"唐·李白《梦游天姥吟留别》:"半壁见海日,空中闻天鸡。"

【汇评】

陈元靓《岁时广记》卷二十六引《风土记》:织女七夕当渡河,使鹊为桥。《海录碎事》云:鹊,一名神女,七月填河成桥。李白七夕诗云:"寂然香灭后,鹊散度桥空。"张天觉歌云:"灵官召集役神鹊,直渡银河横作桥。"又东坡七夕词云:"喜鹊桥成,催凤驾天为欢迟,乞与新凉夜。"又古诗云"参差乌鹊桥"。又欧阳公词云:"鹊迎桥路接天津,映夹岸、星榆点缀。"

圣无忧

珠帘卷①，暮云愁②，垂杨暗锁青楼③。烟雨濛濛如画④，轻风吹旋收。　　香断锦屏新别⑤，人闲玉簟初秋⑥。多少旧欢新恨，书杳杳⑦、梦悠悠⑧。

【题解】

词咏离愁。上片写抒情主人公卷起珠帘，但见天边暮云惨淡，惹人愁思；窗外柳叶浓密，遮蔽青楼。烟雨蒙蒙，犹如一幅水墨画，微风一吹，立即烟消雨散。下片写室内炉香燃尽，锦屏幽暗，她和心上人刚刚在此分别，正情绪低落，百无聊赖，感觉初秋的凉意直袭心头。多少旧欢新怨，渺茫飘忽，却缠绵无绝期。

【注释】

①唐·李白《怨情》："美人卷珠帘，深坐颦蛾眉。"

②唐·杜甫《春日忆李白》："渭北春天树，江东日暮云。"

③青楼：青漆涂饰的豪华精致的楼房。三国·魏·曹植《美女篇》："借问女安居？乃在城南端。青楼临大路，高门结重关。"唐·张籍《妾薄命》："君爱龙城征战功，妾愿青楼欢乐同。"

④烟雨：蒙蒙细雨。南朝·宋·鲍照《观漏赋》："聊弭志以高歌，顺烟雨而沉逸。"唐·杜牧《江南春绝句》："南朝四百八十寺，多少楼台烟雨中。"濛濛：迷茫貌。《诗经·豳风·东山》"零雨其濛"汉郑玄笺："归又道遇雨，濛濛然。"汉·严忌《哀时命》："雾露濛濛，其晨降兮。"唐·吉师老《鸳鸯》："江岛濛濛烟霭微，绿芜深处刷毛衣。"

⑤锦屏：锦绣的屏风。唐·李益《长干行》："鸳鸯绿浦上，翡翠锦屏中。"前蜀·魏承班《玉楼春》："愁倚锦屏低雪面，泪滴绣罗金缕线。"

⑥玉簟：竹席的美称。唐·韦应物《马明生遇神女歌》："石壁千寻启双检，中有玉床铺玉簟。"宋·李清照《一剪梅》："红藕香残玉簟秋，轻解罗裳，独上兰舟。"

⑦杳杳:渺茫。唐·许浑《韶州驿楼宴罢》:"檐外千帆背夕阳,归心杳杳鬓苍苍。"宋·寇准《夏日》:"离心杳杳思迟迟,深院无人柳自垂。"

⑧悠悠:飘忽不定。唐·元稹《酬乐天得微之诗知通州事》诗之一:"知得共君相见否,近来魂梦转悠悠。"南唐·冯延巳《鹊踏枝》:"撩乱春愁如柳絮,悠悠梦里无寻处。"

摸鱼儿

卷绣帘梧桐秋院落①,一霎雨添新绿②。对小池闲立残妆浅③,向晚水纹如縠④。凝远目。恨人去寂寂,凤枕孤难宿⑤。倚阑不足。看燕拂风檐,蝶翻露草,两两长相逐。

双眉促。可惜年华婉娩⑥,西风初弄庭菊。况伊家年少⑦,多情未已难拘束⑧。那堪更趁凉景⑨,追寻甚处垂杨曲。佳期过尽,但不说归来,多应忘了,云屏去时祝⑩。

【题解】

词咏离愁。上片写抒情主人公卷起绣帘,只见庭院中梧桐叶落,阵雨过后,又为大自然添了一层绿意。她走出屋舍,脸上还带着淡淡的残妆,闲立小池边,看着池塘里由晚风漾起的如绉纱般细密的波纹,也激起了心间的一片涟漪。她凝神远视,怨恨心上人一去再无消息,留下自己一个人孤枕难眠。接着写她倚栏伫立,看燕子掠过屋檐,成双成对的蝴蝶在露草上翻飞相逐。下片写她双眉紧蹙,叹惜秋风摧折,美人迟暮,而对方却年少多情,又不能管束自己。想念至此,怎么能够忍受在这萧瑟的秋景里,去追寻垂杨曲处当年一起共度的往事呢?佳期已经全部过尽,却不说归来,多半是已经忘了临别时的嘱咐吧。

【注释】

①梧桐:古代以为是凤凰栖止之木。《诗经·大雅·卷阿》:"凤凰鸣矣,于彼高冈。梧桐生矣,于彼朝阳。"孔颖达疏:"梧桐可以为琴瑟。"《庄

子·秋水》："夫鹓雏发于南海,而飞于北海,非梧桐不止。"唐·聂夷中《题贾氏林泉》："有琴不张弦,众星列梧桐。须知澹泊听,声在无声中。"秋院落:《历代诗馀》无"秋"字。

②一霎:顷刻之间,一下子。指时间极短。唐·孟郊《春后雨》："昨夜一霎雨,天意苏群物。"宋·姜夔《庆宫春》："如今安在,唯有阑干,伴人一霎。"

③残妆:女子残褪的化妆。唐·张谓《扬州雨中观妓》："残妆添石黛,艳舞落金钿。"

④水纹:水的波纹。南朝·梁元帝《晚景游后园》："日移花色异,风散水纹长。"前蜀·李珣《南乡子》："兰棹举,水纹开,竞携藤笼采莲来。"縠:绉纱。唐·杜牧《江上偶见绝句》："水纹如縠燕参差。"宋·贺铸《夜游宫》："江面波纹皱縠,江南岸,草和烟绿。"

⑤凤枕:艳美的枕头。前蜀·韦庄《江城子》："缓揭绣衾抽皓腕,移凤枕,枕潘郎。"

⑥年华:岁月,时光。唐·许稷《闰月定四时》："乍觉年华改,翻怜物候迟。"宋·周邦彦《过秦楼》："叹年华一瞬,人今千里,梦沉书远。"婉娩:亦作"婉晚"。迟暮。唐·张说《送高唐州》："淮流春婉娩,汝海路蹉跎。"

⑦伊家:你。宋·黄庭坚《点绛唇》："闻道伊家终日眉儿皱。"

⑧拘束:限制,约束。宋·李元膺《鹧鸪天》："薄情风絮难拘束,吹过东墙不肯归。"

⑨那堪:兼之,何况。宋·柳永《雨霖铃》："多情自古伤离别。更那堪、冷落清秋节。"凉景:秋天的景色。唐·骆宾王《别李峤得胜字》："寒更承夜永,凉景向秋澄。"唐·王勃《咏风》："肃肃凉景生,加我林壑清。"

⑩云屏:见《鹊桥仙》(月波清霁)注⑥。祝:《历代诗馀》作"嘱"。

【汇评】

万树《词律》卷十九:此调惟欧公有此词,宋元诸公无有作者。后(当为"前")段起句多一字,次句平仄亦异,三句亦多一字,结用"长"字,平声。俱与本调不合。后段则竟全异,结用"屏"字,平声,亦不协。虽录于此,然必系差错,不可法也。

少年游

去年秋晚此园中,携手玩芳丛①。拈花嗅蕊,恼烟撩雾,扮醉倚西风②。　　今年重对芳丛处,追往事、又成空。敲遍阑干③,向人无语④,惆怅满枝红⑤。

【题解】

严杰《欧阳修年谱》认为此词作于明道二年(1033):"据词意,似为胥氏夫人卒后伤感之作。"

词咏离愁。上片回忆去年在一起时的幸福生活。同样是晚秋时节,同样在这一园林,去年的此时他们曾携手同游,共赏芳菲。她时而拈花嗅蕊,时而又烦恼烟雾撩人,不惜在秋风中沉醉一番。下片写今日的孤独。当她重对芳丛时,花是去年红,往事已成空,满腹的惆怅忧伤无处诉说,只有敲遍栏杆。

【注释】

①芳丛:花丛。唐·刘宪《奉和春日幸望春宫应制》:"莺藏嫩叶歌相唤,蝶碍芳丛舞不前。"宋·晏殊《凤衔杯》:"凭朱槛,把金卮。对芳丛、惆怅多时。"

②扮醉:《全芳备祖》作"沉醉"。西风:见《渔家傲》(荷叶田田青照水)注③。

③阑干:唐·韩偓《倚醉》:"分明窗下闻裁剪,敲遍阑干唤不应。"

④无语:唐·任翻《惜花》:"无语与花别,细看枝上红。"

⑤惆怅:因失意或失望而伤感、懊恼。《楚辞·九辩》:"廓落兮,羁旅而无友生;惆怅兮,而私自怜。"晋·陶渊明《归去来兮辞》:"既自以心为形役,奚惆怅而独悲。"唐·韦瓘《周秦行纪》:"共道人间惆怅事,不知今夕是何年。"宋·苏轼《梦中绝句》:"落英满地君不见,惆怅春光又一年。"

少年游

肉红圆样浅心黄①,枝上巧如装。雨轻烟重,无聊天气,啼破晓来妆②。　　寒轻贴体风头冷③,忍抛弃、向秋光。不会深心,为谁惆怅,回面恨斜阳。

【题解】

词当为咏木芙蓉。上片写它的圆形花瓣呈现肉红色,花蕊则呈浅黄色。它亭亭玉立于花枝上,巧妙得体,好像是人工安装上去的。在雨轻烟重的无聊天气里,雨点滴落在花瓣上,就像妇女早晨化的啼妆。下片写轻寒透体,它却并不想离去,因为不忍抛弃秋光。只是没有人了解它的内心,又能为谁而惆怅呢?只有回首恨夕阳了。

【注释】

①肉红:肉色,似人肌肤的红润之色。唐·王建《牡丹》:"粉光深紫腻,肉色退红娇。"宋·范成大《张希贤题纸本花·牡丹》:"洛花肉红姿,蜀笔丹砂染。"

②晓来妆:晨妆。唐·沈佺期《李员外秦援宅观妓》:"巧落梅庭里,斜光映晓妆。"

③贴体:谓轻寒透体。南唐·冯延巳《抛球乐》:"波摇梅蕊当心白,风入罗衣贴体寒。"风头:风的势头。亦泛指风。唐·岑参《走马川行奉送武判官出师西征》:"风头如刀面如割,马毛带雪汗气蒸。"

少年游

玉壶冰莹兽炉灰①,人起绣帘开。春丛一夜②,六花开尽③,不待剪刀催。　　洛阳城阙中天起④,高下遍楼台。絮乱风轻⑤，拂鞍沾袖，归路似章街⑥。

【题解】

词以春雪为线索，咏恋情。上片写二人共度值千金的春宵。玉壶里结了一层光亮透明的寒冰，兽形香炉里的香料也已燃成灰烬。抒情主人公起床，打开绣帘，眺望窗外，才发现夜里的一场大雪，将树木花丛点缀得晶莹透亮，不需要用剪刀裁剪。下片转换视角，写洛阳的城阙凌空而起，高高低低遍布楼台。雪花仍如柳絮般在纷纷扬扬地下着，拂过马鞍，沾上衣袖，约完会的人感觉这回家的路恰似章台街呢。

【注释】

①玉壶：唐·杜甫《赠物进汝阳王二十韵》："砚寒金井水，檐动玉壶冰。"冰莹：谓寒冰光亮透明。唐·元稹《谕宝》诗之二："珠生照乘光，冰莹环坐热。"唐·元稹《送崔侍御之岭南》："冰莹怀贪水，霜清顾痛岩。"兽炉：兽形香炉。唐·杜牧《春思》："兽炉凝冷焰，罗幕蔽晴烟。"

②春丛：春日丛生的花木。南朝·梁·刘孝标《广绝交论》："叙温郁则寒谷成暄，论严苦则春丛零叶。"唐·许敬宗《奉和登陕州城楼应制》："学嘲齐柳嫩，妍笑发春丛。"宋·欧阳修《蒙谷》："一径崎岖入谷中，翠条红刺卖春丛。"此借指雪花。

③六花：雪花。雪花结晶六瓣，故名。西汉·韩婴《韩诗外传》："草木花多五出，雪花独六出，其数属阴也。"唐·贾岛《寄令狐绹相公》："自著衣偏暖，谁忧雪六花。"宋·楼钥《谢林景思和韵》："黄昏门外六花飞，困倚胡床醉不知。"

④城阙：城门两边的望楼。《诗经·郑风·子衿》："佻兮达兮，在城阙兮。"孔颖达疏："谓城上之别有高阙，非宫阙也。"中天：高空中，当空。唐·杜甫《后出塞》："中天悬明月，令严夜寂寥。"

⑤《世说新语》上卷上《言语》："谢太傅寒雪日内集，与儿女讲论文义。俄而雪骤，公欣然曰：'白雪纷纷何所似？'兄子胡儿曰：'撒盐空中差可拟。'兄女曰：'未若柳絮因风起。'公大笑乐。"

⑥章街：章台街的简称。唐·李商隐《对雪》："柳絮章台街里飞。"宋·柳永《木兰花·柳枝》："章街隋岸欢游地，高拂楼台低映水。"宋·张元干

《满庭芳·寿》:"梁苑春归,章街雪霁,柳梢华尊初萌。"

【汇评】

李调元《雨村词话》卷一:欧阳永叔词,无一字无来处。如《南乡子》词"偷得裹蹄新铸样",俗作"马蹄"。本汉书武帝诏,以黄金铸麟趾、裹蹄以叶瑞。又《少年游》词"归路似章街",本文选"走马章台街"。今俗作"草街",误。

鹧鸪天

学画宫眉细细长①,芙蓉出水斗新妆。只知一笑能倾国②,不信相看有断肠③。 双黄鹄④,两鸳鸯⑤,迢迢云水恨难忘⑥。早知今日长相忆,不及从初莫作双。

【题解】

词的上片写一位情窦初开的美少女。她学画宫眉的样子,将自己的眉毛画得纤细修长;她的妆容自然清新如出水芙蓉。她无忧无虑,言笑晏晏,只知道自己非常美丽,不相信世间还有什么能让自己悲伤断肠的事情。下片写她如今的悲苦。黄鹄成双鸳鸯成对,可是她和心上人却相隔遥远,使她充满了怨恨。早知道今日的相思之苦,何必当初两情相悦呢?

【注释】

①宫眉:妇女依宫中流行样式描画的眉毛。祝穆《古今事文类聚》后集卷十九引崔豹《古今注》:"魏宫人好画长眉,今人多作蛾眉。"唐·李商隐《蝶》诗之三:"寿阳公主嫁时妆,八字宫眉捧额黄。"宋·晏几道《蝶恋花》:"碾玉钗头双凤小。倒晕工夫,画得宫眉巧。"

②倾国:形容女子极其美丽。《汉书·外戚传上·李夫人》:"延年侍上起舞,歌曰:'北方有佳人,绝世而独立,一顾倾人城,再顾倾人国。宁不知倾城与倾国,佳人难再得!'"宋·袁文《瓮牖闲评》卷二:"所谓倾城倾国者,盖一城一国之人皆倾心而爱悦之。"唐·武元衡《赠佳人》:"步摇金翠玉搔

头,倾国倾城胜莫愁。"唐·李白《清平调》之三:"名花倾国两相欢,长得君王带笑看。"

③断肠:形容极度思念或悲痛。三国·魏·曹丕《燕歌行》:"念君客游思断肠,慊慊思归恋故乡。"唐·李白《清平调》之二:"一枝红艳露凝香,云雨巫山枉断肠。"宋·苏轼《次韵回文》之二:"红笺短写空深恨,锦句新翻欲断肠。"

④黄鹄:鸟名。《商君书·画策》:"黄鹄之飞,一举千里。"西汉·苏武《古诗》:"愿为双黄鹄,送子俱远飞。"唐·杜甫《秋兴》诗之六:"珠帘绣柱围黄鹄,锦缆牙樯起白鸥。"

⑤鸳鸯:见《长相思》(花似伊)注④。

⑥迢迢:水流绵长貌。宋·姜夔《除夜自石湖归苕溪》:"细草穿沙雪半销,吴宫烟冷水迢迢。"

千秋岁

罗衫满袖①,尽是忆伊泪。残妆粉,馀香被。手把金尊酒,未饮先如醉。但向道,厌厌成病皆因你②。　　离思迢迢远③,一似长江水。去不断,来无际④。红笺着意写⑤,不尽相思意。为个甚,相思只在心儿里。

【题解】

词用第一人称抒情叙事的手法,咏叹自己的相思之情。上片说我满袖的泪痕尽是为你而流。因为欣赏我的人不在身边,我懒得梳妆打扮自己,也懒得早起。好不容易起了床,端起酒杯,想借酒消愁,却不料未饮先醉。结句照应开篇,说我这样萎靡不振、病恹恹的都是因为你啊!下片直揭相思主题。我对你的相思之情,迢迢不断如江水。无论我怎么用心努力地写信,都写不尽我对你的相恋之深和相思之苦。为什么呢?因为相思之情深埋心底,根本无法用语言表达。

①罗衫:丝质衣衫。唐·韦应物《白沙亭逢吴叟歌》:"龙池宫里上皇时,罗衫宝带香风吹。"唐·章孝标《柘枝》:"柘枝初出鼓声招,花钿罗衫耸细腰。"

②厌厌:见《渔家傲》(六月炎蒸何太盛)⑧。

③离思:离别后的思绪。三国·魏·曹植《九愁赋》:"嗟离思之难忘,心惨毒而含哀。"宋·周邦彦《齐天乐》:"荆江留滞最久,故人相望处,离思何限?"迢迢:意谓时间久长。唐·戴叔伦《雨》:"历历愁心乱,迢迢独夜长。"

④无际:没有间隙,没有间歇。南朝·梁·刘勰《文心雕龙·神思》:"意授于思,言授于意,密则无际,疏则千里。"《隋书·牛弘传论》:"(弘)绸缪省闼三十馀年,夷险不渝,始终无际。"

⑤红笺:红色笺纸。多用以题写诗词。唐·白居易《江楼夜吟元九律诗成三十韵》:"斜行题粉壁,短卷写红笺。"五代·王仁裕《开元天宝遗事·风流薮泽》:"长安有平康坊,妓女所居之地,京都侠少,萃集于此。兼每年新进士以红笺名纸,游谒其中,时人谓此坊为风流薮泽。"后蜀·顾敻《荷叶杯》:"红笺写寄表情深。"宋·晏殊《清平乐》:"红笺小字,说尽平生意。"

千秋岁

画堂人静①,翡翠帘前月②。鸳帷凤枕虚铺设,风流难管束,一去音书歇③。到而今,高梧冷落西风切。　　未语先垂泪,滴尽相思血④。魂欲断⑤,情难绝。都来些子事⑥,更与何人说。为个甚,心头见底多离别。

【题解】

词咏闺怨。上片写在一个寂静华美的画堂里,清冷的月光穿过翡翠窗帘,照射在鸳帐凤枕上。鸳凤成双,人却孤单,帘帷衾枕无人共享,形同虚设。原来是心上人风流成性，难以管束，一去就杳无音信。如今已经是梧桐叶落、秋风凄紧的深秋季节了，却仍然没有他的消息。下片进一步抒写她的悲伤之情。话未出口泪先垂，滴尽相思血。她悲伤得魂断魄散，相思之情却仍然难以断绝。这些事齐涌心头，却又能向谁诉说呢？因为这离别之情多得说也说不完。

【注释】

①画堂：泛指华丽的堂舍。南朝·梁简文帝《饯庐陵内史王修应令》："回池泻飞栋，浓云垂画堂。"唐·崔颢《王家少妇》："十五嫁王昌，盈盈入画堂。"

②翡翠：即硬玉。色彩鲜艳的天然矿石，主要用作装饰品和工艺美术品。南朝·齐·谢朓《落梅》："用持插云髻，翡翠比光辉。"唐·令狐楚《远别离》诗之二："玕织鸳鸯履，金装翡翠篸。"

③音书：音讯，书信。唐·宋之问《渡汉江》："岭外音书断，经冬复历春。"

④《韩非子·和氏》："（卞）和乃抱璞而哭，三日三夜，泪尽而继之以血。"唐·杜甫《投简咸华两县诸子》："君不见空墙日色晚，此老无声泪垂血。"

⑤魂断：形容极其悲伤或激动。唐·黄滔《旅怀》："雪貌潜凋雪发生，故园魂断弟兼兄。"《敦煌曲子词·菩萨蛮》："香绡罗幌堪魂断，唯闻蟋蟀吟相伴。"

⑥都来：统统，完全。《敦煌变文集·父母恩重经讲经文》："只为长时，驱驰辛苦，形貌精神，都来失绪。"唐·罗隐《晚眺》："天如镜面都来静，地似人心总不平。"宋·柳永《慢卷绸》："细屈指寻思，旧事前欢，都来未尽，平生深意。"些子：少许，一点儿。唐·李白《清平乐》："花貌些子时光，抛人远泛潇湘。"

醉蓬莱

见羞容敛翠①，嫩脸匀红②，素腰袅娜③。红药阑边④，恼不教伊过。半掩娇羞，语声低颤，问道有人知么。强整罗裙，偷回波眼，伴行伴坐。　　　更问假如，事还成后，乱了云鬟⑤，被娘猜破。我且归家，你而今休呵。更为娘行，有些针线，诮未曾收啰。却待更阑⑥，庭花影下，重来则个。

【题解】

　　这是一首描写男女幽会的俗词。上片写少女由于害羞而微皱眉头，粉嫩的脸上画着淡淡的红妆，身段苗条，体态婀娜。在芍药栏边，他们见面了。少年故意逗恼她，不放她过去。少女则难掩娇羞，用低颤的声音悄悄问道：你来这里有没有人知道啊？她手足无措地整理自己的罗裙，时不时地用眼角偷瞄心上人。一会儿轻移莲步，一会儿又轻轻坐下，坐立不安。下片进一步地描写少女激烈的内心斗争。她又问道，我们在此幽会，乱了云鬟，假如被母亲猜破，那又如何是好？我还是先回家看看，因为母亲那里还有针线没有收拾好，也许她正在生气呢？你且在此安静地等待，不要声张，等到更阑人静，我们再重会于庭花影下吧。

【注释】

　　①敛翠：唐·许浑《晨起西楼》：“留情深处驻横波，敛翠凝红一曲歌。”前蜀·牛峤《菩萨蛮》：“绿云鬓上飞金雀，愁眉敛翠春烟薄。”前蜀·尹鹗《菩萨蛮》：“蛾眉应敛翠，咫尺同千里。”

　　②匀红：涂脂画眉。宋·陈师道《木兰花减字》：“匀红点翠，取次梳妆谁得似。”

　　③素腰：美女的腰。战国·楚·宋玉《登徒子好色赋》：“眉如翠羽，肌如白雪，腰如束素，齿如含贝。”唐·李峤《舞》：“非君一顾重，谁赏素腰轻。”袅娜：细长柔美貌。南朝·梁简文帝《赠张缵》：“洞庭枝袅娜，澧浦叶参差。”唐·白居易《柳枝》：“两枝杨柳小楼中，袅娜多年伴醉翁。”

　　④红药：芍药花。南朝·齐·谢朓《直中书省》：“红药当阶翻，苍苔依砌上。”唐·白居易《伤宅》：“绕廊紫藤架，夹砌红药栏。”宋·周邦彦《瑞鹤仙》：“惊飚动幕，扶残醉，绕红药。”

　　⑤云鬟：高耸的环形发髻。唐·李白《久别离》：“至此肠断彼心绝，云

鬒绿鬓罢梳结。"此泛指乌黑秀美的头发。

⑥更阑:更深夜残。唐·方干《元日》:"晨鸡两遍报更阑,刁斗无声晓露干。"宋·刘克庄《军中乐》:"更阑酒醒山月落,彩缣百段支女乐。"

【汇评】

沈雄《古今词话·词评上卷》引《名臣录》:仁宗景祐中,欧阳修为馆阁校理。两宫之隙,奏事帘前,复主濮议,举朝倚重。后知贡举,为下第刘辉等所忌,以《醉蓬莱》《望江南》诬之。

于飞乐

宝奁开①,美鉴静②,一掬清蟾③。新妆脸,旋学花添。蜀红衫,双绣蝶、裙缕鹣鹣④。寻思前事⑤,小屏风、仍画江南。

怎空教、草解宜男⑥,柔桑密⑦、又过春蚕。正阴晴天气,更暝色相兼⑧。佳期消息,曲房西⑨、碎月筛帘⑩。

【题解】

按此首别又见《张子野词》卷二。

词写待嫁新娘。上片写她打开精致的梳妆盒,对着宝镜开始梳妆打扮。她穿着红色的蜀锦衫,上面绣着一对翩翩起舞的蝴蝶,裙子上绣着比翼双飞的鹣鹣鸟。她回忆起往日情事,内心充满了甜蜜。下片写她既希望今后能够多子多福,又不免为即将离开养育自己的父母而伤心。词以景结情,说在这阴晴不定的傍晚时分,月光透过帘子照进窗来,一地的碎影,有如被筛子筛过,她就在这既让人兴奋又让人伤感的时空环境里等待佳期的到来。

【注释】

①宝奁:梳妆镜匣的美称。唐·李商隐《垂柳》:"宝奁抛掷久,一任景阳钟。"

②美鉴:《张子野词》作"菱鉴"。南唐·李中《春闺》诗之一:"晨昏菱鉴

懒修容，双脸桃花落尽红。"

③一掬：亦作"一匊"。两手所捧的东西。亦表示少而不定的数量。《诗经·小雅·采绿》："终朝采绿，不盈一匊。"毛传："两手曰匊。"《文子·上德》："土之势胜水，一掬不能塞江河。"唐·贾岛《望山》："虬龙一掬波，洗荡千万春。"清蟾：本指澄澈的月亮。因传说月中有蟾蜍，故以蟾代称月。此比喻圆镜。宋·贺铸《采桑子·罗敷歌》："犀尘流连。喜见清蟾似旧圆。"宋·范成大《代人七月十四日生朝》："已饶瑞荚明朝满，先借清蟾一夜圆。"

④鹣鹣：比翼鸟。《尔雅·释地》："南方有比翼鸟焉，不比不飞，其名谓之鹣鹣。"郭璞注："似凫，青赤色，一目一翼，相得乃飞。"晋·张华《博物志》卷十："崇吾之山有鸟，一足一翼一目，相得而飞，名曰鹣鹣。"《尔雅·释地》："南方有比翼鸟焉，不比不飞，其名谓之鹣鹣。"

⑤寻思：思索，考虑。唐·白居易《南池早春有怀》："倚棹忽寻思，去年池上伴。"

⑥宜男：指宜男草。三国·魏·曹植《宜男花颂》："草号宜男，既晔且贞。"《齐民要术·鹿葱》引周处《风土记》："宜男，草也，高六尺，花如莲。怀妊妇人带佩，必生男。"

⑦柔桑：指嫩桑叶。《诗经·豳风·七月》："女执懿筐，遵彼微行，爰求柔桑。"郑玄笺："柔桑，穉桑也。"朱熹注曰："故其许嫁之女，预以将及公子同归而远其父母为悲也。"宋·王安石《郊行》："柔桑采尽绿阴稀，芦箔蚕成密茧肥。"密：《张子野词》作"暗"。

⑧暝色：暮色。亦指昏暗的天色。唐·李白《菩萨蛮》："暝色入高楼，有人楼上愁。"

⑨佳期：《张子野词》作"幽期"。曲房：内室，密室。唐·岑参《敦煌太守后庭歌》："城头月出星满天，曲房置酒张锦筵。"

⑩碎月：细碎的月光。唐·王建《唐昌观玉蕊花》："女冠夜觅香来处，唯见阶前碎月明。"

鼓笛慢

缕金裙窣轻纱①，透红莹玉真堪爱。多情更把，眼儿斜盼，眉儿敛黛②。舞态歌阑，困偎香脸，酒红微带。便直饶③、更有丹青妙手④，应难写、天然态⑤。　　长恐有时不见，每饶伊、百般娇騃⑥。眼穿肠断，如今千种，思量无奈。花谢春归，梦回云散，欲寻难再。暗消魂⑦，但觉鸳衾凤枕⑧，有馀香在。

【题解】

词咏恋情。上片写少女穿着饰有金线的曳地长裙，亭亭玉立，透过薄纱隐约可见她白里透红的肌肤。她不但容貌美丽，而且神态可爱，时而眼波流盼，时而眉黛微敛，显得多情而又娇羞。她才艺出众，能歌善舞。一曲歌舞之后，略显疲态，白嫩香甜的脸上，微微泛着酒红。纵使有丹青妙手，也画不出她的天生丽质。下片写思念。因为常常会担心有离别，所以少女总是在心上人面前百般撒娇。如今果然是离别了，她望穿秋水，肝肠寸断。就像花谢春归、梦回云散，虽然鸳衾凤枕，犹有余香，但美好的日子已经一去不复返了，唯有黯然魂销而已。

【注释】

①缕金裙：唐·温庭筠《酒泉子》：“裙上金缕凤。”窣：下垂，曳地。唐玄宗《初入秦川路逢寒食》：“洛阳芳树映天津，灞岸垂杨窣地新。”前蜀·韦庄《清平乐》：“云解有情花解语，窣地绣罗金缕。”

②敛黛：唐·李群玉《王内人琵琶引》：“三千宫嫔推第一，敛黛倾鬟艳兰室。”前蜀·韦庄《悔恨》：“几为妒来频敛黛，每思闲事不梳头。”后蜀·顾夐《应天长》：“敛黛春情暗许，倚屏慵不语。”

③直饶：纵使，即使。唐·李咸用《依韵修睦上人山居》之七：“兼济直饶同巨楫，自由何似学孤云。”宋·王禹偁《战城南》：“直饶侵到木叶山，争似垂衣施庙算。”宋·黄庭坚《望江东》：“灯前写了书无数，算没个人传与。直饶寻得雁分付，又还是秋将莫。”

④丹青：绘画，作画。唐·杜甫《丹青引赠曹将军霸》：“丹青不知老将至，富贵于我如浮云。”妙手：技艺高超的人。唐·高适《画马篇》：“感此绝代称妙手，遂令谈者容不口。”宋·苏轼《孙莘老寄墨》：“珍材取乐浪，妙手

惟潘翁。"

⑤天然：指事物或人不加修饰的本色。唐·李白《经乱离后天恩流夜郎忆旧游书怀赠江夏韦太守良宰》："清水出芙蓉，天然去雕饰。"

⑥娇騃：娇痴。唐·白居易《二年三月五日斋毕开素当食偶吟赠妻弘农郡君》："娇騃三四孙，索哺绕我傍。"宋·苏舜钦《雨中闻莺》："娇騃人家小女儿，半啼半语隔花枝。"

⑦消魂：灵魂离散。形容极度的悲愁、欢乐、恐惧等。唐·綦毋潜《送宋秀才》："秋风一送别，江上黯消魂。"宋·陆游《夜与子遹说蜀道因作长句示之》："忆自梁州入剑门，关山无处不消魂。"

⑧鸳衾：绣有鸳鸯的被子。亦指夫妻共寝的被子。唐·钱起《长信怨》："鸳衾久别难为梦，凤管遥闻更起愁。"唐·温庭筠《南歌子》："倚枕覆鸳衾，隔帘莺百啭，感君心。"

看花回

晓色初透东窗，醉魂方觉①。恋恋绣衾半拥②，动万感脉脉③，春思无托④。追想少年，何处青楼贪欢乐。当媚景⑤，恨月愁花，算伊全妄凤帏约。　　空泪滴、真珠暗落⑥。又被谁、连宵留着。不晓高天甚意⑦，既付与风流，却恁情薄。细把身心自解，只与猛拚却。又及至、见来了，怎生教人恶。

【题解】

词咏恋情。上片写天刚放亮，少女从醉梦中醒来，不愿从暖和的绣被中起来。她默默无言，却百感交集，因为春日的情怀没有依托，不知道心上人又在哪一处秦楼妓馆寻欢作乐。面对美好的春景，却只能恨月愁花。她终于明白当时的海誓山盟，全都是他一时的虚妄之辞。下片写少女暗自伤心，偷偷流泪，也不知道心上人被谁连宵留着而夜不归家。真不明白老天爷是什么用意，既然将此风流之人交付与我，为何却又让他如此情薄？是到了好好整理自己心情的时候了，一定要下狠心割断这段情缘。谁知正在此时他却回来了，一时间，她破涕为笑，怨恨的心情立马抛到了九霄云外。

【注释】

①醉魂：醉梦。宋·张耒《观梅》："不如痛饮卧其下，醉魂为蝶栖其房。"宋·石孝友《蓦山溪》："醉魂初醒，强起寻芳径。"

②恋恋：依依不舍。《后汉书·何进传》："惟受恩累世，今当远离宫殿，情怀恋恋。"

③万感：多种感触。东晋·谢灵运《入彭蠡湖口》："千念集日夜，万感盈朝昏。"脉脉：默默。南朝·梁·徐陵《咏织妇诗》："纤纤运玉指，脉脉正蛾眉。"唐·孟郊《乙西岁舍弟扶侍归兴义庄》："僮仆强与言，相惧终脉脉。"

④春思：春日的思绪、情怀。唐·沈佺期《送陆侍御馀庆北使》："朔途际辽海，春思绕轩辕。"唐·曹唐《小游仙诗》之五九："西妃少女多春思，斜倚彤云尽日吟。"宋·欧阳修《病中代书奉寄圣俞二十五兄》："昔在洛阳年少时，春思每先花乱发。"

⑤媚景：春景。《初学记》卷三引南朝·梁元帝《纂要》："春曰青阳，亦曰发生、芳春、青春、阳春……景曰媚景、和景、韶景。"唐·杜甫《奉和严中丞西域晚眺》："层城临媚景，绝域望馀春。"唐·罗虬《比红儿诗》："年年媚景归何处，长作红儿面上春。"

⑥真珠：美人之泪。唐·温庭筠《菩萨蛮》："玉纤弹处真珠落，流多暗湿铅华薄。"

⑦高天：上天，上苍。唐·杜甫《题郪原郭三十二明府茅屋壁》："频惊适小国，一拟问高天。"

蝶恋花

几度兰房听禁漏①，臂上残妆②，印得香盈袖。酒力融融香汗透③，春娇入眼横波溜④。　　不见些时眉已皱⑤。水阔山遥，乍向分飞后⑥。大抵有情须感旧，肌肤拚为伊销瘦⑦。

【题解】

词写闺情。上片写少女多次在闺房里倾听铜壶滴漏发出的声响，手臂上的残妆仍在，芳香盈袖。她喝了几杯酒，浑身暖融融的冒着香汗，姿态娇艳，眼波流转。下片写少女和心上人分别以后，眉头紧锁，因为水阔山遥，一旦分离，就再也难以见面。她想大抵有情的人都会感念旧情，我为他憔悴消瘦，他也应该有同样的感受吧。

【注释】

①兰房：香闺。《文选·潘岳〈哀永逝文〉》："委兰房兮繁华，袭穷泉兮朽壤。"吕延济注："兰房，妻尝所居室也。"南朝·梁·刘孝绰《淇上戏荡子妇示行事》："日暗人声静，微步出兰房。"唐·王绩《咏妓》："妖姬饰靓妆，窈窕出兰房。"禁漏：宫中计时漏刻发出的声响。唐·陆畅《宿陕府北楼奉酬崔大夫》诗之一："人定军州禁漏传，不妨秋月城头过。"南唐·冯延巳《采桑子》："画堂镫暖帘栊卷，禁漏丁丁，雨罢寒生，一夜西窗梦不成。"

②后蜀·阎选《虞美人》："臂留檀印齿痕香。"

③酒力：酒的醉人力量。唐·刘禹锡《酬乐天斋满日裴令公置宴席上戏赠》："酒力半酣愁已散，文锋未钝老犹争。"融融：和暖，明媚。南朝·宋·鲍照《采桑》："蔼蔼雾满闺，融融景盈幕。"唐·张籍《春日行》："春日融融池上暖，竹牙出土兰心短。"

④春娇：形容女子娇艳之态。亦指娇艳的女子。唐·梁锽《狷氏子》："忆事临妆笑，春娇满镜台。"唐·元稹《连昌宫词》："春娇满眼睡红绡，掠削云鬟旋妆束。"唐·白居易《把酒思闲事》诗之二："把酒思闲事，春娇何处多。"横波：比喻女子眼神流动，如水横流。《文选·傅毅〈舞赋〉》："眉连娟以增绕兮，目流睇而横波。"李善注："横波，言目邪视，如水之横流也。"

⑤些时：片刻，一会儿。宋·毛滂《蝶恋花·送茶》："醉色轻松留不可，清风停待些时过。"

⑥分飞：离别。《艺文类聚》卷四三《古东飞伯劳歌》："东飞伯劳西飞燕，黄姑织女时相见。"唐·孟浩然《送从弟邕下第后寻会稽》："落羽更分飞，谁能不惊骨。"宋·徐铉《送萧尚书致仕归庐陵》："江海分飞二十春，重论前事不堪闻。"

⑦销瘦：消瘦。唐·张祜《病宫人》："惆怅近来销瘦尽，泪珠时傍枕函

流。"南唐·张泌《生查子》:"可惜玉肌肤,销瘦成慵懒。"

蝶恋花

咏枕儿

宝琢珊瑚山样瘦①,缓髻轻拢,一朵云生袖②。昨夜佳人初命偶③,论情旋旋移相就④。　　几叠鸳衾红浪皱。暗觉金钗,磔磔声相扣。一自楚台人梦后⑤,凄凉暮雨沾裍绣。

【题解】

词咏新婚。上片写饰有珊瑚珠的枕头如山般瘦削,新娘轻拢松松的发髻,就像衣袖上生出一朵乌云。昨晚是二人的新婚之夜,她情意绵绵,缓缓相就。下片接着写绣有鸳鸯的红色被子褶皱如波浪,金钗也发出磔磔的叩击声。在楚台这个欢合之处欢乐,他们入梦,锦绣的被面上留下了她的泪痕。

【注释】

①后蜀·鹿虔扆《思越人》:"珊瑚枕腻鸦鬟乱。"

②唐·温庭筠《菩萨蛮》:"小山重叠金明灭,鬓云欲度香腮雪。"

③偶:配偶。《后汉书·刘陶传》注引《列女传》:"子欲嫁乎?吾为子求偶。"命偶指结成配偶。

④旋旋:缓缓。唐·韩偓《有瞩》:"晚凉闲步向江亭,默默看书旋旋行。"相就:主动靠近,主动亲近。唐·元稹《螟子》诗之一:"将身远相就,不敢恨非辜。"宋·秦观《雷阳书事》:"蚩氓托丝布,相就通殷勤。"

⑤楚台:指楚王梦遇神女之阳台。后多指男女欢会之处。《文选·宋玉〈高唐赋〉序》:"昔者楚襄王与宋玉游于云梦之台,望高唐之观。其上独有云气,崒兮直上,忽兮改容,须臾之间,变化无穷。王问玉曰:'此何气也?'玉对曰:'所谓朝云者也。'王曰:'何谓朝云?'玉曰:'昔者先王尝游高

唐,怠而昼寝,梦见一妇人曰:'妾巫山之女也,为高唐之客,闻君游高唐,愿荐枕席。'王因幸之。去而辞曰:'妾在巫山之阳,高丘之岨,旦为朝云,暮为行雨。朝朝暮暮,阳台之下。'"唐·吴融《重阳日荆州作》:"惊时感事俱无奈,不待残阳下楚台。"宋·秦观《醉桃源》:"银烛暗,翠帘垂,芳心两自知。楚台魂断晓云飞,幽欢难再期。"

蝶恋花

　　一掬天和金粉腻①,莲子心中②,自有深深意。意密莲深秋正媚,将花寄恨无人会。　　　　桥上少年桥下水,小棹归时③,不语牵红袂④。浪浅荷心圆又碎,无端欲伴相思泪⑤。

【题解】

《全芳备祖》有词题"荷花"。

词咏荷花。上片写荷花美于天然和谐,黄色的花粉散发出浓郁的香味。莲心微苦,自有深情厚意。在这妩媚的秋天里,想用花寄托愁恨,却无人领会。下片写桥上出现了一位翩翩少年,桥下小舟划过时,两边的荷花荷叶似乎要牵系他的红袖,不忍让他离去。船桨将水珠溅到荷心,圆如珍珠,微风一吹,又碎落在水面上,就像无端落下的相思泪。

【注释】

①一掬天和:《全芳备祖》作"一曲天香"。一掬:见《于飞乐》(宝奁开)注③。天和:谓自然而顺之理,天地之和气。《庄子·庚桑楚》:"故敬之而不喜,侮之而不怒者,唯同乎天和者为然。"《庄子·知北游》:"若正汝形,一汝视,天和将至。"成玄英疏:"汝形容端雅,勿为邪僻,视听纯一,勿多取境自,然和理归至汝身。"《淮南子·俶真训》:"含哺而游,鼓腹而熙,交被天和,食于地德。"唐·孟郊《蜘蛛讽》:"万类皆有性,各各禀天和。"金粉:黄色的花粉。唐·李白《酬殷明佐见赠五云裘歌》:"轻如松花落金粉,浓似锦苔含碧滋。"宋·苏辙《歙县岁寒堂》:"暗长茯苓根自大,旋收金粉气尤清。"

②心中:《全芳备祖》作"中心"。

③小棹:短桨。此指小船。宋·周邦彦《长相思·舟中作》:"沙棠舟,小棹游。池水澄澄人影浮。"宋·朱敦儒《沁园春》:"莲社轻舆,雪溪小棹,有兴何妨寻弟兄。"

④不语:《全芳备祖》作"不许"。红袂:红袖。唐·白居易《秦中吟·五弦》:"清歌且罢唱,红袂亦停舞。"前蜀·韦庄《小重山》:"卧思陈事暗消魂。罗衣湿,红袂有啼痕。"宋·苏辙《记岁首乡俗寄子瞻·踏青》:"缟裙红袂临江影,青盖骅骝踏石声。"

⑤无端:无因由,无缘无故。《楚辞·九辩》:"蹇充倔而无端兮,泊莽莽而无垠。"王逸注:"媒理断绝,无因缘也。"晋·陆机《君子行》:"福钟恒有兆,祸集非无端。"唐·唐彦谦《柳》:"楚王江畔无端种,饿损宫娥学不成。"

蝶恋花

　　百种相思千种恨,早是伤春①,那更春醪困②。薄幸辜人终不愤③?何时枕畔分明问。　　懊恼风流心一寸④,强醉偷眠,也即依前闷⑤。此意为君君不信,泪珠滴尽愁难尽。

【题解】

　　词咏闺怨。上片写有千百种相思千百种恨在少女内心交织。本来已经因伤春而难过,加上又被春酒所困,令她难以忍受。她恨恨地想:我真不甘心你这个薄情郎辜负人心,找机会一定要在枕边问个清楚明白。下片写少女一寸芳心为风流情郎而懊恼,因此强迫自己喝醉酒以便入眠,没想到烦恼依旧。她痛苦地在内心大声呼喊:我这一番心意都在你的身上,你为什么不相信? 为什么不回到我的身边? 她感到泪已流尽,可是愁却依然。

【注释】

　　①早是:已是。唐·王勃《秋江送别》诗之一:"早是他乡值早秋,江亭明月带江流。"宋·孙光宪《浣溪沙》:"早是销魂残烛影,更愁闻着品弦声。"伤春:因春天到来而引起忧伤、苦闷。唐·司空曙《送郑明府贬岭南》:"青枫江色晚,楚客独伤春。"唐·朱绛《春女怨》:"欲知无限伤春意,尽在停针

不语时。"

②那更：张相《诗词曲语辞汇释》："那更，犹云况更也，兼之也。"宋·柳永《祭天神》："柔肠断，还是黄昏，那更满庭风雨。"春醪：春酒。冬酿春熟之酒，亦称春酿秋冬始熟之酒。《诗经·豳风·七月》："为此春酒，以介眉寿。"毛传："春酒，冻醪也。"孔颖达疏："此酒冻时酿之，故称冻醪。"马瑞辰通释："春酒即酎酒也。汉制，以正月旦作酒，八月成，名酎酒。周制，盖以冬酿经春始成，因名春酒。"《文选·张衡〈东京赋〉》："因休力以息勤，致欢忻于春酒。"李善注："春酒，谓春时作，至冬始熟也。"东晋·陶渊明《拟挽歌辞》之二："春醪生浮蚁，何时更能尝？"宋·曾巩《一鹗》："归来礧嵬载俎豆，快饮百瓮行春醪。"

③薄幸：薄情，负心。唐·杜牧《遣怀》："十年一觉扬州梦，赢得青楼薄幸名。"不愤：不服气，妒忌。后蜀·牛峤《杨柳枝》："不愤钱唐苏小小，引郎松下结同心。"

④懊恼：悔恨。唐·皇甫松《天仙子》："懊恼天仙应有似。"心一寸：指心。旧时认为心的大小在方寸之间，故名。晋·陆机《文赋》："函绵邈于尺素，吐滂沛乎寸心。"唐·杜甫《偶题》："文章千古事，得失寸心知。"唐·元稹《折枝花赠行》："一寸春心逐折枝。"

⑤依前：照旧，仍旧。宋·张先《南乡子·中秋不见月》："今夜相思应看月，无人。露冷依前独掩门。"

【汇评】

俞文豹《吹剑录》：杜子美流离兵革中，其咏内子云："香雾云鬟湿，清辉玉臂寒。何时倚虚幌，双照泪痕干。"欧阳文忠、范文正矫矫风节，而欧公词云："寸寸柔肠，盈盈粉泪，楼高莫近危阑倚。"又："薄幸辜人终不愤，何时枕畔分明问。"……情之所钟，虽贤者不能免，岂少年所作耶？

武陵春

宝幄华灯相见夜①，妆脸小桃红②。斗帐香檀翡翠笼③，携手恨匆匆。　　金泥双结同心带④，留与记情浓。却望行云十二峰⑤，肠断月斜钟⑥。

【题解】

词咏恋情。室内有精致华美的帷幕和灯烛，蚊帐里是做工精细、清香扑鼻的檀香枕和翡翠被，少女和心上人就在这样装饰豪华的环境中相见约会。她两颊绯红，光彩动人。只是美好的时光总是显得短暂，和心上人分别的时候，她赠送给他织有同心结的金泥带，希望他能记住自己的柔情蜜意，并企盼能够早日重聚。

【注释】

①宝幄：精美的帐子。唐·李白《捣衣篇》："横垂宝幄同心结，半拂琼筵苏合香。"宋·周邦彦《丁香结》："宝幄香缨，薰炉象尺，夜寒灯晕。"华灯：见《蝶恋花》(面旋落花风荡漾)注⑥。

②桃红：粉红色。南朝·梁·刘遵《繁华应令》："鲜肤胜粉白，慢脸若桃红。"五代·王仁裕《开元天宝遗事·红汗》："(贵妃)每至汗出，红腻而多香，或拭之于巾帕之上，其色如桃红也。"

③斗帐：形如覆斗的小帐。《释名·释床帐》："小帐曰斗帐，形如覆斗也。"《玉台新咏·古诗为焦仲卿妻作》："红罗复斗帐，四角垂香囊。"宋·李清照《浣溪沙》："玉鸭熏炉闲瑞脑，朱樱斗帐掩流苏，通犀还解辟寒无。"香檀：指枕。宋·孙光宪《河传》："晚来天，空悄然，孤眠，枕檀云髻偏。"翡翠：指被。《楚辞·招魂》："翡翠珠被，烂齐光些。"唐·李商隐《无题》："蜡照半笼金翡翠。"

④金泥：用以饰物的金屑。唐·孟浩然《宴张记室宅》："玉指调筝柱，金泥饰舞罗。"宋·周邦彦《风流子》："泪花销凤蜡，风幕卷金泥。"同心带：绾有同心结的丝带。唐·杨衡《夷陵郡内叙别》："留念同心带，赠远芙蓉簪。"

⑤行云：见《采桑子》(画船载酒西湖好)注④。十二峰：陈耀文《天中记》："巫山十二峰曰望霞、翠屏、朝云、松峦、集仙、聚鹤、净坛、上昇、起云、飞凤、登龙、圣泉。"唐·李端《巫山高》："巫山十二峰，皆在碧虚中。"

⑥李商隐《无题》："月斜楼上五更钟。"

梁州令

红杏墙头树①,紫萼香心初吐②。新年花发旧时枝,徘徊千绕,独共东风语。阳台一梦如云雨③。为问今何处。离情别恨多少,条条结向垂杨缕。　　此事难分付④。初心本谁先许。窃香解佩两沉沉⑤,知他而今,记得当初否。谁教薄幸轻相误。不信道、相思苦。如今却恁空追悔,元来也会忆人去。

【题解】

词的上片写墙头的红杏旧枝开新花,紫色的花萼初吐芬芳。在花树丛中,少女孤独地徘徊独语;往昔在一起时的幸福生活犹如阳台一梦,如今他到哪儿去了呢?想知道我的离情别恨有多少,就请看一看在春风中摇曳的千丝万缕的垂柳吧!下片继续写她的独语:这段情事实在是说不清道不白,当初是谁先以心相许的呢?只依稀记得是郎有情来妾有意。你如今还记得当初的情形吗?为什么要薄情负心呢?我从前不知道也不相信有所谓的相思苦,如今是深谙个中滋味了;那是一种悔恨交加却还深怀眷念的五味杂陈的痛苦感情啊。全词语浅情深,主要通过心理描写来展示人物的命运与性格。

【注释】

①墙头:见《渔家傲》(红粉墙头花儿树)注①。

②紫萼:紫色花萼。唐·杜甫《花底》:"紫萼扶千蕊,黄须照万花。"香心:花苞。北周·庾信《正旦上司宪府》:"短笋犹埋竹,香心未启兰。"唐·李商隐《燕台诗·冬》:"冻壁霜华交隐起,芳根中断香心死。"

③阳台:指楚王梦遇神女之阳台。后多指男女欢会之处。《文选·宋玉〈高唐赋〉序》:"昔者楚襄王与宋玉游于云梦之台,望高唐之观。其上独有云气,崒兮直上,忽兮改容,须臾之间,变化无穷。王问玉曰:'此何气

也?'玉对曰:'所谓朝云者也。'王曰:'何谓朝云?'玉曰:'昔者先王尝游高唐,怠而昼寝,梦见一妇人曰:"妾巫山之女也,为高唐之客,闻君游高唐,愿荐枕席。'王因幸之。去而辞曰:"妾在巫山之阳,高丘之岨,旦为朝云,暮为行雨。朝朝暮暮,阳台之下。'"南唐·严续姬《赠别》:"风柳摇摇无定枝,阳台云雨梦中归。"宋·曾觌《菩萨蛮》:"阳台云易散,往事寻思懒。"阳台梦:指男女欢会。五代·李存勖《阳台梦》:"楚天云雨却相和,又入阳台梦。"

④分付:处置,发落。宋·石孝友《卜算子》:"去也如何去? 住也如何住? 住也应难去也难,此际难分付。"宋·刘克庄《贺新郎》:"北望神州路,试平章、这场公事,怎生分付?"

⑤窃香:见《望江南》(江南蝶)注④。解佩:见《玉楼春》(燕鸿过后春归去)注④。

渔家傲

为爱莲房都一柄①,双苞双蕊双红影。雨势断来风色定②。秋水静,仙郎彩女临鸾镜③。 妾有容华君不省④,花无恩爱犹相并。花却有情人薄幸。心耿耿⑤,因花又染相思病。

【题解】

按《花草粹编》卷七误作颍上陶生词。《全芳备祖》有词题"荷花"。

词咏并蒂莲。词的上片写在布满红花翠叶的荷塘中,一株并蒂莲亭亭玉立,双苞含情,默默相对。雨停风歇之时,湖水异常平静,这株并蒂莲粉红色的身影倒映在绿水中,犹如仙郎彩女窥鸾镜。下片由花而写到人,说女主人公有着美丽的容颜,可是心上人却毫不在意。花儿不懂恩爱却知道相并而立,倒显得花儿有情而人却薄幸了,这难免令人气结,因为花儿并蒂又勾惹起了自己的相思病。

【注释】

①莲房：见《南乡子》(雨后斜阳)注②。

②雨势：唐·无可《送杜司马再游蜀中》："日光低峡口，雨势出蛾眉。"宋·陆游《卯饮醉卧枕上有赋》："雨势平吞野，风声倒卷江。"风色：风。唐·元稹《酬复言长庆四年元日郡斋感怀见寄》："苦思正旦酬白雪，闲观风色动青旂。"

③仙郎：俊美的青年男子。五代·和凝《柳枝》："醉来咬损新花子，拽住仙郎尽放娇。"宋·刘过《沁园春·美人指甲》："风流甚，把仙郎暗掐，莫放春间。"彩女：美丽的年轻女子。南朝·宋·鲍照《代淮南王》："紫房彩女弄明珰，鸾歌凤舞断君肠。"

④容华：美丽的容颜。三国·魏·曹植《杂诗》之四："南国有佳人，容华若桃李。"南朝·梁简文帝《东飞伯劳歌》之一："翻阶蛱蝶恋花情，容华飞燕相逢迎。"唐·刘长卿《王昭君歌》："那知粉绘能相负，却使容华翻误身。"宋·刘子翚《闻筝作》："盛年嗟不偶，况乃容华衰。"

⑤耿耿：烦躁不安，心事重重。《诗经·邶风·柏舟》："耿耿不寐，如有隐忧。"《楚辞·远游》："夜耿耿而不寐兮，魂茕茕而至曙。"洪兴祖补注："耿耿，不安也。"三国·魏·曹丕《乐府燕歌行》之二："耿耿伏枕不能眠，披衣出户步东西。"唐·李郢《秦处士移家富春发樟亭怀寄》："离别几宵魂耿耿，相思一座发星星。"

渔家傲

昨日采花花欲尽，隔花闻道潮来近。风猎紫荷声又紧①。低难奔，莲茎刺惹香腮损②。　　一缕艳痕红隐隐，新霞点破秋蟾晕③。罗袖挹残心不稳④。羞人问，归来剩把胭脂衬⑤。

【题解】

词咏采莲女。荷塘里的花儿已经不多，采莲女听到晚潮声越来越近，秋风也吹得荷叶猎猎作响。天色已晚，是时候回家了，可是小船在茂密丛生的荷叶丛中却行进困难,还一不小心让莲茎上的刺划破了自己美丽的香腮颊。她赶紧对着水面察看,发现秋月般的脸上隐隐现出一道红印,有的地方还渗出一点血丝。她不免感到心慌慌,又担心有人问,于是匆匆忙忙赶回家,在伤口处涂上胭脂。伤口胭脂两相衬,显得更加娇柔妩媚。

【注释】

①唐·刘禹锡《观柘枝舞》:"神飙猎红蕖,龙烛映金枝。"

②香腮:美女的腮颊。唐·温庭筠《菩萨蛮》:"小山重迭金明灭,鬓云欲度香腮雪。"南唐·李煜《捣练子》:"斜托香腮春笋懒,为谁和泪倚阑干。"

③秋蟾:秋月。唐·姚合《秋夜月中登天坛》:"秋蟾流异彩,斋洁上坛行。"宋·辛弃疾《西江月·赋丹桂》:"杏腮桃脸费铅华,终惯秋蟾影下。"月晕:月亮周围的光圈。月光经云层中冰晶的折射而产生的光现象。常被认为是天气变化起风的征兆,俗称风圈。《史记·天官书》:"平城之围,月晕参、毕七重。"唐·孟浩然《彭蠡湖中望庐山》:"太虚生月晕,舟子知天风。"宋·周邦彦《点绛唇》:"夜来秋近,月晕通风信。"

④挹:东晋·郭璞《游仙诗》:"左挹浮丘袖,右拍洪崖肩。"

⑤胭脂:一种用于化妆和画画的红色颜料。唐·杜甫《曲江对雨》:"林花着雨胭脂湿,水荇牵风翠带长。"《敦煌曲子词·柳青娘》:"故着胭脂轻轻染,淡施檀色注歌唇。"

渔家傲

一夜越溪秋水满①,荷花开过溪南岸。贪采嫩香星眼慢②。疏回眄③,郎船不觉来身畔。　　罢采金英收玉腕④,回身急打船头转⑤。荷叶又浓波又浅。无方便,教人只得抬娇面⑥。

【题解】

词咏采莲女。上片写一夜之间,秋水就涨满了越溪,荷花也开得格外茂盛,一直到达南岸。采莲女目不暇接,专心致志地采摘莲花,连心上人的船来到身旁都毫无察觉。下片紧承上片,写采莲女由于害羞,赶紧停止采摘,收回洁白温润的玉腕,调转船头想离开。没想到荷叶浓密溪水浅,船儿是怎么划也划不动。没办法,只好抬头面对他。其实,哪是因为叶密水浅,实在是她自己舍不得离开啊!

【注释】

①越溪:见《越溪春》(三月十三寒食日)注②。秋水:秋天的江湖水,雨水。《庄子·秋水》:"秋水时至,百川灌河。"南朝·齐·陆厥《中山王孺子妾歌》:"岁暮寒飙及,秋水落芙蕖。"唐·王勃《滕王阁序》:"落霞与孤鹜齐飞,秋水共长天一色。"宋·王安石《散发一扁舟》:"秋水泻明河,迢迢藕花底。"

②星眼:明丽的眼睛。南朝·宋·王韶之《太清记·华岳夫人》:"华岳三夫人媚,李湜云:'笑开星眼,花媚玉颜。'"后蜀·阎选《虞美人》:"月娥星眼笑微频,柳夭桃艳不胜春。"

③回眄:回视,斜视。《汉书·叙传上》:"是故鲁连飞一矢而蹶千金,虞卿以顾眄而捐相印也。"三国·魏·曹植《美女篇》:"顾眄遗光彩,长啸气若兰。"唐·柳宗元《寄许京兆孟容书》:"每当春秋时飨,子立捧奠,顾眄无后继者,恂恂然欷歔惴惕。"

④玉腕:洁白温润的手腕。亦借指手。南朝·宋·刘铄《白纻曲》:"仙仙徐动何盈盈,玉腕俱凝若云行。"唐·王勃《采莲曲》:"桂棹兰桡下长浦,罗裙玉腕摇轻橹。"宋·苏轼《谢郡人田贺二生献花》:"玉腕揎红袖,金樽泻白醪。"

⑤船头:船的前部。唐·杜甫《江涨》:"渔人萦小楫,容易拔船头。"

⑥娇面:娇美的容貌。唐·刘希夷《公子行》:"愿作轻罗著细腰,愿为明镜分娇面。"宋·陈师道《卜算子·送梅花与赵使君》:"梅岭数枝春,疏影斜临水。不借芳华只自香,娇面长如洗。"

渔家傲

近日门前溪水涨,郎船几度偷相访。船小难开红斗帐。

无计向,合欢影里空惆怅①。　　　愿妾身为红菡萏②,年年生在秋江上③。重愿郎为花底浪。无隔障,随风逐雨长来往。

【题解】

按《花草粹编》卷七误作颍上陶生词。

这是一首具有民歌风味的词,写的是采莲女的恋情。上片叙事,写随着雨季的到来,采莲女家门前溪水涨满,心上人多次偷偷地划船来相访。只是他的船太小了,小得连一顶小蚊帐都挂不上。唉!这叫我们如何来幽会呢?望着那幸福的并蒂莲,内心更添无限惆怅。下片接着写采莲女突发奇想:要是我能变成这水中的荷花该多好,我年年生长在秋江上,心上人则变成这水中浪,这样我们可以随风逐雨长相来往,再也没有什么可以将我们阻碍。词人用浅切通俗的语言,描写农村中普通青年男女的生活与情感,大胆真率,在传统柔婉艳丽的风格之外,别开生面。

【注释】

①合欢:指合欢莲、双头莲,又名同心莲。明·胡侍《真珠船·双头莲》:"双头莲,即合欢莲,一名嘉莲,一名同心莲,自是一种,不足为瑞。"

②菡萏:荷花。《诗·陈风·泽陂》:"彼泽之陂,有蒲菡萏。"《尔雅·释草》:"荷,芙蕖。其茎茄,其叶蕸,其本蔤,其华菡萏,其实莲,其根藕。"《说文》:"芙蓉花未发为菡萏,已发未为夫容。"南唐·李璟《浣溪沙》:"菡萏香消翠叶残,西风愁起绿波间。"宋·欧阳修《西湖戏作示同游者》:"菡萏香清画舸浮,使君宁复忆扬州。"

③唐·高蟾《上高侍郎》:"芙蓉生在秋江上,不向东风怨未开。"

渔家傲

妾解清歌并巧笑①,郎多才俊兼年少②。何事抛儿行远道。无音耗,江头又绿王孙草③。　　　昔日采花呈窈窕④,玉容长笑花枝老⑤。今日采花添懊恼。伤怀抱,玉容不及花枝好。

【题解】

《唐宋词汇评》云:"《渔家傲》五首,皆咏荷。与前录《渔家傲》八首咏荷同一体调,亦为用于歌舞之鼓子词。"

词咏采莲女。上片写采莲女的自诉:我的歌声优美,长相甜美,你则年轻英俊,才华出众。我们是天造的一双,地设的一对,为什么你要离我而远行呢? 并且一去就再无音讯,而江头草绿,又是一年过去了。下片通过今昔对比,写采莲女的烦恼与愁苦。她从前采花时,深为自己的娴静美好而自豪,感觉连花儿都比不上自己;今日采花时却徒添懊恼,因为伤离怀抱的折磨,她玉颜憔悴,已经比不上花枝好了。

【注释】

①清歌:不用乐器伴奏的歌唱。三国·魏·曹丕《燕歌行》:"展诗清歌聊自宽,乐往哀来摧肺肝。"宋·梅尧臣《留题希深美桧亭》:"乘月时来往,清歌思浩然。"巧笑:美好的笑。《诗经·卫风·硕人》:"巧笑倩兮,美目盼兮。"宋·梅尧臣《和希深新秋会东堂》:"巧笑承欢剧,新词度曲长。"

②才俊:才能出众。《晋书·嵇康传》:"康临去,(孙)登曰:'君性烈而才俊,其能免乎。'"宋·梅尧臣《吊唐俞》:"通闺年最少,才俊罕能双。"

③王孙草:指牵人离愁的景色。汉·淮南小山《招隐士》:"王孙游兮不归,春草生兮萋萋。"唐·李颀《题少府监李丞山池》:"窗外王孙草,床头中散琴。清风多仰慕,吾亦尔知音。"宋·穆修《寒食》:"江边又寒食,伧客奈离襟。恨满王孙草,愁多望帝禽。"

④窈窕:娴静貌,美好貌。《诗经·周南·关雎》:"窈窕淑女,君子好逑。"毛传:"窈窕,幽闲也。"《汉书·王莽传上》:"公女渐渍德化,有窈窕之容,宜承天序,奉祭祀。"颜师古注:"窈窕,幽闲也。"

⑤玉容:女子美好的容貌。晋·陆机《拟〈西北有高楼〉》:"玉容谁得顾,倾城在一弹。"唐·王建《调笑令》:"玉容憔悴三年,谁复商量管弦。"

一斛珠

今朝祖宴①,可怜明夜孤灯馆②。酒醒明月空床满,翠被重重③，不似香肌暖。　　愁肠恰似沉香篆④，千回万转萦还断。梦中若得相寻见，却愿春宵⑤，一夜如年远。

【题解】

词写离愁。上片写远行者。他在今日早晨的饯别酒宴上离别心上人，当晚夜宿客馆，唯有孤灯相伴。半夜酒醒，皓月当空，光芒洒满空床，床上虽有层层翠被，却不如香肌温暖。下片写居者。自从分别后，她的愁肠就像燃断的盘香，千回百转寸寸折。如果梦中能够再相见，但愿这春宵，能够如一年那般长。

【注释】

①祖宴：见《玉楼春》（春山敛黛低歌扇）注②。

②明夜：夜犹未明，后半夜。唐·许浑《送崔珦入朝》："月斜松桂倚高阁，明夜江南江北人。"孤灯：喻孤单寂寞。南朝·宋·谢惠连《秋怀》："寒商动清闺，孤灯暖幽幔。耿介繁虑积，展转长宵半。"唐·白居易《长恨歌》："夕殿萤飞思悄然，孤灯挑尽未成眠。"宋·陆游《山寺》："古佛负墙尘漠漠，孤灯照殿雨昏昏。"

③翠被：见《蝶恋花》（海燕双来归画栋）注④。

④沉香篆：用沉水香制成的盘香。宋·秦观《减字木兰花》："欲见回肠，断尽金炉小篆香。"宋·李清照《满庭芳》："篆香烧尽，日影下帘钩。"

⑤春宵：春夜。唐·白居易《长恨歌》："春宵苦短日高起，从此君王不早朝。"

惜芳时

因倚兰台翠云嚲①，睡未足、双眉尚锁。潜身走向伊行坐②，孜孜地③、告他梳裹④。　　发妆酒冷重温过⑤，道要饮、除非伴我。丁香嚼碎偎人睡⑥，犹记恨、夜来些个。

【题解】

词咏恋情。上片写女主人公起床后斜倚楼台,秀发披肩。因为睡眠不足,她双眉紧锁,一副还没有睡醒的样子。男主人公悄悄地来到她身边,殷勤地劝她快快梳妆打扮。下片写她终于化好妆,早已热好的酒重新温过。她娇嗔地说:"要我饮酒,除非让我依偎着你。"她嘴里含着鸡舌香,偎靠着他,絮叨着昨夜那点不开心的事儿。

【注释】

①兰台:战国楚台名,传说故址在今湖北省钟祥县东。《文选·宋玉〈风赋〉序》:"楚襄王游于兰台之宫,宋玉、景差侍。"李周翰注:"兰台,台名。"唐·张九龄《登古阳云台》:"楚国兹故都,兰台有馀址。"此处指楼台。翠云:形容妇女头发乌黑浓密。南唐·李煜《菩萨蛮》:"抛枕翠云光,绣衣闻异香。"宋·柳永《洞仙歌》:"记得翠云偷剪,和鸣彩凤于飞。"鬖:下垂。

②伊行:她那里。宋·晏几道《临江仙》:"月堕枝头欢意,从前虚梦高唐,觉来何处放思量。如今不是梦,真个到伊行。"宋·周邦彦《风流子》:"遥知新妆了,开朱户,应自待月西厢。最苦梦魂,今宵不到伊行。"

③孜孜:勤勉,不懈怠。《书·益稷》:"予何言?予思日孜孜。"孔颖达疏:"孜孜者,勉功不怠之意。"

④梳裹:指男子梳发并裹巾帻。宋·米芾《画史》:"客至,即言'容梳裹'。乃去皮冠,梳发角加后以入幞头巾子中,箧约发,乃出。"此指女子化妆。

⑤发妆:化妆。宋·柳永《少年游》:"香帏睡起,发妆酒酽,红脸杏花春。"

⑥丁香:鸡舌香。古代尚书上殿奏事,口含此香。《初学记》卷一一引汉·应劭《汉官仪》:"尚书郎含鸡舌香伏奏事,黄门郎对揖跪受,故称尚书郎怀香握兰,趋走丹墀。"唐·刘禹锡《郎州窦员外见示与澧州元郎中郡斋赠答长句二篇因而继和》:"新恩共理犬牙地,昨日同含鸡舌香。"后泛指含鸡舌香使口气芳香之俗。

洞仙歌令

楼前乱草,是离人方寸①。倚遍阑干意无尽。罗巾掩,宿粉残眉、香未减，人与天涯共远。　　香闺知人否②，长是厌厌③，拟写相思寄归信。未写了，泪成行、早满香笺④。相思字，一时滴损。便直饶⑤、伊家总无情，也拚了一生，为伊成病。

【题解】

词咏恋情。上片写女主人公倚遍栏杆，糟糕的心情，就像楼前的乱草一样纷乱无绪。她伤感地用罗巾掩面拭泪。脸上尽是昨日残妆，她也不愿重新梳妆打扮自己，只是痴痴地想念着远在天涯海角的心上人。下片继续写女主人公的心理活动：心上人是否还记得香闺中的自己？是否知道她每日病恹恹地没有情绪？她准备写信告诉他她的相思之情，叫他早日归来。可信还没有写完，成行的泪珠滴湿香笺，将纸上的相思字一一损毁。她最后发誓说："即使你再无情，我也要拼尽一生来爱，纵使因此成病也在所不惜。"

【注释】

①方寸：心。唐·白居易《秋居书怀》："尽日方寸中，澹然无所欲。"

②香闺：指青年女子。唐·司空图《冯燕歌》："传道张婴偏嗜酒，从此香闺为我有。"

③厌厌：同"恹恹"，形容病态，微弱。唐·韩偓《春尽日》："把酒送春惆怅在，年年三月病厌厌。"宋·欧阳修《送张屯田归洛歌》："季秋九月予丧妇，十月厌厌成病躯。"

④香笺：加多种香料所制的诗笺或信笺。唐·皮日休《寒夜文宴得泉字》："分明竞擘七香笺，玉朗风姿尽列仙。"

⑤直饶：见《鼓笛慢》(缕金裙窣轻纱)注③。

洞仙歌令

情知须病①，奈自家先肯。天甚教伊恁端正②。忆年时③、兰棹独倚春风④,相怜处、月影花光相映⑤。　　别来凭谁诉,空寄香笺⑥,拟问前欢甚时更。后约与新期⑦,易失难寻,空肠断、损风流心性⑧。除只把、芳尊强开颜,奈酒到愁肠,醉了还醒。

【题解】

词咏离愁。上片写女主人公明知相思会成病,可是没有办法,老天让心上人长得如此端正,自己是心甘情愿地堕入了情网。回忆当年,在一个春风沉醉的夜晚,月影花光交相辉映,两个人荡着小船儿,幸福地携手同游。下片写自从分别以后,相思之苦无处诉,她准备写信问一问,昔日的欢乐何时能够再有。只是她知道,这是徒劳之举。从前的誓约与未来的期盼,易失难寻,让自己陷入痛苦的境地。她借酒浇愁,没想到酒入愁肠,愁上添愁。

【注释】

①情知:深知,明知。唐·骆宾王《艳情代郭氏答卢照邻》:“情知唾井终无理,情知覆水也难收,不复下山能借问,更向卢家字莫愁。”宋·辛弃疾《鹧鸪天》:“情知已被山遮断,频倚栏干不自由。”须:张相《诗词曲语辞汇释》卷一:“须,犹应也,必也。”前蜀·韦庄《令狐亭》:“若非天上神仙宅,须是人间富贵家。”

②端正:整齐匀称。唐·顾况《梁广画花歌》:“上元夫人最小女,头面端正能言语。”

③年时:当年,往年时节。唐·卢殷《雨霁登北岸寄友人》:“忆得年时冯翊部,谢郎相引上楼头。”

④兰棹:兰舟。唐·黄滔《送君南浦赋》:“玉窗之归步愁举,兰棹之移声忍闻。”唐·张松龄《渔父》词之八:“兰棹快,草衣轻,只钓鲈鱼不钓名。”

⑤月影:月光。北齐·邢邵《冬夜酬魏少傅直史馆诗》:“风音响北牖,月影度南端。”唐·元稹《江陵三梦》:“月影半床黑,虫声幽草移。”宋·陆游《霜月》:“枯草霜花白,寒窗月影新。”花光:花的色彩。南朝·陈后主《梅花落》诗之一:“映日花光动,迎风香气来。”北周·庾信《象戏赋》:“况乃豫游

仁寿,行乐徽音,水影摇日,花光照林。"宋·苏轼《灵上访道人不遇》："花光红满栏,草色绿无岸。"

⑥香笺:见《洞仙歌令》(楼前乱草)注④。

⑦后约:日后的约会。宋·柳永《夜半乐》："到此因念,绣阁轻抛,浪萍难驻。叹后约丁宁竟何据。"宋·司马光《和范景仁迭石溪》："已买渔樵舍,毋令后约差。"

⑧心性:性情,性格。宋·柳永《红窗睡》："二年三岁同鸳寝,表温柔心性。"

鹊踏枝

　　一曲尊前开画扇①,暂近还遥,不语仍低面②。直至情多缘少见,千金不直双回眄③。　　苦恨行云容易散④,过尽佳期⑤,争向年芳晚⑥。百种寻思千万遍,愁肠不似情难断。

【题解】

　　词咏男子对歌女的思慕之情。词的上片写这位歌女手持画扇,在酒宴中唱歌侑酒。倾慕者觉得她离得很近,又似乎很遥远,有些飘忽不定。当她不言不语时,则低头沉静,纵使有人赏赐千金,也换不来她的回头顾盼。下片写倾慕者痛恨自己很容易就失去了这位歌女,春光过尽,只留下无尽的相思之情和难断的百结愁肠。

【注释】

　　①尊前:在酒樽之前。指酒筵上。唐·马戴《赠友人边游回》："尊前语尽北风起,秋色萧条胡雁来。"南唐·李煜《虞美人》："笙歌未散尊前在,池面冰初解。"宋·晏几道《满庭芳》："漫留得尊前,淡月西风。"画扇:指有画饰的扇子。南朝·梁·鲍泉《落日看还》："雕甍斜落影,画扇拂游尘。"唐·杜甫《伤秋》："高秋收画扇,久客掩荆扉。"

　　②低面:低头。唐·韩愈《寄崔二十六立之》："四座各低面,不敢捩眼窥。"前蜀·韦庄《女冠子》："四月十七,正是去年今日,别君时,忍泪佯低

278

面,含羞半敛眉。"

③回眸:见《渔家傲》(一夜越溪秋水满)注③。

④苦恨:甚恨,深恨。唐·秦韬玉《贫女》:"苦恨年年压金线,为他人作嫁衣裳。"宋·周邦彦《点绛唇》:"苦恨斜阳,冉冉催人去。"

⑤佳期:美好的时光。多指同亲友重晤或故地重游之期。南朝·齐·谢朓《晚登三山还望京邑》:"佳期怅何许,泪下如流霰。"唐·杜甫《宿青溪驿奉怀张员外》:"浩荡前后间,佳期赴荆楚。"

⑥争向:怎奈。向,语助词。唐·白居易《题酒瓮·呈梦得》:"若无清酒两三瓮,争向白须千万茎。"唐·无名氏《洞仙歌》:"无计恨征人,争向金风漂荡,捣衣嘹亮。"宋·柳永《临江仙》:"萧条。牵情系恨,争向年少偏饶。"年芳:美好的春色。南朝·梁·沈约《三月三日率尔成篇》:"丽日属元巳,年芳具在斯。开花已匝树,流嘤复满枝。"唐·李商隐《判春》:"一桃复一李,井上占年芳。"宋·卢祖皋《鱼游春水》:"风翻征袂,触目年芳如许。"

品　令

　　渐素景①,金风劲②,早是凄凉孤冷③。那堪闻④、蛩吟穿金井⑤,唤愁绪难整⑥。　　懊恼人人薄幸⑦,负云期雨信⑧。终日望伊来,无凭准⑨,闷损我⑩、也不定。

【题解】

词咏秋恨。上片写秋风强劲,大自然呈现出肃杀的秋天景色,让人感到凄凉孤冷。更加让人难堪的是传来阵阵凄切的寒蝉声,唤起愁思,难以排遣。下片自然过渡到人,写她痛恨薄幸人辜负誓约。她整天盼望着他回来,他却连一个准信都没有,害得她愁闷瘦损,心绪不宁。

【注释】

①素景:秋季的景色。古代五行说以金配秋,其色白,故曰素秋,素景即秋景。西晋·陆云《喜霁赋》:"素景衍乎中闺。"宋·柳永《木兰花慢》:"渐素景衰残,风砧韵响,霜树红疏。"

②金风:秋风。《文选·张协〈杂诗〉》:"金风扇素节,丹霞启阴期。"李善注:"西方为秋而主金,故秋风曰金风也。"唐·李白《酬张卿夜宿南陵见赠》:"当君相思夜,火落金风高。"

③早是:已是。唐·王勃《秋江送别》诗之一:"早是他乡值早秋,江亭明月带江流。"宋·孙光宪《浣溪沙》:"早是销魂残烛影,更愁闻着品弦声。"凄凉:孤寂冷落。南朝·梁·沈约《为临川王九日侍太子宴》:"凄凉霜野,惆怅晨鹍。"唐·皎然《与卢孟明别后宿南湖对月》:"旷望烟霞尽,凄凉天地秋。"孤冷:孤单寂寞。

④那堪:怎堪,怎能禁受。唐·李端《溪行遇雨寄柳中庸》:"那堪两处宿,共听一声猿。"宋·张先《青门引·春思》:"那堪更被明月,隔墙送过秋千影。"

⑤蛩吟:蟋蟀吟叫。唐·白居易《禁中闻蛩》:"西窗独暗坐,满耳新蛩声。"宋·柳永《倾杯乐》:"离绪万端,闻岸草,切切蛩吟如织。"金井:井栏上有雕饰的井。一般用以指宫庭园林里的井。南朝·梁·费昶《行路难》:"唯闻哑哑城上乌,玉栏金井牵辘轳。"唐·王昌龄《长信秋词五首》之一:"金井梧桐秋叶黄,珠帘不卷夜来霜。"宋·苏轼《用前韵答西掖诸公见和》:"双猊蟠础龙缠栋,金井辘轳鸣晓瓮。"

⑥愁绪:忧愁的心绪。南朝·梁简文帝《阻归赋》:"云向山而欲敛,雁疲飞而不息。何愁绪之交加,岂树萱与折麻。"唐·杜甫《泛舟送魏十八仓曹还京因寄岑中允参范郎中季明》:"帝乡愁绪外,春色泪痕边。"整:整顿,应付。宋·琴操《卜算子》:"欲整别离情,怯对尊中酒。"

⑦懊恼:烦恼。唐·韩偓《六言》之二:"惆怅空教梦见,懊恼多成酒悲。"

⑧云期雨信:指男女约定幽会的日期。亦作"云期雨约"。

⑨凭准:准信,确信。宋·高观国《烛影摇红》:"试将心事卜归期,终是无凭准。"

⑩闷损:烦闷。宋·李清照《玉楼春》:"道人憔悴春窗底,闷损阑干愁不得。"

燕归梁

风摆红藤卷绣帘①,宝鉴慵拈②。日高梳洗几时忺③。金盆水④、弄纤纤⑤。　　　鬟云谩軃残花淡⑥，和娇媚⑦、瘦嵓嵓⑧。离情更被宿醒兼⑨，空惹得、病厌厌⑩。

【题解】

按此首别又见杜安世《杜寿域词》。

词咏离愁。上片写窗外的红藤在风中摇摆，该是深秋季节了吧。日上三竿，主人公才懒洋洋地起床。她卷起绣帘，随便化了化妆，连镜子都懒得照一照，然后心不在焉地在金盆里摆弄自己的纤纤玉手。上片主要是通过动作描绘人物的心情，下片则主要通过外形来反映她的心情。她的长发随意地下垂，脸上的贴花形残色淡，神态娇媚，形体消瘦。她为离情所苦，为宿醉所困，使自己成为这般病恹恹的样子。

【注释】

①红藤：《寿域词》作"红绦"。藤本植物，茎可作手杖，加工后可用以编织器物。唐·白居易《红藤杖》："南诏红藤杖，西江白首人。"自注："杖出南蛮。"

②宝鉴：宝镜，镜子的美称。宋·刘过《蝶恋花·赠张守宠姬》："宝鉴年来微有晕。懒照容华，人远天涯近。"

③忺：惬意，高兴。唐·韦应物《寄二严》："丝竹久已懒，今日遇君忺。"几时忺：犹云不忺，不适意，不高兴。宋·姜夔《浣溪沙》："钗燕笼云晚不忺，拟将裙带系郎船，别离滋味又今年。"

④金盆：铜制的盆，供注水盥洗之用。唐·张谔《三日岐王宅》："金盆浴未了，绷子绣初成。"唐·王建《宫词》之四五："丛丛洗手绕金盆，旋拭红巾入殿门。"

⑤纤纤：见《渔家傲》(露裛娇黄风摆翠)注⑤。

⑥此句《寿域词》作"鬟云松軃衣斜褪。"谩軃，漫軃，长长地下垂。花：花子。古时妇女贴、画在面颊上的装饰。唐·段成式《酉阳杂俎·黥》："今妇人面饰用花子，起自昭容上官氏所制，以掩点迹。"五代·马缟《中华古今注·花子》："秦始皇好神仙，常令宫人梳仙髻，帖五色花子，画为云凤虎飞昇。至东晋有童谣云：'织女死，时人帖草油花子，为织女作孝。'至后周又诏宫人帖五色云母花子，作碎妆以侍宴。如供奉者，帖胜花子作桃花妆。"

⑦娇媚:宋·柳永《尉迟杯》:"恣雅态,欲语先娇媚。"

⑧嵩嵩:形容瘦削柔弱。金·董解元《西厢记诸宫调》卷一:"解舞的腰肢,瘦嵩嵩的一搦。"

⑨离情:《寿域词》作"离愁"。宿醒:见《渔家傲》(六月炎蒸何太盛)注⑨。

⑩空惹得:《寿域词》作"空赢得"。

燕归梁

屏里金炉帐外灯①,掩春睡腾腾②。绿云堆枕乱髼鬙③,犹依约④、那回曾。　　人生少有,相怜到老,宁不被天憎。而今前事总无凭⑤,空赢得⑥、瘦棱棱⑦。

【题解】

词咏春怨。上片写屏风后面金制香炉正升腾起袅袅香烟,帷幕外灯光昏暗。抒情女主人公一头青丝蓬乱地堆在枕头上,她睡得迷迷糊糊的,仿佛又回到令人难忘的旧日情事中。下片接写她的感慨:人生少有相爱到地老天荒却不被老天嫉妒憎恨的!就像我今天一样,旧约前欢都不足凭信,空落得憔悴消瘦。

【注释】

①金炉:见《蝶恋花》(帘幕东风寒料峭)注⑦。

②腾腾:见《蝶恋花》(海燕双来归画栋)注②。

③绿云:喻女子乌黑光亮的秀发。唐·杜牧《阿房宫赋》:"绿云扰扰,梳晓鬟也。"前蜀·韦庄《酒泉子》:"绿云倾,金枕腻。"宋·陆游《清商怨·葭萌驿作》:"梦破南楼,绿云堆一枕。"髼鬙:头发散乱貌。唐·段成式《西阳杂俎续集·支诺皋上》:"忽见一小鬼髼鬙,头长二尺馀。"宋·曾巩《看花》:"但知抖擞红尘去,莫问髼鬙白发催。"

④依约:仿佛,隐约。唐·刘兼《登郡楼书怀》:"天际寂寥无雁下,云端依约有僧行。"宋·晏殊《少年游》:"风流妙舞,樱桃清唱,依约驻行云。"

⑤无凭：没有凭据。唐·韩偓《幽窗》："无凭谙鹊语，犹得暂心宽。"宋·晏几道《鹧鸪天》："相思本是无凭语，莫向花笺费泪行。"

⑥赢得：落得、剩得。唐·韩偓《五更》："光景旋消惆怅在，一生赢得是凄凉。"金·董解元《西厢记诸宫调》卷三："谩道不想，怎不想？空赢得肚皮儿里劳攘。"

⑦棱棱：形容消瘦骨立。南唐·李建勋《赠送致仕郎中》："鹤立瘦棱棱，髭长白似银。"宋·范成大《病中夜坐》："薄薄寒相中，棱棱瘦不禁。"宋·辛弃疾《最高楼·客有败棋者代赋梅》："瘦棱棱地天然白，冷清清地许多香。"

圣无忧

相别重相遇，恬如一梦须臾①。尊前今日欢娱事②，放盏旋成虚。　　莫惜斗量珠玉③，随他雪白髭须④。人间长久身难得，斗在不如吾⑤。

【题解】

这是一首较早以说理取胜的人生哲理词。上片写主人公和朋友离别多年，今天重新相遇，感觉就像梦境一样，甜蜜而忧伤。他对朋友说：我们一定要开怀畅饮，今朝有酒今朝醉，因为万事转头即成空。下片说不要吝惜钱财，也别管人老须白，既然人难得长久之身，免不了生老病死，何不尽情享受眼前的欢乐呢？

【注释】

①恬：快乐。《庄子·盗跖》："惨怛之疾，恬愉之安，不监于体。"成玄英疏："恬愉，乐也。"晋·支遁《咏怀》："咏发清风集，触思皆恬愉。"须臾：见《圣无忧》(世路风波险)注②。

②欢娱：欢乐。唐·高适《别韦参军》："欢娱未尽分散去，使我惆怅惊心神。"

③斗量：形容数量之多。唐·刘禹锡《泰娘歌》："斗量明珠鸟传意，绀

幨迎入专城居。"指当时太守韦某以重金购买歌女泰娘。

④髭须：胡子。唇上曰髭，唇下为须。《乐府诗集·相和歌辞三·陌上桑》："行者见罗敷，下担捋髭须。"

⑤斗在不如吾：意谓享受眼前之欢乐。唐·牛僧孺《席上赠刘梦得》："休论世上升沉事，且斗樽前见在身。"唐·白居易《代梦得吟》："世上争先从尽汝，人间斗在不如吾。"

锦香囊

　　一寸相思无着处①，甚夜长难度。灯花前②、几转寒更③，桐叶上、数声秋雨④。　　真个此心终难负，况少年情绪。已交共、春茧缠绵⑤，终不学、钿筝移柱⑥。

【题解】

　　词咏坚贞的爱情。上片说女主人公的相思之情无处依附，在漫漫长夜中尤其难过。她整个晚上都看着灯花是否会报喜，听着寒夜的更点声和秋雨敲打在梧桐叶上的滴答声，彻夜难眠。下片直抒胸臆，表达对爱情的执著与坚守。她不愿辜负自己的心，更何况她已将青春年少的炽热感情酝酿得如同春蚕的茧丝一样缠绵坚韧，不可解脱，再也不会像钿筝移柱般随意改易了。

【注释】

①唐·李商隐《无题》："春心莫共花争发，一寸相思一寸灰。"

②灯花：灯芯余烬结成的花状物。北周·庾信《对烛赋》："刺取灯花持桂烛，还却灯檠下烛盘。"宋·苏轼《西江月·坐客见和复次韵》："灯花零落酒花秾，妙语一时飞动。"

③寒更：寒夜的更点。唐·骆宾王《别李峤得胜字》："寒更承夜永，凉景向秋澄。"

④唐·温庭筠《更漏子》："梧桐树，三更雨，不道离情正苦。一叶叶，一声声，空阶滴到明。"

⑤春茧:春季的蚕茧。唐·皮日休《和鲁望风人》:"莫言春茧薄,犹有万重思。"宋·范成大《上元纪吴中节物俳谐体三十二韵》:"桑蚕春茧劝,花蝶夜蛾迎。"宋·陆游《宿武连县驿》:"宦情薄似秋蝉翼,乡思多于春茧丝。"

⑥钿筝移柱:谓变心。用金花装饰的筝曰钿筝。柱:筝上的弦柱。每弦一柱,可移动以调定声音。唐·钱起《送崔十三东游》:"千里有同心,十年一会面。当杯缓筝柱,倏忽催离宴。"唐·李商隐《独居有怀》:"浦冷鸳鸯去,园空蛱蝶寻。蜡花长递泪,筝柱镇移心。"

系裙腰

　　水轩檐幕透薰风①,银塘外②、柳烟浓③。方床遍展鱼鳞簟④,碧纱笼。小墀面⑤、对芙蓉。　　　　玉人共处双鸳枕,和娇困、睡朦胧⑥。起来意懒含羞态,汗香融。系裙腰,映酥胸⑦。

【题解】

　　词咏新娘。上片描写居住环境,为抒情主人公的出场作铺垫。和暖的东南风透过檐间帘幕,吹进这间临水小屋。户外,池水干净澄澈,柳树叶茂烟笼;室内,床上铺着精致的鱼鳞席,挂着美丽的碧纱帐。从室内到室外,几级台阶正对着池中的荷花。下片由花而人,一位美丽的女子正和心上人同床共枕,她娇羞困倦、睡意蒙眬,正是一位燕尔新婚的新嫁娘。

【注释】

　　①薰风:和暖的风。指初夏时的东南风。《吕氏春秋·有始》:"东南曰薰风。"唐·白居易《首夏南池独酌》:"薰风自南至,吹我池上林。"

　　②银塘:清澈明净的池塘。南朝·梁简文帝《和武帝宴诗》之一:"银塘泻清渭,铜沟引直漪。"宋·苏舜钦《和解生中秋月》:"银塘通夜白,金饼隔林明。"

　　③柳烟:柳树枝叶茂密似笼烟雾。唐·杜牧《汴人舟行答张祜》:"春风

285

野岸名花发,一道帆樯画柳烟。"前蜀·韦庄《酒泉子》:"柳烟轻,花露重,思难任。"

④方床:卧榻。《南史·贺革传》:"(革)有六尺方床,思义未达,则横卧其上,不尽其义,终不肯食。"宋·欧阳修《憎苍蝇赋》:"华榱广厦,珍簟方床。炎风之燠,夏日之长。"鱼鳞簟:花纹如鱼鳞状的竹席。唐·李商隐《洞庭鱼》:"岂思鳞作簟,仍计腹为灯。"

⑤墀:阶墀,台阶,亦指阶面。北魏·郦道元《水经注·瓠子河》:"尧陵东城西五十馀步,中山夫人祠,尧妃也,石壁阶墀仍旧。"唐·白居易《叙德书情四十韵上宣歙崔中丞》:"匃躬趋馆舍,拜手挹阶墀。"

⑥朦胧:神志迷糊貌。唐·温庭筠《寒食前有怀》:"残芳荏苒双飞蝶,晚睡朦胧百啭莺。"

⑦酥胸:白嫩如酥之胸。唐·李洞《赠庞炼师》:"两脸酒醺红杏妒,半胸酥嫩白云饶。"

阮郎归

浓香搓粉细腰肢,青螺深画眉①。玉钗撩乱挽人衣②,娇多常睡迟。　　绣帘角,月痕低③,仙郎东路归④。泪红满面湿胭脂,兰房怨别离。

【题解】

词写女子与心上人相聚时狂喜的心情。她涂着浓浓的香粉,画着深深的黛眉,身段苗条,体态风骚。由于无人做伴,无处撒娇,她经常夜难成寐。在一个月光朗照的夜晚,她终于迎回了自己的心上人。她向他抱怨离别之苦,说到情深处,不禁泪流满面,沾湿了脸上的胭脂。

【注释】

①青螺:螺子黛,圆形画眉墨。画眉:以黛描饰眉毛。《汉书·张敞传》:"敞无威仪……又为妇画眉,长安中传张京兆眉怃。有司以奏敞。上问之,对曰:'臣闻闺房之内,夫妇之私,有过于画眉者。'"唐·朱庆余《近试

上张水部》："妆罢低声问夫婿，画眉深浅入时无？"南朝·梁·刘孝威《都县遇见人织率尔寄妇》："新妆莫点黛，余还自画眉。"唐·岑参《韩员外夫人清河县君崔氏挽歌》："仙郎看陇月，犹忆画眉时。"

②玉钗：玉制的钗。由两股合成，燕形。汉·司马相如《美人赋》："玉钗挂臣冠，罗袖拂臣衣。"李白《白纻辞》诗之三："高堂月落烛已微，玉钗挂缨君莫违。"撩乱：纷乱，杂乱。唐·韦应物《答重阳》："坐使惊霜鬓，撩乱已如蓬。"

③月痕：月影，月光。宋·陆游《晓寒》："鸡唱欲阑闻井汲，月痕渐浅觉窗明。"

④仙郎：借称俊美的青年男子。五代·和凝《柳枝》："醉来咬损新花子，拽住仙郎尽放娇。"宋·刘过《沁园春·美人指甲》："风流甚，把仙郎暗掐，莫放春闲。"

阮郎归

去年今日落花时①，依前又见伊。淡匀双脸浅匀眉②，青衫透玉肌③。　　才会面，便相思，相思无尽期。这回相见好相知④，相知已是迟。

【题解】

词咏恋情。上片回忆往事。在去年的今天，也是落英缤纷的暮春时节，像从前一样，少女又见到了心上人。在恋人面前，她浅匀胭脂淡扫眉，薄薄的青衫透出肌肤的细腻，处处透露出美好。过片紧承上片，写他们那次刚一见面，便成离别，从此以后，绵绵不绝的相思之情就缠绕着她，好像没有尽期一样。今天，他们终于好不容易又见面了。这一年的离别，令他们更加深爱对方，因此发誓一定要相知相爱，永不分离。

【注释】

①落花时：暮春季节。唐·杜甫《江南逢李龟年》："正是江南好风景，落花时节又逢君。"

②双脸:两颊。南朝·陈·徐伯阳《日出东南隅行》:"五马停珂遣借问,双脸含娇特好羞。"南唐·李中《春闺辞》之一:"尘昏菱鉴懒修容,双脸桃花落尽红。"宋·晏殊《破阵子·春景》:"疑怪昨宵春梦好,原是今朝斗草赢,笑从双脸生。"匀:指化妆时用手搓脸使脂粉匀净。南唐·冯延巳《江城子》:"睡觉起来匀面了,无个事,没心情。"宋·晏几道《木兰花》:"画眉匀脸不知愁,殢酒熏香偏称小。"

③玉肌:白润的肌肤。唐·白居易《小岁日喜谈氏外孙女满月》:"桂燎熏花果,兰汤洗玉肌。"

④相知:互相了解,知心。《楚辞·九歌·少司命》:"悲莫悲兮生别离,乐莫乐兮新相知。"东晋·陶渊明《拟古》诗之八:"不见相知人,惟见古时丘。"唐·韩愈《论荐侯喜状》:"或接膝而不相知,或异世而相慕,以其遭逢之难,故曰士为知己者死。"

阮郎归

玉肌花脸柳腰肢①,红妆浅黛眉②。翠鬟斜亸语声低③,娇羞云雨时。　　伊怜我,我怜伊,心儿与眼儿。绣屏深处说深期④,幽情谁得知⑤。

【题解】

词咏艳情。上片写女子长相甜美,身材苗条,洁白的皮肤上薄施粉黛。她语娇声颤,分外娇媚。下片写二人亲热过后的甜言蜜语。两个人相亲相爱,满眼柔情,满心欢喜。他们盘算着今后长期的约会,并且深信没有谁会知道他们隐秘的感情。

【注释】

①花脸:即花面,如花的脸,形容女子貌美。唐·元稹《恨妆成》:"凝翠晕蛾眉,轻红拂花脸。"唐·白居易《听崔七妓人筝》:"花脸云鬟坐玉楼,十三弦里一时愁。"柳腰:比喻女子纤柔的身腰。唐·韩偓《频访卢秀才》:"柳腰莲脸未忘情。"

②红妆:指女子的盛妆。因妇女妆饰多用红色,故称。古乐府《木兰诗》:"阿姊闻妹来,当户理红妆。"唐·元稹《瘴塞》:"瘴塞巴山哭鸟悲,红妆少妇敛啼眉。"黛眉:黛画之眉。晋·左思《娇女诗》:"明朝弄梳台,黛眉类扫迹。"唐·温庭筠《春日》:"草色将林彩,相添入黛眉。"五代·和凝《柳枝》:"瑟瑟罗裙金缕腰,黛眉偎破未重描。"

③翠鬟:妇女环形的发式。唐·高蟾《华清宫》:"何事金舆不再游?翠鬟丹脸岂胜愁?"軃:下垂。

④深期:长久的期约。唐·杜甫《暮春江陵送马大卿公恩命追赴阙下》:"樽前江汉阔,后会且深期。"

⑤幽情:郁结、隐秘的感情。

怨春郎

为伊家①,终日闷,受尽凄惶谁问②。不知不觉上心头,悄一霎身心顿也没处顿③。 恼愁肠,成寸寸,已恁莫把人萦损④。奈每每人前道着伊⑤,空把相思泪眼和衣揾。

【题解】

词用第一人称的方式,写一位女子向对方倾诉爱情的苦闷。上片说我因为你而终日闷闷不乐,我恓恓惶惶,坐立不安,也没有谁来体贴过问。对你的思念之情不知不觉涌上心头,让我一下子失魂落魄,不得安宁。下片说我因相思懊恼而肝肠寸断,容貌也变得憔悴瘦损。即使如此,我每次在人前提起你,虽然知道徒劳无益,还是会忍不住地把相思泪儿流。

【注释】

①伊家:你。宋·黄庭坚《点绛唇》:"闻道伊家终日眉儿皱。"

②凄惶:又作"恓惶"。惶恐不安。唐·李白《上安州李长史书》:"白孤剑谁托,悲歌自怜,迫于恓惶,席不暇暖。"宋·欧阳修《投时相书》:"抱关击柝,恓惶奔走,孟子之战国,扬雄之新室,有不幸其时者矣。"

③一霎:谓时间极短,顷刻之间,一下子。唐·孟郊《春后雨》:"昨夜一

霎雨,天意苏群物。"宋·姜夔《庆宫春》:"如今安在,唯有阑干,伴人一霎。"顿:安顿。

④萦损:愁思郁结而憔悴。宋·欧阳修《怨春郎》:"恼愁肠,成寸寸。已恁莫把人萦损。"宋·史达祖《隔浦莲·荷花》:"只恐吴娃暗折赠。耿耿,柔丝容易萦损。"

⑤每每:常常,屡次。东晋·陶渊明《杂诗》之五:"值欢无复娱,每每多忧虑。"

滴滴金

尊前一把横波溜①,彼此心儿有。曲屏深幌解香罗②,花灯微透。　　偎人欲语眉先皱,红玉困春酒③。为问鸳衾这回后④,几时重又。

【题解】

词写男女欢会。上片写女子在酒宴上眉目传情,与心上人一见钟情。在曲屏深帷的温馨闺房里,灯光朦胧,两人温情相就,极尽其欢。下片写她喝了点春酒,脸泛红潮,依偎在情人怀里,欲语眉先皱,终于还是忍不住问道:这种幸福美好的生活,不知何时能够再度拥有?

【注释】

①横波:见《蝶恋花》(帘幕东风寒料峭)注⑧。

②香罗:绫罗的美称。唐·杜甫《端午日赐衣》:"细葛含风软,香罗叠雪轻。"

③红玉:喻美人红润的肤色。《西京杂记》卷一:"赵后体轻腰弱,善行步进退,女弟昭仪,不能及也。但昭仪弱骨丰肌,尤工笑语。二人并色如红玉。为当时第一,皆擅宠后宫。"

④鸳衾:见《鼓笛慢》(缕金裙窣轻纱)注⑧。

卜算子

极得醉中眠,迤逦翻成病①。莫是前生负你来②,今世里、教孤冷。　　言约全无定,是谁先薄幸③。不惯孤眠惯成双,奈奴子④、心肠硬。

【题解】

词用第一人称的手法写闺怨。上片说我竭力以酒浇愁,求得醉中入眠以忘其忧,没想到一来二去反倒成病。莫非是我前生辜负了你,老天爷叫我在今生今世受尽孤独凄冷的滋味?下片接着谴责对方说,你变得如此薄幸无情,曾经的誓言和期约全无定准,害得我如今孤枕难眠。你这个贼奴才,为何要这般狠心肠?

【注释】

①迤逦:曲折连绵貌,此犹言辗转反侧。南朝·齐·谢朓《治宅》:"迢递南川阳,迤逦西山足。"宋·柳永《凤栖梧》:"玉树琼枝,迤逦相偎傍。"

②莫是:莫非是,或许是。唐·窦常《奉寄辰州房使君郎中》:"何妨密旨先符竹,莫是除书误姓名。"

③薄幸:见《蝶恋花》(小院深深门掩亚)注⑥。

④奴子:僮仆,奴仆。此指男方。唐·李咸用《远公亭牡丹》:"潺潺绿醴当风倾,平头奴子揪银笙。"

感庭秋

红笺封了还重拆①,这添追忆②。且教伊见我,别来翠减香销端的③。　　渌波平远④,暮山重叠,算难凭鳞翼⑤。倚危楼极目⑥,无情细草长天色⑦。

【题解】

词咏离别相思。上片写女子将写好的红色信纸封了又打开,觉得还要添加许多内容,好叫心上人看完信后,知道我自从和他分别以后,因为日思夜想,变得如何的憔悴消瘦。下片说山高水长,鱼雁真能将信送到心上人的手上吗?她深表怀疑。于是登上高楼,极目远眺,看见的只是无情的细草远接天边,共长天一色。

【注释】

①红笺:见《千秋岁》(罗衫满袖)注⑤。

②追忆:回忆,回想。南朝·宋·鲍照《赠傅都曹别》:"追忆栖宿时,声容满心耳。"

③翠减香销:喻美人憔悴消瘦。宋·张先《汉宫春》:"玉减香销,被婵娟误我,临镜妆慵。"端的:真的,确实。宋·晏殊《凤衔杯》:"端的自家心下、眼中人,到处里,觉尖新。"

④渌波:清澈的水波。三国·魏·曹植《洛神赋》:"迫而察之,灼若芙蕖出渌波。"南朝·梁·江淹《别赋》:"春草碧色,春水渌波,送君南浦,伤如之何!"南唐·李璟《摊破浣溪沙》:"回首渌波三楚暮,接天流。"平远:平夷远阔。宋·范成大《回黄坛》:"平远一横看,浩荡供醉目。"

⑤鳞翼:鱼雁,指书信。宋·柳永《倾杯》:"为忆芳容别后,水遥水远,何计凭鳞翼。"

⑥危楼:见《蝶恋花》(独倚危楼风细细)注①。极目:纵目,用尽目力远望。汉·王粲《登楼赋》:"平原远而极目兮,蔽荆山之高岑。"唐·杜甫《自京赴奉先县咏怀五百字》:"群水从西下,极目高崒兀。"

⑦无情细草:唐·李商隐《蝉》:"五更疏欲断,一树碧无情。"长天:辽阔的天空。唐·王勃《滕王阁序》:"落霞与孤鹜齐飞,秋水共长天一色。"

满路花

铜荷融烛泪①,金兽啮扉环②。兰堂春夜疑③,惜更残。落花风雨,向晓作轻寒④。金龟朝早⑤,香衾馀暖,殢娇由自慵眠⑥。　　小鬟无事须来唤⑦,呵破点唇檀⑧。回身还、却背屏山。春禽飞下⑨,帘外日三竿⑩。起来云鬟乱⑪,不妆红粉⑫,下阶且上秋千⑬。

【题解】

词咏一位年轻慵倦的美少妇。上片写宁静而华美的厅堂里,大门紧闭,烛光高照,又一个春夜即将过去。黎明时分的一场风雨,不但吹落了鲜花,而且带来了轻寒。在朝中做官的夫君早早起床去上朝,而她则贪恋犹有余温的暖被,娇柔懒起,慵倦欲眠。下片写年少的丫环来叫她起床,她懒得搭理,转过身去,背对屏风而眠。直到帘外日上三竿,春禽在窗外上下翻飞,她才懒洋洋地起了床,既不梳理蓬松的头发,也不施朱粉,而是径直走下台阶,荡起秋千。

【注释】

①铜荷:铜制的呈荷叶状的烛台。北周·庾信《对烛赋》:"铜荷承泪蜡,铁铗染浮烟。"烛泪:唐·白居易《房家夜宴喜雪戏赠主人》:"酒钩送盏推莲子,烛泪粘盘垒葡萄。"

②金兽:金色虎首形铺首。唐·薛逢《宫词》:"锁衔金兽连环冷,水滴铜龙昼漏长。"扉:门。汉·王延寿《鲁灵光殿赋》:"遂排金扉而北入,霄霭霭而晻暧。"唐·李频《寄远》:"槐欲成阴分袂时,君期十日复金扉。"前蜀·毛文锡《纱窗恨》:"后园里看百花发,香风拂,绣户金扉。"

③兰堂:厅堂的美称。《汉书·礼乐志》:"神之出,排玉房,周流杂,拔兰堂。"《文选·张衡〈南都赋〉》:"揖让而升,宴于兰堂。"吕延济注:"兰者,取其芬芳也。"南唐·冯延巳《应天长》:"当时心事偷相许,宴罢兰堂肠断处。"

④向晓:拂晓。唐·王昌龄《宿裴氏山庄》:"西峰下微雨,向晓白云收。"宋·柳永《受恩深》:"助秀色堪餐,向晓自有真珠露。"

⑤金龟:唐代官员的一种佩饰。唐初,内外官五品以上,皆佩鱼袋。武后天授元年,改内外官佩鱼为佩龟。三品以上龟袋用金饰,四品用银饰,五品用铜饰。中宗初罢龟袋,复佩鱼。见《旧唐书·舆服志》。朝早:即早朝,早上朝会或朝参。唐·白居易《长恨歌》:"春宵苦短日高起,从此君王不早

朝。"唐·李商隐《为有》:"无端嫁得金龟婿,辜负香衾事早朝。"

⑥姗娇:娇柔貌。宋·王沂孙《天香·龙涎香》:"几回姗娇半醉,剪春灯,夜寒花碎。"由自:由,通"犹"。犹自,尚自。宋·洪迈《容斋随笔》卷十引唐司空图诗:"五更惆怅回孤枕,由自残灯照落花。"

⑦小鬟:小婢。唐·李贺《追赋画江潭苑》:"小鬟红粉薄,骑马珮珠长。"

⑧点唇:女子用胭脂等化妆品点抹嘴唇。唐·温庭筠《靓妆录》:"点唇有石榴娇、嫩吴香。"宋·张先《燕归梁》:"点唇机动秀眉颦,清影外,见微尘。"檀:此指檀唇、红唇。唐·秦韬玉《吹笙歌》:"檀唇呼吸宫商改,怨情渐逐清新举。"宋·秦观《南歌子》:"香墨弯弯画,燕脂淡淡匀。揉蓝衫子杏黄裙。独倚玉阑无语、点檀唇。"

⑨春禽:春鸟。《宋书·礼志一》:"春禽怀孕,蒐而不射。"宋·梅尧臣《李少傅郑圃佚老亭》:"春禽时弄吭,清景付吟笔。"

⑩日三竿:太阳升起来离地有三根竹竿那么高,约为午前八九点钟。多用以形容天已大亮,时间不早。唐·韩鄂《岁华纪丽·春》:"日上三竿。"旧注:"古诗云:'日上三竿风露消。'"宋·杨亿《劝石集贤饮》:"日上三竿宿雾披,章台走马帽檐欹。"

⑪云鬟:即鬟云,形容妇女鬟发美如乌云。唐·温庭筠《菩萨蛮》:"小山重叠金明灭,鬟云欲度香腮雪。"宋·苏轼《点绛唇·己巳重九和苏坚》:"筝声远,鬟云吹乱,愁入参差雁。"

⑫红粉:妇女化妆用的胭脂和铅粉。《古诗十九首·青青河畔草》:"娥娥红粉妆,纤纤出素手。"宋·欧阳修《浣溪沙》:"红粉佳人白玉杯,木兰船稳棹歌催。"

⑬秋千:南唐·冯延巳《鹊踏枝》:"泪眼问花花不语,乱红飞入秋千去。"

好女儿令

眼细眉长,宫样梳妆①。靸鞋儿走向花下立着②。一身

294

绣出,两同心字③,浅浅金黄。　　早是肌肤轻渺,抱著了、暖仍香。姿姿媚媚端正好④,怎教人别后,从头仔细,断得思量⑤。

【题解】

词咏情侣久别重逢。上片写女子长着一双丹凤细眼,眉毛修长,化的妆是皇宫中流行的样式。当听说心上人要来了,她立即穿上绣有代表爱情的心形图案的黄色衣裳,靸着鞋儿就匆匆忙忙跑到花下迎候。上片从女子的角度写,下片则从男方的视角进行描述。终于又见面了,他们热情拥抱,他又闻到了那久违的体香。男子仔细地端详着她,发现她的皮肤一如既往的白净细嫩,身材也还是那么的苗条匀称。姿容如此美丽妩媚,体态如此端正可爱,难怪在分别之后,自己会日思夜想、魂牵梦萦呢!

【注释】

①宫样:皇宫中流行的化妆式样。唐玄宗《好时光》:"宝髻偏宜宫样,莲脸嫩,体红香。"宋·辛弃疾《浣溪沙·为岳母庆八十》:"胭脂小字点眉间,犹记得旧时宫样。"

②靸鞋:拖鞋。五代·马缟《中华古今注·靸鞋》:"盖古之履也,秦始皇常靸望仙鞋,衣蒌云短褐,以对隐逸、求神仙。至梁天监年中,武帝解脱靸鞋,以丝为之,今天子所履也。"

③心字:宋·晏几道《临江仙》:"记得小苹初见,两重心字罗衣。"明·杨慎《词品·心字香》:"心字罗衣,则谓心字香薰之尔。"

④姿姿媚媚:美丽动人的样子。宋·柳永《击梧桐》:"香靥深深,姿姿媚媚,雅格奇容天与。"端正:整齐匀称。《史记·儒林列传》:"太常择民年十八已上、仪状端正者,补博士弟子。"唐·顾况《梁广画花歌》:"上元夫人最小女,头面端正能言语。"

⑤思量:想念,相思。《敦煌曲子词·风归云遍·征夫数载》:"想君薄行,更不思量,谁为传书与表妾衷肠。"宋·柳永《忆帝京》:"万种思量,多方开解,只恁寂寞厌厌地。"宋徽宗《燕山亭》:"知他故宫何处?怎不思量,除梦里有时曾去。"

南乡子

浅浅画双眉，取次梳妆也便宜①。酒着胭脂红扑面，须知②。更有何人得似伊。　　宝帐烛残时，好个温柔模样儿③。月里仙郎清似玉④，相期⑤，些子精神更与谁⑥。

【题解】

词咏美人。上片写女子之美丽。她浅浅地画了淡眉，随意地化了妆，显得得体适宜。因为喝了点酒，脸上红扑扑的，像涂了胭脂似的。谁不知道她是个美人呢？又有谁能美得过她呢？下片写女子的爱情。蜡烛已经燃烧殆尽，在精致的帐幕里，她温和柔顺地看着自己俊朗的情郎，约定今后一定要相亲相爱，一定要定期来探访，不然，这美好的风采神韵还能够再给谁呢？

【注释】

①取次：随便，任意。宋·柳永《玉女摇仙佩》："取次梳妆，寻常言语，有得许多姝丽。"便宜：方便适宜。

②须知：理应知道。唐·杜甫《鸂鶒》："故使笼宽织，须知动损毛。"

③温柔：温和柔顺。《管子·弟子职》："见善从之，闻义则服，温柔孝悌，毋骄恃力。"宋·柳永《少年游》："心性温柔，品流详雅，不称在风尘。"

④仙郎：唐·戴叔伦《织女词》："凤梭停织鹊无音，梦忆仙郎夜夜心。"

⑤相期：期待，相约。唐·李白《赠郭季鹰》："一击九千仞，相期凌紫氛。"宋·王安石《送孙立之赴广西》："相期鼻目倾肝胆，谁伴溪山避网罗。"

⑥些子：少许，一点儿。唐·李白《清平乐》："花貌些子时光，抛入远泛潇湘。"

南乡子

好个人人①，深点唇儿淡抹腮②。花下相逢，忙走怕人猜③,遗下弓弓小绣鞋④。　　　划袜重来⑤,半軃乌云金凤钗⑥。行笑行行连抱得⑦,相挨,一向娇痴不下怀⑧。

【题解】

　　词咏艳情。上片赞扬她是好漂亮的一个美人儿,唇上抹着浓浓的口红,脸上则淡施脂粉。她和心上人如约而至,在花下相逢,可是却又慌慌张张地赶紧跑开,怕人猜疑。一不小心,抑或是有意为之,跑的时候她竟然遗落下了自己的小绣鞋。下片紧承上片,写她脚穿袜子又回来了,头上的金凤钗有点歪斜,乌黑的头发也有点凌乱。终于,她还是情不自禁地和他拥抱在了一起,在心上人的怀里撒娇作态,再也不肯出来。

【注释】

　　①好个:表示赞叹的语气,犹言好一个。宋·辛弃疾《丑奴儿·书博山道中壁》:"欲说还休,欲说还休,却道天凉好个秋。"人人:用以称亲昵者。宋·欧阳修《蝶恋花》:"翠被双盘金缕凤。忆得前春,有个人人共。"

　　②点唇:见《满路花》(铜荷融烛泪)注⑧。

　　③宋·李清照《浣溪沙》:"眼波才动被人猜。"

　　④弓弓:旧时妇女缠足后,足形如弓。后蜀·毛熙震《浣溪沙》:"缓移弓底绣罗鞋。"弓鞋:旧时缠脚妇女所穿的鞋子。宋·黄庭坚《满庭芳·妓女》:"直待朱幡去后,从伊便窄袜弓鞋。"

　　⑤划袜:只穿着袜子着地。唐·无名氏《醉公子》:"门外猧儿吠,知是萧郎至。划袜下香阶,冤家今夜醉。"南唐·李煜《菩萨蛮》:"划袜步香阶,手提金缕鞋。"

　　⑥凤钗:妇女的首饰。钗头作凤形,故名。唐·李洞《赠入内供奉僧》:"因逢夏日西明讲,不觉宫人拔凤钗。"五代·马缟《中华古今注·钗子》:"始皇又金银作凤头,以玳瑁为脚,号曰凤钗。"

　　⑦行行:不停地前行。《古诗十九首·行行重行行》:"行行重行行,与君生别离。"宋·张孝祥《鹧鸪天》:"行行又入笙歌里,人在珠帘第几重。"

　　⑧娇痴:天真可爱而不解事。唐·宋之问《放白鹇篇》:"著书晚下麒麟阁,幼稚娇痴侯门乐。"

踏莎行

碧藓回廊①，绿杨深院，偷期夜入帘犹卷②。照人无奈月华明③，潜身却恨花深浅。　　密约如沉④，前欢未便，看看掷尽金壶箭⑤。阑干敲遍不应人，分明帘下闻裁剪⑥。

【题解】

按此首别误作明人袁宏道词，见《古今别肠词选》卷二。

词咏男子偷情。上片写他偷偷地来到一个园中有绿杨、路边有苔藓的深宅大院里，发现心上人卧室的帘子卷着，不由得心跳加速。他埋怨今夜的月光太过明亮，将自己的形迹暴露得清清楚楚。慌乱之中，他急急忙忙地想找一处藏身之所，却发现花丛尚浅，根本遮不住自己的身影。下片写男子抱怨密约如石沉大海，前度的欢乐今夜还未得便。眼看天就要亮了，他终于忍不住了，潜入回廊，敲遍栏杆，没想到心上人却不回应。难道是她睡着了？可是他又分明听到室内的裁剪之声。此词刻画人物心理细致入微，抒情含蓄有味。

【注释】

①碧藓：青苔。唐·李商隐《重过圣女祠》："白石岩扉碧藓滋，上清沦谪得归迟。"回廊：曲折回环的走廊。唐·杜甫《涪城县香积寺官阁》："小院回廊春寂寂，浴凫飞鹭晚悠悠。"

②偷期：偷情。宋·陶谷《清异录·仙宗》："诸凤缘冥数当合者，须鸳鸯鹣蝶下乃成。虽伉俪之正，婢妾之微，买笑之略，偷期之秘，仙凡交会，华戎配接，率由是道焉。"

③月华：月光，月色。南朝·梁·江淹《杂体诗·效王微〈养疾〉》："清阴往来远，月华散前墀。"唐·张若虚《春江花月夜》："此时相望不相闻，愿逐月华流照君。"

④密约：唐·韩偓《幽窗》："密约临行怯，私书欲报难。"

⑤金壶：铜壶的美称。古计时器，以铜为壶，底穿孔，壶中立一有刻度

的箭形浮标,壶中水滴漏渐少,箭上度数即渐次显露,视之可知时刻。晋·陆机《漏刻赋》:"挈金壶以南罗,藏幽水而北戢。"唐·崔液《踏歌词》:"金壶催夜尽,罗袖舞寒轻。"后蜀·毛熙震《更漏子》:"烟月寒,秋夜静。漏转金壶初永。"

⑥唐·韩偓《倚醉》:"分明窗下闻裁剪,敲遍栏杆唤不应。"

【汇评】

王楙《野客丛书》卷二十四:欧词又曰:"栏干敲遍不应人,分明窗下闻裁剪。"此语见韩偓《香奁集》。

贺裳《皱水轩词筌》:词家须使读者如身履其地,亲见其人,方为蓬山顶上。如……欧阳公"弄笔偎人久,描花试手初"、无名氏"照人无奈月华明,潜身却恨花深浅"……真觉俨然如在目前,疑于化工之笔。

沈雄《古今词话·词品下卷》张渊懿曰:刘云闲云:"烧罢夜香愁万叠,穿花暗避阶前月。"犹自含蕴。如无名氏云:"照人无奈月华明,潜身却恨花深浅。"则又渐为率露矣。

踏莎行

云母屏低①,流苏帐小②,矮床薄被秋将晓。乍凉天气未寒时,平明窗外闻啼鸟③。　　困殢榴花④,香添蕙草⑤,佳期须及朱颜好⑥。莫言多病为多情,此身甘向情中老。

【题解】

词咏秋日情思。上片以情寓景,写低低的云母屏风,小小的流苏蚊帐,矮床薄被,秋夜将晓之时,彻夜未眠的抒情主人公听到了窗外鸟儿的啼叫声,感到了乍凉天气的丝丝寒意,内心之孤独愁苦于此可见。下片写她因病酒而感觉困倦不适,在香炉中添上香料。是什么让她这么百无聊赖呢?原来是自己正值青春貌美之时,却佳期未定。不要说多病是因为多情,此生此世,自己甘愿为情而老。

【注释】

①云母：一种半透明的晶体矿物。《淮南子·地形训》："磁石上飞，云母来水。"云母屏：以云母饰为屏风。唐·李商隐《嫦娥》："云母屏风烛影深，长河渐落晓星沉。"

②流苏：用彩色羽毛或丝线等制成的穗状垂饰物，常饰于车马、帷帐等物上。《文选·张衡〈东京赋〉》："驸承华之蒲捎，飞流苏之骚杀。"李善注："流苏，五采毛杂之以为马饰而垂之。"唐·卢照邻《长安古意》："龙衔宝盖承朝日，凤吐流苏带晚霞。"前蜀·韦庄《菩萨蛮》："香灯半卷流苏帐。"

③平明：黎明，天刚亮的时候。《荀子·哀公》："君昧爽而栉冠，平明而听朝。"

④榴花：据《南史·夷貊传上·扶南国》载，顿逊国有酒树似安石榴，采其花汁停瓮中，数日成酒，后遂以"榴花"雅称美酒。南朝·梁元帝《刘生》："榴花聊夜饮，竹叶解朝醒。"唐·李峤《甘露殿侍宴应制》："御筵陈桂醑，天酒酌榴花。"宋·王安石《寄李士宁先生》："渴愁如箭去年华，陶情满满倾榴花。"

⑤蕙草：香草名。又名薰草、零陵香。战国·楚·宋玉《风赋》："故其清凉雄风，则飘举升降……猎蕙草，离秦衡。"《太平御览》卷九八二引三国·魏·曹操《内诫令》："房室不洁，听得烧枫胶及蕙草。"晋·嵇含《南方草木状·蕙》："蕙草一名薰草，叶如麻，两两相对，气如蘼芜，可以止疠。"宋·赵师秀《送徐玑赴永州掾》："入署梅花落，过汀蕙草生。"

⑥佳期：男女约会的日期。《楚辞·九歌·湘夫人》："登白蘋兮骋望，与佳期兮夕张。"王逸注："佳谓湘夫人也……与夫人期欸飨之也。"梁武帝《七夕》："妙会非绮节，佳期乃良年。"朱颜：红润美好的容颜。《楚辞·大招》："嫮目宜笑，娥眉曼只。容则秀雅，稚朱颜只。"王夫之通释："稚朱颜者，肌肉滑润，如婴稚也。"南朝·宋·鲍照《芙蓉赋》："陋荆姬之朱颜，笑夏女之光发。"南唐·李煜《虞美人》："雕栏玉砌依然在，只是朱颜改。"

诉衷情

歌时眉黛舞时腰，无处不妖饶①。初剪菊、欲登高②，天气怯鲛绡③。　　　紫丝障④,绿杨桥,路迢迢。酒阑歌罢,一度归时⑤,一度魂消⑥。

【题解】

词咏歌妓。上片正面描写这位歌妓。她唱歌时眉目传情,跳舞时婀娜多姿,没有一处不妩媚妖娆。重九登高之时,秋风乍起,菊花初黄。她穿着轻纱薄罗,感觉到了秋风带来的丝丝凉意。下片则从侧面描写歌女。在这趟远游中,沿途有紫丝障围护,还有绿杨掩映的桥梁。酒阑歌罢,惹得多少人魂消,多少人肠断。

【注释】

①妖饶:亦作"妖娆"。妩媚多姿。三国·魏·曹植《感婚赋》:"顾有怀兮妖娆,用搔首兮屏营。"唐·何希尧《海棠》:"著雨胭脂点点消,半开时节最妖娆。"宋·柳永《合欢带》:"身材儿,早是妖娆。算风措,实难描。"

②旧俗于农历九月九日重阳节,以绛囊盛茱萸,登高山,饮菊花酒,谓可以避邪免灾。南朝·梁·吴均《续齐谐记·重阳登高》:"汝南桓景随费长房游学累年。长房谓曰:'九月九日汝家当有灾,宜急去,令家人各作绛囊,盛茱萸以系臂,登高饮菊花酒,此祸可除。'景如言,齐家登山。夕还,见鸡犬牛羊一时暴死。长房闻之,曰:'此可以代矣。'今世人每至九月九日登高饮酒,妇人带茱萸囊,因此也。"

③鲛绡:传说中鲛人所织的绡。借指薄绢、轻纱。南朝·梁·任昉《述异记》卷上:"南海出鲛绡纱,泉室潜织,一名龙纱。其价百馀金,以为服,入水不濡。"唐·温庭筠《张静婉采莲曲》:"掌中无力舞衣轻,剪断鲛绡破春碧。"

④紫丝障:用紫丝织成的帐幕。唐·李商隐《咏木兰》:"紫丝何日障。"

⑤一度:一次。五代·谭用之《赠索处士》:"一度相思一惆怅,水寒烟澹落花前。"

⑥魂消:谓灵魂离体而消失,形容极度悲伤或极度欢乐激动。宋·张先《南乡子》:"何处可魂消? 京口终朝两信潮。"

诉衷情

离怀酒病两忡忡①,敧枕梦无踪。可怜有人今夜,胆小怯房空。　　杨柳绿,杏梢红,负春风。迢迢别恨②,脉脉归心③,付与征鸿④。

【题解】

词咏羁旅思归。上片写他因离愁病酒而忧伤愁闷,躺在床上,一夜无眠。他想起自己可怜的爱人,独守空闺,肯定也会因孤独害怕而睡不着觉吧。下片写他白天时人在旅途,满目的柳绿杏红,悔恨自己辜负了大好时光。在百无聊赖之时,他只有将绵绵的离愁别恨和归家之心,托付给北归的大雁。

【注释】

①离怀:离人的思绪,离别的情怀。唐·牟融《客中作》:"异乡岁晚怅离怀,游子驱驰愧不才。"宋·柳永《夜半乐》:"惨离怀,空恨岁晚归期阻。"酒病:因饮酒过量而生病。唐·姚合《寄华州李中丞》:"养生非酒病,难隐题诗名。"忡忡:忧愁貌。《诗经·召南·草虫》:"未见君子,忧心忡忡。"

②迢迢:见《踏莎行》(候馆梅残)注⑤。

③脉脉:见《渔家傲》(幽鹭谩来窥品格)注⑥。

④征鸿:征雁,迁徙的雁,多指秋天南飞的雁。南朝·梁·江淹《赤亭渚》:"远心何所类,云边有征鸿。"宋·陈亮《好事近》:"懒向碧云深处,问征鸿消息。"

恨春迟

欲借江梅荐饮①,望陇驿②、音息沉沉③。住在柳州东④,

彼此相思，梦回云去难寻⑤。　　归燕来时花期浸⑥，淡月坠⑦、将晓还阴。争奈多情易感，风信无凭⑧，如何消遣初心。

【题解】

按此首别又见张先《张子野词》卷一。

词为寄赠友朋之作。上片说想借江南一枝梅来佐酒，可是远方却音信全无。我们彼此牵挂，而由于相隔遥远，只能在梦中相见，可是梦醒后，只见白云远去，梦中情景已难追寻。下片说春燕已经飞来，植物应该快要开花了。淡月斜坠、天色将晓时，多愁善感的抒情主人公尚未入睡，他只感到天气阴沉，仍有丝丝凉意。他抱怨道，风信没有凭据，春天本来已经来了，却还是这般天气。该如何消解排遣呢？从"住在柳州东"推测，词当作于贬谪之地。

【注释】

①江梅：《张子野词》作"红梅"。宋·范成大《梅谱》："江梅，遗核野生、不经栽接者，又名直脚梅，或谓之野梅。凡山间水滨荒寒清绝之趣，皆此本也。花稍小而疏瘦有韵，香最清，实小而硬。"《太平御览》卷九百七十《果部七·梅》："南朝宋·盛弘之《荆州记》：'陆凯与范晔相善，自江南寄梅花一枝，诣长安与晔。并赠花范诗曰：折花逢驿使，寄与陇头人。江南无所有，聊赠一枝春。'"荐饮：荐酒、佐酒。

②陇驿：指远地、远方。南朝·宋·陆凯《赠范晔诗》："折梅逢驿使，寄与陇头人。"宋·王沂孙《望梅》："正斜飞，半窗晓月，梦回陇驿。"

③音息：《张子野词》作"音信"。音信，消息。《文选·陆机〈为顾彦先赠妇〉》诗之二："形影参商乖，音息旷不达。"李善注："音息，音问、消息也。"沉沉：形容音信杳无。唐·杜牧《月》："三十六宫秋夜深，昭阳歌断信沉沉。"宋·张先《清平乐》："陇上梅花落尽，江南消息沉沉。"

④柳州：柳宗元遭贬后，徙为柳州刺史，因以为其代称。唐·皇甫湜《祭柳子厚文》："呜呼柳州，秀气孤禀。弱冠游学，声华籍甚。"金·元好问《论诗》诗之二十："谢客风容映古今，发源谁似柳州深。"

⑤梦回云去难寻：《张子野词》作"梦去难寻"。

⑥花期：植物开花的时期。五代·和凝《小重山》："管弦分响亮，探花

期。"金·元好问《寄史同年》:"情话通宵慰别离,殷勤酿酒趁花期。"浸:《醉翁琴趣外篇》作"寝"。

⑦淡月:不太明亮的月亮或月光。宋·王明清《挥麈馀话》卷二:"少顷,白乳浮盏面,如疏星淡月。"

⑧风信:《张子野词》作"音信"。随着季节变化应时吹来的风。唐·张继《江上送客游庐山》:"晚来风信好,并发上江船。"宋·陆游《游前山》:"屐声惊雉起,风信报梅开。"

盐角儿

　　增之太长,减之太短,出群风格。施朱太赤,施粉太白,倾城颜色①。　　慧多多②,娇的的③。天付与、教谁怜惜④。除非我、偎着抱着,更有何人消得⑤。

【题解】

　　词咏漂亮而又聪明的女子。上片描摹女子的外貌:她身材适中,增之一分则显长,减之一分又显短;她天生丽质,不用化妆,施朱则太赤,着粉则太白。她的风仪超群出众,姿色倾国倾城。下片则突出女子的聪明伶俐,娇媚柔嫩。老天爷托付谁来怜她爱她呢?除了我以外,还有谁有资格消受呢?

【注释】

　　①战国·楚·宋玉《登徒子好色赋》:"天下之佳人,莫若楚国;楚国之丽者,莫若臣里;臣里之美者,莫若臣东家之子。东家之子,增之一分则太长,减之一分则太短;着粉则太白,施朱则太赤。"

　　②多多:极言其多。汉·扬雄《法言·问神》:"书不经,非书也;言不经,非言也。言书不经,多多赘矣。"唐·元稹《善歌如贯珠赋》:"渐杳杳而无极,以多多而益贵。"

　　③娇的的:娇滴滴,娇媚柔嫩貌。

　　④怜惜:爱惜,同情爱护。唐·白居易《晚桃花》:"春深欲落谁怜惜,白

侍郎来折一枝。"

⑤消得:享受,享用。宋·赵长卿《念奴娇·席上即事》:"高唐云雨,甚人有分消得。"

盐角儿

人生最苦,少年不得,鸳帏相守①。西风时节,那堪话别,双蛾频皱②。　　暗消魂③,重回首。奈心儿里、彼此皆有。后时我④、两个相见,管取一双清瘦⑤。

【题解】

词咏离愁。上片说人生最痛苦的事莫过于在年轻的时候不能和心上人长相厮守。今天,在秋风劲吹之时,你我话别,真是令人难以忍受,禁不住双眉紧皱。下片回忆往日在一起的幸福生活,想到今天就要离别,不禁黯然销魂。更何况你心中有我,我心中有你,我们是真心相爱。将来我们重逢时,包管是一对憔悴瘦损的人。

【注释】

①鸳帏:绣着鸳鸯的帏帐。宋·柳永《六幺令》:"好天良夜,鸳帏寂寞,算得也应暗相忆。"

②双蛾:指美女的两眉。蛾,蛾眉。南朝·梁·沈约《昭君辞》:"朝发披香殿,夕济汾阴河。于兹怀九逝,自此敛双蛾。"宋·杨无咎《生查子》:"愁来愁更深,黛拂双蛾浅。"

③消魂:见《鼓笛慢》(缕金裙窣轻纱)注⑦。

④后时:后来,以后。《晋书·羊祜传》:"天下不如意,恒十居七八,故有当断不断,天与不取,岂非更事者恨于后时哉!"

⑤管取:包管。宋·杨万里《竹枝歌》:"吴侬一队好儿郎,只要船行不要忙,着力大家齐一拽,前头管取到丹阳。"

王灼《碧鸡漫志》卷五:《盐角儿》,《嘉祐杂志》云:梅圣俞说:"始教坊家人市盐,于纸角中得一曲谱,翻之,遂以名。"今双调《盐角儿令》是也。欧阳永叔尝制词。

忆秦娥

十五六,脱罗裳,长恁黛眉蹙①。红玉暖②,入人怀,春困熟③。　　展香裀④,帐前明画烛⑤。眼波长⑥,斜浸鬓云绿,看不足,苦残宵、更漏促。

【题解】

词咏艳情。上片写女子的外貌:她十五六岁年纪,穿着薄罗衣裳,皮肤红润,如同宝玉。她不仅长相漂亮,而且仪态动人,特别是眉黛轻蹙时更加惹人怜爱。下片从心上人的视角写她的美丽可爱。在温馨美好的卧室里,他仔细端详着她,看到她黛眉修长,头发乌黑。他发现怎么看也看不够,怎么爱也爱不完。于是痛恨残夜短暂,更漏相催,天又快要亮了,自己马上又要离她而去了。

【注释】

①黛眉:见《阮郎归》(玉肌花脸柳腰肢)注②。

②红玉:红色宝玉。常比喻美人肤色。《西京杂记》卷一:"赵后体轻腰弱,善行步进退,女弟昭仪,不能及也。但昭仪弱骨丰肌,尤工笑语。二人并色如红玉。"唐·施肩吾《夜宴曲》:"被郎嗔罚琉璃盏,酒入四肢红玉软。"宋·吴文英《醉落魄·题藕花洲尼扇》:"春温红玉,纤衣学翦娇鸦绿。"

③春困:春日精神倦怠。宋·曾巩《钱塘上元夜祥符寺陪咨臣郎中文燕席》:"金地夜寒消美酒,玉人春困倚东风。"

④香裀:美艳的坐垫。唐·段成式《酉阳杂俎续集·支诺皋上》:"良久,妓女十馀,排大门而入,轻绡翠翘,艳冶绝世。有从者具香茵,列坐

月中。"

⑤画烛：有画饰的蜡烛。唐·李峤《烛》："兔月清光隐，龙盘画烛新。"宋·周邦彦《红罗袄·秋悲》："画烛寻欢去，赢为载愁归。"

⑥眼波：形容流动如水波的目光。多用于女子。唐·韩偓《偶见背面是夕兼梦》："眼波向我无端艳，心火因君特地燃。"宋·周邦彦《庆春宫》："眼波传意，恨密约匆匆未成。"

少年游

绿云双䰀插金翘①。年纪正妖饶②。汉妃束素③，小蛮垂柳④，都占洛城腰。　　锦屏春过衣初减⑤，香雪暖凝消。试问当筵眼波恨，滴滴为谁娇。

【题解】

词咏歌女。上片写这位年轻的歌女妩媚妖娆。她乌黑的头发直直下垂，头上插着鸟羽形的金制首饰；她的身段苗条，腰肢柔细，在洛阳城独领风骚。下片写春天来了，女子换上春装从闺阁中款款走来，更显得美丽动人。她在酒宴上眼波传恨，眉目传情，娇滴滴地是向谁撒娇呢？

【注释】

①金翘：金制的一种妇女首饰，形如鸟尾上的长羽。后蜀·毛熙震《浣溪沙》："晚起红房醉欲消，绿鬟云散袅金翘。"宋·柳永《荔枝香》："笑整金翘，一点芳心在娇眼。"

②妖饶：见《诉衷情》(歌时眉黛舞时腰)注①。

③汉妃：唐·罗邺《落第书怀寄友人》："去国汉妃还似玉。"束素：见《渔家傲》(六月炎天时霎雨)注③。

④小蛮：白居易的舞伎名。唐·孟棨《本事诗·事感》："白尚书姬人樊素善歌，妓人小蛮善舞。尝为诗曰：'樱桃樊素口，杨柳小蛮腰。'"

⑤锦屏：指妇女居处，闺阁。唐·温庭筠《蕃女怨》："年年征战，画楼离恨锦屏空，杏花红。"前蜀·牛峤《菩萨蛮》："何处是辽阳，锦屏春昼长。"后

蜀·顾夐《酒泉子》："锦屏寂寞思无穷,还是不知消息。"

踏莎行慢

独自上孤舟,倚危樯目断①。难成暮雨,更朝云散②。凉劲残叶乱,新月照③、澄波浅④。今夜里,厌厌离绪难销遣⑤。

强来就枕,灯残漏水,合相思眼。分明梦见如花面,依前是、旧庭院。新月照,罗幕挂,珠帘卷。渐向晓⑥,脉然睡觉如天远⑦。

【题解】

词咏别情。上片说男主人公孤独地登上一叶孤舟,倚着桅杆回望家乡,一直望到看不见。从此将和妻子两地悬隔,两处孤独,他这才感觉到已是秋风扫落叶的深秋时节,一弯新月照着清浅的江波,更增萧索。又该如何排遣今夜的离愁呢?下片写他勉强就枕,在夜深人静之时进入梦乡。在梦中,他回到了家乡,走进自家的庭院,见到了美丽的妻子,和妻子在罗幕挂、珠帘卷的温馨卧室里过着两情相悦的幸福生活。然而,天亮梦醒,他才发现自己已经远在天涯。

【注释】

①危樯:高耸的桅杆。南朝·陈·阴铿《渡青草湖》:"行舟逗远树,度鸟息危樯。"唐·杜甫《旅夜书怀》:"细草微风岸,危樯独夜舟。"宋·王安石《夏夜舟中颇凉有感》:"扁舟畏朝热,望夜倚危樯。"目断:望断,一直望到看不见。唐·丘为《登润州城》:"乡山何处是,目断广陵西。"宋·晏殊《诉衷情》:"凭高目断,鸿雁来时,无限思量。"

②朝云:见《御街行》(夭非华艳轻非雾)注③。

③新月:农历每月初出的弯形月亮。南朝·陈·阴铿《五洲夜发》:"夜江雾里阔,新月迥中明。"宋·朱敦儒《好事近·渔父》:"晚来风定钓丝闲,上下是新月。"

④澄波：清波。南朝·宋·鲍照《河清颂》："澄波万壑，洁澜千里。"宋·黄庭坚《减字木兰花·距施州二十里》："万事茫茫，分付澄波与烂肠。"

⑤厌厌：见《渔家傲》（六月炎蒸何太盛）注⑧。

⑥向晓：见《减字木兰花》（楼台向晓）注①。

⑦脉然：默然。《佩文韵府》卷十六下："《运命论》：'脉脉然自以为得矣。'注：'相视貌。'"

蕙香囊

　　身作琵琶，调全宫羽①，佳人自然用意。宝檀槽在雪胸前②，倚香脐③、横枕琼臂。　　组带金钩，背垂红绶④，纤指转弦韵细⑤。愿伊只恁拨梁州⑥，且多时、得在怀里。

【题解】

　　词从琵琶的视角咏琵琶女。上片说身为琵琶，每天有佳人精心地调谐五音。演奏时，我偎着佳人的雪胸，倚着她的香脐，枕着她的玉臂。人与琵琶合为一体，分外温馨，分外和谐。下片写琵琶女身着美丽的装束，纤纤玉指从我身上划拨出优美的曲调。琵琶暗自祈祷：你就这么一直不停地弹拨《梁州》曲吧，让我长久地依偎在你的怀里。

【注释】

　　①宫羽：宫、商、角、徵、羽五音中的宫音与羽音。代指五音。《礼记·玉藻》："古之君子必佩玉，右徵角，左宫羽。"

　　②檀槽：檀木制成的琵琶、琴等弦乐器上架弦的槽格。亦指琵琶等乐器。唐·李贺《感春》："胡琴今日恨，急语向檀槽。"王琦汇解："唐人所谓胡琴，应是五弦琵琶耳。檀槽，谓以紫檀木为琵琶槽。"宋·张先《西江月》："体态看来隐约，梳妆好是家常。檀槽初抱更安详，立向尊前一行。"

　　③香脐：唐·李商隐《和孙朴韦蟾孔雀咏》："屏风临烛扣，捍拨倚香脐。"

　　④绶：丝带，用以系佩饰等。五代·毛熙震《浣溪沙》："云薄罗裙绶带

长，满身新裛瑞龙香。"

⑤纤指：柔细的手指。多指女子的手。唐·李白《凤笙篇》："欲叹离声发绛唇，更嗟别调流纤指。"转弦：转动弦轴。《宋史·乐志七》："三准各具十二律声，按弦附木而取。然须转弦合律所用之字，若不转弦，则误触散声，落别律矣。每一弦各具三十六声，皆自然也。分五、七、九弦琴，各述转弦合调图。"

⑥梁州：唐教坊曲名。后改编为小令。唐·顾况《李湖州孺人弹筝歌》："独把《梁州》凡几拍，风沙对面胡秦隔。"宋·梅尧臣《莫登楼》："腰鼓百面红臂韝，先打《六幺》后《梁州》。"

玉楼春

艳冶风情天与措①，清瘦肌肤冰雪妒②。百年心事一宵同，愁听鸡声窗外度。　　信阻青禽云雨暮③，海月空惊人两处④。强将离恨倚江楼，江水不能流恨去。

【题解】

《草堂诗馀》《花草粹编》有词题"妓馆"。

词咏恋情。女子的身材苗条，皮肤白净得连冰雪也会嫉妒，老天赐予她美丽的容貌和娇冶动人的丰神。她还拥有美好的爱情，在和情人幽会的时候，只恨鸡鸣天亮，良宵苦短。心上人离开后，没有信使传递相思之情，连海上的明月也似乎为他们分处两地不得相见而感到心惊难过。她带着满腔离恨，勉强登上江楼远望，不但没有看到归舟，连悠悠江水也带不走离愁，她是愈来愈愁了。

【注释】

①艳冶：《草堂诗馀》《花草粹编》作"妖冶"。艳丽妖冶，多形容女子容态。南朝·梁·庾肩吾《长安有狭斜行》："少妇多艳冶，花钿系石榴。"风情：丰采，神情。《南史·齐衡阳元王钧传》："衡阳王飘飘有凌云气，其风情素韵，弥足可怀。"

②《庄子·逍遥游》：“藐姑射之山有神人焉，肌肤若冰雪，绰约若处子。”

③青禽：即青鸟。喻信使。唐·李白《寓言》诗之二：“遥裔双彩凤，婉娈三青禽。”王琦注引《山海经》：“三青鸟，皆西王母使也。”

④海月：海上的月亮。唐·张说《送王光庭》：“楚云眇羁翼，海月倦行舟。”唐·白居易《饮后夜醒》：“枕上酒容和睡醒，楼前海月伴潮生。”

【汇评】

沈际飞《草堂诗馀正集》：“不能流恨”，想从天落。子瞻“流不到楚江东”，少游“为谁流下潇湘去”，识见略同。

《草堂诗馀》卷二引杨慎语云：白乐天词云：“门前冷落车马稀，老大嫁作商人妇。”此是翻案。

《草堂诗馀》后集：司马槱有《赠妓》一词，名《蝶恋花》也，云：“妾本钱塘江上住。花开花落，不受流年度。燕子衔将春色去，纱窗几阵黄梅雨。斜插犀梳云半吐，檀板轻敲，唱彻黄金缕。望断行云无去处，梦回明月在南浦。”又，毛泽民有赠钱塘妓《惜分飞》词云：“泪湿栏杆花着露，愁到眉峰碧聚。此恨平分取，更无言语空相觑。断云残雨无意绪，寂寞朝朝暮暮。今夜山深处，断魂分付潮回去。”大为东坡赞赏。泽民由此得名。此二词话语皆祖六一翁词意。

董其昌《便读草堂诗馀》：鸡既鸣则东方白矣。虽有迷花恋酒之情，不能久留。故用一“愁”字最巧。

沈谦《填词杂说》：徐师川“门外重重叠叠山，遮不断、愁来路”，欧阳永叔“强将离恨倚江楼，江水不能流恨去”，古人语不相袭，又能各见所长。

俞陛云《唐五代两宋词选释》：此词未见新警，而为时人传诵。司马槱“妾本钱唐江上住”词，毛泽民“泪湿阑干花著露”词，《草堂诗余》云：“此二词皆祖六一翁《玉楼春》词意。”

玉楼春

印　眉

半辐霜绡亲手剪①，香染青蛾和泪卷②。画时横接媚霞长③,印处双沾愁黛浅④。　　当时付我情何限,欲使妆痕长在眼。一回忆着一拈看⑤,便似花前重见面。

【题解】

词咏相思。上片写女子亲手裁剪出半幅白绫,准备在上面画像。她先用青黛画出眉毛,修长的眉毛直接明媚如霞的脸颊。她画像时因伤心而流泪,泪水沾湿了刚画好的双眉,颜色变得浅淡,平添一分愁情。下片揭示她流泪的原因:心上人当年对她是多么的情深意重,她要通过画将妆痕永远留在眉目之间,每次回忆起他的时候拿出来看一看,就好像又在花丛前重逢一样。

【注释】

①霜绡:白绫。亦指画在白色绫子上的真容。唐玄宗《题梅妃画真》:"霜绡虽似当时态,争奈娇波不顾人。"宋·柳永《西施》:"恐伊不信芳容改,将憔悴、写霜绡。"

②青蛾:青黛画的眉毛,美人的眉毛。南朝·宋·刘铄《白纻曲》:"佳人举袖辉青蛾,掺掺擢手映鲜罗。"唐·杜甫《一百五日夜对月》:"仳离放红蕊,想象嚬青蛾。"

③媚霞:喻脸色明媚如霞。唐·韩偓《席上有赠》:"小雁斜侵眉柳去,媚霞横接眼波来。"

④愁黛:愁眉。唐·吴融《玉女庙》:"愁黛不开山浅浅,离心长在草萋萋。"前蜀·韦庄《荷叶杯》:"花下见无期,一双愁黛远山眉。不忍更思惟。"

⑤一回:一次,一度。唐·贺知章《逸句》:"落花真好些,一醉一回颠。"唐·孟郊《怨别》:"一别一回老,志士白发早。"

【汇评】

沈曾植《菌阁琐谈》:《醉翁琴趣·玉楼春·印眉》词,细腻曲折,纪实而有风味,此情状他词罕见,惟《乐章集·洞仙歌》"爱印了双眉,索人重画",足相印耳。

玉楼春

红楼昨夜相将饮①,月近珠帘花近枕。银缸照客酒方酣②，玉漏催人街已禁③。　　晚潮去棹浮清浸④，古岸平芜萧索甚⑤。大都薄宦足离愁⑥，不放双鸳长惄惄⑦。

【题解】

　　词咏羁旅游宦。上片写昨夜离别时的情景。朋友在红楼为他饯行，直至深夜。月光斜照，透过珠帘，将花丛树木的影子投射枕头上。银烛高照，饮酒方酣。而玉漏相催，街已宵禁，出发的时间到了，不能再留恋了。下片写今夜远行的情形。在船上，他听到一阵阵的晚潮声。放眼望去，丛生的草木从岸边一直铺向远方。夜色清明，水天一色。大自然显得异常的寂静，异常的萧索。他不禁感叹道，我们大多数人都不得不为了一个微不足道的小官位而奔波道途，长期忍受离别之苦。

【注释】

　　①红楼：红色的楼。泛指华美的楼房。宋·史达祖《双双燕》："红楼归晚，看足柳昏花暝。"相将：见《采桑子》(清明上巳西湖好)注④。

　　②银缸：银白色的灯盏、烛台。南朝·梁元帝《草名》："金钱买含笑，银缸影梳头。"宋·晏几道《鹧鸪天》："今宵剩把银缸照，犹恐相逢是梦中。"

　　③玉漏：古代计时漏壶的美称。唐·苏味道《正月十五夜》："金吾不禁夜，玉漏莫相催。"宋·杨万里《病中夜坐》："玉漏听来更二点，烛花剪了晕重开。"街禁：宵禁，夜间禁人行走。

　　④浮清：青天。西汉·刘向《九叹·远游》："升虚凌冥，沛浊浮清，入帝官兮。"《北齐书·文苑传·颜之推》："仰浮清之藐藐，俯沉奥之茫茫。"

　　⑤平芜：草木丛生的平旷原野。南朝·梁·江淹《去故乡赋》："穷阴匝海，平芜带天。"唐·李山甫《刘员外寄移菊》："秋来缘树复缘墙，怕共平芜一例荒。"萧索：萧条冷落，凄凉。东晋·陶渊明《自祭文》："天寒夜长，风气萧索，鸿雁于征，草木黄落。"宋·刘过《谒金门》："休道旅怀萧索，生怕香浓灰薄。"

　　⑥薄宦：卑微的官职。东晋·陶渊明《尚长禽庆赞》："尚子昔薄宦，妻孥共早晚。"逯钦立注："薄宦，作下吏。"唐·高适《钜鹿赠李少府》："李侯虽薄宦，时誉何籍籍。"唐·李商隐《蝉》："薄宦梗犹泛，故园芜已平。"

　　⑦双鸳：一对鸳鸯，常用以比喻夫妻。北周·庾信《彭城公夫人尔朱氏

墓志铭》："偃松千古，无寡鹤之悲；文梓百寻，还见双鸳之集。"倪璠注引《列异传》："宋康王埋韩冯夫妇，宿昔文梓生，有鸳鸯雌雄各一，恒栖树上，声音感人。"宋·高观国《玉楼春》："棹沉云去情千里，愁压双鸳飞不起。"

玉楼春

金雀双鬟年纪小①，学画蛾眉红淡扫②。尽人言语尽人怜③，不解此情惟解笑。　　稳着舞衣行动俏，走向绮筵呈曲妙④。刘郎大有惜花心⑤，只恨寻花来较早。

【题解】

词咏年少的舞女。上片描写她的外貌：她小小年纪，头上梳着两个环形发髻，上面还插着金雀钗。她学着给自己画上弯弯的淡眉，涂上薄薄的脂粉。人们看到她美丽又可爱的样子，既怜又爱，她尚不解风情，只知道轻颦浅笑。下片写少女在盛大的歌舞酒宴上登台表演：虽然年纪尚小，舞衣穿在身上却很得体，舞也跳得轻俏曲妙。座中刘郎深深地为她的歌声舞姿所打动，只可惜她含苞未放，还不能尽情欣赏。

【注释】

①金雀：钗名。妇女首饰。晋·陆机《日出东南隅行》："金雀垂藻翘，琼珮结瑶璠。"唐·白居易《长恨歌》："花钿委地无人收，翠翘金雀玉搔头。"唐·温庭筠《更漏子》："金雀钗，红粉面。花里暂时相见。"双鬟：古代年轻女子的两个环形发髻。唐·李嘉祐《古兴》："十五小家女，双鬟人不知。"唐·白居易《续古诗》之五："窈窕双鬟女，容德俱如玉。"宋·陆游《春愁曲》："蜀姬双鬟娅姹娇，醉看恐是海棠妖。"

②蛾眉：蚕蛾触须细长而弯曲，因以比喻女子美丽的眉毛。《诗经·卫风·硕人》："螓首蛾眉，巧笑倩兮。"南朝·梁·何逊《咏舞》："逐唱回纤手，听曲转蛾眉。"宋·叶梦得《虞美人》："殷勤花下同携手，更尽杯中酒。美人不用敛蛾眉，我亦多情无奈酒阑时！"淡扫蛾眉：轻淡地画眉，指妇女淡雅的化妆。唐·张祜《集灵台》诗之二："却嫌脂粉污颜色，淡扫蛾眉朝至尊。"

宋·范成大《次韵王浚明咏新居木犀》:"君家倾国何时见?淡扫蛾眉捻夕阴。"

③尽人:人人,所有的人。宋·王禹偁《五福先后论》:"夫贫富夭寿,人之定数,天之常道,尽人不能易之。"

④绮筵:华丽丰盛的筵席。唐·陈子昂《春夜别友人》诗之一:"银烛吐青烟,金樽对绮筵。"宋·李清照《庆清朝慢》:"绮筵散日,谁人可继芳尘?"

⑤刘郎:指东汉刘晨。据刘义庆《幽明录》载,相传刘晨和阮肇入天台山采药,为仙女所邀,留半年,求归,抵家子孙已七世。唐·司空图《游仙》诗之二:"刘郎相约事难谐,雨散云飞此自乖。"后蜀·顾敻《虞美人》:"此时恨不驾鸾皇,访刘郎。"

玉楼春

夜来枕上争闲事,推倒屏山褰绣被①。尽人求守不应人,走向碧纱窗下睡②。 直到起来由自殢③,向道夜来真个醉④。大家恶发大家休⑤,毕竟到头谁不是。

【题解】

词咏夫妻情事。上片写女主人公因小事和心上人发生了争执,怒气冲冲地掀开被子,推倒屏风,任凭他怎么哀求也不搭理,独自一个来到碧纱窗下睡觉。下片写少妇第二天早上起床,还被这件事纠缠着,不过她准备和解了。她解释说,昨晚我是真喝醉了,况且我们都发了脾气都有错,那我们还是和解吧。毕竟,谁对谁错,那是说也说不清,还追究什么呢?

【注释】

①屏山:屏风。唐·温庭筠《南歌子》:"扑蕊添黄子,呵花满翠鬟,鸳枕映屏山。"宋·欧阳修《蝶恋花》:"枕畔屏山围碧浪,翠被华灯,夜夜空相向。"褰:揭,提起。《诗经·郑风·褰裳》:"子惠思我,褰裳涉溱。"

②碧纱窗:装有绿色薄纱的窗。前蜀·李珣《酒泉子》:"秋月婵娟,皎洁碧纱窗外照。"

③殢：困扰，纠缠。唐·方干《惜花》："今日流莺来旧处，百般言语殢空枝。"唐·韩偓《寄友人》："夫君亦是多情者，几处将愁殢酒家。"

④真个：真的，确实。唐·王维《酬黎居士淅川作》："依家真个去，公定随侬否。"宋·杨万里《多稼亭前两株梅盛开》："君不见侯门女儿真个痴，獭髓熬酥滴北枝。"

⑤恶发：发怒，发脾气。宋·柳永《满江红》："恶发姿颜欢喜面，细追想处皆堪惜。"

【汇评】

钱钟书《管锥编》1039 页："恶发"，嗔怒也。陆游《老学庵笔记》卷八"北方民族吉凶"条："'恶发'，犹云'怒'也。"唐宋诗词即不乏其例。欧阳修《玉楼春》："大家恶发大家休，毕竟到头谁不是。"

定风波

把酒花前欲问伊，问伊还记那回时。黯淡梨花笼月影①，人静，画堂东畔药阑西②。　　　及至如今都不认，难问，有情谁道不相思。何事碧窗春睡觉③，偷照，粉痕匀却湿胭脂。

【题解】

词咏被弃女子。上片写她质问对方，是否还记得当初相好时的情景？那是一个夜深人静的夜晚，浓密黯淡的梨花筛下浓重的月影，在画堂之东的花栏边，你和我在这优美而又隐秘的地方约会。下片转写女子被弃后的愤怒：现在你什么都不承认了，害得我有苦说不出，有情无处诉。最后女子自我检讨说，既然已经这样了，我为什么还要苦苦思念呢？为什么春睡醒来偷偷照镜的时候，还要让泪水沾湿胭脂呢？

【注释】

①黯淡：阴沉，昏暗。唐·杜牧《代吴兴妓春初寄薛军事》："柳暗霏微雨，花愁黯淡天。"

②东畔:宋本《醉翁琴趣外篇》作"东伴"。药阑:芍药之栏。泛指花栏。南朝·梁·庾肩吾《和竹斋》:"向岭分花径,随阶转药栏。"唐·杜甫《宾至》:"不嫌野外无供给,乘兴还来看药栏。"

③碧窗:"碧纱窗"的省称。绿色的纱窗。唐·李白《寄远》诗之八:"碧窗纷纷下落花,青楼寂寂空明月。"南唐·张泌《南歌子》:"惊断碧窗残梦,画屏空。"前蜀·尹鹗《满宫花》:"漏清宫树子规啼,愁锁碧窗春晓。"

减字木兰花

去年残腊①,曾折梅花相对插。人面而今,空有花开无处寻②。 天天不远③,把酒拈花重发愿④。愿得和伊,偎雪眠香似旧时。

【题解】

词咏恋情。上片写去年岁末,二人曾一起折梅,相对插花。时隔一年后的今天,腊梅依旧,可那美丽的面庞却再也无处寻找。下片写男子对天发誓:我一定要找到她,一定要珍重她,和她一起像从前一样重过那幸福温馨的美好生活。

【注释】

①残腊:农历年底。唐·李频《湘口送友人》:"零落梅花过残腊,故园归去又新年。"宋·苏轼《与程正辅提刑书》之二三:"残腊只数日,感念聚散,不能无异乡之叹。"

②唐·崔护《题都城南庄》:"去年今日此门中,人面桃花相映红。人面不知何处去,桃花依旧笑春风。"

③天天:老天爷。重叠呼天,起加强语气作用。宋·张先《梦仙乡》:"离聚此生缘,无计问天天。"

④重:《梅苑》作"须",《花草粹编》作"时"。

减字木兰花

年来方寸①,十日幽欢千日恨②。未会此情,白尽人头可得平。　区区堪比③,水趁浮萍风趁水④。试望瑶京⑤,芳草随人上古城。

【题解】

词咏羁旅行役之苦。上片说他近年以来,欢少恨多。不知道这种感情,人老头白后是否可以平静下来。下片说我这颗心啊,就像水上浮萍,孤独无依,漂泊不定。我遥望京城,见到的只是满目芳草,直接古城。

【注释】

①年来:近年以来或一年以来。唐·戴叔伦《越溪村居》:"年来桡客寄禅扉,多话贫居在翠微。"方寸:见《蝶恋花》(南雁依稀回侧阵)注⑧。

②幽欢:幽会的欢乐。宋·柳永《昼夜乐》:"何期小会幽欢,变作离情别绪。"宋·秦观《醉桃源》:"楚台魂断晓云飞,幽欢难再期。"

③区区:形容人的心。汉·李陵《答苏武书》:"昔范蠡不殉会稽之耻,曹沫不死三败之辱,卒复勾践之仇,报鲁国之羞。区区之心,切慕此耳。"三国·魏·繁钦《定情诗》:"何以致区区,耳中明月珠。"

④趁:追逐,驱赶。唐·杜甫《题郑县亭子》:"巢边野雀群欺燕,花底山蜂远趁人。"浮萍:比喻漂泊无定的身世或变化无常的人间。汉·王褒《九怀·尊嘉》:"窃哀兮浮萍,汜淫兮无根。"唐·杜甫《又呈窦使君》:"相看万里外,同是一浮萍。"

⑤瑶京:繁华的京都。宋·柳永《轮台子》:"又争似,却返瑶京,重买千金笑。"

迎春乐

薄纱衫子裙腰匝①,步轻轻、小罗鞡。人前爱把眼儿劄②,香汗透、胭脂蜡。　　良夜永③、幽期欢则洽④,约重会、玉纤频插⑤。执手临归⑥,犹且更待留时霎⑦。

【题解】

词写男女幽会。上片侧重描写女子的外貌神态。她穿着薄罗衫和紧身裙,脚踏小拖鞋,步履轻盈。在心上人面前,她轻抛媚眼,暗递情愫。玩得欢快的时候,她香汗微透,肌肤更显得白里透红。下片写女子和心上人度过了一个美好的夜晚,临别时,虽已约定重会的日子,却怎么也舍不得分离,双手紧握,希望对方能够多留一会儿。

【注释】

①裙腰:裙的上端紧束于腰部之处。《南史·齐鱼复侯子响传》:"子响密作启数纸,藏妃王氏裙腰中,具自申明。"唐·白居易《和梦游春诗一百韵》:"裙腰银线压,梳掌金筐蹙。"匝:围绕。

②劄:札。眨眼。

③良夜:美好的夜晚。旧题汉·苏武《诗》之四:"芳馨良夜发,随风闻我堂。"唐·李益《写情》:"从此无心爱良夜,任他明月下西楼。"宋·苏轼《后赤壁赋》:"月白风清,如此良夜何!"

④幽期:男女间的幽会。唐·卢纶《七夕》:"凉风吹玉露,河汉有幽期。"

⑤玉纤:纤细如玉的手指。多以指美人的手。唐·温庭筠《菩萨蛮》:"玉纤弹处珍珠落,流多暗湿铅华薄。"

⑥执手:握手,拉手。《诗经·郑风·遵大路》:"遵大路兮,掺执子之手兮。"郑玄笺:"言执手者,思望之甚也。"宋·柳永《雨霖铃》:"执手相看泪眼,竟无语凝噎。"

⑦犹且:仍然。《淮南子·兵略训》:"国虽大,人虽众,兵犹且弱也。"更待:再等,再过。时霎:片刻。宋·黄庭坚《惜馀欢·茶》:"未须归去,重寻艳歌,更留时霎。"

一落索

小桃风撼香红碎①,满帘笼花气②。看花何事却成愁,悄不会③、春风意。　　窗在梧桐叶底,更黄昏雨细。枕前前事上心来,独自个④、怎生睡⑤。

【题解】

词咏春愁。上片写一阵春风吹过,吹碎一帘花影,吹来了浓郁的花香。在帘边看花的人无缘无故地心生愁恨,她完全不明白春风为什么要在自己孤独苦闷的时候吹落满地花瓣。过片进一步用景物描写渲染女子的愁情:时间已经到了黄昏,她躺在床上,听着窗外细雨击打在梧桐树叶上的滴答声,往日情事涌上心头,感慨今日孤独一人,又如何能够入睡?

【注释】

①小桃:初春即开花的一种桃树。宋·陆游《老学庵笔记》卷四:"欧阳公、梅宛陵、王文恭集皆有小桃诗。欧诗云:'雪里花开人未知,摘来相顾共惊疑。便须索酒花前醉,初见今年第一枝。'初但谓桃花有一种早开者耳。及游成都,始识所谓小桃者,上元前后即著花,状如垂丝海棠。曾子固《杂识》云:'正月二十,开天章阁赏小桃。'正谓此也。"宋·王圭《小桃》:"小桃常忆破正红,今日相逢二月中。"风撼:风吹。前蜀·韦庄《谒金门》:"一夜帘前风撼竹。"香红:花。唐·顾况《春怀》:"园莺啼已倦,树树隐香红。"唐·温庭筠《菩萨蛮》:"双鬓隔香红,玉钗头上风。"

②花气:花的香气。唐·贾至《对酒曲》之一:"曲水浮花气,流风散舞衣。"宋·王安石《见远亭》:"圃畦花气合,田径烧痕斑。"

③悄:消。副词。相当于"完全""简直"。葛长庚《永遇乐》:"回首悄如梦里。"不会:不领会,不知道。唐·元稹《进田弘正碑文状》:"臣若苟务文章,广征经典,非唯将吏不会,亦恐弘正未详。"宋·周邦彦《南乡子》:"不会沉吟思底事,凝眸,两点春山满镜愁。"

④独自个:只自己一个人。宋·毛滂《于飞乐·代人作别后曲》:"有些言语,独自个,说与谁应。"

⑤怎生:怎样,如何。唐·吕岩《绝句》:"不问黄芽肘后方,妙道通微怎生说。"宋·辛弃疾《丑奴儿近》:"更远树斜阳,风景怎生图画。"

夜行船

闲把鸳衾横枕①，损眉尖②、泪痕红沁。花时良夜不归来③，忍频听、漏移清禁④。　　一饷无言都未寝⑤，忆当初、是谁先恁。及至如今，教人成病，风流万般徒甚。

【题解】

词咏相思。上片写女子闲极无聊，拥被横卧，伤心的泪水损坏了眉黛，浸湿了胭脂。在这百花盛开的美好夜晚，他却不回来，留下我孤单一人，忍受那不断传来的宫漏声。下片写她默默无语，长时间不能入睡，努力想回忆当初是谁先主动求爱的。到了今天，斯人薄幸，教人成病，即使有万种风情，也是徒然，又能向谁倾诉呢？

【注释】

①鸳衾：见《鼓笛慢》(缕金裙窣轻纱)注⑧。

②眉尖：双眉附近处。宋·张先《江城子》："夜厌厌，下重帘，曲屏斜烛，心事入眉尖。"

③花时：百花盛开的时节。常指春日。唐·杜甫《遣遇》："自喜遂生理，花时甘缊袍。"宋·王安石《初夏即事》："晴日暖风生麦气，绿阴幽草胜花时。"良夜：美好的夜晚。旧题汉·苏武《诗》之四："芳馨良夜发，随风闻我堂。"唐·李益《写情》："从此无心爱良夜，任他明月下西楼。"宋·苏轼《后赤壁赋》："月白风清，如此良夜何。"

④清禁：指皇宫中清静严肃。汉·应劭《风俗通·十反·司徒九江朱伥》："臣愿陛下思周旦之言，详左右清禁之内，谨供养之官，严宿卫之身。"唐·杜牧《洛阳秋夕》："清禁漏闲烟树寂，月轮移在上阳宫。"

⑤一饷：见《蝶恋花》(水浸秋天风皱浪)注③。

夜行船

轻捧香腮低枕①，眼波媚②、向人相浸。佯娇佯醉索如今，这风情③、怎教人禁。　　　却与和衣推未寝④，低声地、告人休恁。月夕花朝⑤，不成虚过⑥，芳年嫁君徒甚⑦。

【题解】

　　词咏娇媚娘。上片写女子轻轻地托着香腮卧躺在床上，不断地向心上人眉目传情，可是对方居然没有什么反应。她想，反正都这样了，还不如佯醉装娇，看他能抵挡得住我这千种风情万般柔媚？下片写她的憨老公好像是要故意逗弄她一样，偏偏和衣而睡。急得她只有低声告语：干嘛对我不理不睬？如此美好的时光，难道竟要白白度过？我在青春年华时嫁给你，难道就徒然奉献一片真情？

【注释】

　　①香腮：见《玉楼春》(西湖南北烟波阔)注④。

　　②眼波：见《忆秦娥》(十五六)注⑥。

　　③风情：见《蝶恋花》(尝爱西湖春色早)注⑤。

　　④和衣：不脱衣服。宋·张先《南歌子》："醉后和衣倒，愁来殢酒酽。"

　　⑤月夕：月夜。唐·韦应物《白沙亭逢吴叟歌》："尝陪月夕竹宫斋，每返温泉灞陵醉。"花朝：指白花盛开的春晨。亦泛指大好春光。唐·白居易《琵琶引》："春江花朝秋月夜，往往取酒还独倾。"唐·李商隐《梓州罢吟寄同舍》："不拣花朝与雪朝，五年从事霍嫖姚。"

　　⑥虚过：白白地度过。北齐·颜之推《颜氏家训·归心》："人生难得，无虚过也。"唐·王建《宫中调笑》词之三："愁坐、愁坐，一世虚生虚过。"宋·黄庭坚《望远行》："自见来，虚过却、好时好日。"

　　⑦芳年：美好的年岁，青春年华。南朝·宋·刘铄《拟行行重行行》："芳年有华月，佳人无还期。"宋·柳永《看花回》："雅俗熙熙物态妍，忍负芳年。"

望江南

江南柳，花柳两个柔①。花片落时黏酒盏②，柳条低处拂人头③。各自是风流④。　　江南月，如镜复如钩。似镜不侵红粉面⑤，似钩不挂画帘头。长是照离愁。

【题解】

《留青日札》卷二十一以此词下半阕为元僧竺月华词。

词咏离愁。上片说江南的花儿也柔柳枝也柔。花瓣飘落时黏着酒杯，不肯离去；柳枝低垂，轻拂人头。它们风韵美好，又善解人意，足以慰人离愁。下片写江南月圆时如镜，新月则如钩。似镜却不能临照红粉面，似钩也不能挂起画帘头。它能做什么呢？只能照人离愁。

【注释】

①花柳：花和柳。唐·杜甫《遭田父泥饮美严中丞》："步屧随春风，村村自花柳。"宋·许月卿《多谢》："园林富贵何千万，花柳功勋已十成。"

②花片：飘落的花瓣。唐·元稹《古艳》诗之二："等闲弄水浮花片，流出门前赚阮郎。"酒盏：见《渔家傲》(花底忽闻敲两桨)注③。

③南唐·李煜《柳枝》："多谢长条似相识，强垂烟穗拂人头。"

④风流：风韵美好动人。前蜀·花蕊夫人《宫词》之三十："年初十五最风流，新赐云鬟使上头。"

⑤侵：临近。唐·白居易《题遗爱寺前溪松》："偃亚长松树，侵临小石溪。"

望江南

江南柳，叶小未成阴①。人为丝轻那忍折②，莺嫌枝嫩不胜吟③。留着待春深④。　　十四五，闲抱琵琶寻。阶上簸钱阶下走⑤，恁时相见早留心⑥。何况到如今。

【题解】

此首上半阕或附会作宋高宗赵构词，见《词苑萃编》卷十三引周淙《辇下纪事》。别又附会作元僧竺月华词，见《留青日札》卷二十一。

词咏少女。上片以柳起兴，说江南柳枝刚刚绽出新芽，尚未成荫。它还像轻丝般的柔嫩，令人不忍心攀折，就连黄莺鸟也不忍心栖息在上面吟唱，准备等春深以后再来。下片由柳写到人，说她十四五岁年纪时，闲暇的时候一会儿学弹琵琶，一会儿又玩簸钱的游戏。抒情主人公感慨说，当年初次相见时就注意上了她，更何况她现在日益成熟、越发美丽呢？

【注释】

①宋·计有功《唐诗纪事·杜牧》："牧佐宣城幕，游湖州，刺史崔君张水戏，使州人毕观，令牧闲行，阅奇丽，得垂髫者十馀岁。后十四年，牧刺湖州，其人已嫁生子矣，乃怅而为诗曰：'自是寻春去校迟，不须惆怅怨芳时。狂风落尽深红色，绿叶成阴子满枝。'"后以"绿叶成阴"比喻女子青春已逝。

②丝：喻柳条。唐·戴叔伦《堤上柳》："垂柳万条丝，春来织别离。"

③嫌：《古今词统》作"怜"。不胜：无法承担，承受不了。《管子·入国》："子有幼弱不胜养为累者。"尹知章注："胜，堪也。谓不堪自养，故为累。"唐·岑参《终南东溪口作》："沙平湛濯足，石浅不胜舟。"

④着：《古今词统》作"取"。春深：春意浓郁。唐·储光羲《钓鱼湾》："垂钓绿湾春，春深杏花乱。"宋·秦观《次韵裴仲谟和何先辈》："支枕星河横醉后，入帘飞絮报春深。"

⑤阶：《古今词统》均作"堂"。簸钱：古代一种以掷钱赌输赢的游戏。唐·王建《宫词》之九三："暂向玉花阶上坐，簸钱赢得两三筹。"

⑥恁时：那时候。南唐·冯延巳《忆江南》："东风次第有花开，恁时须约却重来。"宋·柳永《受恩深》："待宴赏重阳，恁时尽把芳心吐。"

【汇评】

钱世昭《钱氏私志》：欧后为人言其盗甥，表云："丧厥夫而无托，携孤女以来归。张氏此时，年方七岁。"内翰伯见而笑云："年方七岁，正是学簸钱时也。"欧词云："词略。"

卓人月《古今词统》卷七：安知非谗夫捏为此词，如《周秦行纪》之出于赞皇客耶。

王弈清《历代词话》卷四引词苑：王铚默记，载欧阳公《望江南》双调云："江南柳，叶小未成阴。人为绿轻那忍折，莺怜枝嫩不胜吟。留取待春深。"

十四五，闲抱琵琶寻。堂上簸钱堂下走，恁时相见已留心。何况到如今。"初奸党诬公盗甥，公上表自白云："丧厥夫而无托，携孤女以来归。"张氏此时年方十岁。钱穆父素恨公，笑曰："此正学簸钱时也。"欧知贡举，下第举人复作《醉蓬莱》讥之。按欧公此词出钱氏私志，盖钱世昭因公五代史中多毁吴越，故丑诋之。其词之猥弱，必非公作，不足信也。

吴雷发《说诗菅蒯》：吾谓诗自诗，而人自人，若以人求诗，则古来当惟皋、夔、伊、吕诸人为能诗，后世当惟房、杜、韩、富诸人为能诗矣……陶靖节《闲情》一赋，欧阳文忠《江南柳》一词，岂能为两公累耶？

梁绍壬《两般秋雨庵随笔》卷三：《漱玉》《断肠》二词，独有千古，而一以"桑榆晚"一书致诮，一以"月上柳梢"一词贻讥。后人力辨易安无此事，淑真无此词，此不过为才人开脱。其实改嫁本非圣贤所禁，《生查子》一阕，亦未见定是淫奔之词。此与欧公"簸钱"一事，今古哓哓辩论，殊可不必。不若竹垞翁之直截痛快曰"吾宁不食两庑豚，不删风怀二百韵"也。

宋翔凤《乐府馀论》：词苑云：王铚默记，载欧阳《望江南》双调云："江南柳，叶小未成阴。人为丝轻那忍折，莺怜枝嫩不胜吟。留取待春深。十四五，闲抱琵琶寻。堂上簸钱堂下走，恁时相见已留心。何况到如今。"初奸党诬公盗甥，公上表自白云："丧厥夫而无托，携孤女以来归。"张氏此时年方十岁。钱穆父素恨公，笑曰："此正学簸钱时也。"欧知贡举，下第举人复作《醉蓬莱》讥之。按欧公此词，出钱氏私志，盖钱世昭因公五代史中多毁吴越，故丑诋之。其词之猥弱，必非公作，不足信也。按此词极佳，当别有寄托，盖以尝为人口实，故编集去之。然缘情绮靡之作，必欲附会秽事，则凡在词人，皆无全行，正不必为欧公辩也。

胡薇元《岁寒居词话》：欧阳永叔《六一词》，工绝。今集中多浅近之词，则公知贡举时，不取怪异之文，下第举子刘辉等忌之，作《醉蓬莱》、《望江南》词，杂刊集中以谤之。然而浅俗语、污蔑佻薄之词，固可一望而知也。他日刊公集者，吾愿为之湔洗，以还旧观。

况周颐《蕙风词话》卷四：周淙辇下纪事云：德寿宫刘妃，临安人。入宫为红霞帔。后拜贵妃。又有小刘妃者，以紫霞帔转宜春郡夫人。进婕妤。复对婉容，皆有宠。宫中号妃为大刘娘子，婉容为小刘娘子。婉容入宫时，年尚幼。德寿赐以词云："江南柳，嫩绿未成阴。攀折尚怜枝叶小，黄鹂飞上力难禁。留取待春深。"(纪事止此)德寿之词与默记所传欧公之作，仅小异耳。钱世昭私志称彭城王钱景臻为先王。景臻追封,当建炎二年,世昭为景臻之孙,恺(景臻第三子)之犹子。以时代考之,亦南宋中叶矣。(四库全书提要于钱世昭、王铚时代并未参定详(石高))。窃疑后人就德寿词衍为双调,以诬欧公,世昭遂录入私志,王铚因载之默记。唯钱穆父固与欧公同时。然公词既可假托,即自白之表,穆父之言,亦何不可造作之有。窃意欧阳文集中,未必有此表也。(王幼安云:欧全集中有此表)。

夏承焘《四库全书词籍提要校议》:案,《欧阳文忠公全集》九十三,载乞根究蒋之奇弹疏札子十余篇,有"闺门内事""禽兽不为之丑行"等语,虽不及此词与钱穆父所诮语,想即为此事作。时在治平四年(1067),修年六十一矣。词人绮语,攻击之者乃资为口实;《醉翁琴趣》中艳体若《江南柳》者尚多,吾人读欧词,固不致信以为真也。

宴瑶池

恋眼哝心终未改①,向意间长在②。都缘为、颜色殊常③,见馀花、尽无心爱。　　都为是风流噡,至他人、强来厮坏。从今后、若得相逢,绣帏里、痛惜娇态。

【题解】

词咏恋情。上片说男子对少女始终一心一意,爱她之心从来没有改变过,都是因为她长得实在是太漂亮了,其他人根本无法让自己动心。下片写少女美丽动人而又风流妩媚,以致有人强行使坏。从今以后,如果能够再度相逢,一定要加倍地怜惜她、体贴她。

【注释】

①哝:浓厚。《吕氏春秋·本味》:"故久而不弊,熟而不烂,甘而不哝,酸而不酷。"

②向意:倾心,一心一意。唐·韩愈《孔公墓志铭》:"当是时,天子以武定淮西、河南北,用事者以破诸黄为类,向意助之。"

③颜色:姿色。《墨子·尚贤中》:"不论贵富,不嬖颜色。"前蜀·贯休

《偶作》诗之五:"君不见西施绿珠颜色可倾国,乐极悲来留不得。"殊常:异常,不同寻常。《晋书·张载传》:"处守平之世,而欲建殊常之勋。"《宋书·建平宣简王宏传》:"(宏)少而闲素,笃好文籍,太祖宠爱殊常。"唐·刘禹锡《谢乐天闻新蝉见赠》:"人情便所欲,音韵岂殊常。"

【汇评】

沈曾植《菌辣琐谈》:《醉翁琴趣》颇多通俗俚语,故往往与《乐章》相混。山谷俚语,欧公先之矣……所用俗字,如《渔家傲》之"今朝斗觉凋零煞,花气酒香相厮酿"。《宴桃都》之"都为风流煞"。《减字木兰花》之"拨头憁利"。《玉楼春》之"艳冶风情天与措"。《迎春乐》之"人前爱把眼儿札"。《宴瑶池》之"恋眼哝心"。《渔家傲》之"低难奔",亦与山谷之用"(踓)"、"(屃)"俗字不殊。殆所谓"小人谬作,托为公词"。所谓"浅近之词,刘辉伪作"者厕其间欤?

沈曾植《菌阁琐谈》:欧公词好用"厮"字。《渔家傲》之"花气酒香相厮酿","莲子与人长厮类","谁厮惹"皆是也。山谷亦好用此字。

解仙佩

有个人人牵系①,泪成痕、滴尽罗衣。问海约山盟何时②,镇教人③、目断魂飞。　　梦里似偎人睡,肌肤依旧骨香腻④。觉来但堆鸳被。想忡忡⑤、那里争知⑥。

【题解】

词咏相思。上片说少女对心上人无比牵挂,伤心的泪水浸湿了罗衣。她不停地问曾经的海誓山盟何时才能兑现,不然这难耐的离情总是让我望断云天、魂飞梦萦,又怎么能够解脱呢?下片写她进入梦乡,好像是依偎着心上人,一觉醒来,却只见鸳被不见人。不禁忧心忡忡:我在这里如此地思念他,他也会同样想念我吗?

①人人:用以称亲昵者。宋·欧阳修《蝶恋花》:"翠被双盘金缕凤。忆得前春,有个人人共。"牵系:牵挂,牵连。宋·柳永《慢卷袖》:"又争似从前,淡淡相看,免凭牵系。"

②海约山盟:誓言和盟约如山和海一样永恒不变。多用以表示男女相爱之深,坚定不渝。宋·柳永《洞仙歌》:"夜永欢馀,共有海约山盟。"宋·辛弃疾《南乡子·赠妓》:"别泪没些些,海誓山盟总是赊。"

③镇:张相《诗词曲语辞汇释》卷一:"镇,犹常也,长也,尽也。唐太宗《咏烛》诗:'镇下千行泪,非是为思人。'言常下泪也。"

④香腻:形容女子的肌肤芬香滑腻。前蜀·韦庄《伤灼灼》:"桃脸曼长横绿水,玉肌香腻透红纱。"

⑤忡忡:忧愁貌。《诗经·召南·草虫》:"未见君子,忧心忡忡。"

⑥争知:怎知。宋·柳永《八声甘州》:"争知我、倚阑干处,正恁凝愁。"

渔家傲

儒将不须躬甲胄①。指挥玉麈风云走②。战胜归来飞捷奏。倾贺酒③。玉阶遥献南山寿④。　　草软沙平春日透⑤。萧萧下马长川逗⑥。马上醉中山色秀⑦。

【题解】

《唐宋词汇评》云:"魏泰《东轩笔录》卷十一:范文正公守边日,作《渔家傲》乐歌数阕,皆以'塞下秋来'为首句,颇述边镇之劳苦,欧阳公守呼为'穷塞主之词'。及王尚书素出守平凉,文忠亦作《渔家傲》一词以送之,其断章曰:'战胜归来飞捷奏。倾贺酒。玉阶遥献南山寿。'顾王曰:'真元帅之事。'考王珪《华阴集》卷三十七《王懿敏公素志铭》:'治平元年(1064)秋,敌寇静边塞,权泾源帅陈述古,与副总管刘几议进兵,不合,敌寖围童家堡。天子西忧,以端明殿学士又知渭州。既入见,英宗谕曰:朕知学士久,今边陲有警,顾朝廷谁可属者。其勉为朕行。'欧词即为王素出知渭州送行。时欧阳修为吏部侍郎,王素为兵部侍郎。此词,《全宋词》仅据《东轩笔录》存三句。孔凡礼《全宋词补辑》据《诗渊》二十五册收其词,然以作者为庞籍。按,庞籍嘉祐八年(1063)已卒,不及见王素西行也。严杰《欧阳修年谱》系此词于庆历四年六月。其时欧阳修为河北都转运使,不在京城,故不从。"

【注释】

①儒将:有学识、风度儒雅的将帅。唐·薛能《清河泛舟》:"儒将不须夸郤縠,未闻诗句解风流。"宋·苏辙《次韵王君北都偶成》之一:"千夫奉儒将,百兽伏麒麟。"甲胄:铠甲和头盔。《易·说卦》:"离为火,为日,为电,为中女,为甲胄,为戈兵。"《书·说命中》:"唯口起羞,惟甲胄起戎。"孔传:"甲,铠;胄,兜鍪也。"

②玉麈:玉柄麈尾。东晋士大夫清谈时常执之。唐·卢照邻《行路难》:"金貂有时换美酒,玉麈但摇莫计钱。"宋·姜夔《湘月》:"玉麈谈玄,汉坐客、多少风流名胜。"风云:古军阵名有"风""云"等,后即以"风云"泛称军阵。唐·王涯《从军词》之一:"戈甲从军久,风云识阵难。"

③贺酒:表示庆贺的酒宴。唐·李商隐《喜雪》:"此时倾贺酒,相望在京华。"

④玉阶:指朝廷。《文选·张衡〈思玄赋〉》:"勔自强而不息兮,蹈玉阶之峣峥。"旧注:"玉阶,天子阶也。言我虽欲去,犹恋玉阶不思去。"晋·葛洪《抱朴子·汉过》:"禾黍生于庙堂,榛莠秀乎玉阶。"唐·岑参《和贾至舍人早朝大明宫》:"金锁晓钟开万户,玉阶仙仗拥千官。"南山:祝寿之词。亦作"南岳寿"。《诗·小雅·天保》:"如南山之寿,不骞不崩。"孔颖达疏:"天定其基业长久,且又坚固,如南山之寿。"南朝·陈·张正见《御幸乐游苑侍宴》:"愿荐南山寿,明明奉万年。"唐·李白《春日行》:"小臣拜献南山寿,陛下万古垂鸿名。唐·魏元忠《修书院学士奉敕宴梁王宅》:"愿陪南岳寿,长奉北宸樽。"

⑤春日:春天,春季。《诗经·豳风·七月》:"春日载阳,有鸣仓庚。"汉·辛延年《羽林郎》:"胡姬年十五,春日独当垆。"唐·寒山《诗》之六十:"洛阳多女儿,春日逞华丽。"

⑥萧萧:象声词。常形容马叫声、风雨声、流水声、草木摇落声、乐器声等。《诗经·小雅·车攻》:"萧萧马鸣,悠悠旆旌。"东晋·陶渊明《咏荆轲》:"萧萧哀风逝,淡淡寒波生。"唐·刘长卿《王昭君歌》:"琵琶弦中苦调

多,萧萧羌笛声相和。"宋·王安石《试院中五绝句》之五:"萧萧疏雨吹檐角,嘻嘻暝蛩啼草根。"长川:长的河流。三国·魏·曹植《洛神赋》:"浮长川而忘反,思绵绵而增慕。"宋·柳永《安公子》:"长川波潋滟,楚乡淮岸迢递。"

⑦山色:山的景色。唐·岑参《宿岐州北郭严给事别业》:"郭外山色暝,主人林馆秋。"宋·欧阳修《朝中措》:"平山阑槛倚晴空,山色有无中。"

【汇评】

胡仔《苕溪渔隐丛话》前集卷二十九:《东轩笔录》云:范希文守边日,作《渔家傲》乐歌数阕,皆以"塞下秋来"为首句,颇述边镇之劳苦,永叔尝呼为"穷塞主之词"。及王尚书素守平凉,永叔亦作《渔家傲》一词以送之,其断章曰:"战胜归来飞捷奏,倾贺酒,玉阶遥献南山寿。"顾谓王曰:"此真元帅之事也。"

彭孙遹《金粟词话》:范希文《苏幕遮》一调,前段多入丽语,后段纯写柔情,遂成绝唱。"将军白发征夫泪",亦复苍凉悲壮,慷慨生哀。永叔欲以"玉阶遥献南山寿"敌之,终觉让一头地。穷塞主故是雅言,非实录也。

冯金伯《词苑萃编》卷九引《古今诗话》:庐陵讥范希文渔家傲为穷塞主,自矜其"战胜归来飞捷奏,倾贺酒,玉阶遥献南山寿",为真元帅之事。按宋以小词为乐府,被之管弦,往往传于宫掖。范词如"长烟落日孤城闭"及"绿树碧帘相掩映,无人知道外边寒"等句,使听者知边庭之苦。此深得采薇、出车、杨柳雨雪之意,若欧词止于谀耳,何所感耶。

谢章铤《赌棋山庄词话》卷十:昔范希文在塞下,尝填《渔家傲》,有"将军白发征夫泪"句。欧阳六一议为穷塞主。及后送人守边,乃特娇之曰"玉杯遥献南山寿"。然论者谓范公真得东山诗人之意,而六一辞气涉夸,感人已浅,是真善于品藻矣。

少年游

阑干十二独凭春①,晴碧远连云②。千里万里,二月三月,行色苦愁人③。　　谢家池上④,江淹浦畔⑤,吟魄与离魂⑥。那堪疏雨滴黄昏⑦，更特地、忆王孙⑧。

【题解】

此首《词律》卷五误作梅尧臣词。

欧阳修这首咏物词与林逋的《点绛唇》（金谷年年）、梅尧臣的《苏幕遮》（露堤平）齐名，是北宋前期享有盛誉的三首咏春草词，被王国维《人间词话》誉为"绝调"。起句点明时间、地点和人物的处境、动作与情态，内涵十分丰富。次句开始正面咏草，说芳草延伸，至目尽处与天相接。接下来两句一从空间上渲染春草之绵延无垠，一从时间上渲染春草滋生时间之长久，进而结出不胜离别之旨。过片连用两个与春草有关的典故，写词人由眼前的无边草色所勾引起的离恨别绪。"那堪"句将此种不堪离愁之苦的感情再翻进一层，结句再用典，绾合春草与离愁。这首咏物词既体物精微，又以写意为主，为能得春草之神者。

【注释】

①阑干十二：曲曲折折的栏杆。十二，言其曲折之多。宋·张先《蝶恋花》："楼上东风春不浅，十二阑干，尽日珠帘卷。"

②晴碧：指湛蓝的天空。唐·庄南杰《相和歌辞·阳春曲》："沙鸥白羽翦晴碧，野桃红艳烧春空。"唐·温庭筠《郭处士击瓯歌》："晴碧烟滋重叠山，罗屏半掩桃花月。"连云：与天空之云相连。形容高远，众多。《文选·潘岳〈秋兴赋〉》："高阁连云，阳景罕曜。"张铣注："阁高故称连云。"唐·白居易《李白墓》："采石江边李白坟，绕田无限草连云。"唐·杜牧《江上偶见绝句》："草色连云人去住。"

③行色：行旅出发前后的情状、气派。《庄子·盗跖》："今者阙然数日不见，车马有行色，得微往见跖耶？"南唐·冯延巳《归国谣》："芦花千里霜月白，伤行色，明朝便是关山隔。"

④谢家池上：《南史·谢惠连传》："族兄灵运嘉赏之，云'每有篇章，对惠连辄得佳语'。尝于永嘉西堂思诗，竟日不就，忽梦见惠连，即得'池塘生春草'，大以为工。常云'此语有神功，非吾语也'。"宋·晏几道《木兰花》："晚红初减谢池花，新翠已遮琼苑路。"

⑤江淹浦：南浦。指代送别之处。《昭明文选》卷十六《赋辛·哀伤·

别赋》："下有芍药之诗,佳人之歌。桑中卫女,上宫陈娥。春草碧色,春水渌波。送君南浦,伤如之何!至乃秋露如珠,秋月如圭。明月白露,光阴往来。与子之别,思心徘徊。"唐·李善注引《楚辞》曰:"子交手兮东行,送美人兮南浦。"

⑥吟魄:唐·杜荀鹤《秋日泊浦江》:"江月渐明江露湿,静驱吟魄入玄微。"离魂:指游子的思绪。宋·柳永《满江红》:"两两栖禽归去急,对人相并声相唤。似笑我、独自向长途,离魂乱。"

⑦那堪:怎堪,怎能禁受。唐·李端《溪行遇雨寄柳中庸》:"那堪两处宿,共听一声猿。"宋·张先《青门引·春思》:"那堪更被明月,隔墙送过秋千影。"

⑧特地:突然,忽然。《古尊宿语录》:"放笔从头看,特地骨毛寒。"唐·罗邺《大散岭》:"岭头却望人来处,特地身疑是鸟飞。"宋·陆游《江上散步寻梅偶得三绝句》之一:"剥啄敲门嫌特地,缓拖藤杖隔篱看。"王孙:王的子孙。后泛指贵族子弟。《左传·哀公十六年》:"王孙若安靖楚国,匡正王室,而后庇焉。启之愿也。"《楚辞·淮南小山〈招隐士〉》:"王孙游兮不归,春草生兮萋萋。"王夫之通释:"王孙,隐士也。秦汉以上,士皆王侯之裔,故称王孙。"唐·杜甫《哀王孙》:"腰下宝玦青珊瑚,可怜王孙泣路隅。"

【汇评】

吴曾《能改斋漫录》卷十七:梅圣俞在欧阳公座,有以林逋草词"金谷年年,乱生青草谁为主"为美者,圣俞因别为《苏幕遮》一阕云:"露堤平,烟墅杳。乱碧萋萋,雨后江天晓。(词略)"盖《少年游令》也。不惟前二公所不及,虽置唐人温、李集中,殆与之为一矣。今集本不载此篇,惜哉!

王弈清《历代词话》卷四引吴虎臣语:"阑干十二独凭春。晴碧远连云。千里万里,二月三月,行色苦愁人。　　谢家池上,江淹浦畔,吟魄与离魂。那堪疏雨滴黄昏。更特地、忆王孙。"此欧阳公《少年游》咏草词也。不惟君复、圣俞二词不及,求诸唐人温、李集中,殆与之为一矣。

王弈清《历代词话》卷四引《古今词话》:梅圣俞有《苏幕遮》咏草词云:"露堤平,烟墅杳。乱碧萋萋,雨后江天晓。独有庾郎年最少。窣地青袍,嫩色宜相照。　　接长亭,迷远道。堪怨王孙,不记归期早。落尽梨花春又了。满地残阳,翠色和烟老。"与《六一词》咏草一首同妙。

许昂霄《词综偶评》:清劲。

先著、程洪《词洁辑评》卷一：拙处已是工处，与"金谷年年"一调又别。"千里万里，二月三月"，此数字甚不易下。

陈廷焯《词则·大雅集》卷二：将"忆王孙"三字插在"疏雨""黄昏"之后，笔力既横，意味亦长，故应胜君复、圣俞作。

王国维《人间词话》：人知和靖《点绛唇》、圣俞《苏幕遮》、永叔《少年游》三阕为咏春草绝调。不知先有正中"细雨湿流光"五字，皆能摄春草之魂者也。

王国维《人间词话》：问隔与不隔之别，曰：陶谢之诗不隔，延年则稍隔矣。东坡之诗不隔，山谷则稍隔矣。"池塘生春草""空梁落燕泥"等二句，妙处唯在不隔。词亦如是。即以一人一词论，如欧阳公《少年游》咏春草上半阕云："阑干十二独凭春。晴碧远连云。二月，千里万里，三月，行色苦愁人。"语语都在目前，便是不隔。至云"谢家池上，江淹浦畔"，则隔矣。

吴梅《词学通论》：余按公词以此（候馆梅残）为最婉转。以《少年游》咏草为最工切超脱。当亦百世之公论也。

唐圭璋《唐宋词简释》：此首咏草词。吴虎臣谓"君复、圣俞二词，皆不及也"。首从凭栏写起。"碧晴"一句，实写草色无际。"千里"句，就空间说；"二月"句，就时间说；"行色"句，点出愁人之意。换头，用谢灵运、江淹咏草故实。"那堪"两句，深入一层，添出黄昏疏雨，更令人苦忆王孙游冶也。

刘永济《唐五代两宋词简析》：此咏春草之词也。上半阕前四句，言草生之地与时，结句联系行人。后半阕，三用春草故事，吟魄指谢诗，离魂指江赋，以见谢池、江浦之草虽亦感人，不如疏雨黄昏中之草，使人更特别思念王孙，隐喻时衰则思贤更切也。

桃源忆故人

碧纱影弄东风晓，一夜海棠开了。枝上数声啼鸟，妆点愁多少①。　妒云恨雨腰支袅②，眉黛不忺重扫③。薄幸不来春老④，羞带宜男草⑤。

【题解】

此词《草堂诗馀》前集卷下无撰人姓氏,《类编草堂诗馀》卷一、文津阁《四库全书》本《全芳备祖》误作秦观词。

词咏离愁。上片以写景为主,景中含情。抒情主人公一早起来,看见碧纱窗外花影摇曳,原来是一夜之间,东风就吹开了海棠花。花枝上鸟儿数声啼叫,带来了多少愁绪。下片紧承上片结句,写女子之愁。由于伤怀离抱,她腰肢瘦损,眉黛也无心重画。薄情郎一去不复返,美好的春光即将过去,还能指望什么呢?

【注释】

①妆点:宋·王禹偁《春居杂兴》:"两株桃杏映篱斜,妆点商山副使家。"

②妒云恨雨:喻男女间的伤别之情。宋·孙光宪《河满子》:"惆怅云愁雨怨,断魂何处相寻。"腰支:即腰肢。腰身,身段,体态。南朝·梁·沈约《少年新婚为之咏》:"腰肢既软弱,衣服亦华楚。"唐·刘禹锡《杨柳枝词》之五:"花萼楼前初种时,美人楼上斗腰支。"前蜀·韦庄《天仙子》:"怅望前回梦里期,看花不语苦寻思,露桃花里小腰肢。"

③眉黛:古代女子用黛画眉,因称眉为眉黛。唐·白居易《喜小楼西新柳抽条》:"须教碧玉羞眉黛,莫与红桃作麹尘。"

④春老:晚春。唐·岑参《喜韩樽相过》:"三月灞陵春已老,故人相逢耐醉倒。"宋·欧阳修《仙意》:"沧海风高愁燕远,扶桑春老记蚕眠。"

⑤宜男草:萱草的别名。古代人们认为孕妇佩之则生男。《齐民要术·鹿葱》引周处《风土记》:"宜男,草也,高六尺,花如莲。怀妊人带佩,必生男。"《太平御览》卷九九六引前蜀·杜光庭《录异记》:"妇人带宜男草,生儿。"南朝·梁元帝《宜男草诗》:"可爱宜男草,垂采映倡家,何时如此叶,结实复含花。"

【汇评】

黄苏《蓼园词选》:沈际飞曰:"海棠开了"下,转出"啼鸟""妆点",趣溢不穷,奇笔。按第一阕言春色明艳,动闺中春思耳。次阕言抑郁无聊,青春已老,羞望恩泽耳。托兴自娟秀。

阮郎归

雪霜林际见依稀①,清香已暗期②。前村已遍倚南枝③,群芳犹未知。　　情似旧,赏休迟,看看陇上吹④。便从今日赏芳菲,韶华取次归⑤。

【题解】

词咏梅花。上片写在远处霜雪覆盖的林木间,依稀可见梅花的身影,它清新的香味也隐约可闻。而更近处的前村,梅花已经开遍南枝,其他的花则没有半点要开的意思呢。下片说自己爱梅之心依旧,并且告诉人们要及时赏梅,否则转瞬之间梅花就会凋谢。那么让我们现在开始就尽情欣赏吧,美好的时光渐次流逝,千万不要辜负了这景致。

【注释】

①雪霜:雪和霜。《礼记·月令》:"(孟冬之月)行秋令,则雪霜不时,小兵时起,土地侵削。"唐·李绅《发寿阳分司敕到又遇新正感怀书事》:"渐喜雪霜消解尽,得随风水到天津。"宋·程大昌《感皇恩》:"周遭松竹,任是雪霜长绿。"依稀:隐约,不清晰。南朝·宋·谢灵运《行田登海口盘屿山》:"依稀采菱歌,仿佛含矉容。"宋·梅尧臣《至和元年四月二十日夜梦觉而录之》:"滉朗天开云雾阁,依稀身在凤皇池。"

②清香:清淡的香味。南朝·宋·谢灵运《山居赋》:"怨清香之难留,矜盛容之易阑。"唐·韩偓《野塘》:"卷荷忽被微风触,泻下清香露一杯。"

③前村:唐·齐己《早梅》:"前村深雪里,昨夜一枝开。"南枝:借指梅花。唐·白居易《白孔六帖》:"大庾岭上梅,南枝落,北枝开。"宋·苏轼《次韵苏伯固游蜀冈送李孝博奉使岭表》:"愿及南枝谢,早随北雁翩。"王文诰辑注引赵次公曰:"南枝,梅也。"

④看看:估量时间之词。有渐渐、眼看着、转瞬间等意思。唐·刘禹锡《酬杨侍郎凭见寄》:"看看瓜时欲到,故侯也好归来。"宋·王安石《马上》:"年光如水尽东流,风物看看又到秋。"陇上:泛指今陕北、甘肃及其以西一

带地方。宋·蔡挺《喜迁莺》："汉马嘶风,边鸿叫月,陇上铁衣寒早。"

⑤韶华:美好的时光。常指春光。唐·戴叔伦《暮春感怀》："东皇去后韶华尽,老圃寒香别有秋。"取次:草草,仓促。宋·陆游《秋暑夜兴》："呼童持烛开藤纸,一首清诗取次成。"

图书在版编目（CIP）数据

欧阳修词全集 / 谭新红编著. -- 武汉：崇文书局，
2015.8（2024.10 重印）
　（中国古典诗词校注评丛书）
　ISBN 978-7-5403-3159-7

Ⅰ．①欧… Ⅱ．①谭… Ⅲ．①宋词－选集 Ⅳ．
① I222.844

中国版本图书馆 CIP 数据核字（2015）第 162194 号

欧阳修词全集【汇校汇注汇评】

OUYANGXIU CI QUANJI

出版发行	长江出版传媒　崇文书局	
地　　址	武汉市雄楚大街 268 号 C 座 11 层	
电　　话	（027）87679712　邮政编码　430070	
印　　刷	中印南方印刷有限公司	
开　　本	880mm×1230mm　　1/32	
印　　张	11	
字　　数	350 千字	
版　　次	2015 年 8 月第 1 版	
印　　次	2024 年 10 月第 5 次印刷	
定　　价	48.00 元	

（如发现印装质量问题，影响阅读，由本社负责调换）

CHONGWENGUAN

中国古典诗词校注评丛书

（已出书目）

诗经全集	韩偓诗全集
汉乐府全集	李煜全集
曹操全集	花间集笺注
曹丕全集	林逋诗全集
曹植全集	张先诗词全集
陆机诗全集	欧阳修词全集
谢朓全集	苏轼词全集
庾信诗全集	秦观词全集
陈子昂诗全集	周邦彦词全集
孟浩然诗全集	李清照全集
王维诗全集	陈与义诗词全集
高适诗全集	张元幹词全集
杜甫诗全集	朱淑真词全集
韦应物诗全集	辛弃疾诗词全集
刘禹锡诗全集	姜夔词全集
元稹诗全集	吴文英词全集
李贺全集	草堂诗馀
温庭筠词全集	王阳明诗全集
李商隐诗全集	纳兰词全集
韦庄诗词全集	龚自珍诗全集
晏几道词全集	